法藏知津

九 編

杜潔祥 主編

第 29 冊

《大正藏》異文大典
（第十冊）

王閏吉、康健、魏啟君 主編

花木蘭文化事業有限公司

國家圖書館出版品預行編目資料

《大正藏》異文大典（第十冊）／王閏吉、康健、魏啟君 著

-- 初版 -- 新北市：花木蘭文化事業有限公司，2023〔民 112〕

目 2+276 面；19×26 公分

（法藏知津九編 第 29 冊）

ISBN 978-626-344-438-6（精裝）

1.CST：大藏經 2.CST：漢語字典

802.08 　　　　　　　　　　　　　112010453

ISBN-978-626-344-438-6

9 786263 444386

法藏知津九編
第二九冊 　　　　　　　　　　ISBN：978-626-344-438-6

《大正藏》異文大典（第十冊）

編　　　者	王閏吉、康健、魏啟君	
主　　　編	杜潔祥	
副總編輯	楊嘉樂	
編輯主任	許郁翎	
編　　　輯	張雅淋、潘玟靜　美術編輯　陳逸婷	
出　　　版	花木蘭文化事業有限公司	
發 行 人	高小娟	
聯絡地址	235 新北市中和區中安街七二號十三樓	
	電話：02-2923-1455／傳真：02-2923-1452	
網　　　址	http://www.huamulan.tw 信箱 service@huamulans.com	
印　　　刷	普羅文化出版廣告事業	
初　　　版	2023 年 9 月	
定　　　價	九編 52 冊（精裝）新台幣 120,000 元	

《大正藏》異文大典
（第十冊）

王閏吉、康健、魏啟君　主編

目

次

第七冊

第八冊

第九冊

第十冊

第十一冊

第十二冊

第十三冊

第十四冊

第十五冊

涉

步：[甲]1715 身則恭，[甲]1778 是，[三][宮]443 如來南，[三][宮]2053，[三][宮]2085 乃至中，[三]125 世界而，[元][明]901 筏二合。

抄：[甲]859。

帶：[明]2076 水耽。

到：[甲]1733 前後同。

非：[宮]2102 悟籍緣。

踐：[明]2059 六代年。

濫：[三][宮][聖]2034 相入。

漏：[甲]1708，[甲]2339 不定明，[原][甲]1851。

履：[三]375 無上菩。

妙：[三]2152 悟不。

沙：[福]375 斯路，[甲]2068 動離淳，[三]192，[三]985，[聖]1458 路時扶，[聖]1579 稠林故，[聖]2157 人造合。

攝：[甲]2195 是。

師：[乙]1724 茲。

氏：[宋][元][宮]2102 釋氏之。

談：[乙]2296 故若隨。

知：[甲]1733 初中一。

陟：[宮]2103 求難爲，[甲]1733 二嚴園，[三][宮]2060 還從和，[三][宮]2102 其此意，[三][宮]2121 榛木行，[乙][丁]2244 刃陟隣，[元][明]196 山頂王，[元][明]598 於中階。

摂

投：[甲]1724 世諦攝。

惛

疊：[聖]120 如是宣。

懼：[三][宮]2085 怖，[三][宮]2108 染衣之，[宋][明][宮]534 竄金翅。

怯：[甲]2879 怖心。

懾：[三][宮]2108 魔威於。

熠：[甲]2128。

摺：[宋][宮]2060 山。

歙

吸：[明]982 人精氣，[三][宮]2122 君氣者。

攝

摽：[甲]1708 化分。

撥：[甲][乙]1822 入四種。

抄：[甲][乙]2263 在之恐，[甲]1873，[甲]2396 説息災。

儘：[三][宮]1591 膽摧心，[三][宮]2103 思四果。

稱：[甲][乙]1822 語故此，[甲]2219 法自性，[甲]2273 不可言，[甲]2274 境別作，[原]1819，[原]1829 類不須。

乘：[甲]2339 已上後。

持：[甲]1700 他，[甲]1733 刹雨法，[甲]2211 多一字，[明]414 心入定，[三][宮][另]1543 一入意，[三]1058 身印第，[聖]1733 故二起。

船：[宮]1562 煖性流。

從：[三][宮]1562 二因各。

撮：[甲]2219 第一第，[原]2339

彼義以。

得：[元]1544 三此章。

棟：[乙]2261 故爾者。

斷：[原]1851。

對：[甲]1717 九。

復：[明]1559 一切諸。

隔：[甲]1851，[甲]2299 聞，[三]
[宮]671 及於滅，[原]1889 故云。

根：[甲][乙]2309 施衆生，[甲]
1724 法門六，[甲]2266 故今此，[甲]
2266 世間淨，[甲]2266 所，[甲]2337
本。

搆：[甲][乙]2194 有情號，[甲]
2250 衣蘭若，[甲]2266 行分別，[甲]
2787 重事誣，[原][甲]1781 取乳作。

構：[甲]2299 問答也。

貫：[甲]2339 整足圓。

橫：[甲]2255 論也問。

護：[三]279，[三][宮]395 身口
意。

機：[甲]2290 故現形。

即：[乙]1736 十時一。

極：[甲]2362 五蘊何。

繫：[乙]2263 初釋意。

揀：[甲][乙]2261 在第三。

將：[原]1205 持天王。

接：[甲]1851 善，[甲][乙]1239 衆
生而，[甲]871 之事未，[甲]1744 上
願行，[甲]1851 唯二一，[甲]1866 成
根欲，[甲]1983 天樂迎，[甲]1983 物
故使，[甲]1983 物諸有，[甲]2006 意
慧香，[甲]2223 微塵衆，[甲]2254 唯
有上，[甲]2362 二句一，[甲]2362 境

從，[甲]2362 一類，[甲]2366，[甲]
2395 法寶以，[甲]2400 四菩薩，[甲]
2412 肉眼佛，[甲]2412 之，[三][宮]
1579 十四者，[乙]1239 令出世，[乙]
1239 引衆生，[乙]1715 救之心，[乙]
2263 假從，[乙]2296 其斷心，[乙]
2297 化義則，[乙]2396 皆，[乙]2397
受。

據：[甲]2266 總合之，[乙]2263
共許有。

攬：[宮]263 護土。

類：[三]1544 苦智二。

立：[乙]、攝[乙]1736 初三可。

輦：[三][宮]2122 王。

兩：[宮][聖][另]1428 耳聽法，
[三][宮][聖]、而[另]1431 耳聽法，
[三][宮][聖][另]1428 耳聽法，[三][宮]
[聖]1429 耳聽法。

錄：[三][宮]1425 又籍其。

論：[原]1851 且隨其。

滿：[甲]、漏[甲]2195 而處胎。

墨：[原]1696 入法塵。

納：[宮]659 受善巧。

捺：[原]2208 結之。

捻：[三][宮]1428 熱巾裏。

躡：[三][宮]下同 1421 衣右手，
[聖]278 彼功德，[聖]1428 熱巾裏。

鑷：[三][宮][聖]1428 熱巾裏，
[三][宮][聖]1428 熱巾或。

祈：[甲]2068。

捨：[甲]1736 用歸體，[三][丙]
[丁]865。

設：[明]220 諸。

涉：[甲][乙]2397 入義五，[甲]2397 入法界，[甲]2397 入如帝。

弽：[元][明]513 決鎧帶。

慅：[三][流]360 怖莫不。

懾：[甲]1925，[三][宮]2060 當鋒年，[三][宮]2060 其風威，[三]152 投之，[宋][宮]2122，[宋][元][宮]、懼[乙]2087。

愯：[丙]2120 身慄慄。

生：[明]618 止觀。

時：[原]1851 爲促所。

識：[三][宮]1542 識一切。

示：[甲]1786 機。

是：[甲]1778 得五逆。

誓：[三][宮]1595 能違三。

釋：[甲][乙]1822 經蘊也，[甲][乙][丙]2810 決擇十，[甲]1828 攝現。

收：[甲]1733 然大用。

收：[甲][乙][丙]1866 體更無，[甲]1736 五爲二，[甲]2261 答非例，[甲]2263 若從本，[甲]2266，[甲]2270 立，[甲]2309 養事樹，[三][宮][甲]2053 梵本，[聖]1721 末歸本，[乙]2263 非獨覺，[乙]2263 無漏俗。

守：[明]31 斷有流。

授：[甲]1733 彼中根，[甲]1700 持種子，[甲]1782 受攝受，[三][宮]1525 取。

屬：[甲][乙]2263 聲也本。

説：[宮]1558 無爲義，[甲][乙]2288 如來者，[甲]1735 大覺性，[甲]2249 法非智，[甲]2249 劣惠之，[甲]2266 故者意，[甲]2901 有衆生，[明]1598 故名方，[明]1604 亦盡諸，[明]1651，[三]1560 無爲義，[三][宮][聖]397 爲三世，[三][宮]1509 一切，[三]1443 頌曰。

誦：[乙]2404 大儀軌。

隨：[甲]2274 一相違。

榻：[宮]2122 身安坐。

檀：[知]1581 一或攝。

提：[甲]2073 齊主武，[甲]2266。

謂：[三][宮]1648 戒此謂。

無：[甲]1830 四道通。

繫：[三]99 念安住。

顯：[甲]2290 三者一。

相：[甲][己]1830，[甲]1851 品中宣。

想：[甲]1700 散心於，[聖]1595 由奢摩。

性：[甲]2397 次第三，[乙]2263 二方，[原]2362 用別論。

脩：[聖]1509 一。

揚：[甲]2266 即無失。

樣：[甲]2164 眞實經。

耶：[聖]1563 若取前。

也：[甲]1705 觀識陰。

葉：[明]1450，[明]1450 波十號，[明]1451 波佛時，[明]1453，[三][宮]1442 波佛涅，[三][宮]1442 波佛時，[三][宮]1442 波在此，[三][宮]1442 波子末，[三][宮]1443 尊者那，[三][宮]1451 波佛出，[三][宮]1451 波佛於。

業：[宮]630 以法財。

揖：[甲]1778。

引：[原]1861 起染污。

猶：[甲]2270 如眼，[乙]1816 淺，[原]2339 是異生。

有：[甲]1736 五一文。

於：[甲]2263 心心所，[原]、[甲]1744 衆德二。

餘：[三]、攝亦名次第[聖]1582 名果。

緣：[甲][乙]1822 一切色。

擇：[聖]1562 故煖，[聖]1562。

照：[甲]1973 汝身心。

折：[甲]1705 剎那剎，[三][宮][甲]901 囉俱嚕。

輒：[宮]1592 取受用。

福：[甲]1805 縐內衣，[明]1424 當後兩，[三]、－[石]2125 上，[三][宮]1421 著前時，[三][宮]1435 上著爾，[三][宮]1435 著囊中，[三][宮]1459 婆他施，[三][宮]2108 衣屈膝，[三]99 爲座爾，[三]985 鉢麗毘，[宋][元]1462 目或動。

正：[甲]1735 入方便。

執：[宮]374 持是故，[宮]1435 鉢已取，[三][宮]1435，[三][宮]1595 持，[三]158 那彌樓，[三]192 持，[聖]425 各令亘，[聖]1421，[聖]1421 四方僧，[聖]1421 於闇中，[聖]1435 鉢尸利。

择：[甲][乙][丙]1074 婆二合。

種：[甲]871 義愛語，[甲]2261。

轉：[宋][元][宮][聖]1585 五識得。

拙：[甲]1816 付劣故。

總：[甲]1782 別合有。

麝

石：[三][宮]2123 香死後，[三]1332 香唅水。

憺

掉：[宋]184 惡露自。

情：[甲]2087 贍部聲。

攝：[甲][乙]1796 伏之，[三][宮]2122 影高同，[三][宮]2121，[三]184 伏阿夷，[三]2154 影高同，[元]1451 不知。

讋：[宮]1452 或有奔，[聖]190 驚怖馳。

㯓

憺：[三]190 等。

申

甲：[宮]1562 其理雖，[宮]1804 等應方，[甲][乙]1239 放右手，[甲]1238 放右手，[甲]2386 臂當前，[甲]2391 二頭指，[明][甲][乙]1225 普焰成，[明]2034 至仁之，[三][宮]2087，[聖]2157 六月在，[宋]、伸[元][明]1257 供，[宋]2146 無生論，[乙]1211 以進力，[乙]2391 風如鉤，[乙]2391 上若作。

曲：[原]2385 之也以。

伸：[宮]279 則離貪，[宮]2103 權道及，[甲][乙]901 五指指，[甲][乙]1799 三問，[甲][乙]1799 疑，[甲]1737 同異以，[甲]下同、[乙]901 下少曲，[明]、由[宮]2122 右手摩，[明]26 臂頃如，[明]2016 懺悔是，[明]

[甲]901 相博，[明]26 臂頃從，[明]26 臂頃於，[明]26 低仰儀，[明]125 盲者得，[明]125 迷者得，[明]1692 供養唯，[明]2060 悽敬可，[明]2121 一，[明]2122 臂內探，[明]、呻[宮]1435 鳴馬悲，[三]190 臂頃從，[三]375 欠，[三]968 金色右，[三][宮]、曳[石]1509 俯仰視，[三][宮]405 右手指，[三][宮]1562 手探摸，[三][宮]1442 供養長，[三][宮]1463 手取，[三][宮]1562 敬養起，[三][宮]2059 宋代何，[三][宮]2060 詞措筆，[三][宮]2102 三年實，[三][宮]2103，[三][宮]2103 伏膺之，[三][宮]2103 其遊矚，[三][宮]2103 其追遠，[三][宮]2103 如在之，[三][宮]2103 煙霧裏，[三][宮]2103 諮請願，[三][宮]2121 供養因，[三][宮]2123 薄伐邊，[三][宮]2123 宿習，[三][宮]下同 1425 手離語，[三][甲]2087 懺謝未，[三]1 臂頃至，[三]13 如是見，[三]26 申低仰，[三]26 手以摩，[三]46，[三]47 臂頃世，[三]64 卷舒持，[三]70 持僧伽，[三]76 囹圄囚，[三]79 臂頃如，[三]99，[三]99 臂頃以，[三]99 俯仰執，[三]101，[三]125，[三]125 臂頃便，[三]125 臂頃從，[三]125 低，[三]125 俯仰威，[三]125 盲者得，[三]125 手而取，[三]125 手接著，[三]156 拘躄者，[三]184 手，[三]185 臂，[三]186，[三]190 臂頃即，[三]215 俯仰不，[三]278 右手摩，[三]1582 俯仰若，[三]2087 臨空不，[三]2087 命方行，[三]2087 手蔽日，[三]2103 鄙意答，[三]2103 復咨，[三]2110 井集，[三]2125 拂地一，[三]2125 請白斯，[三]2145 道品以，[三]2145 己丹赤，[三]2145 其用己，[乙]2385 風火輪，[元][明]157 臂頃，[元][明]176 臂頃落，[元][明]220 金，[元][明]354 縮不受，[元][明]414 臂，[元][明]100 臂頃來，[元][明]100 臂頃尋，[元][明]158 臂從五，[元][明]158 臂於五，[元][明]158 右臂以，[元][明]200 其兩手，[元][明]407 其右臂，[元][明]1579 行，[元][明]2122 臂頃直，[元][明]2122 隨人留，[元][明]2122 一臂試，[元][明]2145。

身：[明]2122 毒賢豆，[三][宮]2060 令眾。

呻：[宮]279 菩薩解，[明]443 力如來，[三][宮]2122 吟，[聖][另]302 三昧日，[元][明]408 吼陀羅。

神：[甲]2301 一品明，[三]2060 逝，[宋][元]、伸[甲]901 臂把刀，[宋]2059，[元]2154 邀請諦。

述：[甲][乙]1709 梗於中。

豎：[明][甲]901 左小指。

甩：[宮]1470 兩足四。

所：[三][宮]377 供養爾。

通：[甲]1929 圓教大。

辛：[乙][丙]1306 日上向。

戌：[三]1096 勘會粗。

延：[甲]1304 如垂真。

曳：[宮]1464 手取鉢，[宮]2058 手指地，[三]2103 熊。

用：[甲]1929 也約此，[甲]2270
非爲獨。

由：[宮][乙]866 忍，[宮]279 三
昧何，[宮]1443 敬欲何，[宮]2102 毒，
[宮]2122 洗僧之，[甲]893 頂禮復，
[甲][乙]2223 解脫得，[甲]893 先，
[甲]1709 此經云，[甲]1804 途理在，
[甲]1828 此論名，[甲]2250 佛不更，
[甲]2266 彼地獄，[甲]2266 二所依，
[甲]2270 他顯，[甲]2274 能起申，
[甲]2299，[甲]2299 何生耶，[三][宮]
866 敬誦此，[三][宮]2034 起長者，
[三][乙]1092 法願甚，[聖]2157，[聖]
2157 二七亦，[宋]1009 手接彼，[宋]
2122 縮苦不，[乙]2249 破唯信，[元]
[明]2016 懺悔咸。

諛：[元][明]2110 區造占。

造：[甲][乙][丙]2163 求請來。

者：[甲]2274 還爲宗。

中：[宮]1591 雅喻由，[甲]、一
[丙]2397 金剛三，[甲][乙]2387 大小
指，[甲][乙]2328 頌文七，[甲]1200，
[甲]1512 經偈所，[甲]2266 難也護，
[甲]2270 宗本諍，[甲]2273，[甲]2296
道理故，[甲]2397 行住坐，[三][宮]
[聖]1421 明五法，[三][宮]317 布其
革，[三][宮]1817 其九喻，[乙]1796
若有眞，[乙]2261 自宗文，[乙]2391
敬教王，[原]、[甲]1744，[原]、中[甲]
1744，[原]、中[甲]1782 已，[原]1855
故。

仲：[明]2076 一問未，[三]、伸
[宮]2103 鉤之力，[三][宮]2026 手執

魔，[三]2110 怨責久。

抏

挽：[三][宮]1425 棄已。

抑：[甲]2128 也從手。

伸

甲：[明]1199 直空各，[三][聖]26
者如是。

申：[和]293 右手而，[甲]1786，
[明]2076，[三][宮]2060 還屈乃，[三]
[宮]2060 其戒誥，[三][宮]2122 呈使
獻，[三][宮]2122 供養疏，[三][聖]26
臂頃於，[三][聖]26 低仰儀，[三][聖]
125 臂頃得，[三]220 三摩地，[三]
2103 釋疑論，[聖]26，[聖]99 臂頃
以，[聖]125，[聖]125 臂頃便，[聖]
190 臂頃從，[宋][德][聖]26 低，[宋]
[宮][乙][丙]866 臂當前，[宋][聖]125
臂，[宋][聖]125 右手以，[宋][聖]125
右手指，[宋][聖]157 金色右，[宋]
[聖]190 其右手，[宋][元][聖]26 低仰
儀，[宋][元]158 臂之頃，[宋]1 臂頃
於，[宋]190 金色臂，[宋]190 舉右
手，[宋]190 其兩手，[宋]200 貧，[宋]
206 金光手，[宋]656 手障令，[知]26
低仰儀。

呷：[甲]1728 得，[明]2016 三昧
大，[三]26 多食心，[宋][元]954 嗽嗌
咳。

狎：[明][乙]1092 施，[三][宮]
[聖]225 當諦持。

曳：[宮]292 其右掌，[三]、申

[宮]2123 珠履於。

身

般：[三]2123。

報：[甲]2217 常住言。

背：[三]2110 昭彰於。

鼻：[三][宮]2121 所以者，[三]278 是爲，[元]421 無主故。

邊：[宮]618 所種善，[和]293，[三]157 若有已。

才：[三][宮]2103 以人標。

財：[三][宮]479 我昔修，[聖]285 消六十。

腸：[三][宮]721 虫身炎。

車：[乙]2391 二不相。

瞋：[三][宮]266 超越貢。

陳：[三][宮]2122 滄海川。

成：[甲]1736 即依法，[甲]2250 及法亦。

臭：[宮]1428 或受。

觸：[三]375 五業根。

串：[甲]2339 習熏練。

此：[甲][乙]2070。

刀：[甲]2830 落四脚。

道：[三]1461 通一分。

得：[原]、行[甲]2337 入聖得。

地：[和]293 作禮邊。

等：[三][宮]657 作所住，[三][宮]723 修行大，[聖]1552 識境界。

弟：[甲]2339 子也親，[甲]1731 子梵王。

第：[甲]2195 三業異，[甲]2299 戒心惠，[原]1776 三文殊。

多：[宮]397 牢固香，[宮]1548 觸苦受。

而：[三]154 清明能。

耳：[宮]278 諸大藥，[宮]384 計，[宮]613 內滿身，[甲][乙]2228，[甲][乙]2397 爲欲分，[甲]2401 從此法，[三]375 不以染，[三][宮][聖]613 吸火動，[三][宮]309 不念緣，[三][宮]1509 以是故，[三][宮]2121 兵仗凶，[三]158 施與中，[三]374 攙刺不，[三]1339 法味多，[聖]1458 有病，[宋][元]1443 垢不淨，[乙]2254。

法：[甲][丙]2381，[原]2196 身所依。

方：[丙]1830 表語聲，[宮]2112，[宮]2112 本非出，[甲]2337 爲主十。

肥：[三][宮]2043 壯時優。

分：[明]1552 分者自。

佛：[甲][乙]2434 以方便，[甲]1751 何以知，[甲]2263 由何有，[三][宮][聖][另]285，[聖][甲]1723 攝以名，[乙]2391 次第依，[乙]2396 一時一，[原]920，[原]1863 許爲報。

根：[明]1560 各定成，[三]、身根[宮]1546 見根乃。

躬：[三]202 體世尊。

果：[聖]375 故是故，[元][明]1582 圓滿足。

恒：[三]2122 常作客。

互：[宮]2112 受折辱。

化：[三][宮]679 爲有心。

及：[三][宮]286 血肉心。

即：[三]149。

寂：[宮]384 曉了諸。

甲：[三][宮][聖]231 而自莊，[宋][元][宮][甲]2053。

肩：[三]171 上有塵。

見：[甲]1736 論意若，[三][宮]1505 內受見，[三][宮]1519，[三][宮]1563 邊見戒，[三]1548 業身壞，[三]1560 邊見戒，[宋]1662 何愛，[元][明]291，[元]212 當，[元]1579 衆多有，[知]418 若諸佛。

皆：[三]、－[宮][甲]895 無主由。

界：[甲]2266 説無垢，[甲]966 遍照如，[甲]1742 起入一，[甲]1851，[甲]2212 生加持，[甲]2434 等於語，[三][宮]1611 到第一，[原]2196 爲量周。

今：[聖]125 息冷若。

進：[甲]1851 無厭得，[聖]1548 進有漏。

淨：[明]293 首戴華。

具：[乙]2408 接入。

厥：[甲]2810。

可：[明]721。

胯：[三][宮]1458。

劣：[宮]1912 也。

鸜：[甲]2006 光射七。

力：[宮]1562 故於義，[宮]2058 令衆咸，[甲]2367 不由他，[甲][乙]2261 同在一，[甲][乙]2328 乃至劫，[甲][乙]2390 善哉持，[甲]1733 通五六，[甲]1816 義者，[甲]2261 擘爲兩，[甲]2299 結集小，[三][宮]1579，[乙]850，[原]2262 差別相。

粒：[三]、－[宮]2059 并觀世。

陵：[三]2123 尊。

滿：[宮][聖][另]310 歸敬天。

名：[甲]1735 定名正，[甲]2192，[三][宮]1546 有八實。

命：[甲][乙]2070 天耳成，[甲]1736 者，[三][宮]411 令，[三][宮]606，[三]200，[乙]1816 捨財爲。

摩：[乙]2394。

目：[明]374 亦流淚。

年：[甲]1891 間終日。

鳥：[明]1336 體諸有，[元][明]223，[元][明]1509 到須彌，[元][明]1547 戰如獨。

氣：[明]663。

情：[宋]220 已得自。

軀：[明]2076 迴時願。

取：[聖]1440 小王無，[聖]26 覺樂謂。

人：[甲][乙]908 上想火，[甲]2039 議曰按，[明]1013 所樂於，[明]2154 濟賈人，[三][宮][聖]397 淨心淨，[三][宮]564 復有女，[三][宮]624，[三][宮]1435，[三][宮]1588 所作業，[三][宮]2121，[三][甲]1181 所願皆，[聖]211 雖更生，[宋]374 常觀身。

日：[甲][乙]1909 經生父。

若：[甲]2787 口無慚，[三]23 有起瞋。

色：[三]1485 非，[聖]397，[乙]2408 云云衣。

上：[原]、上[甲][乙]1822 鴿身。

捨：[三]1 已如所。

申：[甲]2845 心皆拜，[三][宮][甲]2053 禮謁發，[聖]231 金色右，[乙][丙]1209，[乙]2810 等業名。

伸：[宮]671 手而授，[三][宮]1425 手不相。

娠：[明]2121，[明]2121 便欲與，[明]2121 送歸其，[三][宮]2040 便欲與，[三][宮]2121，[三][宮]2121 此女利，[三][宮]2121 後生二，[三][宮]2121 臨，[三][宮]2121 滿月生，[三][宮]2121 乃生，[三][宮]2121 時婇女，[三][宮]2122 足滿十，[三][宮]2123 足滿十，[三]152，[三]212 我次應，[三]2121 月滿生，[元][明]180 數月見，[元][明]185 於是太，[元][明]186 不卒懷，[元][明]189 王，[元][明]746 之時即。

深：[甲]1735 定九竪，[甲]1736 心平等，[明]278 心。

神：[宮]402 者皆現，[三][宮][博][煌]262 得度者，[三]184 品第二，[三]2103 亡之日，[三]2110 光，[聖]1421 百千還。

生：[甲]1969 願生彼，[甲][乙]1751 不滅不，[明]721 色憔悴，[明][乙]895 爲眞言，[明]2103，[明]2121 捨臂先，[三][宮]、一[宮]2122 還生人，[三]1560 菩薩。

聲：[甲]1735 二於彼，[明]1050 出於惡，[明]277 作是語，[明]1598 數數分，[三]156 蹕地良，[宋][宮]357

不可見。

尸：[聖]211。

屍：[三]1982 臥種種。

師：[三][宮]2122 常在而，[乙]1723 亦爲勝。

石：[三][宮]1563 子。

食：[明]374 食身毒，[三]202。

時：[三]203 生歡喜。

士：[明]192 氣強盛。

世：[三]203 但曾作。

事：[明]220 非爲餘，[明]1656，[三][宮]1548 當疲懈，[元][明][宮][知]353 三乘衆，[原]2306 起滅爲。

是：[明]220 精進能，[明]1551 見等未，[明]1571 逐業緣，[宋]310 時我説，[原]899 者持莫。

飾：[甲]1067 殊妙體。

手：[三][宮]721，[三][宮]742 自斟酌，[三]193。

受：[甲]1816 小罪重。

樹：[元][明]202 多有諸。

水：[甲]923 灌頂。

説：[宮]1611 不變異。

死：[三]203。

寺：[宮]2060 亡法絶。

歲：[甲][乙]1909 受鳥獸。

所：[甲]1870 業作以。

貪：[甲]1912 等也故。

體：[宮]2008 汗流擬，[甲][乙]2207 或拔髮，[甲][乙]2211 乘月，[甲]2305 義分，[三][宮]456 便成沙，[三][宮]687 兩肩荷，[三][宮]813 不自想，[三][宮]1458 渡河若，[三][宮]

1521 火燃，[三][宮]2123 諸苦痛，[三][聖]125 作，[三]189 血現，[三]375 我諸弟，[聖]211 如此至，[宋][元][宮]2040。

天：[明]316 莊嚴具。

頭：[甲]957 是爲敬，[三][宮]1478 出其腦。

脫：[和]293 瓔珞莊。

王：[明][和]261 家有善。

爲：[甲]1836 假爲實，[甲]2068 凉苦息，[聖]2042 爲。

我：[明]1595 見二我，[三][宮]384 爲龍身，[三][宮]606。

物：[三]2149 故爲婦。

息：[三][宮]664 心常在，[三][宮]2123 令身麁。

相：[甲]1722 異體故。

想：[甲]2266。

項：[明]1000 背月輪。

邪：[三][宮][聖][另]1543 竟諸等。

頷：[三][宮]2122 如餓狗。

心：[宮]761 更有三，[宮]1509 生苦痛，[甲]2218 則意密，[甲]2400 中故故，[甲][乙]、己[乙]1250 命若口，[甲][乙]1822 化論，[甲][乙]1822 無漏心，[甲]868 中復，[甲]1742 身，[甲]1795 是圓覺，[甲]1821，[甲]2217 從頭至，[甲]2261 等者若，[甲]2263 離生，[甲]2266 及心法，[甲]2305 所作六，[甲]2339 不由他，[甲]2408 爲，[甲]2412，[甲]2434，[明]210，[明][甲]997 根樂殊，[明]99 念處者，[明]

154 護，[三][宮]279 無量德，[三][宮]268 不擾動，[三][宮]477 及心意，[三][聖]99，[三]211 守口三，[聖]99 善解脫，[石]1509 苦，[宋][宮]384 心識離，[宋][宮]2043 口業，[宋][元][聖]190 皮膚柔，[乙]1796 生，[乙]2263 未盡者，[乙]2263 之所因，[乙]2408 前觀，[元][明][宮]374 處胎歌，[元][明]273 五陰六，[元][明]1647 悅衆心，[原]920 世間，[原]2216 成佛，[原]1818 攝取故。

行：[三]192 而得甘，[宋][聖]210 淨不攝。

形：[別]397 離，[明]156 而住時，[三][宮]1509 又出家，[三][宮]413 光網以，[三][宮]581 償其宿，[三][宮]1425，[三][宮]1425 相觸得，[三][聖]643 如雲，[三]20 破碎亦，[三]125 體羸弱，[三]156 體因妄，[三]192，[三]202 作轉輪，[三]375 即於，[乙]2408 故人，[元][明][宮]374 無恥遊。

胸：[聖]643 內萬億，[聖]643 懸在。

尋：[三][宮]1563 修此念。

牙：[甲]1268 或取苦，[甲]2128 在穴中，[甲]2901 故善知，[三][宮]2103，[聖]1549 馬，[原]2271 親爲因。

芽：[三][宮]1549 長益，[三][宮]1558 豈非俱。

也：[甲]2195 住所豈。

業：[三][宮]619 心得清，[原]1695 之中惑。

一：[宮]279 隨心而。

衣：[明][乙]1092 服食三，[明]1430 入白衣，[明]1459 是雨宜，[聖]26 而。

遺：[三][宮]2121 骨起七。

已：[宋]、母[元][明]202 死失聲。

以：[三]158。

意：[明]309 入定，[三]22 形容具。

義：[甲][乙]1822 見斷，[甲][乙]2249 大小不，[甲]1828 諦分別，[甲]2214 出巧色，[甲]2396 是末，[甲]2434 或示他。

印：[甲]1512 作其了。

有：[宮]309 形亦復，[三][宮][聖]425 不計有，[三][宮]606 生老病，[三][宮]1550，[三]125 事佛，[宋][宮]765 降伏魔，[乙]2263 名。

浴：[明]2076 命師去。

緣：[元][明]1536 力勞倦。

樂：[宋]1102。

者：[宮]657 能，[甲]1835 如何得，[三]201 佛所説。

眞：[甲]、身[甲]1782 既不見，[甲]1828 如，[甲]2299 爲一見，[乙]2249 見之釋，[原][甲]1980。

之：[乙]1736 體用同。

支：[乙]2228 分。

中：[宮]606，[乙]1822 有，[乙]2263 之。

衆：[聖]1428 惡既除。

子：[宮]384，[三][宮]2045 王子與，[元][明]2103 葬嬴而。

自：[宮]1912 期於見，[甲]、身俱身但[乙]2261 俱，[甲]2036 現光中，[甲]2289 住靜室，[甲][乙]1822 表，[甲][乙]2259 境界未，[甲]1795 心本，[甲]1816 及五塵，[甲]1816 苦有餘，[甲]1961 心障菩，[甲]2207 體，[甲]2261 飛非無，[甲]2261 相，[甲]2266，[甲]2266 非情有，[甲]2266 懸樹葉，[甲]2266 證故文，[甲]2396 心本，[久]1488 應往助，[明][甲]1216 燒然，[明]1525 業此明，[三][宮]、身示示自[聖]292 示在三，[三][宮]1563 見隨增，[三]1 不殺生，[三]1 居心自，[三]198 歸法者，[三]2146 穢經出，[聖]626 於身無，[聖]1425，[聖]1509 體輕便，[宋][元][宮]、有[明]1435，[乙][丙]1202 食了將，[乙]2396，[元][明]190 不現，[元][明]193 隱短穢，[元][明]477 發言以，[原]、自[甲]1782，[原]2251 中最明，[原]1863 證聖智，[原]2196 體四德，[原]2339 體。

足：[三][宮]2103 廣百步。

罪：[宮]2123 生兜率。

尊：[甲][乙]894 及己身，[甲]1201 印，[甲]2410 願，[乙]2408 也故。

呷

呷：[宋]370 他禰二。

啼：[三][宮]2121 喚世尊。

侂

沈：[甲]2068 儴。

莘

　蓺：[三][宮]2103 姒慧雲。

屾

　瞬：[三][宮]2102，[三]2102 一閱
以。

娠

　躯：[三][宮]2122 父母驚，[宋]
[宮]、體[聖]224 天中天。

　身：[宮]2122 相師占，[宮]1435
以憂愁，[宮]2040，[三]202，[三][宮]
374 又如，[三][宮]2122 其大夫，[三]
[宮][聖]1421 從常供，[三][宮][聖]
1421 諸比丘，[三][宮][聖]1425 女人
春，[三][宮][聖]1428，[三][宮][聖]
1428 婦女與，[三][宮][另]1435，[三]
[宮][另]下同 1428 即往家，[三][宮]
[石]1509 滿月生，[三][宮][石]1509
乳兒非，[三][宮][知]384 報言我，
[三][宮][知]384 具滿十，[三][宮]518
諸夫人，[三][宮]1421 必疑比，[三]
[宮]1428 彼自墮，[三][宮]1428 女人
受，[三][宮]1428 時婬女，[三][宮]
1435 女人來，[三][宮]1435 時四知，
[三][宮]1435 聞夫欲，[三][宮]2122
不給衣，[三][宮]2122 具，[三][宮]
2122 日月滿，[三][宮]2122 至滿十，
[三][聖]26 而，[三][聖]125 十月欲，
[三][聖]125 宜自，[三][聖]200，[三]
[聖]200 共弟，[三][聖]375，[三]1 生
一摩，[三]152 得男又，[三]152 更取
其，[三]152 所生男，[三]156 生子夫，

[三]202 聰，[三]202 而語夫，[三]202
日月已，[三]2122 滿足十，[聖]125
長者聞，[聖]125 亦不知，[聖]189 王
聞太，[聖]1425 月滿生，[另]1428 女
人有，[另]1428 王作是，[宋][宮][聖]
1425 月滿，[宋][宮]1425 比丘尼，
[宋][宮]1425 轉轉腹，[宋][宮]1435
利根女，[宋][宮]2123 月滿生，[宋]
[聖]189 王宜問，[宋][元]、[宮]2040
王宜問，[宋][元][宮][聖]1428 諸比
丘，[宋][元][宮]553 時㮈女，[宋][元]
[宮]1435 畏夫瞋，[宋][元]125 王聞，
[宋][元]185 皆來朝，[宋]1435，[元]
184 皆來。

深

　般：[甲]1918 若此明。
　保：[丙]2163 法師。
　備：[三]2149 慧學該。
　波：[明]220 般若波，[元][明]23
三百三。
　纔：[聖]200 自思惟。
　察：[聖]1509 因緣法。
　常：[三][宮]656。
　琛：[甲]2255 法師本，[甲]2255
法師云，[三][宮]2060 明芬。
　成：[宋][元][宮][聖]、成深[另]
1509 般若波。
　除：[甲]1851 佛及僧，[甲][乙]
2328 心愛樂，[甲]1089 慚愧引，[甲]
1816 非無能，[甲]1816 故以三，[甲]
1851 破相，[甲]1851 證實性，[甲]
1929 入共念，[甲]2068 副本圖，[甲]

2290 禪定文，[甲]2299 而且大，[甲]
2299 識罪相，[甲]2299 水火坑，[甲]
2299 位，[甲]2300 相欽味，[甲]2312
悲愚，[甲]2339 故事細，[乙]1816 密
并唯，[乙]2254 思，[原]2264 眞如
餘，[原]2339 微細結。

淳：[宋][元][宮]、渟[明]2123 淵
澄海。

大：[甲]1891 奇，[三][宮]2121 坑
深。

當：[三][宮]1646 思惟所。

發：[聖]1579 心趣入。

法：[宮]286 厚功德，[甲][乙]
2778 玄之典，[甲]1709 且初第，[甲]
2290 經皆爾，[明]1191 信即得。

佛：[三]197 法寶。

浮：[乙]1796 紫蜀。

復：[三]202 懷歡息。

谷：[甲]1839 等中或。

菓：[三][宮]342 山學爲。

還：[甲]1851 記色。

後：[甲]2299 老宿人。

堅：[甲]1816 固大菩。

減：[三]、車[宮]2122 猶如。

漸：[甲]2339 教所談。

解：[宮]309 了妙法。

淨：[甲]2255 那有智，[三][宮]
278 入最勝，[三][宮]294 具八功，
[三][宮]1571 妙旨未。

久：[三][宮]2060 所。

具：[原]1160 低帝屠。

牢：[乙]1723 固。

理：[甲]1816 義位若，[三][宮]

2122。

梁：[聖]1509 潤各住。

流：[甲]1736 至淺謂，[三][宮]
1428 水中，[三][宮]1428 水中洗，[乙]
[丙]2394 入時當。

落：[三][宮]1425 坑願度。

略：[甲]2289。

彌：[三][宮]2040 比丘。

其：[甲][乙]1822，[乙]1736 廣
下經。

奇：[三]2060 辯開疑。

前：[甲]1735 中二先。

潛：[宮]2059 法師理，[三][宮]
2059。

淺：[甲]2339 宣說諸，[乙]1736
已能總，[乙]1796 行阿闍。

勤：[聖]227 心精進。

清：[宮]1522 淨身業，[明]286
淨口業，[三][宮]657 淨持戒。

渠：[三][宮]1428 水，[三][宮]
2121 水浴遙。

染：[丙]2777 者見衆，[高]1668
極妙契，[宮]309 法不以，[宮]240 著
清，[宮]411 生憎嫉，[宮]765，[宮]
1425 腋多毛，[宮]1509 今動大，[宮]
1509 思惟施，[宮]2060，[甲]2130 衣
也華，[甲]2262 諍論云，[甲][乙]
1822 不爲障，[甲][乙]2261 熏成識，
[甲]1120 交印乃，[甲]1710 勝空者，
[甲]1718 故頌，[甲]1718 心所行，
[甲]1736 玄餘句，[甲]1744 今是觀，
[甲]1782 無明皆，[甲]1782 滯贊曰，
[甲]1805 著三違，[甲]1828 景云小，

[甲]1830 意趣述，[甲]1833 心先與，[甲]1873 法衆生，[甲]1921 利之，[甲]2214 欲諸有，[甲]2219 衆生界，[甲]2250 生誹謗，[甲]2261 穢於母，[甲]2266 推度是，[甲]2266 著，[甲]2337 歸淨故，[甲]2362 慢是故，[甲]2401 故不可，[甲]2792 污心男，[甲]2837 淨於此，[甲]2837 神歷劫，[明]2123 苦獲無，[明][宮]1525 衆生行，[明]1123 交印乃，[明]1442，[三]212 法不問，[三]721 苦是爲，[三][宮]1604 心修習，[三][宮][聖]318 勞穢我，[三][宮][聖]1562 理趣此，[三][宮][石]1509 著不捨，[三][宮]443 脇如來，[三][宮]636 行，[三][宮]656 法不可，[三][宮]657 縛依，[三][宮]721 樂成，[三][宮]721 著觀，[三][宮]847 故以是，[三][宮]1505 癡爲色，[三][宮]1509 心爲事，[三][宮]1509 著心，[三][宮]1509 著亦無，[三][宮]1521 著煩惱，[三][宮]1522 觀，[三][宮]1522 淨心故，[三][宮]1548 見過患，[三][宮]1558 生味著，[三][宮]1563 細如舍，[三][宮]1579 心棄捨，[三][宮]1596 淨心故，[三][宮]1602 可染著，[三][宮]1672 惡法宜，[三][宮]2045 著眼識，[三][宮]2059 三年功，[三][宮]2102 足支年，[三][宮]2121 著不成，[三][聖]125 著色者，[三][聖]190 著於愛，[三][聖]268 著志樂，[三][乙][丙]873 智菩提，[三]37 有榮色，[三]99 著貪樂，[三]192，[三]193 重塵勞，[三]194 著於樂，[三]202 化

逮成，[三]212 著，[三]212 著世利，[三]286 樂受故，[三]385 非我誰，[三]682 意之所，[三]1341 著迷之，[三]1509 著，[三]1604 何況利，[三]2145 疊戻分，[三]2145 謂之智，[三]2145 五，[聖]1562 細如舍，[聖]1579 起藏護，[聖]1579 染，[聖][另]1453 青律文，[聖]26 著於有，[聖]278 解衆生，[聖]1458 生敬信，[聖]1562 生愛敬，[聖]1562 信生名，[聖]1579 見過患，[聖]1579 生信解，[聖]1579 生厭患，[聖]1579 心喜樂，[聖]1595 諸佛已，[聖]1733 音，[聖]1763 習一愛，[聖]1763 者是則，[另]1459 摩舍那，[石]1509 色等諸，[石]1509 是中是，[石]1509 心貪著，[宋][明][甲]1171 著不捨，[宋][元][宮]1546 著善法，[宋][元][宮]1558 生喜慰，[宋]1340 慚愧勿，[元][明][宮]656 識功勳，[元][明][宮]1509 摩根羯，[元][明]99 著微妙，[元][明]187 於愛著，[元][明]268 著於三，[元][明]1509 惡心行，[元][明]1509 著世間，[元][明]1509 著是樂，[元][明]2042 惑著，[原]、[甲]1744 後三觀，[原]、染[聖]1818 淨因緣，[原]1776 不有故，[原]1776 無失始，[原]2196 無淨義。

沙：[聖]2157 汴州演。

晱：[聖]125。

善：[三][宮]1606 住極煩，[宋][宮]657 能自嚴。

身：[甲]1735 心有二，[明]278 忍已一，[明]312 心清淨。

沈：[甲]1799 保綏哀，[甲]2017 痾，[三][宮]2059，[宋]945 保持覆。

甚：[甲]1911 妙若，[甲]1733 幽玄無，[甲]2017 困劇不，[聖]190 多計我。

聲：[明]220 般若波。

尸：[明]100 摩問第。

殊：[聖]211 妙非世。

說：[宮]397 佛法不，[明]350 經不解。

思：[聖]639 廣義應。

斯：[宋]、彌[元][明]425 斯梵天。

貪：[甲]1965 利。

探：[宮]263，[三][宮]310 啄於髓，[三][宮]542 割其陰，[三][宮]2060 小騰實，[元][明]196 知調達。

突：[甲]1805 處道。

微：[三][宮]434 妙之慧。

細：[甲]1828 此如。

繫：[甲]2311 縛有情。

閑：[甲][乙]2263 可思之。

現：[甲]2266 行即深。

心：[三]279 歡喜煩。

行：[三]1509 般若波。

修：[明]657 行。

洋：[乙]1822 流安。

耀：[三]193 虛空坐。

餘：[宮]1521 加重瞋，[乙]2263 義且存。

淵：[明]212 淵也云，[三]192 纓絡如。

源：[甲][乙]2263 依大師，[甲][乙]2296 底一大，[甲][乙]2296 迴殊跡，[乙]2263 成六識，[乙]2263 守護法，[乙]2390 相叉別。

運：[甲]2393 心遍及。

在：[宮]618 泥。

滯：[甲]1782 遲緩行。

衆：[宮]342 經而得。

紳

坤：[三][宮]2104 幸祛其。

神：[明][甲][乙][丙]1277 線角絡，[三]2103。

訷

伸：[宋][明]1128 讚謝已。

罧

心：[原]904 字左右。

詵

洛：[宮]866 遮。

訖：[乙]931 遮四薩。

甡：[元][明]1331 林。

說：[甲]853 嚩唎三，[甲]974 者，[三]2122 撰是遠，[乙]2393 者弭我。

蔘

參：[明][宮]2103，[三][宮]1546 子有，[三][宮]1566 菴摩羅，[三]2125 湯飲之。

鰺

臊：[元][明][宮]2121 臭無。

什

比：[宋]2059 譯出經。

付：[宮]2122 參，[甲]2120 物茲自，[甲][乙]2194 本佛制，[甲]1816 本文略，[明]1421 物布，[明]2154 迦葉同，[乙]1816 物不闕，[乙]2157 於沙勒。

何：[甲]2300 曰眼見。

麼：[明]2076 麼曰學，[明]2076 麼打某。

恁：[甲]2036 麼僧。

仆：[宋][元][宮]2060 似任羅，[宋][元]2061 其。

甚：[甲]2006 麼字山，[甲]2036 麼鼻孔，[明]2076 麼處被，[明]2076 麼閑於，[明][甲]1988 失却僧，[明]1988，[明]1988 麼事僧，[明]2076 不到曰，[明]2076 麼道理，[明]2076 麼疑情，[明]2076 麼曰學，[元]2016 麼筋骨，[元]2016 麼六道。

濕：[丙]931 嚩二合。

十：[甲]1512 公所，[三][宮]1579 物菩薩，[聖]1464 物語諸，[宋][宮]397，[宋][元][宮]1442 物豐。

拾：[原]2001。

滕：[宋][宮]、騰[元][明]1579 之芳軌。

仲：[聖]2157 以。

神

悖：[明]2060 色無異。

被：[三][宮]1509 所治病。

便：[三]184 散馬聲。

補：[甲]2176 記并念，[乙][丁]2244 處龍王。

怖：[宋][宮]901 病者以。

禪：[丙]1246，[甲]1727 變故云，[甲]1851 定如從，[甲]1851 呪力得，[甲]2036 宗悼，[明]221 足五根，[明]2145 足釋慧，[三][宮]1648 通第三，[三][宮]2122 足由常，[三][宮]329 慧之光，[三][宮]398 定意諸，[三][宮]705 足，[三]186 思坐定，[三]1549 止處因，[聖]222 足五根，[聖]222 足根力，[聖]271 通解脫，[聖]410 足無礙，[宋]384 足能分，[乙]2392 室口持，[元][明]321 足諸根，[原]1778，[知]384 足住壽。

臣：[明]2123 寶，[三][宮]534 怖悸逃。

辰：[乙]2408 者宿，[原]1311 錢畫所。

宸：[三][宮]2121 慮取。

初：[甲]2266 識從足。

祠：[三][宮]、祆[聖]1451 廟依俗。

德：[三][宮]263 輒來擁，[三][甲][乙]1125 力故於，[三]1339 諸天前。

等：[三][宮][甲]901 起大慈，[三][宮]444 不能起。

第：[三][宮]2121。

顛：[原]1267 狂及疥。

佛：[甲]1239 之總，[三][宮]1521 力令厭，[聖]2157 龍三年，[原]1248 前。

福：[甲]2081 德智惠，[明]397，[三][宮]479 莊嚴身，[三][宮]729 乘雲風，[聖]2157 等，[元]807 巍巍其。

功：[三][宮]657 德，[三][宮]657 德眾生。

歸：[聖]222 通證。

鬼：[三][宮]263 突鬼蠱。

胡：[三][宮]2060 也王。

洹：[三][宮]386 林當空。

魂：[元]540 珠掛著。

即：[三][宮]2121 殺舊龍。

津：[宋][元][宮]、律[明]2102 劍揮。

具：[三]202 足變現。

郡：[宮]1421 力飛。

坤：[三][宮]2123 地也。

來：[三][宮]827 聽道。

禮：[三][甲]1080 敬讚歎。

力：[三][宮]672 復白佛。

立：[三][宮]453。

命：[三][宮]2122 忽出便。

袍：[宋]2154 呪經遺。

魄：[三]143 受形當。

祈：[宋]、祇[元][明]685 邪魔外。

人：[明]2123 言可三，[三][宮]2121 從何國，[乙]2092 長大六。

色：[乙]867 線即能。

申：[明]2154 千數皆。

伸：[宮]2108，[三]、申[聖]189，[宋][元]2060 明。

身：[甲]952 通成就，[甲]2207 又曰夫，[明]1521 異如上，[三][宮]2102 邁俗皆，[三]193 變現諸，[三]2103 遠。

升：[甲]2195 趣定性。

師：[甲]2400 賢劫千，[三][宮]2060 之威也。

識：[三]1564 微塵涅。

釋：[宮]657 等恭敬。

祀：[明]1300 祇其日。

所：[三][宮]2104。

天：[甲][乙]、神藥本作天神二字897 印及諸，[三][宮]638 皆發無，[三]152 矣執仁。

通：[三][宮]397 力障日。

王：[甲][乙]1246 又別請，[明]664。

威：[三]279 力普，[三][宮]657 德故阿，[三][宮]657 德難勝，[三][宮]657 德人天，[三]279 力普觀。

狎：[甲]1969 二乘又。

邪：[甲]2401 者所以。

歆：[甲]2128 食氣也。

袖：[甲]2183 護寺，[宋]2122 以，[乙]2408 内造之，[原]1113 手。

押：[明][甲]1175 智入掌。

蚰：[宮]381 不生梵。

知：[三]309 識永離。

智：[三][宮][聖][另]310 慧無量，[原]1851。

種：[聖]1509 於世間，[宋][元][宮]1522 通，[乙]2408 字歟又。

諸：[明][甲]1177 力未曾，[宋][元]1331 女護某。

主：[宋][元]、王[明]10982。

住：[三][宮]1435 處莫作。

子：[聖]99 說是偈。

沈

純：[三]2123 靜起業。

戴：[甲]2068 經函。

耽：[明]1636 涵不嚚，[三][宮]1559 著處故，[三][宮]2060 於道術。

酖：[元]、耽[明]2108 涵世樂。

躭：[明]269 著。

汎：[甲][乙][丙]1833 爾言聲，[甲]2792 諍餘，[三]2122 或隱遷，[聖]425 流化外，[乙]2263 隱故不。

該：[甲]1735 涅槃顛。

沆：[宋][宮]2122 祕競以。

洪：[宮]721 水若以。

既：[宋][宮]2060。

降：[另]1721 如舍重。

境：[甲]1828 審緣故。

坑：[三][宮]2103，[乙]2309 及水輪。

況：[宮]630，[宮]721 既相沈，[宮]2123 生死不，[甲]1735 百萬僧，[明]433 吟。

流：[甲][乙]1822 掉不平，[甲]1921 散障，[甲]2130 香第三，[甲]2217 心實際，[甲]2217 滯久，[三]、汎[宮]2060 深巨，[聖]310 吟三曰。

沒：[三]375 法橋欲。

沒：[甲]1178 在無明。

深：[甲]2036 研幽頤，[甲]2068 事近而，[甲]2128 也，[三][宮]2103 溺之憂。

說：[乙]2261 下。

脫：[乙][丙]870 於。

微：[乙]2263 隱故不。

洗：[宮]1428 水若栴，[甲]、澆[乙]1225 空器中，[甲]2068 橋。

香：[明]1336 水香散。

修：[甲]2018 機絕。

學：[三]2063 思精研。

悅：[宮]2060 隱末。

枕：[三][宮]2122 痾。

鴆：[甲]1925 毒為義。

審

曾：[宮]754 和上。

察：[宮]310。

當：[宮]1545 諦而取，[甲][乙]2317 今即釋，[甲]1811 實異解，[甲]1816 觀察，[甲]2358 不律，[甲]2404 知今欲，[三][宮]263 乎諸菩，[三][宮]323 恭敬奉，[三][宮]461 諦，[三]1579 問彼汝，[聖]但傍註有審或本三字 1509 定必當。

番：[甲]1801 者分經。

觀：[三]1579 觀察心。

害：[甲]2266 思幽旨。

空：[元][明]309 無礙如。

密：[明]193 實必當，[三][宮]2059 年，[三][宮]2102 孝享之，[三]2154 者非為，[聖]1549 諦彼若。

容：[三]329 汝等於。

實：[三][宮]1428 是佛耶。

悉：[三][宮]1509。

詳：[聖][甲]1733 此五句。

真：[三]2122 實，[原]1854 實浮虛。

知：[三][宮][聖]754 不偷橫。

甚

薄：[三]196 少別使。

貝：[聖]425。

大：[宮]481 多天中，[三][宮]2103 弊傷道。

逮：[三][宮][另]1509 深法。

惡：[甲]1822 者名惡。

蓋：[三][宮]1549 彼。

垢：[三][宮][聖][另]1428 濁恐世。

好：[三][宮]2042 平等如。

基：[聖][另]285 大瑠璃。

憍：[三][宮]398。

皆：[甲]、甚 1821 可愛樂，[甲][乙]1822。

盡：[甲]2217 懸絶者，[三]331 其身命。

具：[宮][聖]411 圓滿或，[宮]2122 矣，[明]220 報故，[三][宮]1521 嚴飾殊，[三]186 無限。

堪：[三][宮]402 無量勤。

某：[元]1545 爲快哉。

逆：[宮]2123 迷。

虐：[三][宮]2045 失我聖。

其：[博]262 大久遠，[宮][聖]310 明其性，[宮]225 深微妙，[宮]317 堅強在，[宮]397 爲難得，[宮]482 爲難集，[宮]532 狹劣，[宮]635 快妙哉，[宮]2034 有條，[宮]2048 不惜也，[宮]2059 奉法遇，[宮]2121 能剃髮，[宮]2123 轉復，[甲]、善[乙]895 内，[甲][乙]1822 爲有用，[甲][乙]2249 不可也，[甲][乙]2286 不覺失，[甲]1736 有，[甲]1834 愛於王，[甲]2087 懷震懼，[甲]2193 爲奇特，[甲]2214 深祕纏，[甲]2217 深者歟，[甲]2259 隔不可，[甲]2263 有善巧，[甲]2266，[甲]2270 哀曰孟，[甲]2299 意趣謂，[甲]2870 少善男，[明][甲]997 深義微，[明]156 難及也，[明]212 爲苦，[明]549 親子今，[明]1636 深，[明]2076，[三]、－[乙]1796 謂木，[原]1744 説中道，[原]2196，[原]2339，[原]2339 此經文。

初：[原]2126 年爲耆。

處：[宮][聖]664 處常識，[甲]2266 處多，[三][宮]382 處賊兵，[宋][明][宮]278。

此：[宮][三]1571 則恒未，[宮]1509 難云何，[甲]1816 又此，[甲]1922 生是事，[甲]2035 方乃天，[乙]2263 等。

大：[明][聖]663 愁怖而，[三][宮]509 慚怖肅，[宋][宮]、而[元][明][聖][石]1509 慢者。

倒：[三]1564。

得：[甲]2266，[甲]2266 生類必，[三][宮]397 廣長舌，[三][宮]453 懈怠亦，[三]100 喜樂能。

德：[甲]1771 五月日，[甲]2219。

等：[甲][乙]1822 此師説，[三][宮]374 以聞法。

妬：[三]732 嫉三者。

對：[甲]2263 現行法，[原]1851 時雖隔。

多：[三][宮]671 佛子所。

墮：[三]、隨[甲]1579 諸惡趣，[三][宮]544 畜生中。

惡：[原]、惡[甲]1781 不淨土。

爾：[甲]1929 小善必，[乙]2263 也付。

二：[甲]2371 法身照，[三][宮]732 復苦便。

發：[甲]1742 廣大。

法：[宮]1552 彼亦緣，[甲]2300 所歸也，[甲]1742 界衆生，[甲]2396 身或言，[明]223 故求阿，[三]245 性，[三][宮]1610 變異者，[三][宮]671 不知如，[三][宮]1548 此五智，[三]190 故，[三]1564，[聖][知]1581 是名攝，[聖]222 法有生，[聖]222 無所希，[聖]1509 虛妄法，[宋]423 誹謗一，[乙]2263 起，[元][明]1562 因和合，[元][明]120 度無量。

犯：[三][宮]1458 復有。

方：[乙]1723 遠見故。

非：[甲]2299 故但名，[明]1544 已盡梵，[三]375，[三]1548 起是名。

菲：[聖]1462 誹謗想。

分：[明]1421 離憂悲。

父：[明]220 母圓滿，[三]220 身圓滿。

復：[原]2339，[知]1579 不動如，[中]223 疑悔須。

蓋：[元][明]992。

告：[聖]231 善知識，[另]310 結使法，[元][明]119 我從聖。

根：[三][宮]2121 縱。

共：[三]374 嘲調言，[原]1861 故。

故：[甲]1782 今以事，[甲]1828 當知至，[三][宮][聖]397 善逝身，[宋]1646 故知生，[元]1566 時亦無。

光：[三][宮]1552 天二百。

恒：[三][宮]2122 常供養。

後：[三]1569 復何用。

華：[宮]310 在水。

化：[元]1566 者。

懷：[三][宮]481 恐懼墮。

患：[三][宮]1507 癩佛命。

會：[甲]2882 聞經歡，[宋][明]397 悉無覩。

佳：[宋][元]721 知業報。

見：[宮]416 處遊從，[宮]421 應見三。

皆：[三]1181 大歡喜。

劫：[三]639 設令得。

金：[元][明]385 蓮華。

盡：[宋]310 邊故。

淨：[明]1 爾時婆，[三][宮]461 八千人。

具：[三][宮]587 慚愧等。

據：[甲]2250 人中身。

君：[三]2103 之高尚，[乙]2092 惡凡諸。

開：[原]1749 中中生。

康：[三][宮]408 存之日。

可：[甲]2313 滅之實，[宋]509 難值百。

客：[元][明]484 願爲我。

空：[甲]1735 無貪無，[甲]1705

之文衆，[三][宮]564，[三]99 見於佛，[元]1509 今世六。

苦：[甲]、身[甲]1829 是，[三][宮]416 所有世，[三]311 何時當，[三]1331 悉得休，[乙]2390 種種剪。

來：[甲]1717 惡爲機，[甲]1828 法定無，[甲]1960 是自心，[明]1579 依衆緣，[三]374 亦，[聖]1547 彼領四，[宋][元]657 王即告，[原]1851。

老：[三][宮]657 病死往。

類：[三]25 能得如，[乙]2263。

黎：[三][宮]425。

立：[甲]2782 於芽若，[甲]1782 宮室莊，[三][宮]481 所。

利：[三]2108 生無以，[宋][宮]、刹[元][明]657 亦生佛。

量：[原]905 阿字門。

林：[原]、林[甲]2006 三二五。

滿：[三]125。

門：[三][宮]2122 所兒即。

萌：[三][宮]385 類說過，[聖]125 所。

迷：[三][宮]2123 聲遍十。

滅：[甲]1736 照見惑，[甲]1851 故，[明]220 故當知，[明]273 性滅是，[聖]223 故世尊，[宋][宮]358 即是。

名：[甲]2300 師子類。

命：[三][乙]1100 宿。

母：[宋][元]765 於天中。

乃：[宮]1451。

惱：[三][宮]512 心。

能：[宮]397 栽轉入，[明]2016

持水能。

年：[宮]2074 一。

鳥：[宮]2121 語三者。

牛：[明]316 先食青，[三][宮]1562 性等例，[宋][元]1559 所得他，[元]2122 不驛長。

品：[三]187 尊者皆。

七：[三][宮]1547 生。

起：[甲][乙]1822 故若言，[甲]1736 十善厭，[甲]1782 若心淨，[甲]2814 能見相，[三][宮]810 恐懼緣，[三][宮]1435 我曹失，[三]375 奇特想，[乙]2263 故名分，[乙]2263 失如以。

切：[三][宮]425 生死之。

去：[宮]397 老死名，[甲]2196 死不遠，[三][宮]313，[三]1344 從本以，[聖]1462 悔心便，[宋][元]2121 閻浮提，[乙]2263 現時果，[元][明]614，[元][明]2123 結積累，[原]1309 不敢到。

燃：[宋]、然[明][聖]475 不滅如。

人：[宮]279 不經患，[宮]263 於諸，[宮]2123 受胎之，[甲][丁]2092 産，[明]293 是故聲，[明]423 壽，[三][宮][聖][另]1458 八劣謂，[三][宮][聖]223 須菩提，[三][宮]403 善，[三][宮]425，[三][宮]425 使發道，[三][宮]2123 所見罵，[三]186 來，[三]212 祠祀亦，[三]1441 方便妄，[聖]279 以能了，[聖]211 有七不，[石]2125 乃是性。

任：[元][明]309 意著此。

日：[三]1336 必果所，[元][明]2043。

如：[甲]1926，[宋][宮]397 大慢於。

汝：[聖]125 且汝而。

入：[甲]1736 一切諸。

潤：[乙]2263 已長種。

若：[明]1462 人出舌，[三]、一[宮]1548。

三：[宮]278，[宮]1652 分，[宮]2123 在世之，[甲]1512 於實相，[三]1227 益壽若，[宋][元]221 至竟足，[元]455 日必奉，[元]2016 即彼萬，[元]1647 種種苦。

色：[甲]1751 身答據，[甲][乙]2391 大小乘。

僧：[宮][甲]1912 臥具將。

山：[宮]1998 生鷲驚，[明]2076 去也洞，[三][宮]2040。

善：[甲]2255 准之可，[三][宮]329 故必成，[三][宮]1488 故無量。

上：[宮]397 法忍轉，[宮]790 天難生，[宮]1421 疑問，[宮]2025 殿必與，[甲]、生[甲]1782 法忍皆，[甲]已]1958 年禾喪，[甲][乙]2391，[甲]853 娑嚩二，[甲]1709 滅異凡，[甲]1816 忍上中，[甲]1821 種種色，[甲]1922 忍時知，[甲]2266 故第四，[甲]2339 約，[甲]2397 忍者，[明][宮]649 法中，[明]294 成滿本，[明]1195 不滅故，[已]1958 兜率位，[三]、止[宮]2122 善身口，[三][宮]2104 於佛佛，[三][宮]729 天天上，[三][宮]765 果，

[三][宮]790 天譬如，[三][宮]790 天其有，[三]91，[三]108 聖智具，[聖]310 滅義今，[聖]397 忍如過，[宋]、至[元][明]424 極樂世，[宋][宮]1509 法忍聞，[宋][元]672 有非有，[宋][元]1545 羞，[乙]2215 觀時先，[乙]2397 王等有，[元]、止[明]1594 滅，[元]1604 一切時，[元][明]440，[元][明]1595 本識上，[元]1595 他苦。

尚：[甲]2217 空云何。

少：[甲]2250 也已上。

捨：[原]1158 身後生。

攝：[甲]1828 引發生。

身：[宮]374 不，[甲][乙]2263 非別生，[甲][知]1785 爲生空，[明][和]261，[明][乙]1092 安樂國，[明][乙]1092 後直往，[三][宮]618，[三][宮]1547 不現者，[三]153 或是正，[聖]1582 死舍，[原]1972 也衆生。

牲：[三][宮]2103，[元][明]1339 爾時諸。

甥：[三][宮]1647 優。

銍：[三]1470 二十。

聲：[甲]2263 名等，[甲]2312 謂本無，[原]1821 邊說聲。

盛：[三][宮]616 不。

勝：[甲]2250 義。

聖：[甲][乙]1822 所集觀，[甲]2266 故更有，[甲]2305 之中佛，[甲]2898 在佛，[三][宮]397 呵責人，[聖]1763 佛性階，[乙]1796 之所稱，[乙]2320 慧斷惑，[原]1863 樂行法。

失：[宮]657 如來，[甲]1735 時

故十，[甲]1839 者此非，[甲][乙]1822 如色等，[甲]2250 之處常，[三][宮]1579 火之所，[三][宮]1598 得過失，[三]99 於正念，[聖]2157 不滅經，[另]1543 欲界律，[原][甲][乙]2254 故後復，[原]2408 耶。

屍：[三]1546 評曰應。

食：[三][宮]1459。

士：[三][宮]2034 經一卷，[三][宮]2060 蔡瓅所，[三]2145 楊弘仲，[宋][元]2122 停一房。

世：[甲][乙]2309 所稱歎，[甲]1763，[甲]1924 點慧，[甲]2157 死變識，[三]26 或自見，[三][宮][聖]1543 俗初禪，[乙]1723 諸魔恐，[乙]2227 得成而。

事：[三]156 利益衆，[乙]2782 方廣未。

是：[宮]660 故善男，[三]202 第五天。

受：[甲]2266 一生多，[三][宮]1581 無量，[三]375 苦如己。

獸：[三][宮]397 亦能教。

熟：[三][宮]607 在上兒。

屬：[甲]1922。

誰：[三][宮]2109 孔子乃。

説：[三][宮][聖]1579 法是。

死：[甲]、生死[乙]2263 定屬，[甲]1828 六根次，[三][宮]2123 輪轉無，[原]、[甲]1744 果爲苦，[原]2306 無後有。

所：[甲]、所生[乙]2397 法即空，[明]1562 緣衣等，[三][宮]638 生端

正，[三][宮]2123 生之處，[聖]643 生之處。

天：[三][宮]590 天上福，[三]156 舉聲大。

通：[甲]2339 眞實境。

土：[甲]1782 以嚴佛，[另]1435 是名生，[宋][元]1501 起樂欲。

吐：[宮]1618 故生死。

王：[丙]2381 身佛有，[宮]278，[宮]1494 念我當，[和]293，[甲]、生[甲]1781 化之功，[甲]2239 爲天人，[甲][乙]877 子滿足，[甲]1782 即神變，[甲]2183 修圓，[甲]2261 者乃至，[甲]2266，[甲]2266 體第六，[明]201 報汝恩，[明]203 眷屬及，[明]312 精進定，[明]2102 道民並，[三][宮]440 丹王佛，[三][宮]721，[三][宮]1521 佛梵音，[三][宮]2103 之似虐，[三]125，[三]192，[三]440 丹王佛，[三]671，[三]682，[三]882，[三]2043 子守護，[三]2122 降伏煩，[聖]1552 受後受，[聖]2157 經，[聖]2157 論五卷，[宋][元][宮]2040 有子名，[宋][元]2122 大希有，[宋]721 忍法善，[乙][丙]2231 若得食，[元]、主[明]2102 因曩慶，[元][明]23 人呼爲，[元][明]26 主梵天，[元][明]1597 故，[元]895 婬想如，[元]1425 歡喜心，[元]1451 嫌恨自，[元]2041 時寶藏，[元]2122 現滅導。

往：[甲]1799 彼國已，[甲]2017 但爲業，[甲]2037 震旦東，[甲]2261 西，[明]1545 下地，[三]1584 不難，

[三][宮][聖]1549 至天上，[三]190 因緣，[三]193 聽於舍，[三]2145 僧三百，[宋]2123 處，[元][明]1558 彼最後，[元]1579 又復有。

望：[甲][乙]2263 種等，[甲]1782 所識賛，[甲]1958 畢竟如，[乙]2263，[乙]2263 因緣云。

爲：[三][宮]701 梵天受，[三][宮]2034 人，[三][宮]2104 神遷妙。

未：[聖]200 受天快。

我：[三]1532 相。

無：[三][宮]721 喜樂，[三]152 男，[聖]210 無有無，[元][明]22 死已斷，[元]2016 故空者。

五：[甲]1781 情，[明]1552。

物：[三]2123 命雖不。

先：[甲]1736 解下釋，[甲]2266 滅煩惱，[明]614 得正道，[明]618 識，[明]2112 天地哉，[三][宮][森]286 大願力，[三][宮]1451 光澤驢，[三][宮]1657 受後受，[聖]225 無身業，[宋][元]156 懊惱即，[宋]375 死河不，[元][宮]1642 有何差，[元][明]2016 亡父母，[原]2408。

現：[三][宮]888 最上妙，[三]25。

相：[甲]1816，[甲]1918 深，[甲]2270，[三][宮]656 非本，[三][宮]1521 則無有，[三]156。

向：[三][宮]1595 下。

小：[乙]2362 滅者是。

懈：[聖]1536。

心：[丁]2777 於我無，[宮]1521，[甲]1763 有心知，[甲]1828 無間觀，

[明]212 不善念，[明]888 類善捨，[明]1094 有力無，[明]1604 不同生，[明]1648 喜心增，[三]310 令得度，[三][宮]415，[三][宮]1646，[三]1604 營善業，[宋][聖]、心已生[元][明]200 佛世難，[乙]2157。

星：[甲][丙]973 如來虛，[甲]1304 宿者於，[聖]190 宿之中。

行：[宮]1509，[甲]2218 第一，[明]1636 放逸心，[明]2122 蟲十名，[明]2123 惡趣又，[三][宮][聖]425 一切三，[三][宮]657 佛法所，[三][宮]1579 智，[元][明]278 方便智。

形：[聖]100 類捨身。

性：[宮]278 亦無流，[甲]1805 戒四俱，[甲]1848，[甲][乙]2261 幷應自，[甲][乙][丙]1866 故下二，[甲][乙]1822 已上論，[甲][乙]1822 者彼何，[甲][乙]2218 判於，[甲][乙]2385 也俱引，[甲]871 如來寶，[甲]1736 即不相，[甲]1782 故無有，[甲]1795 一故也，[甲]1828 是異熟，[甲]1863 留身此，[甲]1863 無性大，[甲]2229 障金剛，[甲]2263 文生，[甲]2263 現行，[甲]2266 法欲故，[甲]2266 攝以從，[甲]2266 因種子，[甲]2266 喻伽全，[甲]2269 得色界，[甲]2274 者此釋，[甲]2281 作非大，[甲]2299 爲無生，[甲]2299 有，[甲]2335 起答菩，[甲]2337 無佛世，[甲]2412 爲成就，[甲]2810 相續二，[明]2016 癡若言，[三]1566 此無自，[三][宮][聖]278 微細知，[三][宮][聖]1579 死性無，[三]

[宮]397，[三][宮]1595 住用出，[三][宮]1609，[三][宮]2031 離生十，[三]397 聲如體，[三]675 和合不，[聖][甲]1763 此識既，[聖]397 能持諸，[聖]1579 滅性便，[石]1509，[乙]867 障金剛，[乙]1796，[乙]2261 於，[乙]2397 金剛頂，[元][明]2016 名之爲，[元][明][宮]374 能生衆，[元][明][宮]622 斷耳聲，[元][明]586 何許有，[原]905 觀，[原]2216 本，[原]2266 亦別文。

姓：[甲]2314。

芽：[三][宮]2102 王父。

言：[三][宮]2122 主不，[三]397 種種語。

羊：[三]1339 祀天，[聖]125 不可稱。

養：[三]184。

也：[宋][宮]2103 斷見也。

一：[宋]1562 性得法。

已：[甲]2299 答其人，[甲]2269 所度有，[元][明]1522 起如。

以：[明]1521 貪著，[知]598。

亦：[甲]2035 同得此，[甲]2261 今亦不。

意：[三][宮][別]397 墮罪不。

義：[甲]2299 異前二。

因：[原]1829 體餘定。

應：[三][宮]616 念何況。

用：[宮]1521 善供養，[甲]2266 現用說。

由：[甲][乙]1821 緣滅故，[甲]2313 天上人，[甲]2336 他悟之，[石]

1509 疑畏我，[宋]1563 果近因。

有：[宮]656 積行度，[宮][聖]310 究竟能，[宮]2078 心地因，[甲]1709 已散滅，[甲]1828，[甲]2266 生果功，[明]1005 花樹及，[三][宮]397 煩惱悉，[三][宮]1509 如是無，[三][宮]221 一生補，[三][宮]1559 緣以四，[三]99，[三]125 慳疾，[三]187，[三]1544 已斷不，[乙]2092 桑樹一，[乙]2263，[乙]2263 別依轉，[元][明]310。

於：[三][宮]374 十二部。

緣：[三][宮]397 亦有二，[三][宮]2122。

樂：[明]279 具大威。

孕：[三]945 者若。

在：[丁]2092 之處給，[宮]618 前，[宮]716 因相未，[甲]1735 即空故，[甲]1782 名有想，[甲]1775 於，[甲]1782 故無自，[三][宮]382 是處不，[三][宮]425，[三][宮]683 世間財，[三][宮]721 於人中，[三][宮]1577 見世間，[三][宮]1646 天上爲，[聖]1509 是二法，[乙][丙][戊][己]2092 焉。

造：[宮]397 是名佛。

增：[三][宮]660 長安立。

者：[宮]716 如不善，[甲]1830 必非經，[甲]2400 寶生契，[明]316 願爲濟，[三][宮]397 因緣，[宋]822，[原]2262 必應同，[原]2339 有何意。

眞：[丁]1831 空故悟。

正：[甲][乙]1724 爲有亦，[甲][乙]1822 從，[甲][乙]1929，[甲]1781

若因行，[甲]1784 以二為，[甲]1821 義爲難，[甲]1828 尋思以，[甲]1863 因者，[甲]2266 是緣涅，[甲]2266 因者若，[明]1543，[三][宮][聖]310 清淨，[三]1559 起知世，[聖]1733 解爲令，[宋][明][宮]414 念又得，[元][明]1341 行當得，[原]1837 知散亂。

證：[甲]2255 功德斷。

之：[甲]1921 一句即，[三][宮]1505 中何也，[三][宮]2121 無極昔，[三]1441 疑悔乃，[聖]1721 尊重故。

知：[宮]1604 怖菩薩。

止：[宮]790 天掠殺，[甲]1735 也即一，[宋]212 三爲自。

至：[宮]579 厭離善，[宮]263 胚胎所，[宮]278 處道修，[宮]309 而，[宮]384 邪見衆，[宮]1509 此間舍，[甲]2196 故三若，[甲][乙]1822 若，[甲][乙]2288 第四即，[甲]1763 八法是，[甲]1782 所以思，[甲]1821 或有，[甲]1830 一念即，[甲]1863 明妙善，[甲]1863 世第一，[甲]2217 變化心，[甲]2259 即此心，[甲]2266 死中所，[明]220 無，[明]220 無所緣，[明][宮]1548 處此衆，[明]26 天上謂，[明]1463 穿破應，[明]1509 中分中，[明]1550，[明]1552，[明]1559 得及修，[三]、主[宮]2121 吹落華，[三][宮]397 一切智，[三][宮][聖]272 一切處，[三][宮]221，[三][宮]223 阿耨多，[三][宮]263 音聲殊，[三][宮]310 何所答，[三][宮]384 此，[三][宮]385，[三][宮]423 之處人，[三][宮]500 即

滅勇，[三][宮]606 所聞亦，[三][宮]619 兜率天，[三][宮]636，[三][宮]637，[三][宮]1435 此間無，[三][宮]1558 名，[三][宮]1559 自上地，[三][宮]2122 于長安，[三][聖]361 無量清，[三]26 惡處生，[三]26 天上，[三]26 天上無，[三]99 地獄中，[三]125 之家彼，[三]190，[三]202 懊惱但，[三]212，[三]1331 卜易問，[三]1341 處煩惱，[三]1358，[聖]190 歡喜讚，[聖]397 敬重合，[聖]1509 知他，[宋][宮]765，[宋][元][宮]、地至[明]1550 未得，[宋][元]1544 生無色，[宋]228 如是，[乙]1822 同一相，[乙]2393 清淨遍，[元][明]198 意復念，[元][明]1584 因有不，[元]475 常以法，[元]653 盲人即，[原]、[甲]1744 身故言，[原]853 三解脫。

致：[甲]1775 惑故次。

智：[乙]2309 共說無。

中：[宮]1522 墮於，[宮]1595 中有無，[甲]1828 成業道，[甲]2266 故今約，[甲]2837 莫過有，[久]485，[明]2016 帶之同，[三][宮]1577 雖道是，[三][聖]157，[三]157 若得袈，[三]194 便讀，[三]682，[聖]278 最殊勝，[元][明]675 於信心。

種：[甲][乙]1823。

重：[甲]2262 故名爲。

衆：[元][明]1340 寶雖佛。

諸：[宮]2103 滅之奔。

竺：[甲]2250 人中得。

主：[宮]1521 殺罪是，[宮]339

臂指長，[宮]581 當過生，[宮]598 善本之，[宮]598 天上清，[宮]1522 相如經，[宮]1545 故定中，[宮]1571 等合有，[宮]1808 如後所，[宮]1998，[宮]2122 欣敬自，[和]293 如來常，[甲]1795 文三一，[甲]2266 上起，[甲][乙]2194 自性，[甲][乙]2390 七折諸，[甲]1781 無相本，[甲]1781 亦名花，[甲]1782 姓釋，[甲]1786 是總，[甲]1813 二無慈，[甲]1816 報化，[甲]1816 尊貴身，[甲]1911 內痒外，[甲]2037 時惟尚，[甲]2250 中無男，[甲]2255 家之他，[甲]2266 長用等，[甲]2266 二牧牛，[甲]2266 故，[甲]2266 若執同，[甲]2266 相者主，[甲]2266 在未來，[甲]2269 疲厭者，[甲]2299 故言從，[甲]2299 末葉下，[甲]2299 身入地，[甲]2299 是三，[明]1509 死須菩，[明]1595 厭故名，[明]1647 中説，[明]2122 之初其，[明]2131 西域記，[明]2154 經，[三]721 厭離此，[三]2121 實非我，[三][宮]2122 衆生四，[三][宮][聖][另]1548 色境界，[三][宮][聖]566 是我無，[三][宮][另]1548 色境，[三][宮]278 解法界，[三][宮]304 菩薩大，[三][宮]310 故顯示，[三][宮]342，[三][宮]426，[三][宮]443 劫波如，[三][宮]443 天如來，[三][宮]459 達無，[三][宮]553 合刀瘡，[三][宮]630 加以仁，[三][宮]633 無處無，[三][宮]670 者有知，[三][宮]882 從自心，[三][宮]1509 而作種，[三][宮]1545

尊卑差，[三][宮]1546 故求時，[三][宮]1546 師子王，[三][宮]1546 亦言泉，[三][宮]1548 色境界，[三][宮]1559 故遍退，[三][宮]1559 名摩訶，[三][宮]2122 貪心何，[三][聖][另]、生觸主解[宮]1548 觸境界，[三]26 居士婦，[三]186，[三]205 二萬象，[三]628 亦無業，[三]2063 弘安尼，[聖][另]310 諸所歸，[聖]397 能莊嚴，[宋]、王[元][明][宮]443 功德如，[宋]1332 迴波六，[宋][宮]、生先[元][明]1509 無定物，[宋][宮][聖][另]1548 觸境界，[宋][宮]1509 故名爲，[宋][元]1536 在善，[宋][元]2122 極慚恥，[宋]945 於世間，[宋]1558 無表亦，[宋]1562 於眼識，[乙][丙]865 安樂，[乙]2207 畎畝雖，[乙]2296 決，[乙]2394，[元]665 法忍善，[元]1579 起懈怠，[元]2016 滅得有，[元][宮]358，[元]325 死，[元]636，[元]1488 所須。

住：[宮]1605 色，[甲]、往[乙]2250 是所往，[甲]1512 住滅，[甲]2035 處或兩，[甲]1782，[甲]1918 是字無，[甲]1961 此者則，[明]305 安隱心，[明]1567 生，[明]1578 因故此，[明]1595 時亦有，[三]190，[三]1545 名求有，[三][宮]1546 更無勢，[聖][另]302 鐵及諸，[宋][宮]657 信樂隨，[宋][元][宮]847 於四種，[元][明]656 無滅亦，[元][明]24 諸比丘，[元][明]310 生死不，[元][明]658 處戒香，[元][明]1562 時解脱，[元][明]2122 國王大。

注：[甲]2128 作經本。

資：[三][宮]1595 生之具。

子：[宮]310 妬忌，[宮]2058 大悲惱，[甲][乙]2263 五地已，[甲][乙]2309 則胎生，[甲]2775 智子諸，[三]1441，[乙]2261 謂本質，[原]、子[乙]1822 芽從。

自：[三][宮][知]579 歡喜更，[聖]1488 豪姓色。

罪：[三]1087 悉清淨。

作：[宮]1598 憐愍於，[宮]839 天道一，[甲][乙][丙]1866 無作用，[甲][乙]2397 限隔故，[甲]2266 生是名，[明]1450 是念豈，[明]2076 荊棘荒，[三]1564 上中下，[乙]2218 者本。

坐：[宮]411 內三受，[宮]721 作說法，[宮]1435 慚羞胡，[宮]1558 長故有，[宮]2122，[甲]、葉坐[乙][丁]2244 一子餘，[甲]、子[乙]2391，[甲]1795 起義不，[甲]2035 蓮華藏，[甲]2299 無生觀，[甲][丁]2190 海丈夫，[甲][乙]1709 水牛上，[甲][乙]1724 順決，[甲][乙]2390，[甲]1782 若帝釋，[甲]1828 及臥故，[甲]1983，[甲]2035 火車屈，[甲]2219 間思千，[甲]2244 甘庶日，[甲]2299 千寶相，[甲]2879，[明]99 者彼但，[明]657 厭心欲，[明]1441 果落波，[明]1513 如來是，[明]1584 樂是名，[三][流]360 勞，[三][宮]1462 在林中，[三][宮]1672 苦踰前，[三][宮]1486，[三][宮]1546 於愚癡，[三][宮]2121 貪愛今，[三]22 共囈，[三]144 已捨壽，[三]198，[三]1301，[三]2123 四者見，[三]2154 禪安隱，[聖]1456 心襄灑，[聖]26 下伎，[聖]99 不起，[聖]210 諸惡斷，[聖]278 菩提，[聖]310 厭離心，[聖]1425 皆由多，[聖]1428 若惡於，[宋]357 不正念，[宋][宮]807 念隨世，[宋][元]384 心中所，[宋]468 義眼耳，[宋]1336 童子安，[乙]1723 起，[元]1504 不盡成，[元][明]313 舍利弗，[元][明][宮]310 無損夫，[元]2122 淨土之，[原]、莊[原]1723 之心文，[原]2248 位高低，[原]1776 香樹下。

座：[宮]384 見光欣，[三]193 前顯然。

昇

礙：[原]1760 水。

昂：[甲][乙]2263 況三法，[甲]1828 時等何。

卑：[聖]1425 己座唯。

俾：[原]1870 行者。

陞：[宮]1442 無畏城，[三][宮]1442 眾寶，[三][宮]1442 高樹食，[三][宮]1442 其上乃，[三][宮]1442 上閣鳴，[三][宮]下同 1442 師子座。

鼎：[宮]2060 願道俗。

斗：[甲]1969 量經歷，[三][宮]2122 帳軒蓋，[元][明]2060 帳遂即。

督：[三][宮]288 通菩。

果：[聖]26 進得，[元][明]125 其所願。

晃：[宋]、升[明]721 虛空復。

隆：[宮]2111 降財成。

昂：[乙]1821 停等。

身：[三][宮]1451 虛空至，[中]440。

升：[博]262，[博]262 法，[博]262 妙樓閣，[博]262 虛空，[德]1562 進法故，[德]1563 爲緣引，[宮]638 梵天婬，[宮]1443 飯眠臥，[宮]1799 尚有不，[宮]2059 天時年，[宮]2060 法位罕，[宮]2103 高座御，[宮]2122，[宮]2122 明三年，[宮][下同 2125 天或，[甲]1735 座變身，[甲]1750 天影現，[甲]1782 師子座，[甲]1799 故生忉，[甲]1799 進聖位，[甲]1799 自然，[明][和]293 高山自，[明][乙]1076 師子座，[明]66 在，[明]155 虛空神，[明]293 虛空，[明]754 座告天，[明]1128，[明]1459，[明]2016 降，[明]2016 沈之路，[明]2076 霄漢衆，[明]2122 濟神明，[明]2149 忉利天，[三]193 空，[三]279 師子座，[三]279 天宮殿，[三][宮]1545 天人涅，[三][宮]1552 如箭射，[三][宮]2059 而長夜，[三][宮][聖][知]1579 進不生，[三][宮][聖]1579，[三][宮]285 道堂猶，[三][宮]635 於無熱，[三][宮]1552 進故説，[三][宮]1552 離生若，[三][宮]1558 進故若，[三][宮]1562 進入見，[三][宮]1563 降無如，[三][宮]1579 高大床，[三][宮]1579 進，[三][宮]1579 一切外，[三][宮]1602 進阿世，[三][宮]2059 殿，[三][宮]2060 雲之所，[三][宮]2102 堂遂招，[三][宮]

2103，[三][宮]2103 淨，[三][宮]2121 車自使，[三][宮]2122，[三][宮]2122 忉利即，[三][宮]2122 階既，[三][宮]2122 其常頭，[三][宮]2122 樹重，[三][聖]1579，[三][聖]1579 進由此，[三]152 採識衆，[三]279 法堂其，[三]279 王位，[三]279 無相境，[三]279 於法界，[三]279 圓滿大，[三]360 善道上，[三]360 無爲之，[三]375，[三]865 於月輪，[三]945 天光入，[三]945 天則有，[三]955，[三]2103 彼岸長，[三]2103 降履，[三]2103 階凡數，[三]2122 故默而，[三]2122 其坐拱，[三]2122 沈更，[三]2122 沈目觀，[三]2122 虛空猶，[三]2122 於高座，[三][下同 279 善法堂，[聖][知]1579，[聖]26 進處，[聖]26 上心一，[聖]225 於大乘，[聖]361 入於泥，[聖]476 虛空擧，[聖]1552 降可得，[聖]1552 離生彼，[聖]1552 離生修，[聖]1579 極高，[聖]1579 進威猛，[聖]1579 進五者，[聖]1579 能入能，[聖]1579 涅槃，[聖]1579 有頂而，[聖][下同 476 師子座，[宋][宮]2122 陁之役，[宋][宮]2122 七寶殿，[宋][宮]2122 遠，[宋][元][宮]1552 離生苦，[宋][元][宮]1552 離生第，[宋][元][宮]2103，[宋]2145 於當陽，[乙][丙]2092 其堂者，[元][明]2016 沈自異，[知]1579 進離欲。

生：[明]26 善處得，[三][宮]683 天下生。

陞：[宮]310 一切智，[宮]1442，

[明]99 於，[明]220 諸佛無，[明]278 寶殿一，[明]310 善趣，[明]402 軟妙觸，[明]2122，[三][宮]1442 梯者室，[三][宮]1442 閣之時，[三][宮]1442 樓閣傾，[三][宮]1442 妙樓觀，[三][宮]2111 覺位義，[三][宮]2111 三災不，[三][宮]2111 上果雖，[三][宮]2111 天宮，[三]2154 殿方覽，[宋][元][宮]、阰[明]1442 樓閣告，[元][明]310 天者了。

勝：[甲]1958 道無窮，[甲]1823 進故得，[乙]1724，[乙]2232 進道覺，[中]440 佛南無。

是：[宮]2074 兜率請，[明]1552 離生者。

叔：[宮]2122 上頂，[宮]2122 霞之術。

騰：[三][宮]1507 在虛空，[三]192 虛教諸。

往：[聖]1464 天上與。

享：[三][宮]813 天祚之。

余：[乙]、餘[乙]2157 歷尋遊。

早：[乙]1724 名不退。

狌

往：[宋]2122 獸中後。

牲

特：[明]2108 薦熟時。

性：[聖]2157 請福神。

陞

昇：[甲]1969 此臺又。

陷：[甲]2129 也切韻。

笙

箏：[三][宮]1443 笛天龍。

甥

舅：[三][宮]2122 發言摧。

孎：[宋][宮][聖]、嬈[元][明]224 言佛如。

生：[明]1450 即云汝，[三][宮]2122，[宋][聖]1 汝等見。

鉎

生：[三][宮][另]1428 應著，[聖][宮]1470 持。

聲

報：[三][宮]1549 然報不，[聖]1541 入若非。

稱：[明]410 遠聞遍。

等：[三][宮]414 無邊普，[乙]1796 是遍往。

電：[三][宮]2102 光於。

耳：[明]220 界乃至。

鼓：[三][宮][聖]606 柔軟能，[三]1。

擊：[甲][乙]1736 王。

教：[宮]2112 流東夏。

聚：[宮][知]741 苦痛傷。

絕：[甲]1983。

罟：[三][宮]606 譬如一。

名：[三][宮]2060 譽於是。

齊：[原]1764 全無佛。

前：[甲]1913 釋義便。

聲：[宮][聖]397 欬出。

磬：[三][宮]2122 折不受，[宋]
[元]、聲磬[明]67 揚，[原]、聲磬[甲]、
聲[甲]910 其處堪。

罄：[三]2059 境推光。

去：[宋][元]1057 曳十九。

趣：[原]2317 等故知。

然：[明]2121 不應水。

色：[甲][乙]2317 耶解云，[甲]
1782 無作用，[甲]2274 等但是，[甲]
2274 無，[甲]2274 已外爲，[原]、色
[甲]1782 謂。

上：[甲]1736 香味觸，[甲]2128。

身：[明]156，[明]220 界乃至，
[明]220 香，[明]220 香味觸，[明]
2076 實相觀，[明][宮]895 作護，[明]
156 大哭悶，[明]187 猶如緊，[明]
869 香味，[明]1451 比坐之，[明]1591
眼等差，[明]2016 求佛道，[明]2121
大哭怪，[三][宮]440 佛南無，[乙]
[丙]2092 榮退不，[元][明]220 任運
能，[元][明]1563 瘡開剖。

生：[三][宮]1610 但與，[乙]1821
謂化語。

省：[甲]2128 也。

勝：[甲]、生[甲]1841 論師對，
[甲]2273 論，[元][明]440 王。

聖：[乙]2263 德實是。

時：[三]193 發聲啓。

釋：[三]2145 僞聖所，[聖]2157
之。

數：[甲]2219 爲聲全。

所：[聖]190 震遍吼。

涕：[三]2122。

頭：[聖]190 悲哀。

聞：[三][宮]2060 南北皇，[三]
200 遠，[三]384 音者無，[另]1541 於
耳已，[石]1509 勢力故，[宋][元][宮]
447 佛南無。

下：[明]2076 云會麼。

咸：[宮]2060 駭震霆。

相：[三][宮][聖]1435 客比丘。

香：[三]186 香爲第。

響：[宮]398 而脫其，[甲]1925
無智者，[三][宮]263 尊妙珍，[三]
[宮]1489 天子言，[三][聖]125 亦不
可。

心：[明]658 況復如，[元][明]26
捶杖亦，[元][明]658 讚歎莊。

馨：[甲]2128 奚，[明]856 異切，
[三][宮]2034 筆受祐，[三][宮]2121
遠被四，[乙]966 異反上。

性：[甲]2273 一向離。

婿：[三][乙]2087 樹也。

顏：[元][明]2110。

嚴：[三][宮]657 丹作嚴，[三]
[宮]657 菩薩摩，[聖]1509 觸生風。

業：[明]1545 非望一。

義：[三][宮]664 今所讚，[三]
[聖]157 而讚歎，[乙]2218 好惡等。

懿：[宋][明]1 摩。

因：[明]、聲呼[三][宮]443 二達
摩。

音：[宮]402 聲醯二，[甲]1735
及衆喻，[甲]2219，[明][甲]901 呼
之，[明][乙]1086，[明]443 二十二，

[明]443 四佛陀，[明]1096 此名，[明]1450 世所殊，[明]下同 1337 怛他揭，[三]264，[三]440 奮迅妙，[三][宮]456 而說偈，[三][宮][聖]606 耳何緣，[三][宮]341 大迦葉，[三][宮]397 作如是，[三][宮]523 不淨，[三]873，[聖]643 皆發無，[聖]1266 下同翼，[宋][元][宮]402 多八十，[乙]948 如牛，[乙]2092 聞及十，[乙]2425 等而不，[元][明]279 主海神。

語：[甲]2035 已各各，[聖]375 心解異。

樂：[三][宮]534 相和池，[三][宮][聖]278，[三][宮][聖]347 數凡六，[三][宮]2121。

讚：[元][明]310 未曾爲。

郢：[聖]397 盡聲有。

者：[三][宮][聖]376 婬怒癡。

震：[甲]1718 即口密。

之：[甲][乙]1822。

重：[甲]2132 聲盎佉。

諸：[乙]1796 陀。

轉：[元][明][宮][聖]310 悟之善。

字：[甲]2261 名字行。

繩

綖：[三]1568 機。

澠

洮：[三][宮]2102 池。

繩

乘：[聖]99 者，[聖]272 交絡輦，[聖]1425 未離杙。

但：[宋]745 著。

地：[宮]2045 獄來麁。

絕：[原][乙]2250 是願食。

珞：[甲][乙][丙][丁]848 其地柔，[甲]2214 白拂寶。

縷：[三]201 以是麁。

網：[明]305 莊嚴之，[明]2123。

線：[三][宮]、縱[聖]1425 量度作。

縱：[宋]125 以鋸鋸。

蠅：[三][宮]675 及胡麻。

蠅：[宮]2060 扇，[三][甲][乙]901 伽法師。

緣：[三][宮][甲]901 竟取二。

猪：[聖]1462 比丘遙。

省

背：[甲]2214 經疏幾。

聰：[甲]2119 覽伏增。

法：[三]、消[聖]291 所分別。

懼：[三][宮]374 難，[三]375 難可摧。

看：[三][宮]2053 表，[乙]2157 茲格言。

劣：[甲]1782 智用，[知]1579 睡眠修。

雀：[聖]2157 經表令。

少：[三][宮]2104 盲專一。

悟：[明]2076 悟。

音：[明]2076 十六觀。

有：[宮]1425 眾因緣，[三][宮]292 應可，[聖]2157 勞也今。

者：[聖]2157 表書再，[聖]2157

事上柱。

作：[三]414 若覩世。

眚

青：[宋][宮]2122 哉靈。

雀：[三][宮]2122 目或口。

養：[三]1301 五曰增。

盛

報：[甲]1828 生因。

撥：[三]、[宮]2122 飯取汁。

藏：[宮]2122 舌。

長：[聖]1425。

成：[宮][聖]425 如來所，[甲][乙]1929 繁也四，[甲]1238 盃血飲，[甲]1239 三，[甲]2128 案盛謂，[甲]2217，[三]125 滿一切，[三][宮][聖]397 滿，[三][宮][另][石]1509 熟瓶五，[三][宮]307 滿清淨，[三][宮]1547，[三][宮]2122 一大塔，[三][聖]291 欲界之，[三]20 器我，[三]186 一火師，[三]566 是，[三]847 滿大池，[三]1547 患答，[三]2103 毀功，[聖][另]790 以，[聖]99 持甌，[聖]224 滿便得，[聖]224 滿亦如，[聖]606 著器中，[聖]1452 滿香饌，[聖]1788 發心未，[另]310 髮寶，[石]1509 故種種，[石]1509 物，[宋][元]1549 糞者或，[宋]1 衆藥以，[乙]2778 人物故，[乙]1736，[乙]1816 蘊苦衆。

承：[三][宮][聖]639 取身上，[三][宮]1425 嚼殘餘，[三][宮]1425 爛果膩。

戚：[宮]901，[宮]1459 淨水，[宮]1459 油等物，[宮]1470 水令滿，[明][宮][甲]901 於道場，[宋][宮]1442 妙天花，[宋][元][宮]901 淨水各，[宋][元]901 淨水兼，[宋][元]901 淨水以。

晟：[聖]639。

筬：[宋][宮]410 油水則。

誠：[三][宮]2060 廣探索。

持：[明]39 滿碎銀。

熾：[明]1450 損一切，[三][宮]512 然，[三][宮]2040 然皆向，[三][宮]2123 著逾膠，[三]1331。

出：[聖]1266 出門向。

感：[甲]1724 無有退，[甲][乙]2263 八爲彼，[甲]1929 也二明，[甲]2052 動之王，[甲]2068 降，[聖]2157 傳流布，[乙]2173，[原]2339 妙用難。

火：[三]643 不能燒，[聖]1425 有。

緘：[甲]2409 鏡常持。

減：[三][宮]1545 過患堅，[三][宮]1562 如，[原]2196 也滿者。

茂：[三]1 無數衆。

滅：[宮]425 度無極，[甲]1833 名爲，[聖]199 火。

然：[甲]2068 無息，[明]1545 時生，[三][宮]2042 燒於山，[三]212，[原]1223 金剛部。

燃：[甲]2371 輩依。

山：[三][宮]2122 並稽首。

上：[三]192 衝天，[三]202 暑到熱，[宋][元][宮]、土[明]1521 能堪大，[元][明]1 求欲知。

甚：[明]2154 行經初。

勝：[甲]2036 一和柔。

速：[甲][乙]1822 若欲斷。

歲：[三][宮]2122 終便入。

威：[宮]1509 明，[宮]1521 如是聞，[甲]897 滿，[甲]1782 由邪，[甲]1816 故名明，[甲]1913 說，[甲]1921今觀，[甲]2261 則久而，[甲]2434 談此義，[明]310 難逢近，[三][宮]397 德自在，[三][宮]414 光，[三][宮]1451遂作是，[三][宮]2053 德懿親，[三][宮]2060 獨步江，[三]187 德人應，[三]190 德顯著，[三]1579 是名第，[三]2088 壽像明，[三]2088 嚴自此，[三]2110 赫耀童，[三]2145 德經一，[聖]231，[聖]1547 陰彼是，[另]790 自念人，[宋][宮]2122 魔魍所，[宋]721四者所，[元][明]145 德行于，[原]1744 德面覩。

武：[三]193 還反地。

洗：[宋]901 淨水中，[元]901 淨筐并。

咸：[丙]1145 貯熟銅，[宮]446 佛南無，[甲]2290 長萬德，[甲]2230，[明]2060 專師，[聖]2157 顯隋唐，[聖]190 壯少年，[聖]2157，[宋][元]192 德相承，[宋]2122 亦不同，[乙]852 如日，[元][明]2066 集構有，[原]2196辨，[原]2339 受其。

相：[三][宮]2103 於明時。

星：[三][宮]2045 滿。

一：[甲]1736 別立取。

益：[宮]1425 然燈施，[明]1672。

悅：[和]293 身或現，[三][宮]1458 或樂。

貯：[三][宮]1442 滿二船。

壯：[三][宮]1451 苾芻衣。

剩

乘：[宮]310 長可相。

新：[甲]1816 一文若。

贅：[甲]2313 成。

剩

倍：[甲]2217 字可揀。

別：[乙]1821 明男。

乘：[甲]1828 辨二十，[三][宮]1579 受，[三][宮]2103 安不知，[聖][另]1442 持一樵。

則：[甲][乙]1821 斷第六。

勝

安：[三][宮]451 樂乃至。

彼：[甲][乙][丙]922 輪頂竪。

財：[三][宮][知]1581 利供養。

長：[聖]278。

稱：[宮]2121 王願曰，[甲]2075數經二，[三][宮]553 數病日，[三][宮]632 數，[三][宮]1509 數，[三][宮]2121 數或，[三][聖]125 計獲甘，[三]190 數，[三]192 胄，[三]211 智是謂。

乘：[明]278，[聖]1733 第三對。

初：[甲]1771 故必生。

大：[三][宮]694 福王今。

德：[甲]1724 明證則。

動：[三]2059 明且識。

多：[三]184 者爾乃。

分：[明]1563 定捨眾。

服：[宮]2060 人允茲，[三][宮][聖]639 多百億，[聖]1546 處一切。

復：[三][宮]721 轉勝彼，[聖]、腹[宮]1442 王軍士。

故：[甲][乙]1866 也。

海：[原]2720 房同寺。

害：[三]1581 品若苦。

好：[三][聖]210。

後：[甲]2266 又於現。

機：[乙]2261 顯第八。

集：[三]1982 佛南無。

降：[宮][聖]1509 伏其心。

解：[三][聖]1579 又有二。

精：[甲][乙]1822 進道，[甲]2266 進望前，[三][宮]1443 妙衣服，[三][宮]1579 進故名，[三]1559 我等亦，[聖]1585 進簡諸。

淨：[三][宮]2059 乃慨然，[三]682 戒智生，[乙]2157 乃慨然。

就：[甲]2814 細分法。

脈：[元][明]489 慧。

眠：[甲][乙]1822 者相續。

妙：[宮]374 增長上，[甲]1733 四上者，[明]261 無比若，[明]1686 香隨身，[明]125 或有作。

難：[三][宮]263 應當講。

惱：[三][宮]398 患。

能：[甲][乙]850 三昧拳，[三][甲][乙]2087 自喪故，[三][聖]190，[三]153 利益一。

女：[明]1450 力復次。

輕：[原][甲]1878。

然：[甲][乙]2231 理也可。

染：[甲]2339 解成就，[乙]1736 業。

散：[宋][宮]443 者如來。

色：[甲]1735 身前中。

上：[三]1，[乙][丙]1141 是故行，[乙]1816 乘者作，[原]1818 法門者。

身：[明]220 利樂不。

升：[三][宮]1552 離生彼，[三][甲]2087 反伽河，[三][聖]1579，[三]1579 進。

生：[甲]2408 也妙色，[三]474 已作無。

昇：[甲]1733 故入，[三][宮]1545 進者名，[三][宮]1579 進譬如，[三][宮]2060 覺寺講，[三][宮]昇[聖][知]1579 進分順，[三][聖]190 持風失，[三]26 上心一，[宋][元][宮]昇[甲][聖]、什[明]1579 進又，[乙]1822 見上不。

盛：[明]2060 席未曾。

聖：[宮]425 梵以生，[甲]2130 語法句，[甲]2266 者雖見，[明]220 義諦道，[明][甲]1177，[明]639 通亦復，[明]722 善人行，[明]1571 論外道，[明]2103 業引慈，[明]2103 意慈定，[明]2106 緣故述，[明]2109 人必降，[三][宮]2034 緣方申，[三][宮]2123，[三]2032 聞，[宋][元]220 處九次，[元][明]310 輪王所，[原]1987 報位始。

時：[甲]2262 義諸法，[乙]1069
二峯爲。

識：[乙]2263 捨劣故。

勢：[三][宮]721 力我當。

殊：[甲][乙]1822 餘十三，[甲]
1821 掉，[甲]2339 勝語無，[甲]2339
勝語中，[三]201 妙深達。

數：[乙]1830 論尚自。

順：[甲]1828 進。

說：[宮]649 功德佛。

藤：[明]1442 不熬蒸，[明]2131
本來是。

騰：[宮]674 持深遊，[甲][乙]
1724 前辭已，[三][宮]2104 宣，[三]
[乙][丙]1076，[乙]2391 掌。

提：[元][明]440 佛南無。

體：[甲]1778 法如觀，[甲]2266
進文義。

通：[甲]1782。

童：[元]847 童女得。

脫：[宮]398 總持，[宮]402 斷得
解，[甲]2266 劣不同，[明]1558 菩薩
第，[三][宮]310 天人衆，[三][宮]627
者亦莫，[三][宮]1563 謂增勝，[三]
[宮]1595 十地令，[聖]221 出勝於，
[宋]1545 處遍處，[宋][元][宮]1604，
[宋][元][宮]1546 法聖人，[乙]2296，
[元][明]329 貪婬瞋，[元][明]882 悉
地。

務：[宋]279 熱修諸。

膝：[甲]2130 也中阿，[原]1771
上生天。

相：[甲]850，[元][明]440 佛。

小：[甲][丙][丁]1141 四。

邪：[甲]2266 解故。

信：[甲]1736 解，[三][宮]1598
解，[三][宮]1536 解已勝。

修：[甲]1782 意樂地。

尋：[甲]2266 問如前。

業：[宮][聖]1602 資，[宋][元]
[宮][聖]1585 五巧便，[元]1585 謂。

益：[三][宮]1605 後後生。

義：[聖]1579 利淨戒。

映：[甲]2075。

勝：[三]186 室覩見。

餘：[甲]1736 相故云。

豫：[三][宮][甲]2053 豁然。

緣：[宮]1581 二者果，[甲][乙]
1822 斷故餘，[甲][乙]1822 劣也，
[甲]1709，[甲]2296 義不空，[三]1548
是共是，[三][宮]1562 因而說。

月：[三][宮]310。

眞：[三][宮]721 導師能。

正：[甲]1821 義果。

證：[丙]2381 魔法爲，[甲][乙]
1821 論可知，[甲]1816 功德故，[甲]
1816 國土安，[甲]1816 因文分，[甲]
2270 得凡愚，[三]187 得彼仙，[乙]
2263 涅槃乃。

知：[宮]1646 此緣於。

肢：[甲]1718 諸。

諸：[明]354 天。

最：[三][宮]1680，[聖]279 無比
甚。

聖

本：[甲]2367 師自濟。

宸：[三][宮]2102。

恥：[聖]、惱[宮]425。

垂：[甲]2204 教有五。

聖：[元][明]2060 周行瓦。

道：[宮]273 道如是，[三][宮]2104 人說經。

斷：[乙]2263 道法空。

塗：[三]199 飾塔。

法：[元][明]2149 堅於河。

方：[乙]917 應真僧。

非：[三]1545 道非。

佛：[三][宮]425 道用聽，[三]211 恩國土。

果：[甲][乙]1822，[宋]、里[元][明][聖]211 無復屠。

皇：[三]185。

慧：[三][宮]587 眼清淨。

集：[三][宮]1549 聚是謂。

堅：[三][宮]1425 法六出，[元][明]1335 實尊法。

見：[甲]2249，[甲][乙]2263 道。

教：[三]、－[宮]2122 量隱心。

戒：[三]152 唯默。

近：[三][宮]2046 比丘耶。

覺：[甲]、學[甲]1816 迷故後。

開：[元][明]425 明眾生。

空：[甲]1728 皆在胎，[甲]1828 觀應。

來：[三][宮]2104 旨陛下。

里：[甲][乙]2376 來歸靈。

理：[甲]2261 音名無。

量：[三]193 尊舍利。

靈：[甲]2196 智敏疾，[三][宮]743 目，[乙]2207 德，[原]2248 帝之後。

能：[宮][聖]1579 速證後。

其：[乙]2297 說非一。

取：[甲]1268 者見身，[甲]1268 眾心，[三][宮]2104 其閑放，[原]1776 坐現神。

善：[三][宮]724 輕慢尊，[三][聖]99 真實如。

上：[甲]2339 人已上。

身：[三][宮][聖]231 心離。

神：[甲]1973 以來迎，[元][明]186 之所建。

甚：[三]2121 驚怪小。

生：[甲]1723 斷惑道，[甲]1782，[甲]1822，[甲]2266，[甲]2404 眾退去，[明]857 主，[明]2106 冥力住，[乙]2249 已上得，[乙]2297 勤修無。

勝：[宮]761 所說法，[甲]864 降三世，[甲]1736 云此摩，[明]220 道支清，[明]220 道支以，[明]220 道支亦，[明]220 法者謂，[明]293 所居勝，[明]299 功德超，[明]1000 會雖約，[明]1545 果依故，[三][宮]285 地，[三]203 不受忠，[三]440 佛南無，[三]1053 觀自在，[三]2149 人君子，[宋][元]220 道支慶，[元][明]、諸[宮]272 生死海，[原]1987 報位也。

世：[甲]1124 尊足密，[明][甲][乙]856 尊，[三][宮]2122 尊功德。

是：[宮]310 性平等。

説：[甲]2266 教體一，[三]1562 者猶有。

塑：[宋]、𡋯[元][明]199 飾令鮮。

聽：[宮]1505 諦是輩，[三][宮]399 以能致，[聖]292 慧幢幡，[聖]1421 弟子。

通：[宋][宮]534 無。

王：[甲]2035 瑞像釋，[三]192 蕭然不。

望：[甲]2337 入聖道，[甲]1816 義別，[三][宮]2104 從微至，[宋][宮]2102 執地以，[乙]2249 光法師，[原]、[甲]1744 後。

謂：[三]1547 大梵請。

西：[三][宮]1453 方諸處，[乙]2309 域謂棄。

賢：[三][宮][聖]222 等衆生，[三][宮]278 王師子，[三]20 旌表解，[三]202 智不遣，[三]212 聖相。

性：[甲]2036 人之性。

唖：[甲]2255 人若其。

雅：[三]186 諸外異。

衍：[甲]2035 門三教。

曜：[三][宮]398。

耶：[丙]2120 者位隣。

於：[明]1563 戒證淨。

雲：[丙]2231 者諸佛。

哲：[三][宮]2103 體道而。

誓：[三]、誓[宮][聖]292 賢諸正。

正：[丙]1075，[甲]、[乙]2263 道爲自，[甲][乙]1822 道八邪，[甲][乙]1822 教中未，[甲][乙]1833 道出離，[甲]2274，[三][宮]456 道平等，[三]192 法法力，[乙]2263 道也第，[元][明]475 道而樂，[原]1744 智，[原]1851 道説爲。

至：[宮]2102 人之所，[甲]1828 有學二，[甲]1842 教非約，[甲]2081，[甲]2217 教中以，[聖]1859 人抱一，[原]1858 人玄心。

智：[宮]2059 進，[明]2059 進本閣，[三][宮]534 慈悲喜，[石]1509 諦道聖。

種：[乙]2263 種人。

重：[三][宮]1808 法。

衆：[甲]1717 之相亦。

總：[乙]1736 憑緣則。

尊：[宮]401 斯六十，[甲][乙]856 辟障及，[宋][元][宮]318。

諸：[乙]2263 教義且。

藤

騰：[三]2110 入洛歸。

朕

剩：[甲]2263 誠疏主。

尸

屬：[甲]1918 令脱地。

尸：[宮]659 城轉于，[宮]1421 國展轉，[甲]2128 志反文，[明]719 哩沙二，[明]991 反摩，[三][宮]310 蟲名曰，[宋][宮]2108，[元][明]889 里沙木，[元][明]1191 多。

或：[甲]1828 將令尸。

居：[宮][聖]294 鼓反。

口：[宮]279 波羅蜜，[元][乙]、日[明]1092 賀反二。

名：[三]2149 掘多長。

尼：[高]1668 闍鍵，[高]1668 塌坦哆，[宮]443 妡達摩，[甲]1273 迦諸天，[甲]1335，[甲]2130 延譯曰，[甲]2299 部六名，[三][宮]397 法諂曲，[三]984 國波，[三]984 檀，[三]992 棄尸，[三]1331 瞿利彌，[三]1335 摸阿尼，[三]1343 婆，[三]2122 比沙六，[聖]1425 沙應二，[聖]1453 沙罪半，[宋][明]1017 洛輸但，[原]2130 陀那散。

施：[三][宮]2053 羅阿，[聖]1428 城末羅。

屍：[宮]2123 殯斂埋，[甲][乙]1821 故能發，[甲]1828 青瘀，[明]1002 骸上或，[三]26 若有不，[三][宮]541 死如此，[三][宮]670 惡覺，[三]125 動有百，[三]125 繫，[三]152 于市朝，[三]374 置寒林，[聖]125 中蟲如，[宋]2145 側直上。

師：[明]、斯[宮]760 利第一，[明]760 利菩薩，[明]1509，[明]2122 利欲見，[明]2149 利行經，[三][宮]458 利菩薩，[三][宮]624 利四十，[三]624 利蒙，[宋][元][宮]1509 利善住。

式：[甲]2349 棄毘舍，[三]202 棄將。

死：[甲]2218 灰諸尊。

巳：[元]1579 羅而不。

檀：[三][宮][聖]222 波羅蜜。

下：[甲]2128 作陶是。

夷：[宮]1425 那城熙，[三]192 城長者。

已：[宋][宮]1581 淨十種，[宋]1428，[元]1579 若。

支：[甲]2163 那。

失

安：[三]2145 譯名然。

本：[元][明]2154 行經。

出：[甲]1718 聲也脚，[三][宮]1428 精耶汝，[三]2103 於事難，[聖]1428 青不淨，[原]2278 過者云。

此：[三]212 女不復。

次：[宋]2060 墜。

錯：[三][宮]1458 道女人。

大：[宮]1425 沙門法，[宮]1536 壞法迅，[甲]1724 三，[宋][元]2121 國或能，[宋]99，[乙]2261 集第二。

得：[三]1545 者謂前。

定：[原]2271 亦得名。

法：[甲][乙]1822 時或根，[宋]、天[元]231 果報食。

夫：[宮]310 菩提心，[宮]2034 道得道，[宮]597 之，[宮]1505 止趣盡，[宮]1558 然諸極，[宮]1562 魍魎，[宮]1646 時，[宮]2122 火從次，[甲][乙]1822 按，[甲]1721 示現正，[甲]1721 以於過，[甲]1721 中二人，[甲]1778 若能離，[甲]1786 子二爾，[甲]2250 來語之，[甲]2266 苦遂所，[甲]2362 一者佛，[明]1571 色等性，[明]1562 所以者，[明]1595 尊不現，[明]1632，[明]2102 於峻名，[明]2121 王，

[宋][元][宮]1563 所守護，[宋]324 所成，[宋]2121 明故不，[乙]2379 弘道之，[乙][丙]2777，[乙]1723 開敷之，[乙]1816 爲義增，[乙]2390 哩仙又，[乙]2812，[元][明]610 疾賊害，[元]264 聲以脚，[元]1300 難，[元]1532 善根，[元]2122 於正念，[原]、步[甲]2196 無侶如。

父：[宮]1432 宿一一。

告：[宮]1523 國土或，[甲]2261 須，[甲]2400 者，[乙]1822 化心如，[知]2082 還得之，[知]2082 其婦俄。

更：[甲]2266。

供：[甲][乙]2219 也。

共：[宮]1505 也，[宮]425 所，[宮]1543 則，[甲]2270 能成立，[甲]2339 道理或，[甲][乙]2219 譬如完，[甲][乙]2223 於三摩，[甲]1717 意如文，[甲]1724 本也四，[甲]1724 功德厭，[甲]1816 道離，[甲]1851 因三者，[甲]2254 根器答，[甲]2255 理二智，[甲]2266 文義演，[甲]2266 諸聲聞，[甲]2271 故違差，[甲]2273 自他各，[明]1545 問聖法，[三][宮]1521 財邪婬，[三][宮]461 其眾弟，[三][宮]1470 食，[三][宮]1523 持法阿，[三][宮]1548 不奪不，[乙]1796 不來不。

故：[乙]1833 又前。

乖：[三][宮]2102 未知高。

光：[三]1549 有怒然。

過：[甲]、[乙]2263 正義意，[甲]、失也[乙]2263 作法云，[甲]2263，[甲]2263 又非，[甲][乙]2263 有法，[甲]2263，[甲][乙]2263 爾者淄，[甲][乙]2263 故，[甲][乙]2263 加之疏，[甲][乙]2263 若是，[甲][乙]2263 也立隨，[甲][乙]2263 已上良，[甲][乙]2263 云也付，[甲]2263，[甲]2263 此事因，[甲]2263 耳，[甲]2263 其所以，[甲]2263 若，[甲]2263 耶，[甲]2273 云云便，[甲]2274，[甲]2281，[甲]2281 耶答，[甲]2309 答第二，[乙]2263，[乙]2263 次，[乙]2263 凡穢土，[乙]2263 故掌珍，[乙]2263 爲言前，[乙]2263 耶處處，[乙]2263 也如云，[乙]2263 依之攝，[原]2263 乎，[原]2271。

患：[明]310 優陀。

火：[宋][元]1610 故。

吉：[甲][乙]1822。

疾：[甲]2270 先救方。

嫉：[甲]1736 離過義。

尖：[元]1421 力況於。

久：[宮]1421 大利，[甲]893 當得悉。

具：[乙]2263。

酷：[三]193。

未：[三][宮][聖]834 汝當知。

莫：[甲]2792 犯義。

牟：[宋][元]768。

破：[甲]2255 四緣也。

其：[甲]1512 因果之。

去：[甲][乙][丙][丁][戊]2187 解以來，[甲]1834 然緣心，[三]26 以弟，[三]1509 故佛示，[聖][另]1435 時即名，[宋][宮]467 如實行。

設：[明]1544。

生：[甲][乙]1822 且，[明]1509
信力，[明]1565 無體滅，[三][宮]310
前際不，[三]1563 敬謂敬，[三]1624，
[聖]1421 丈夫操，[聖]1543 不得天，
[宋]2122 我心中，[元]220 四無，[元]
[明]1562 故說四。

濕：[明]1463 衣鉢或。

識：[甲]1735 前二義，[三][宮]
2122 者爲苦。

矢：[甲]2255 亦反廣，[甲]2036
殂于絳，[甲]2128 誤也玉，[甲]2129
良反，[明]982 哩十二，[宋][宮]1462
若爲不。

始：[甲]967 瑟。

式：[乙]2227 冉二反。

室：[甲]1830 而自安。

適：[明][宮]721 後時則。

首：[三]2145 盧失。

朿：[甲]2128 正字今。

爽：[甲]2195 云云，[甲]2266
矣，[原]1840。

損：[宮]1511 功德因。

戻：[元]2122 第一明。

天：[甲]2266 念者得，[三]1562
又彼傲，[三]1591 眼及以，[宋]721 壞
之，[元]128 此人中，[元][明]23 雨何
等，[元]589 不順從。

退：[三][宮]374 四禪已。

亡：[原]1818 即是。

妄：[甲]1736 念不正，[乙]2263
念惡慧。

忘：[三][宮]657 正念。

未：[宮]1559 故七智，[聖]2157

十二人。

文：[甲]2271 云云。

我：[三]2045 妻子不。

無：[明]1450 所獲我，[三][宮]
1425 善利以，[三]193 倉藏，[原]1851
定則。

悉：[甲]2266 顯現，[三][宮]285
不寂靜。

先：[宮]1585 然諸聖，[甲][乙]
1821 所獲功，[甲][乙]2296 答出世，
[甲]1512 同於小，[甲]1786 四禪生，
[明]1646 業果報，[三][宮]1523 已解，
[三][宮]1571 於住體，[聖][另]1543 無
色中，[聖]2157 譯，[宋][元][宮]1692，
[宋]694 無與等，[宋]1614 念十九，
[元][明]1809 前囑授，[元]1425 肉眼
故。

笑：[甲]2244，[元][明]883 亂又
復。

央：[甲]1512 次第亦，[明]263
無數菩。

夭：[三]、天[宮]2103 奇趣邪。

矣：[甲]1736 答云，[甲][乙]2328
又始教，[甲]1833 而文未，[甲]2195
問何，[三][宮]2121 吾不遁，[三][明]
671 羅，[三]125 名稱遠，[三]1566 觀
空顯，[三]2122 身體挺，[宋]1 不知
出，[原][甲]1825 以圖度。

佚：[三]2104 弔。

異：[甲]、無[乙]2317 者下第，
[甲]1921 雙照俱，[甲]2195 之旨俱，
[甲]2217 耶答彼，[甲]2217 意猖狂，
[甲]2263，[甲]2287 三大義，[甲]2299

耶答且，[甲]2397 者且如，[原]2271
因喻用。

義：[乙]2249 也若爾，[乙]2396
會云佛。

與：[甲]2266 大乘同。

樂：[乙]1830 無厭捨。

災：[甲]2409。

者：[甲][乙]1821 乃至無，[甲]
2195 權故不，[甲]2195 無文說，[乙]
1723 皆是諸。

之：[乙]2263 耶答先。

支：[甲]2266 明捨得。

知：[甲][乙]1822 故由此，[宋]
[宮]322 若有除。

至：[三][宮]2103 寧致一。

朱：[三][宮][聖]397 勤那，[三]
[宮]2060 火之邊。

主：[甲]2266。

呞

齝：[三][宮]379。

飼：[宮]1509 如是等。

虱

風：[宮]1421，[宮]1506 及。

施

飽：[三][宮]1507 此二滅。

抱：[三][宮]425 仁慈是。

便：[甲]1896 攻擊膏。

財：[甲]1778 婆。

草：[三]192 於樹下。

長：[三][宮]1808 主。

池：[三][宮]721 牟尼所。

弛：[三][宮]2108 雙行斯。

持：[三]201 使不沒，[聖]410 戒
禪定，[宋][元]1577。

此：[聖]1427 男子。

從：[聖]1602 火見彼。

德：[三][宮][聖][另]790 大不。

地：[宮]414 諸菩薩，[甲]2396
後開其，[甲]2266 二地持，[明]310，
[三][宮]443 反二，[三][宮]1425 豎幢
幡，[三]1 五名，[三]26 而作是，[宋]
984 反部娑。

等：[久]1488 三者施，[元][明]
425 以得聽。

経：[元][明]1356。

定：[甲][乙]1822 有說由。

厄：[聖]318 二曰。

恩：[三][宮]2122 佛及。

而：[甲]1775 心少二。

犯：[宮]1428。

方：[三]1087 作攉。

放：[宮]378 安於世，[甲]1708
我七，[三][宮][聖]397 色次名，[三]
[宮][石]1509 捨行十，[三][宮][中]
440 光明佛，[三][宮]378 金色光，
[三][宮]440 香光明，[三][宮]1442 大
教網，[三][宮]1523 光明世，[三][宮]
2121 心建意，[三]1582 大光明，[聖]
[另]1435，[聖]272 衆生無，[聖]1425，
[宋][宮]2121 刀兵不，[宋][元]459 捨
者而，[乙]2408 綠色光，[元][明]153
捨捨心，[元][明]397 汝獼猴。

佛：[元][明]425。

福：[甲]1512，[三]642 處其福，[三]220 田勝劣。

供：[三][宮]1451 已入。

光：[甲]1909 佛。

廣：[三][宮]2103 禍亂無。

歸：[三]190 於淨飯。

國：[明]2137 我生。

果：[甲]1828。

會：[元][明]156 即時安。

慧：[三]152 內清，[宋][明][宮]、惠[元]2122 不得其，[元][明]152 者我。

救：[三][宮]2122 貧民至。

絕：[丁]2777 極上窮，[甲]1920 語，[甲]2250 設兩，[甲]2337 心戒心，[原]1898 有無益。

口：[宮]1808 有二若。

立：[甲]1736 戒等因。

能：[甲]2266 令證得。

乞：[另]1451 食苾芻。

起：[三][宮]1435 衣分以。

強：[甲]1828 安處下，[乙]2218 無捨餘，[原]2410 空諸法。

全：[宋][宮]、施[元][明]397 二十佛。

然：[三][宮]403 者以爲。

舍：[三]1343 目呿波。

捨：[甲]1805 故成不，[明]220 此物不，[三][宮]1546 不名爲，[三][宮]403 知一切，[三][宮]1521 已捨煩，[三]99 會供養，[三]202，[宋][元][宮]1558 謂爲供。

設：[三][宮][甲]2053 寶床請，

[三][宮]345 布施斯，[三][宮]2121 飯足不，[三]201 物不能，[乙]1816 說今說，[元][明]202 洗具并，[原]1098 大施會。

勝：[甲]904 娜慕婆。

尸：[三][宮][聖]423 如來應，[三][宮]1425，[三][宮]1464 沙，[三][宮]1464 沙貝，[三][宮]1464 沙諸比。

屍：[三][宮]2123 林五分。

時：[三][宮]1428 施食及。

實：[甲]2017 即餓鬼。

使：[明]65 沙門婆。

世：[甲]1911 法藥凡，[明][宮]481 王品第，[明]278 法究竟，[明]401 度無極，[明]2122 甘，[三][宮]813 衆祐入，[三][宮]1546 師復說，[三]99 財及法。

事：[三][宮]1458 不若於。

是：[甲]1736 悅意發，[三][宮]1425 衣，[原]922 毘舍施。

勢：[三]362 在位不。

說：[宮]397 我信力，[甲]1733 問此寶，[甲]1913 一句豈，[甲]2408 就，[明][宮]309 不恐怖，[三][宮]1549 若依比，[聖]1547 六中云，[聖]1435 佛八種，[聖]1509 實無所。

死：[三]201 華應已。

他：[甲]1813 設，[明]1092 羅，[三][宮]327 以法教，[三][宮]397 心，[三]721 調順正，[聖][另]790 惡柔。

塔：[聖]1582 法僧是。

歎：[甲]2204 分也文。

體：[甲][乙]1822 果也。

投：[三]157 智慧水。

拖：[明]2060 緣或建，[三]26。

陀：[宮]1525 等難捨，[宮]397 甘露而，[宮]2053 金錢五，[三][宮]425 母字闍，[三][宮]1509 跋羅，[三][聖]125 猶如彼，[三]2151 達試王，[三]2154 經祐録。

柂：[三][宮]1648 彼善不。

聞：[明]2123 無異而。

物：[三][宮]1509 爲重惜，[三]125 時。

現：[宋][元][宮]1548。

寫：[三][宮]1435 蓋持入。

行：[元][明]158 之所謂。

修：[宋][元]2061 行曾未。

脩：[甲]1775 平等人。

旋：[丁]865，[甲]1766 營第林，[甲]2269 七世界，[甲][乙]1225 次舒忍，[甲][乙]1929 陀羅尼，[甲][乙]2394 轉相生，[甲]854 潤，[甲]1065 轉右手，[甲]1203 作不祥，[甲]1828 者文右，[甲]2193 轉來下，[甲]2196 之加圓，[甲]2214 轉然後，[甲]2391 願手無，[三][宮]2060 本邑至，[三][宮]2122，[三]1982 金輪，[乙]2157 塔滅罪，[原]855 潤次除，[原]1203 繞禮拜，[原]1205 次取蘇，[原]1294 了然後，[原]1772 空中化。

漩：[乙]2408 遠之。

養：[三]、[宮]657。

柂：[三]1336 陀羅壽。

以：[久]1488 内物，[聖][中]223 是。

旆：[三][乙]1092 二合囉，[元][明][乙]1092 囉二。

於：[宮]310 因緣九，[甲]1200 諸有情，[甲]1512 福挍量，[甲]1733 貪染三，[甲]1733 中二初，[甲]1775，[甲]1828 他，[甲]1828 虛空中，[甲]2129 珠曰璫，[甲]2266，[甲]2266 設爲聖，[甲]2266 他大乘，[明]646 一水瓶，[明]1442，[明]1681 光明常，[三]220 來求者，[三][宮]244 諸成就，[三][宮]338 魔事大，[三][宮]632 罪，[三][宮]637 十方，[三][宮]1526 一切乞，[三][宮]2122 當人叢，[三][聖]125 何處，[三]125 爾時阿，[三]813 度無極，[三]1454 人應自，[宋][元]1550 持戒等，[宋]882 蓮華，[元][明]1 寂滅稽，[元][明]272 正見信，[元][明]401 斯一切，[元]453 發歡心，[原]965 八方坐。

與：[三][宮]1579 莊嚴具，[三][宮]2048 我者便，[三]203 第二送，[聖]1435 石蜜今。

旂：[宮]397 羅刹千。

張：[三][宮]1442 分五百，[乙]1072 天蓋於。

彰：[原]、彰[甲]2006 巖云出。

兆：[三]2110 詩分韓。

者：[三][宮]222 令不。

珍：[甲]1512 福義然，[甲]1512 等經明。

眞：[元][明]212 清淨。

諸：[宮]278 無上法。

族：[三][宮]2122 味不異。

作：[三][宮]1509 是名失，[宋]211 大多福。

屍

壁：[宋]2154 側直上。

臭：[聖]397 求衣取。

穢：[三]374。

尿：[甲]1823 糞增謂。

屏：[宮]397 世間之。

尸：[三]187 陀林下，[聖]99 臥地，[聖]125 骸遙見，[聖]125 或死一，[聖]125 親族舉，[聖]125 著麻油，[聖]172 處王及，[聖]189 上，[聖]211 而去三。

屎：[三][宮]310 糞灰河，[三][宮]310 糞獄，[三][宮]2123 糞增謂。

死：[甲]2286 白，[三]1644 骸其上，[三][宮]1443 而，[三][宮]1543 往棄塚，[三]984 鬼異聲，[三]2103 露屍鄉，[宋]152 視無知。

師

安：[明]2076 器之容。

標：[甲]1828 說第二。

鉢：[三][聖]99 舍默然。

部：[乙]2263 復有。

抄：[乙]2249 義云事。

大：[甲]2288 存四重。

但：[甲]1830。

德：[甲]2277 云非實。

地：[甲]2289 釋迦伽。

等：[甲]2274 本疏主。

諦：[甲]1786 修。

都：[甲]1929 漸頓不。

度：[明]225 欲聞深。

斷：[原]1768 樂若不。

而：[甲]1802 爲爲說，[三]1427 織。

法：[宋][元][宮]221 法上是，[乙]2381 師相授。

凡：[宋]1331 有所言。

方：[聖]664 隨順四。

佛：[甲]1781 種故，[甲]1960 不同或，[明]212 欲除彼，[三][宮]1470 云何比，[聖]279 長尊重，[原]2339 滅九百。

公：[甲]1780，[明]2076 卒于長。

故：[明]2121 曰天上。

歸：[宮]1804 若病，[甲]1896，[明][甲][乙]1110 信大梵，[三]156 亦歸三，[三][宮]374，[三][宮]425 音樹棄，[三][宮]519 王及國，[三][宮]1507 仰八部，[三][宮]2102 心絕此，[三]198，[三]375，[聖][甲]1763 有在也，[聖]1595 欲顯行，[聖]1721 也世尊，[宋][元][宮]1439 應教，[宋][元]2103 敬。

即：[宮]1509，[甲]1913，[三][宮]343 壽命，[三][宮]2122 白衣非，[三]155 時人民，[三]468 捨去不，[聖]26 弟子，[聖]1562 者所立，[另]1442 能，[宋][元][宮]1558 說四句，[乙]2250 行所依，[原]862 應爲說。

計：[甲]、許[甲]2274 云又若。

迦：[元][明][宮]402 子。

解：[甲]1828 也基云，[甲]2250 雖引智，[乙]1821。

利：[甲]2395 金剛手。

練：[宮]2059。

論：[乙]2317 文亦名。

門：[甲]2075 即，[聖]2157。

那：[聖]1435 所問言。

年：[甲]2183 下。

其：[三]2121 名德即。

前：[元]749 命是故。

人：[三][宮]1421 後。

僧：[宮]2074 誦華嚴，[甲]2075 中爲道，[甲]2837 傳，[明]2076 上堂示。

篩：[明]、師搗細[甲]893 搗研復，[明]397 十七西，[元][明]397 踈齋反。

曬：[三][甲]1135 某甲。

上：[甲][乙][丁]2092 公二寺。

攝：[甲][乙]1822。

尸：[三][宮][聖]1509 利等在，[三][宮]480，[三][宮]1509 利菩薩，[聖]1509 利颭陀。

師：[甲]904 師埿嚩。

獅：[宮]374，[甲]1806 子諸獸，[明]312 子之座，[明]125 子吼問，[明]165 子座繪，[明]220 子遊戲，[明]261 子三昧，[明]402 子，[明]402 子虎狼，[明]402 子犬等，[明]402 子駝象，[明]402 子又無，[明]639 子虎豹，[明]997 子是故，[明]1463 子虎狼，[明]2034 子壬寅，[明]2122 子頂上，[元][明]402 子象圍，[元][明]

2122 子蹲拘。

時：[甲]2262 可起。

士：[宮]2008 付授偈，[甲]2001 處，[原]2248 多有聰。

室：[甲]2168 利菩薩。

釋：[乙]1821 第一。

帥：[宮]286 爲尊乃，[宮]1442 力弱自，[宮]1522 爲尊，[宮]2122 輔公，[甲]1804 僧祇若，[明]1442 爲衆安，[明]1522 爲尊乃，[三]220 故發，[三][宮]2034 至佛牙，[三][宮]2060 猶，[三][宮]410 長宿之，[三][宮]606 黨部耶，[三][宮]1442 逃走驚，[三][宮]2040 承佛神，[三][宮]2053 強盛，[三][宮]2121 答言長，[三][宮]2122 大，[三][宮]2122 蘭陵公，[三][甲]1227 并軍人，[三]196 承佛神，[三]1442 旅而出，[三]2122 隨緣利，[宋][宮]1442 既去令，[宋][元][宮]2121 奉勅搗，[宋][元]2061 鍾氏之，[宋][元]2103 羅張四，[宋]1331 亦皆誓，[宋]1451 衆俱，[宋]2061，[乙]2207 也伐征，[元][明][宮]459 賈人大，[元][明][宮]1442，[元][明]345 八萬四，[元][明]425 將諸兵，[元][明]993 十四婆，[元][明]2103 欲見，[元]2122 見暢。

説：[甲][乙]1821 有餘識，[甲][乙]2263 其中以，[乙]1822 至。

私：[甲]2257 云難可。

誦：[甲]2008 持言下。

雖：[甲]1828 然無失。

所：[甲]1973 以死自。

他：[甲]1861 教然方，[三][宮]1581 聞思量。

啼：[宮]1425 言阿闍。

王：[三]、－[宮]1425 取衣中。

問：[甲]2036 曰三年。

下：[宮]2053 多務又。

鄉：[三]374 等今應。

巷：[乙]2092 常宿寺。

邪：[聖]1435 説非法。

興：[甲][乙]2259 記眞見。

野：[甲]1304，[三]2125 即。

依：[三][宮]2102 正覺不。

醫：[明]293 想於，[三]375 如其，[元][明][宮]374，[元][明][宮]425 頂光明。

以：[乙][丙]2777 愛。

義：[甲][乙]2263 立轉生，[甲][乙]2263 有義若，[乙]2263 以佛地。

印：[三][宮]901 向南印，[乙]2394 品云定。

御：[三][宮]288。

曰：[明]2076。

雜：[甲]1828 穢從不。

宅：[三][宮]423。

旆：[元]、栴[明]425 檀母字。

者：[三][宮][聖]1425 篦，[三]1096 所須之，[聖][石]1509 是煩惱。

之：[明][甲]1988 由，[三]1509 威力爲。

中：[甲]2183 詞也宣，[甲]2250 並云去。

種：[甲][乙]2394 同羅刹，[乙]2263 者依。

主：[甲]2006。

姊：[元][明]987 弟子安。

絁

絹：[甲]2087 紬又産。

絁：[宮]397 阿羅，[聖]2157 綾絹衣。

舍：[三]1441 耶作敷。

陀：[聖]1441 炎波兜。

耶：[三][宮]1428 衣劫貝。

蓍

耆：[甲][乙]1736 多名也。

筮：[三]、靈[宮]2105。

芝：[宋][宮]1484 草楊枝。

箸：[三][宮]2108 代筮賓。

獅

師：[甲][乙]1929 子，[甲]1929 子奮迅，[甲]1929 子吼八，[甲]2017 子一，[明]2076 子身蟲。

鄉：[甲]2036 者因以。

詩

持：[三][宮]1562 愛。

讀：[三][明]1 爲上。

賦：[三]2103 曰日夜。

訶：[甲]2128 羅此云。

歡：[宮]2060 喜女父。

經：[宮]2060 稱三百。

淨：[甲]2250 云我思。

時：[甲]1805 不入僧，[原]2006 人句外。

授：[明]1543 記偈因。

討：[元][明][宮]1579 論工巧。

詐：[甲]2128 云明不。

詔：[宮]2102 書校以。

諸：[宮]2060 頌重復，[甲]2261 書定禮，[三][乙]1092 振反，[宋][元]、誻[明]2153 佛心陀。

施

梳：[三][宮]2122 架二十。

濕

混：[甲]1733 毘阿羯。

濟：[三]、澡[宮]、滋[明]2103 皎皎離。

潔：[宮]1521 衣。

淨：[甲][乙]1202，[三]1200 衣於像。

漯：[三][宮]2122 登者云，[石]1509。

泥：[甲]1115 嚩囉野。

涅：[內][丁]866 尾穰而，[宮]1457 彌羅，[甲][乙]1822 縛羯拏，[甲][乙]1822 彌羅國，[甲][乙]2385 二合普，[甲][乙]2394 哩底方，[甲]850 嚩二合，[甲]1112 嚩囉二，[甲]1201 摩鼻曬，[甲]1763 也制身，[甲]2191 不，[甲]2244 嚩密怛，[甲]2290 如有者，[甲]2400 哩，[甲]2400 哩二合，[三][宮]866，[三][甲]1009 麼泥三，[三]865 嚩，[三]989 二合茶，[乙]1125，[乙]1821 伐羅，[乙]1822 彌羅至，[乙]2385 毘儞多，[原]973

泮之安。

澁：[甲]893 彌東西，[甲]893 弭濕吷，[三][甲][乙]1069 焰散。

深：[三]、涅[聖]125 泥皆當。

水：[甲]2015 濕是水。

説：[乙]852 嚩二合。

溫：[宮]2087 難以履，[甲]1089 薪，[甲]1709 相火爲，[甲]1728 以二十，[甲]1736 福，[甲]2266 等，[三][宮]2122，[聖]1579 滑等或，[宋][元]2061 草履人。

隰：[明][和]293 幽谷無，[聖]1428 婆二名。

顯：[宋][元][宮]1563 煖動以。

葉：[甲]1735 彌羅晉。

污：[三]2059 時衆道。

十

八：[甲]、一[乙]850，[甲][乙]852 娑，[甲]2263 目次，[明]1644 由旬八，[三][宮]402，[三][宮]1581，[三]2154 卷或，[乙]2427 卷云大，[原]965。

百：[甲]1969 即十，[明]310 歲正法，[明]238 正法破，[三][宮][聖][另]1543 首盧長，[三]186 劫至千，[元][明]238 正法破，[元][明]660 歲正法。

本：[宮]425 方蒙恩。

卜：[明]1299 問，[三][宮][聖]1462 軻羅，[三][宮]2104 商之據。

不：[明]220 八佛不，[三][宮]223 住十八。

才：[宮][甲]1912 有八變。

初：[三]1485 住明觀。

此：[聖]、如十[甲]1733 二佛國。

寸：[甲]2129 小者十。

大：[宮]2123，[三][宮]397 念心，[三][宮]2122 地菩薩，[宋][元][宮]、天[明]1506 寒地獄，[宋]2153 方廣三，[元][明]278 力止觀。

地：[甲]1709 地空於。

等：[甲]1782 垢故定，[甲]2261 法爲敬，[甲]2299 是，[三][宮]1646 差。

第：[甲]2214 七八九，[甲]2261 四云問。

斗：[甲]1735 惡爲本。

二：[宮]1554 四物謂，[三]2149 帙，[宋]、十十一百[聖]125 十人民，[乙][丙]2164 卷清素，[乙]1723 法行中，[乙]2408 月二十。

反：[元]、切[明]1071 陀薩埵。

方：[甲]1921。

佛：[甲][乙]1709 地論第。

干：[甲]、十者言三四寵臣[甲]2039 也鼻伊，[明]1421 億九十。

火：[乙]2391 六大菩。

計：[甲]1805，[甲]2250 二卵卵。

九：[丙]897 日一日，[宮]2121 大山，[甲]、一[乙]850 阿鉢，[甲]1736 句下三，[甲]1735 句前五，[甲]1736 第二一，[甲]2039 年元和，[甲]2255 卷雜品，[甲]2266 紙右異，[明]1596，[明]1299 日十一，[明]1299 十一與，[明]1537，[明]2154 經並出，[三][宮]

481，[三][宮]826 日語言，[三][宮]1521，[三][宮]1545 智總爲，[三][宮]1546 心次第，[三][宮]1648 惱處以，[三][聖]99 力何等，[三]2149 卷論傳，[聖]1595 第，[宋][元][宮]2122，[宋][元]2112 州記四，[宋]2153 卷同帙，[乙]850，[元][明][乙]1092，[元][明]2149 部一十，[原]、十五[甲]2183 卷道進，[原]1863 説如白。

句：[三]1337 矩嚕矩。

卷：[甲]2250 八紙右。

六：[甲]2778 歲色天，[明]1669，[三][宮]2059，[三]669 波羅蜜。

論：[明]2145 四卷僞。

名：[甲]2266 全。

年：[甲]1983 正法樂，[三]2123 耳或百，[聖]2034 德僧監，[元][聖]376 八年令，[元]2122 有八初。

七：[宮][甲]1805 僧，[宮][聖]2034 卷方廣，[宮]310 力或名，[宮]481 二緣起，[宮]1521，[宮]1562，[宮]2034 卷並臨，[甲]2410 地中，[甲][乙]、藥本亦同 897 日及十，[甲][乙]2263 卷釋，[甲]895 千或，[甲]1733 後一頌，[甲]1782 日贊曰，[甲]1828 方便見，[甲]2195 月十三，[甲]2266 紙右，[甲]2339，[甲]2339 地如次，[明]2108 月二十，[三][宮]647 億衆俱，[三][宮]1545 地謂四，[三][宮][聖]285 住名曰，[三][宮][聖]1563 攝四四，[三][宮][聖]1595 地，[三][宮]553 日當愈，[三][宮]672 住非所，

[三][宮]838 壹賀沒，[三][宮]1443 樹之內，[三][宮]1443 種具如，[三][宮]1454 日不分，[三][宮]1458 利制於，[三][宮]1546 萬衆，[三][宮]1558 九，[三][宮]1562 聖身説，[三][宮]1602 地四菩，[三][宮]1644 重寶柵，[三][宮]2034，[三][宮]2034 卷十二，[三][宮]2060 人帝問，[三][宮]2121，[三][宮]2121 卷，[三][宮]2122 多羅，[三][宮]2122 枚色如，[三][宮]2122 習誦八，[三][宮]2122 種功德，[三][知]418，[三]1，[三]156 日，[三]202 千萬歲，[三]221 重有七，[三]682 種，[三]1033 夜雨金，[三]1083 遍第，[三]2145 卷右一，[三]2149 部一十，[三]2149 卷，[三]2153 卷，[三]2153 卷或八，[三]2154 卷，[三]2154 年於，[聖]279 佛刹微，[聖]158，[聖]397 種憍慢，[聖]1470 歲得與，[聖]1723 德後半，[聖]2157 月十四，[宋]2153 事行經，[宋][宮]、八[元][明]1435 竟，[宋][宮]664 佛種，[宋][元][宮]、第七[明]2121，[宋][元][宮]、千[聖]1462 有九由，[宋][元][宮]890 吠引嚩，[宋][元][宮]2103 首，[宋][元]1563 謂周遍，[宋]189 相三十，[宋]2153 紙，[元][明]1034 闍曳闍，[元][明]1336 遍呪於，[元][明]1559 定法應，[元][明]2016 地中云，[元]660 者於所，[元]1428 下復授。

千：[博]262，[宮]263 四載人，[宮]1911 四合前，[宮][聖]425 萬歲一，[宮]397 力能，[宮]449 七年初，[宮]721 年活大，[宮]1520 萬億那，[宮]1799 迴互亂，[宮]1805 中三繞，[宮]2040 種，[宮]2043 萬金供，[宮]2060 餘遍後，[宮]2087 部並盛，[宮]2103 五部，[宮]2122 地菩薩，[宮]2123 齡凡非，[甲]1709 忍，[甲][乙]2309 歲覩史，[甲][乙]2393 律儀言，[甲]1203 由旬內，[甲]1709 分，[甲]1731 心十地，[甲]1733 門之中，[甲]1735，[甲]1736 度圓修，[甲]1736 然亦有，[甲]1736 盞燈共，[甲]1781 劫若然，[甲]1811 里內無，[甲]2035 萬時號，[甲]2035 餘，[甲]2052 餘人同，[甲]2081 眼無邊，[甲]2087，[甲]2087 百，[甲]2207 里上有，[甲]2250，[甲]2290 地菩薩，[甲]2300 偈中論，[甲]2339，[甲]2339 二百五，[甲]2339 無明中，[明]220 菩薩摩，[明]1597 種地中，[明][甲]1094 佛來，[明]200 二相八，[明]220 菩薩諸，[明]220 億大菩，[明]293 比丘前，[明]309 四聖所，[明]997 億天前，[明]1173 萬遍亦，[明]1341，[明]1627 種事無，[明]1644 歲是四，[明]2030 佛名經，[明]2087 餘所異，[明]2088 餘，[明]2088 餘里南，[明]2088 餘異道，[三]198 里所坐，[三]321 千那由，[三]2034 佛因緣，[三][宮][甲]2053 部供養，[三][宮][聖]1462 擔獻王，[三][宮]263 二億時，[三][宮]263 億諸聲，[三][宮]325，[三][宮]349 無央數，[三][宮]357，[三][宮]397 眷屬五，[三][宮]423，[三][宮]

456 重高，[三][宮]482 佛世界，[三][宮]721 由，[三][宮]1421 彼婆羅，[三][宮]1428 億聚落，[三][宮]1487 五戒具，[三][宮]2060 十貫甌，[三][宮]2087 餘，[三][宮]2103 卷勒成，[三][宮]2108 餘大聖，[三][宮]2121，[三][宮]2121 由旬樓，[三][宮]2122 里諸菩，[三][宮]2122 聖僧繞，[三][宮]2122 億劫受，[三][宮]2122 餘年長，[三][宮]2122 餘騎視，[三][宮]2123，[三][甲][乙]1200，[三][聖]158 號香華，[三][聖]157 佛世界，[三][聖]643 支，[三][乙]1092 萬遍亦，[三]152 倍毒害，[三]199，[三]205 萬足滿，[三]643 光上照，[三]643 由旬眼，[三]721 頭一一，[三]953 萬遍即，[三]1227 萬遍貴，[三]1485 劫不滅，[三]1545 俱胝那，[三]1547 倍報速，[三]2053 餘，[三]2088 餘里邪，[三]2104 軍碎於，[三]2121 段時有，[三]2122 步聚而，[三]2122 眼或爲，[三]2149 偈，[三]2154 萬疑錯，[聖]627 里其香，[聖]125 萬生成，[聖]271 那由他，[聖]613 眼猶如，[聖]1562 或六十，[聖]1788 萬諸佛，[聖]2157 不空三，[聖]2157 載之，[石]1509 六，[宋][元]、一[明]190 醯都因，[宋][元]、百[明]下同 382 萬劫修，[宋][元][宮]2121 由旬其，[宋][元][宮]2047 偈令摩，[宋][元][宮]2102 載幼習，[宋][元][宮]2122 萬人食，[宋][元]2088 餘里石，[宋]1644 由旬極，[宋]2061 餘言皆，[宋]2088 里鑿開，[宋]2122，[戊][己]2089 石牛

蘇，[乙]2157，[乙][丁]2244 倍二中，[乙]1772 四百又，[乙]2087 餘里雖，[乙]2261 三昧我，[乙]2376 餘人竝，[元][明]186 里往奉，[元][明]303 佛土不，[元][明][宮][聖]310 億姟鬼，[元][明][宮]223 菩薩諸，[元][明][宮]374 萬億恒，[元][明][宮]1543 百千大，[元][明][聖]120 年當於，[元][明]1 由旬須，[元][明]99 有六百，[元][明]203 金錢主，[元][明]308 同意彌，[元][明]310 歲，[元][明]337 萬劫佛，[元][明]397 九百，[元][明]397 由旬有，[元][明]400 千世界，[元][明]433 倍功勳，[元][明]474 億人使，[元][明]1035 遍已罪，[元][明]1261 萬遍然，[元][明]2016 如即是，[元][明]2059 而，[元][明]2110 餘步屋，[元][明]2154 餘僧稟，[元]1 由旬其，[元]172 千，[元]665 阿僧企，[原]1768 法門故，[原]1898。

去：[宋][元]、去聲聲[明]982 引拏囊。

人：[宮]657 那由他，[甲]2035 年吳氏。

三：[甲]1735 平等教，[甲]1735 總顯因，[乙]1225。

上：[甲]1735 一心故，[甲]2204 義是示，[三]159，[三]2122 句已上，[元]2110 人當上。

少：[甲]2312 隨惑十。

捨：[三][宮]721 之而去，[三][聖]100。

什：[宮]2122 方化周，[三]2125，

[三]2149 四卷思。

時：[三]1982 有七億。

士：[宮]2078，[宮]1464 大力，[甲]1068 密語。

似：[原]2339。

釋：[甲]1736 五種相，[甲]1828 中有十。

手：[元][明]186 稽首見。

四：[三][宮]279 種力而，[三]1340 方及以，[原][甲]1878 義及俱。

萬：[三][宮]415 億百千，[三][宮]613 戶蟲漸，[三][宮]2041，[三]385 四千億，[三]2122 戶蟲圍，[元][明]125 一。

五：[甲]1120 嚩，[三][宮]2085 由延到，[三][宮]2121 卷，[三][宮]2122 手指，[乙]2309 種得戒。

下：[宮]1558 八色界，[甲]1706 堅心者，[甲]1737 地若，[甲]2339 具明言，[甲][乙]1822 智爲性，[甲][乙]2387 方印左，[甲]1830 地二法，[甲]2266 六右云，[甲]2266 十五，[三][宮]1484 住處説，[三][宮]2059 奄然命，[宋]1211 度內相，[元][明]2016 種三數，[元][明]989，[元]1006 方一切，[元]1348 方佛常，[知]384 六萬里。

小：[甲]2299 三云論，[甲]2339 法不自，[乙]2385 指向內。

行：[宋]270 住是故。

一：[丁]2244 星形如，[宮]611 八天啓，[宮]721 地彼地，[宮]883，[宮]887 四曳，[宮]1424 三沙彌，[宮]1470

一者所，[宮]1552 種性處，[宮]1559 千釋曰，[宮]1808 方來者，[宮]1998 成，[宮]2034 卷菩薩，[宮]2121 卷，[甲]1805 向無罪，[甲]1735 卷如來，[甲]1736 住却有，[甲]1805 人減則，[甲]1816 義如唯，[甲]1828 應同雜，[甲]2035○補注，[甲]2035 餘，[甲]2129 十爲百，[甲]2167 卷，[甲]2176 卷海，[甲]2176 卷義淨，[甲]2183 卷唐京，[甲]2230 地已，[甲]2397 界如佛，[甲]2814 地無所，[明]293 一於念，[明]1435 日應作，[明]1563 中除大，[明]2110，[明]2110 爲殺人，[明]2149 經見始，[三][宮][聖][另]281 方與無，[三][宮]721 追求大，[三][宮]848 切具三，[三][宮]1546 成就未，[三][宮]2034 年，[三][宮]2103，[三][宮]2122 卷，[三][宮]2123 千二百，[三]26 方成就，[三]1435 日應作，[三]2149 紙，[三]2151 卷妙法，[三]2151 卷緣生，[宋][宮]286 億佛土，[宋][元][宮]2121 男并其，[宋][元][甲][乙][丙]954 字一洛，[宋][元]1810，[宋][元]2154 卷四十，[宋]323 者念空，[宋]866 指半一，[宋]2121 善又以，[乙]2296 卷文今，[元][明]201 種名字，[元][明]245 三昧門，[元][明]1546 支除名，[元][明]1635 不善業，[元]220 種不善，[元]341 不善業，[元]397 力聖主，[元]402 方微塵，[元]1435 二，[元]1582，[元]1808 四日食，[元]2122 部一十，[原]1744 願是總。

有：[甲]、十如如十[乙]2397 如，[乙]2215 衆至分。

于：[原]1899 三日結。

餘：[三]2149 卷集論。

云：[宋][元]2155 地獄報。

丈：[元][宮]310 九尺使。

者：[三]2123。

眞：[甲]2290 諦十度。

之：[宮]1562 位爲同，[原]2196 惡十惡。

紙：[甲]2250 左云謂，[甲]2266 右云説。

智：[三][宮]279 力住。

中：[宮]1559 四根依，[宮]1521 善道因，[宮]1551 五者見，[宮]2060 卷不承，[宮]2104 街，[甲]1805 引律明，[甲][乙]1929 品十行，[甲][乙]2254 劫燒大，[甲]1512 將欲釋，[甲]1763 道，[甲]1805 多十，[甲]1805 空中不，[甲]1805 時非時，[甲]1918 信爲諸，[甲]2082 一年，[甲]2196 勝四總，[甲]2263 影像定，[甲]2266 六左有，[甲]2299 四假如，[甲]2339 一爲十，[明]1558 餘説如，[三]1582 方便能，[聖]288 法爲彼，[石]1509 劫中行，[宋]1316 斛甘露，[乙]2263 除惠餘。

諸：[甲]1736 力無畏，[元][明]247 疑應當。

子：[宋][元]2034 八年爲，[元]2102 方故。

左：[甲]2266 對法第。

石

白：[甲]、百[乙][丁]2244 星形如。

百：[甲]2173 雲，[甲]2176 佛仁，[聖]643 盡力士。

不：[宮]1435 殺賊即，[甲]2299 是化身，[宋][元]1435 磨。

法：[三][宮]2043 輪處又。

感：[原]、惑[甲]、罣[甲]1782 諸梵。

古：[甲]2128 依字通。

口：[戊][己]2092 磴，[元]1425 蜜欲飲。

立：[丙]2134。

礫：[乙]2397 豈。

名：[宮]2060 塔並無，[甲][乙]2207 曰，[甲]2128，[明][宮]815 七凶人，[三][宮]720 婆，[三][宮]1425 婆羅門，[三][宮]1452 鑷刀子，[三][宮]1462 形如似，[三][宮]1647 墮擇，[三]1577 尚應軟，[三]2145 經記第，[聖]2157 門躬乘，[宋][宮]2060 像者如，[元]1425 蜜去禮，[原]2194 華嚴音，[知]384 壁生。

明：[甲]1736 若行者。

銘：[三]2034 有雲氣，[宋]、[甲][元][明]2053 精舍高。

木：[甲]2274 爲諸王。

目：[丁]2092 神不亂。

啓：[三][宮]2122 首轉經。

日：[甲]2035。

少：[宮]383。

舌：[三][宮]2109。

射：[三]1336 香哈水。

麝：[元][明]2122 香死後。

食：[明]1428 水器諸，[宋][元]1441 蜜等突，[宋]42 有明月。

鉆：[明]264 赤白銅，[三][宮][博]262 赤白銅，[三][宮]2053 牛羊，[三][乙]2087 精舍戒，[三]374 盂器，[三]2053 精，[元][明]2123。

實：[三][宮]1649 有量數。

碩：[三]、傾[宮]2123 皆，[三][宮]、斛[聖]227 天曼陀，[三][宮]2111 鼠之爲，[三][宮]2122 餘米乞，[三][甲]1228 煎取五。

拓：[元]2123 榴羹中。

鐵：[三][宮]2121 即作是。

爲：[石]1509 蜜妙味。

右：[甲]2035 晋，[甲]2087 室西北，[甲]2350 手，[三]425 王佛在，[聖]2157 壁皆有，[宋][元]2087 柱碧鮮，[戊][己]2089，[乙]1796，[知]741 刀杖。

玉：[三]278。

在：[宮]2122 門高七。

召：[宮]2103 爲鷹幷。

柘：[甲][乙]1822 榴。

拾

堆：[三]、搥[聖]199 以殺之。

法：[三][宮]2103 復恨局。

檢：[聖]26 洗足橙。

錄：[明]2154 遺編入。

捻：[甲]2089 頭一半。

入：[元]2154 遺編入。

舍：[甲][乙][丙][丁][戊]2187 城耆闍。

捨：[甲]1830 文推其，[甲][乙]1736 離若釋，[甲][乙]2250 毘尼義，[甲]1834 釋以備，[甲]1913 失以判，[甲]2039 其家爲，[明]1425 弊衣若，[明]1470 草三者，[三]1 落果還，[三][宮]280 洹那，[三][宮]458，[三][宮]1435 他衣取，[三][宮]1464 長白，[三][宮]2060 餘身於，[三][宮]2108，[三]2122 遺，[三]2125 遺珠於，[三]2149 翼韃或，[聖]1421 去，[聖]1462 取不犯，[另]1435 薪草共，[另]1458 凡見衣，[乙][丙]2092 鷄頭蛙，[元][明]1425 乾牛屎。

舍：[甲]2777 網言。

收：[三][宮]1435 骨起塔。

於：[甲]2299 文字文。

食

病：[三][宮]1435 者應在。

飡：[宮]1459，[甲]1805 晚食，[甲][乙]1799 酒肉以，[甲]1782 勸捨聲，[甲]2870 噉僧食，[三][宮]、喰[聖]756 噉，[三][宮]2121 其化誰，[三][宮]1451 飲食皆，[三][宮]1458，[三][宮]2043 乳酪摩，[三]156，[宋][元][宮]1472 便當拭，[元]1465 況我弟。

殖：[明]2122 滋味蔬。

餐：[三]、飡[石]2125 王舍城，[三][宮]1442，[三][宮]1459，[三]2125 未洩平。

倉：[三]203 監會見，[聖][另]1459 了時不。

出：[三]25 隨其所。

處：[三][宮]1443。

歐：[三][宮]、啜[聖]1421 粥願聽。

噉：[甲]1705 肉一時，[三][宮]1425 蒜是故，[三][宮]1435 不得，[三][宮]1435 不佛言，[三][宮]2122 肉以爲，[三]80 以是十，[三]202 身，[聖][另]1435 馬麥。

得：[三][宮]1435 食不受。

等：[原]1863 分有無。

法：[三][宮]1425 但食復。

飯：[三]125 六千梵，[三][宮]657 當共無，[三][宮]745 不亦難，[三][宮]1428 而左右，[三][宮]1431 應當學，[三][宮]1435 如是更，[三][宮]1435 突吉羅，[三][宮]2104，[三][甲]1313 等以右，[三]196 欲，[三]1332，[三]1426 棄地應，[三]下同、[聖]1436 作聲食，[聖]1426 語應當，[聖]1427 棄地應，[聖]1436 器應當，[聖]1436 語應當，[宋][宮][聖]1509 雖香美，[宋]474 之餘欲。

佛：[三]1982 無生。

服：[明]371 藥臥具，[三][宮][聖][另]1459，[三][宮][聖]383 甘露五，[三][宮]560 如忉利，[三][宮]1537，[三]1982 無生即，[石]1509 爲急。

負：[聖]1425 我。

果：[三]375。

含：[宮]2122 乾棗汁，[甲]1851 通重罪，[甲]2195，[甲]2371 此甘露。

化：[甲]2296 身常住。

會：[甲]1793，[三][宮]1435 今世飢，[三]187 彼人今，[聖]100 必有勝，[聖]200 善根功，[宋][明]1191 施一切。

疾：[三][宮]2102 而闇情。

見：[宮]2123 時。

今：[明]1450 時受我。

金：[明][宮]1646 爲命草，[三]1005 界道上。

進：[丁]2092 菜食長。

久：[知]2082 乃無驗。

酒：[明]721 等彼，[三][宮]2121 縱橫輕，[元][明]402 所醉無。

可：[三][宮]672。

空：[甲]1782 所食舊。

良：[宮]2060 頃方滅。

糧：[三]1440 於僧。

令：[甲]1782 見而不，[三][宮]、命[聖]1465 薄粥如，[三][宮]1421 竟輒與。

每：[明]1260 三。

祕：[聖]1494 他信施。

命：[甲]1227，[甲]2412 有情令，[三]1341 也，[宋][元]26 次第乞，[原]2271 智却。

念：[甲]1227 即至，[甲]1959 知足勿，[三]732 取足不，[三]23 其味無，[元][明]26 好果來，[原]1981 之時尚，[知]2082 能起而。

貧：[甲]1781 又名。

器：[明][聖][甲][乙]983 所謂乳。

遣：[三]、遺[宮]2122 則禍從。

鎗：[宋][元][宮]、倉[明]2123 中數極。

求：[三]2045，[聖]125 難得非。

人：[明]1424 若請僧。

日：[明]1199 餘殘。

肉：[三]2122 之肉即。

如：[宮][聖]1421 涎唾。

乳：[三][宮]2122 糜。

入：[宋][元][宮]1547 雜毒慧。

色：[聖]375 愛觀是。

殺：[三]119 之時世。

舍：[三]2123 散黃金，[乙]2376 床敷上。

捨：[宮]1452 者。

身：[三]100 於美味，[三]202。

審：[三][聖]211 何恨答。

施：[明]1505 爲首種。

石：[乙]2795 鉢八瞋，[原]1819 陵反一。

食：[甲]1828 依小乘。

時：[宮]566 而，[明]1435 難得諸，[三][宮]630 頃悉至。

蝕：[宮]2060 言及至，[甲][乙]1796 神計都，[三][宮]376 而上諸，[三][宮]2040 時令此，[三]2122 其月於，[乙]895 不作法，[原]2425 時爲事。

實：[宮]679 我所作，[明]613 之纔得，[明]1562。

事：[三]26 豐饒易。

是：[明]721 彼妄語。

手：[三][宮]1442 食義同。

受：[甲]1805 如穀貴，[三][宮]1599 者作者。

數：[甲]2266 非觸塵。

睡：[明][流]365 時恒憶，[三]1982 時常憶。

飲：[元][明]78。

飼：[明]221 若干化，[三][宮]748 衆僧故，[三][聖]178 餓虎今，[三]174 父母恒，[三]212 猪時，[三]2121 之彌勒，[聖]211 羅刹王，[元][明][宮]614 之以上，[元]211。

宿：[聖]1421 處食一。

貪：[宮]1536 時但起，[甲][乙]1821 水食風，[甲][乙]1822 等，[甲]1709，[甲]1909 惡瘡膿，[明]2123 嗜味者，[三]566 汝受此，[三][宮]2122 利養故，[三][宮]2122 其財物，[三][宮]2123 肉味遞，[三]159 於豐草，[三]375 愛故於，[三]397 想復有，[三]1425 欲人纏，[三]1545 愛，[三]1560 治用同，[三]1582 心無果，[另]1509 過中飲，[宋][宮]268 如來，[宋][元]208 自養當，[宋][元][宮]1458 想若，[宋]125，[宋]1341，[宋]1435 如偷盜，[元][明]310 或使經，[元][明]25 於彼等，[元][明]397 想破壞，[元][明]2123 衆僧淨，[原]、貪[甲]1828 犯第二。

退：[聖]99 何等爲。

妄：[三][宮]1442 言令彼。

位：[甲]2250 今謂圭。

味：[三]159 四者於，[聖][另]790

當共博。

餧：[三][聖]178 之者彌。

物：[三][宮]1425 但於此，[三][乙]950 餘教中。

須：[三][宮]1425 閻浮提。

養：[宮]566 故爲鉤，[宮]721 遊行貪，[甲][乙]2394 也但以，[三][宮]675，[三][宮]1425 已去檀。

依：[甲]2250 持業釋，[元][明]301。

飴：[三]748 衆僧故。

婬：[元][明][宮]614 欲法門。

飲：[明]261 諸法空，[三][宮][聖]1509 鹽失，[三][宮][另]1428 食者咽，[三][宮]1428 之無，[三][乙]、欽[聖]953 乳或乞，[三]24，[乙]1785 甜肥。

用：[明]2131 時應作。

於：[宮]1425 不得捨。

餘：[三]26 半骨，[三]26 半骨，[三]26 半青色。

與：[三]100 是名輕。

園：[元][明]2122 散黃金。

雜：[三][聖]190 果子或。

宅：[宮]2123 之。

之：[宋]2058 唯有食。

植：[三]2137 者皆生。

至：[元]1425 著涼。

中：[三][宮]1435 後住處。

啄：[甲][乙]1909 噉如是。

罪：[三]1441。

時

報：[三]125 曰汝等。

彼：[另]1428 即差使，[另]1428 營事人。

便：[三][宮]1435 女根轉，[三][宮]2042 出去於，[三]694 往赴。

財：[三]201 王。

曾：[甲]2006 曉雙放。

常：[原]1987 流皆欲。

場：[和]293 於諸佛。

瞋：[甲]1828 唯緣見。

臣：[三]1340 衆於此。

持：[宮]283 無不得，[宮]1428 布薩日，[宮]1545 依第二，[甲]1851 未觀苦，[甲][丙]2381 遍行五，[甲][乙]1821 住既，[甲][乙]2261 業唯初，[甲]952 勿住中，[甲]1027 眞，[甲]1151 誦數滿，[甲]1268 人在意，[甲]1579 一切勝，[甲]1816 以此善，[甲]1821 非刹，[甲]1828，[甲]1828 即九次，[甲]1828 七地七，[甲]1921 如意珠，[甲]2199 觀無暇，[甲]2219 句生此，[甲]2263 名命，[甲]2266 增上師，[甲]2266 諸陀羅，[甲]2299 爲本言，[甲]2400 花印想，[甲]2401 或齊爾，[甲]2434 即成圓，[明]212 以好金，[明]882 無垢大，[明]1544 有俱不，[明][宮]565，[明]883 求成就，[明]1341 彼光，[明]1425 耆舊童，[明]1451 有女，[明]2123，[明]2125 我法便，[三][宮]1464 無夷羅，[三][宮]1579 障自性，[三][宮]221 諸幢幡，[三][宮]402 此非法，[三][宮]425 住

明度，[三][宮]618 離諸放，[三][宮]721，[三][宮]1425 與比丘，[三][宮]1558，[三][宮]2121 佛深法，[三][宮]2122 門之外，[三]99 至河邊，[三]1421 諸比丘，[三]1435 種種作，[三]1458 便得衆，[三]2154 房云見，[聖]26 諸比丘，[另]1431 衣欲須，[另]1458 求得衣，[宋][宮]1435 到著衣，[宋][明]1129 彼龍女，[宋][元][宮]1562 心心所，[宋]1428 阿梨吒，[宋]1635 久近及，[乙][丙]2394 以虛空，[乙]1092 真言者，[乙]2174 禮懺供，[元]1546 無他心，[元][明]23 日以六，[元][明]387 法門善，[元][明]1425 是同意，[元][明]2155 入經二，[元]1458 漿先須，[元]2154，[知]418 珍寶散。

處：[甲]1999 透如獅，[甲]2409 三謂晨。

垂：[元][明]192 教勅。

辭：[三][宮][聖][另]285 度彼岸。

此：[甲]1826 可有生，[甲]1736 名聖所，[三][宮]222 國土。

待：[三][宮]2103 終余以，[宋]1585 永斷本。

得：[宮]416 稱善所，[甲]1816 攝持種，[甲]1816 生由修，[甲]2266 依何以，[明]524 時獨處，[明]1545 善一蘊，[三][宮]1425 仰臥是，[三][宮]1435 乾佛，[三][宮]1452 豐足糞，[三][宮]2121 尋涼來，[三][宮]2122 離苦速，[三]397 解脫，[三]1421 彼被舉，[乙]2218 爾時行，[元]1435 諸比丘，[原]2425 時獨處。

地：[甲][乙]2263 遺教經，[甲]1816 亦，[甲]1816 亦是此。

等：[甲][乙]1821 應知，[明]1546 得道俱，[三][宮]、即[聖]294 事又見，[三]99 尊者阿，[三]264 小息非，[宋][元][宮]1521 中應以。

睹：[三][宮]2121 天神龍。

對：[甲]2371 於真如。

而：[宮]2078 頂有肉，[甲]2035 得，[甲][乙]1822 而住故，[甲]1717 修忍辱，[明]220 王讚言，[明]291 放雨不，[三][宮][甲]2053 輩何人，[三]1 故問阿，[三]2060 合，[元][明][宮]2122 舞女自。

爾：[明]225 發意受。

法：[宮][甲]2008 不相待，[甲][乙]2394 中有六，[甲]2814 身寶性，[甲]2826 於一切。

方：[三][宮]403 便宜道，[元][明]1614 二十二。

昉：[甲]2183 又云文。

放：[三][宮]639。

非：[三][宮]1571 有。

分：[甲]1735 稱快不。

佛：[三][宮]2060，[三]202 諸比丘，[另]1435 受用佛。

服：[宮]374 應當如，[三][宮]1435 分。

腑：[甲][乙]2309 熱。

復：[甲]1718 噉狗或，[甲]1728 於，[三][聖]375 說樂或。

功：[三]220 生。

故：[甲]1829 名六處，[明][甲]

1177 釋迦世，[三][宮]1435 心中吐，[聖]190 菩薩慰，[原]1251 大子等。

國：[元][明]、－[宋][宮][聖]1509 人壽無。

過：[另]1442 阿尼盧。

恒：[三][宮]2122 常。

後：[敦]365 見金蓮，[三][宮]1428 若彼有。

穢：[三][宮][另]1458 觸二便。

即：[三][宮]1464 諸長者，[三]203 問佛言，[聖]200 夫人出，[聖]291 須臾悉，[聖]383 羅漢弟，[元][明]157 時六種。

漸：[甲]1851 息八識。

將：[宮]310 四陰無，[甲]2254 入城邑，[甲][乙]1822 受由此，[甲]2068 捨汝而，[甲]2428 劣，[三][宮]2103 憂共生，[三][聖]291 順，[三]100 欲撿，[三]2145 炎未善，[聖]200 諸比丘，[聖]1451，[另]1443 言汝，[原]、將[甲]1782。

皆：[甲]1828 是心心，[元][東]643。

劫：[甲]2339 而先成，[明]220 爲。

解：[聖]1509 則無染。

經：[宋]、經時[元][明]374 咸言一。

舉：[甲]1828 智顯境。

具：[三][宮]657 答此。

俱：[乙]2296 成巧名。

刻：[明]901 倒地悶。

來：[三]212。

犁：[三]99 軛慚愧。

令：[三]154。

昧：[宮][明][丁]848 不越故，[甲]1512 授記一，[甲]1732，[甲]1033 爲除衆，[甲]1724 故，[甲]1913 次云是，[甲]2339 次第彼，[三][宮]1545 捨彼非，[三][宮]2122 定意得，[三]154 恣意，[三]950 護摩以，[三]1577，[聖]223 求般若，[聖]953 用赤芥，[宋]451 衣別，[宋]272 慧命舍，[乙]2157 經一卷，[乙]2408 難知之，[乙]1141 者從。

昧：[聖]211 往聽彼。

門：[乙]2263 法苑所。

明：[甲][乙]2250 知當時，[甲]1736 以理御，[甲]2128 近日晨，[甲]2255 方虛空，[甲]2273 此喻無，[甲]2290，[甲]2300 諸天子，[明]1191 大忿怒，[明][甲]1215，[三][宮]2060 於佛迴，[三][宮]330 諸天龍，[三][宮]532 法王當，[三]1 受我請，[三]202 估客來，[乙]2394 火大增，[原]2306 無礙。

乃：[明]187 一現諸，[三][宮]586 水王於，[元][明][知]418 爲學是，[元][明]397 我當受。

內：[乙]1821 通緣四。

能：[三][宮][聖]1562 具緣三，[三][宮]1646，[聖]1859 精辨。

念：[三][宮]1537 所有無。

畔：[甲]2396 過於虛。

平：[明]、年[宮]2103 生長風。

期：[三][宮]2122 未至宜。

其：[明]1442 麁，[三][宮][聖]
639 王具有，[三][宮]1464 道中多，
[三]186 王答曰。

前：[宮]901，[明]2076 韶州刺，
[三][宮]1425 頗曾佛，[三][宮]1546
躬自迎，[三][宮]2060 復有法，[三]
125 向朱利。

且：[明]2076 作麼生，[三][宮]
2059 默語適。

切：[甲]1735 今此隨，[甲][乙]
857 皆成就，[甲][乙]1866 皆斷，[甲]
867 化作一，[甲]2228 化作一，[明]
377 大哭茶，[明]1323 薄伽梵，[三]
[宮]1525 俱斷又，[三]190 受樂，[三]
1058 消滅隨，[乙]2782 依黑麁，[原]
2228 齊證是。

情：[甲]2266 分緣生。

丘：[宋][元][宮]1464 十。

人：[甲]2266 受用地，[明]2043
衆人未，[三][宮]1435。

日：[甲]2412 成火生，[甲]1201
澡浴著，[甲]2075 日月無，[三][宮]
1435 應白，[三]196 舍衞國，[三]203
有國王，[三]375 教諸弟，[聖]189 於
是太，[乙]1276 三時念。

如：[明]157 忉利天，[明]375 因
衆生，[明]883 世尊大，[聖]663 大王
既。

若：[三][聖][甲][乙]953 佛世尊。

射：[乙]2391 猶如牽。

身：[聖]1458 內無心，[宋]186
音聲如。

神：[乙]1796 魔。

生：[三]2106 方現於。

聲：[三]186 即滅迦。

勝：[甲]2266 王及僧，[聖]1818
隨人説。

師：[宮]1566，[三][宮]314 世間
曠。

詩：[宮]263 其，[三]2110 人美
棠。

十：[宮]1421 便。

食：[三][宮]544 得蒙佛。

蒔：[甲]2087 播般。

始：[乙][丙]2092 聞爾朱。

示：[甲]1969 現爰持。

世：[甲][乙]1822 故若爾，[明]
1464 尊者難，[三]1 多人所。

事：[甲]1735 等十義，[明]1559
是，[三][宮]1681 善開化，[三][宮]
2122 使便自，[三][聖]423 既殺，[聖]
1421 到僧忍，[聖]1428 身體污，[原]、
等[乙]922。

侍：[宮]657 人於大，[甲]2036 士
夫無，[三][宮]2109 太子生，[三][宮]
2122 衞護爾，[元][明]310 其餘賢，
[元][明]1340 學習或。

是：[宮]512 火焚燒，[宮]1435
教授，[宮]1457 無血人，[甲]、－[乙]
2092 世隆等，[甲]997，[甲]1828，
[甲]1924 現前供，[甲]2782 我性故，
[明]401 父母親，[明]1428，[明]81 商
佉聞，[明]99 天子聞，[明]125，[明]
186 菩薩即，[明]222，[明]263 溥首
處，[明]263 世尊，[明]263 世尊悉，
[明]311 心歡喜，[明]318 師子步，

[明]399 寶女即，[明]400 或以因，[明]462 文殊師，[明]627 諸菩薩，[明]630 受教便，[明]1428 遮説戒，[明]1443 帶，[明]1450 帝釋觀，[明]1546 則縁，[明]1551 定耶答，[明]2122 長者即，[三][宮]、－[另]1442 彼二長，[三][宮]263 世尊顧，[三][宮]263 説，[三][宮]398 梵三鉢，[三][宮]425 梵王，[三][宮]425 佛復告，[三][宮]534 魔王赫，[三][宮]544 辯意長，[三][宮]565 賢者須，[三][宮]586 網，[三][宮]598 海龍王，[三][宮]627 父母求，[三][宮]627 化人即，[三][宮]664 二王子，[三][宮]683 天帝即，[三][宮]683 聽聰禮，[三][宮]810 文殊，[三][宮]813 世尊見，[三][宮]1435 六群，[三][宮]1562 解脱先，[三][宮]1644 外林中，[三][宮]2109 敬信之，[三][宮]2122 弊鬼神，[三][宮]2122 賣乳者，[三]1 世尊從，[三]92 諸上尊，[三]99 魔波旬，[三]155 夫人坐，[三]159 薄伽梵，[三]196 波羅奈，[三]199 最後世，[三]202 別去爾，[三]627 比丘踊，[三]1331 父母兄，[聖]341 獲得無，[聖]663 二王子，[聖]1354 毀謗彼，[石]1509 死時所，[石]1509 衆中，[宋][宮]1509 施是人，[宋][明]1129 八天女，[宋][元][宮]318 海底菩，[宋][元]186 姨母乳，[乙]1736 頓也三，[元][明]190 色界淨，[原]2425 王種性。

恃：[甲]1222 能成辦，[甲]1816 於自他，[甲]2249 布，[元]1563 與。

術：[宮]1464 阿。

順：[三]212 決斷永。

説：[明]338 頌曰，[明]653 我此法，[三][宮]1425 有比丘，[乙]2396。

巳：[三]、－[宮]462 十方各，[三][宮]1545 來生死。

四：[甲]2266 頓斷所。

雖：[三][宮]741 得爲人，[三][宮]1435 不呵供。

隨：[甲]1512 不住以，[明]279 教化悉，[三]1571。

所：[宮]1452 住處，[三]190 幸之人，[聖]1464 阿難白，[元][明]1602 作，[原]、所[甲]2006 不宜，[原]1201 隨行者。

特：[甲][乙]1821 能修此，[甲]2035 留此經，[甲]2095 進檢校，[甲]2263 以爲，[甲]2266 伽羅非，[甲]2350 到僧忍，[明]2122 軛慚愧，[三][宮]2060 以奏聞，[三]5 有一車，[三]202 此聚落，[三]2059 蒙放遣，[三]2123 説本末，[聖]1421 舍利弗，[宋]1545 心幾有，[乙]2396 方等即，[元][明]384 傍觀有，[原]1854 明二諦，[原]2248 可云律，[原]2339 有差殊。

體：[甲]1851 又前六，[甲]1851 轉，[甲]1924 意識轉，[甲]2217 具二義，[原]2412 利益也。

天：[三]375 先呪後。

同：[甲][乙]1822 有。

脱：[甲]2250 故如毘，[甲]2266 文義演。

外：[三]2105 聲教被。

晚：[三]2149 至玉泉。

爲：[三][宮]754 垂下天，[宋]
[宮]、多[明]639 雨時飢。

位：[丙]2812 以能生。

味：[甲]2195 教信解，[甲]2255
平，[甲]2397 即名入，[三][宮]1632
云。

無：[宋][元]2122 無畏德，[原]
1721 時有仙。

物：[宋][元]、一[宮]1425 是十
罪。

昔：[宮]1451 未生怨。

習：[甲]1733 巧便無。

喜：[甲]1122 勸請向。

盼：[甲][乙]2309 便。

相：[三][宮]1421 應彈指。

餉：[甲]1924 顧同處。

曉：[甲]2035 也霍然，[三][宮]
[知]266 了體，[三][宮]285 究暢聖，
[聖][另]285 棄國捐，[聖]425 而入
是。

笑：[宮]501 笑五色，[三]20 而
後言。

心：[宮]374 無悲喜。

行：[宮][聖]425 作牧羊，[甲]
2219 因果雖，[元][明]387 不隨。

性：[甲]2434 故也問，[乙]2261
身眼。

修：[甲]1828 涅槃資。

尋：[三][宮]2122 生惡念。

眼：[三][宮]1543 不走時，[另]
1458 應觀其。

要：[甲]1828 入初地。

耶：[三][宮][聖][另]1428 諸比。

也：[宮][另]1458 言先旗，[甲]
1792 然諸經，[三][宮]1458 有望處。

夜：[明]1336 懺悔諸，[三][宮]
1595 受苦，[原][甲]、夜[乙]1796 持
誦清。

漪：[甲]1766。

已：[宮]383 奮，[甲]1863 來有
種，[明][甲]964 文殊師，[三][宮]397
作是思，[三][宮]1521 無所去。

以：[石]1509。

義：[甲][乙]2263 耶答極，[三]
[宮]2104 遠事。

因：[宮]2121 見沙門。

音：[宋]、世[元][明]199 昔有起。

吟：[甲]1723 中普爲。

印：[乙]2408 定印是。

用：[元][明]787 搯念或。

有：[甲][乙]1822 人，[三]682 積
集沈，[三][宮]1464 別請或，[乙]
2263 種之。

於：[三][宮]374 東方有，[三]192
四月八，[三]375 東方有，[聖]211 城
中有，[聖]953 得。

歟：[甲]2195。

與：[三][宮]2043 帝釋及，[三]
99。

月：[甲]2299 故。

載：[三][宮]2104 經。

則：[甲]2001 失口應，[明][宮]
1549 不觀人，[三][宮]618 見壞相，
[三][宮]2123 湯煮或，[三]1564 因能
生，[聖][另]790 捐之見，[宋][宮]403

非時常，[宋][宮]2060，[宋][元]1545，[宋]2122 目觀於，[原]1088 具薩。

照：[明]1485，[三][宮]1631 即能破，[三]125 於世間。

者：[宮]468 爲世間，[宮]468 修行戒，[甲][乙]1822 心恒求，[明]310 證離欲，[三][宮]1558 乃至命，[三][宮]1425 得越比，[三]186 若復聽，[三]193，[宋]23 天下人。

證：[元][明]1546 最後解。

之：[甲]1723 故得近，[三][宮][另]1428 可現當，[宋]125 節。

值：[宋]202 弟阿淚。

至：[甲]2249 哉即光，[甲]2250 之日行。

峙：[甲][乙]2309 其量八。

時：[三]2106 禁晉人。

中：[三][宮]1588 虛妄所，[三][宮][石]1509 以方便，[三][宮]310 汝爲持，[聖]200 有一大。

種：[甲]2269〇二別，[甲]2339 一利根，[乙]2263 望餘。

肘：[宮]1435 伽摩南，[明]317，[乙]2391 有兩文。

諸：[宮]263 國土，[甲]1999 中折旋，[明]220 菩薩行，[三][乙]1092 振，[三][乙]1092 振反饒，[另]1435 衆中有，[元][明]220 菩薩摩。

貯：[三][宮]263 布現在，[三][宮]748 是。

轉：[甲]1816，[明]1653 智慧觀。

茲：[三]2087 厥後無。

子：[宋][元][宮]、小[明]2122 親

友然，[元]374 便生貪。

自：[宮]1809 有比丘。

尊：[三]199 爲烏鳥，[三]362 其有信。

作：[三][宮]1443 本罪若。

者：[乙]2263 文殊師。

喫

提：[明]1336 吟迦稗。

寔

冥：[三][宮]2122 報記。

乃：[三]、一[宮]2053 前哲之。

甚：[明]2087。

實：[宮]670 自張，[甲]1828，[甲]2036 陛下無，[明]220 萬德之，[明]220 由殘缺，[明]2060 輕清之，[明]246 惟化清，[明]1499 號戒賢，[明]1562 多非如，[明]1585 賢，[明]1810 菩提之，[明]1985 義仰山，[明]2060 由匡弼，[明]2060 由青，[明]2060 有功十，[明]2060 資成，[明]2087 繁其黨，[明]2103，[明]2103 遠誰敢，[明]2110 寄其人，[明]2110 戎狄之，[明]2110 四海之，[明]2110 宜導之，[明]2110 由影之，[明]2111 亦佛與，[明]2122 闡閩吳，[明]2122 品物之，[明]2122 因五住，[明]2122 由，[明]2122 由勤，[明]2122 由婬業，[明]2122 置神仙，[明]2123 三報之，[明]2123 由，[明]2123 由慳貪，[明]2123 由造作，[明]2131 深三所，[明]2149 明，[明]2152 斯人矣，[明]2154

欺詆將，[三][宮]1563 繁故名，[三]
[宮]646 資開導，[三][宮]1571 繁爲
證，[三][宮]1625 此爲因，[三][宮]
1817 二諦爲，[三][宮]2034 爲禍始，
[三][宮]2053 假聖，[三][宮]2060 凡，
[三][宮]2060 佳地，[三][宮]2060 乃
虛通，[三][宮]2060 傷，[三][宮]2060
爲清勝，[三][宮]2060 智興之，[三]
[宮]2060 資神力，[三][宮]2060 遵平
等，[三][宮]2102 已，[三][宮]2112 此
之類，[三][宮]2122 多故育，[三][宮]
2122 由毀戒，[三]6 未曾有，[三]2150
所留意，[元][明]2122 由慳貪，[原]
2339 多。

是：[宮]2103 誣也，[甲]2271 非
勤之，[乙]2296 八不，[元][明]1522
係淵儒，[元]2122 多靈異，[元]2154
爲萬代。

亦：[明][宮]2087 多。

蒔

殖：[石]1509 果樹，[石]1509 及
種種。

蝕

虹：[甲]893 於。

食：[宮][聖]1425 時諸婆，[甲]
1912 木即大，[甲]1179 時取白，[甲]
2425 星宿失，[三]375 而上諸，[三]
[宮]664 月除修，[三][宮]721 之則
得，[三]1 或言，[聖]311 日蝕，[聖]
[另]1428，[聖]285 其光還，[聖]310
是菩薩，[宋][元]1057 時呪。

飾：[明]1199 之時。
適：[三]945 珮玞彗。

實

愛：[甲][乙]1822 念等。
安：[宋]、女[宮]1509。
寶：[三][宮]443 堅如，[聖]223
慧善知，[元][明]721 階梯天。

寶：[丙]、貫[丙]2392 師云，[丁]
865 遍持金，[丁]2244 跋捺羅，[宮]
1455 得上人，[宮]272 慧幢王，[宮]
272 慧佛，[宮]286 心，[宮]286 心無
有，[宮]322，[宮]374 非阿羅，[宮]
721 見業果，[宮]814 非佛法，[宮]
816 填，[宮]882 甚深祕，[宮]1506 修
者習，[宮]1554 蘊處界，[宮]1559 業
果中，[宮]1562 有事不，[宮]1912 相
之門，[宮]2108 信心平，[宮]2122 種
皆得，[宮]2123 樂如此，[甲]、實[甲]
1796 後種一，[甲]1728 相是重，[甲]
2223 相身亦，[甲]2250 爲允當，[甲]
2263 之說，[甲][乙][丙]1833 爲眼施，
[甲][乙]1832 有多過，[甲][乙]1909
佛南無，[甲][乙]2259 義已決，[甲]
864 惠，[甲]864 相金剛，[甲]866 祕
密者，[甲]952 難思議，[甲]957 相
定，[甲]1512 此明諸，[甲]1709 所，
[甲]1718 何故雨，[甲]1724，[甲]1724
現譬真，[甲]1729 諦，[甲]1782 德舊
經，[甲]1783 智，[甲]1786 相次於，
[甲]1801 智者常，[甲]1805 器緣畜，
[甲]1813，[甲]1816 法故衆，[甲]1887
故誓願，[甲]1983 門開努，[甲]2035

初波斯，[甲]2067 汲誘之，[甲]2120
非，[甲]2130 毘婆沙，[甲]2192 具，
[甲]2196 星陀羅，[甲]2201 之名般，
[甲]2239 而無虛，[甲]2253 亦不言，
[甲]2255 師解云，[甲]2261 諦，[甲]
2290 德業者，[甲]2297 所，[甲]2299
方，[甲]2299 上手，[甲]2299 義也
或，[甲]2299 有二報，[甲]2337 相好
我，[甲]2817 依，[甲]2879 結果解，
[久]1486 如是當，[明]999 故得安，
[明]1656 皆虛，[明]1669 輪山王，
[明][宮][聖]627 諸龍，[明][和]293 法
寂靜，[明][甲][乙]994 瓔珞遍，[明]
664 熾盛，[明]1522 智教授，[明]2122
利龍，[明]2154 義經亦，[三]158 是
菩薩，[三][東]643 相好我，[三][宮]、
一[聖]278 色佛號，[三][宮][聖]227
相菩薩，[三][宮][聖]292 廣覺冥，
[三][宮][聖]371 事菩，[三][宮][聖]
639 定，[三][宮]222 印復，[三][宮]
278，[三][宮]278 法虛空，[三][宮]
278 義長養，[三][宮]321 剎無邊，
[三][宮]322 以得足，[三][宮]445 聚
世界，[三][宮]598 慧光道，[三][宮]
636 如化無，[三][宮]637，[三][宮]
637 度無極，[三][宮]721，[三][宮]
843 相如來，[三][宮]1509 如，[三]
[宮]2034 雲所出，[三][宮]2060 者禪
道，[三][宮]2111 相神足，[三][宮]
2123 救濟，[三][宮]2123 應善護，
[三]152 曰乾坤，[三]201 能持大，
[三]311 百億光，[三]416 周普求，

[三]440，[三]950 名證名，[三]1085
無異一，[三]1582 與不實，[三]1648
不愚癡，[三]2145 而重之，[三]2145
映七珍，[聖]279 相海獲，[聖]643 相
受，[聖]1763 藏便，[聖][另]1431 者
波逸，[聖]1 無有欺，[聖]376 之食
以，[聖]643 是人汝，[聖]953 從我
蓮，[聖]953 過患，[聖]1425 爾不，
[聖]1425 好，[聖]1451 得不壞，[聖]
1509 爲假答，[聖]1509 無，[聖]1763
益，[另]1509 定分別，[石]1509 相所
謂，[石]1558 業果中，[宋]157 果服
甘，[宋]375 而其所，[宋][宮]656 爲
第一，[宋][宮]2059 眞實觀，[宋][宮]
2103 聖王之，[宋][明][宮]657 光明
色，[宋][元]184 神實妙，[宋][元][宮]
784，[宋][元][宮]1543，[宋][元]749
不虛，[宋]202 是旃陀，[宋]310 際入
法，[宋]310 無所行，[宋]1509 智是
佛，[宋]1603 我性都，[宋]2060 月，
[宋]2103 比驗古，[乙]866 性平，[乙]
1816 無所，[乙]2192 部性三，[乙]
2309 作住處，[乙]2391 形運和，[乙]
2878 者六齋，[元]2154 叉難陀，[元]
[宮][聖]271 意相王，[元][宮]445 如
來，[元][明]443 體如，[元][明]2016，
[元][明][宮]443 覺如來，[元][明][宮]
[聖]625 行，[元][明][宮]322 之身爲，
[元][明][中]440，[元][明]158 等說，
[元][明]397，[元][明]440 丹寶佛，
[元][明]440 丹寶仙，[元][明]636 本
空，[元][明]1341 生羨樂，[元][明]

1673 藏，[元][明]2016 相以爲，[元]
424 地上而，[元]639 語佛最，[元]
675 修行故，[元]847 能，[元]890 供
養已，[原]1780 性之，[原]2248 雖損
懷，[原]899 訖已即，[原]1158 草，
[原]1773 車遊八，[原]1775 性衆，
[原]1780 便無善，[原]1780 藏涅槃，
[原]2223 次素衣，[原]2339 網，[知]
1581 境界，[中]440 佛南無。

報：[明]423。

變：[宮]1428 爾世尊，[甲]2219
成一切，[甲]1839 是，[甲]1839 一大
石。

賓：[甲]2035 爲密用，[甲]2250
豈容一，[聖]125 不可沮。

常：[元][明]675 能知離。

誠：[甲][乙]2263。

處：[甲]2337 文述彼。

此：[宮]2123 語已即。

當：[宮]1425 爾不答。

諦：[甲]1851，[明]99 我自覺，
[三][宮]374 諸凡夫，[乙]2296。

定：[甲]1834 離於心，[甲][乙]
1822 非輪而，[甲][乙]1822 是增上，
[甲]1851 常非空，[甲]1851 有不空，
[甲]2266，[甲]2266 色應有，[乙]
1834 不成種，[原]2271 而言之。

獨：[和]261 非是我。

多：[甲]1816 爲喻故，[聖]1509
相如深。

惡：[甲]1828 實是無。

而：[甲]1733 是無有。

二：[甲]2299 智義引。

法：[甲][知]1785 相實際，[甲]
2263 體也次，[三]397 義，[另][石]
1509，[元][明]26 須菩提。

繁：[三][宮]2121 茂華果。

佛：[三]1532 道。

復：[元]1608 有阿梨。

覆：[甲]1918 揚。

更：[甲]1724 即不爾，[甲]2219
無過上，[甲]2290 迷之人，[甲]2410
大。

骨：[丙]1832。

固：[三][宮]443 如那羅，[乙]
2408 物。

貫：[甲]1833 比餘法，[甲]2274
多法名，[明]2016 五明以，[三][宮]
2060 頭陀林。

廣：[宮][聖]1546 義無漏。

貴：[甲]1786，[明]279 心城謂。

果：[明]1644 東枝。

過：[明]2123 不調自，[三][聖]
278 不。

害：[三][宮]、實此[三][宮]2122
非我宜，[原]2196 者不與。

後：[甲][乙]2261 釋自在。

花：[乙]2215 喻也是。

旣：[甲]2261 聞佛。

寄：[乙]2396 法。

寂：[甲]1873 相即餘。

家：[另]1721 謂隱根。

假：[甲][乙]2261 論亦通。

見：[聖]1548 人云何。

究：[甲]1863 答一乘。

覺：[甲]2262 第四亦。

空：[甲][乙]2219 等亦，[三][宮][石]1509 名色故，[乙]2397 觀即有，[乙]2878 化作大，[原]1782 故行利。

論：[乙]2296 宗立第。

賣：[三][宮]2122。

冥：[宮]669 稱法界，[甲]2087 惟素蓄，[原]、[甲][乙]1744。

寧：[甲][乙]2263，[甲]2299 不作此。

其：[甲]2263 身如彼，[原]1697 般若之。

起：[宋]1594 自性亦。

豈：[甲]1960 非三界，[原]1834 如今者。

姜：[三][宮]721 語斬不。

青：[元][明]675 寶功。

窮：[三]、寶[宮]2121 之物何。

日：[甲]2132 里實里。

如：[甲]、如實[乙]1909 轉口乃，[甲]2261 二相三，[甲]2266 深密。

入：[明]1569 何以言。

軟：[甲][乙]1821 語等利。

塞：[三][宮]2104 淵然後。

善：[博]262，[明]1500。

捨：[甲]1969 即餓鬼。

身：[甲]1816 法身菩。

神：[三][宮]384 無所有。

審：[宮][聖][另]1428 爾不答，[宮][聖][另]1428 入王宮，[宮]278 義法雲，[甲]1719 貌也，[三][宮][聖]1428，[三][宮][聖]1428，[三][宮][聖]1428 從長者，[三][宮][聖]1428 爾不莫，[三][宮][聖]1428 爾如是，[三]

[宮][聖]1428 作新坐，[三][宮][另]1428 與五比，[三][宮]1428 爾不答，[三][宮]1428 爾以不，[三][宮]1428 遣弟子，[三][宮]1428 先受他，[三][宮]1428 欲飯佛，[三][宮]2028 然若檀，[聖][另]1428 爾者我，[聖][另]1428 爾，[聖]1421 爾者願。

甚：[甲]2263 無謂歟。

生：[三]125 從頭至，[元][明][宮]614 故分別。

十：[明]1602 自性二。

食：[甲]2263 也有漏，[三]191 等鳥那。

寔：[宮]1703 一經之，[宮]1703 者，[宮]2112 相洞玄，[宮]2112 於玉京，[和][内]1665 決定觀，[甲]1736 倚仗，[甲]1826 什公之，[甲][乙]1736 ，[甲]1719 多，[甲]1871 有所因，[明]515 難值，[明]264 説，[明]1985 法唯有，[明]2122 奇觀也，[明]2122 焉宋景，[明]2145 不如照，[明]2145 覩未可，[明]2145 異照故，[明]2145 則辯機，[明]2145 質而不，[三][宮]286 知是苦，[三][宮]2111 化群生，[三][宮]2111 無勸安，[宋][元][宮][聖]1585 繁或於。

事：[甲]1924 不空一，[甲]2339 亦同問。

是：[宮]721 調伏，[明]220 忍受諸，[三][宮]、－[石]1509 此中實，[三][宮]553 小國亦，[三][宮]1548 名身念，[三]1525。

室：[甲]2201 及經中。

樹：[聖]272 如琢石。

俗：[三]2102 生常必。

貪：[甲]1782 行者修。

妄：[原][甲]1851 智如知。

賢：[甲]1839 愛已後。

香：[甲][乙]1705。

性：[三][宮]1610 性相者。

虛：[三][宮]376 寧捨。

續：[聖]1549。

言：[甲]1123 讚，[甲]2214 智大心，[甲]2217 有宗五，[甲]2312 而非，[明][乙]1092 語深信，[明]1153 説，[乙]1821 類差別，[原]2339 待因事，[原]2396 如來亦。

嚴：[元]220 成熟有。

要：[甲]1722 故知大，[甲]1723 共相謂。

也：[甲]1799 二通眞。

葉：[宮]263 茂盛其。

業：[甲]2270 果，[甲]2270 攝實我。

一：[甲]2410 義如是。

異：[甲][乙]1822 即有二，[甲]2266 問大乘，[甲]2814 故説衆，[聖][甲]1733 亦不可，[乙]2263 義也要。

逸：[宋][元]2045 假使須。

意：[乙]2263 境云云，[原]、[甲]2266 是有性，[原][甲]1829 説言三。

義：[甲]2250 爲允當。

印：[甲]2410 相法花。

應：[甲]1816 解文。

有：[宮]1591 火斯成，[甲][乙]2259 此瑜伽，[聖][石]1509 鏡中像。

於：[宮]664 義。

災：[甲]2266 等此例，[乙]1705 害爲燒。

在：[宮]817 亦無。

者：[甲][乙]2263 即同此。

眞：[甲][乙]1822，[甲]1828 所得起，[甲]1924，[甲]2262 起如不，[甲]2266 實即以，[三][宮]672 及不實，[三][宮][聖]1585 寧隨心，[三][宮]657，[三][宮]1587 實性若，[三][宮]2104 是少欲，[三]374 我不聽，[三]375 我不聽，[另]1721 次，[石]1509 際亦同，[元][明]1565 聖諦，[原]1840。

正：[宋][宮]268，[元][明]212。

之：[甲]1828 用如其，[甲]2299 善有。

質：[甲]2299 體無定，[甲]2311 之法也。

中：[明]375 其中，[三][宮]223 不，[三]2125 此類而。

種：[三][宮]666 不壞種。

重：[甲]1724 論説四。

住：[三]375 如佉陀。

資：[甲]1786 理惑。

字：[甲]2266。

宗：[甲]2219 受用身，[甲]2219 意阿字，[甲]2263 義耶，[甲]2273 因二者，[甲]2277 等故爲。

最：[宮]1673 見之上。

真：[甲][乙]2397 語。

諳

譜：[三][宮]、暗[甲]2053，[三]

[宮]2034 知尤工，[三][宮]2102 佛理率，[宋]1 所不能。

病：[甲]1784 藥應病。

才：[三][宮]2059 悟明。

藏：[甲]1835 攝一意，[甲]2299 義顯然，[甲]2266。

側：[甲]2801 二明弟。

測：[甲]2270 疏。

塵：[甲]2814 身及意。

識：[甲]2339 義注文。

乘：[三][宮]222 故。

誠：[甲]2204 者是示，[甲]1792 性足顯，[甲]1833 説故，[甲]2261，[甲]2266 文瑜伽，[甲]2434 證文處，[明]1435 能致供，[三][宮]342 無塵無，[三][宮]398 其本末，[三][宮]2122 朕，[三]2060 既承大，[宋]2110 奉道而，[乙]1822 住故經，[知]418 信受。

持：[甲]2305 義釋。

熾：[甲]2266 然無動，[三][宮]1549 盛而有，[三]193 苦爾乃。

初：[元][明][宮][聖]1585 過重是。

處：[甲]1822 生然闕。

觸：[明]220 界及身，[三][宮]598，[三][宮]1540 相應及。

得：[甲][乙]1821 相續由，[三][宮]2122 宿。

等：[甲]2305 非對現。

第：[甲]2305 九第八。

諦：[甲]2299 二者眞，[三]203 向王看，[三][宮][聖]395 句，[三][宮]602 根爲守，[三]198 無餘何，[聖]

[另]1543 欲界四，[另]1543 四種禪。

讀：[三][宮]2104 三皇經。

誐：[宮]2102 其猶衆。

感：[三]2058 厚施今。

根：[甲]2249 并所緣，[明]1557 爲何等，[三][宮]1562 不，[乙]2263 三云因。

故：[乙]2263○述。

後：[甲][乙]2261 爾時歸。

護：[宮]221 無法，[知]266 之何等。

化：[三]2034 經一卷。

穖：[聖]225 之根法。

惑：[甲]2323 定果色。

機：[宮]2121 由，[宋]212。

護：[宮]1808 有病因，[三][宮]656 別污染。

記：[三][宮]1425 安衣架，[三][宮]1451 能推外。

間：[三][宮]1598。

見：[甲]2006 臨。

接：[明]2076 得渠東。

解：[甲]2299。

戒：[三][宮]458 祠不自，[元][明]、惑[宮]721 故來，[原]2264 所靜事。

界：[宮][聖]223。

誠：[宮]603 已不見，[甲]1805 偈中法，[三][宮]2102 唯學不，[宋]、戒[元][明]186 深修善，[宋][宮]、試[元][明][聖]425 神足度，[宋][宮]、謂[元][明]、試[聖]425 造行使，[原]2410 事口云。

謹：[宮]1548 善進我。

境：[乙]2263 攝爲言，[原]、境
[甲]1830 不爾五，[原]2262 云云。

覺：[宋][元]1581 知見聞，[元]
[明]754 時有凶。

離：[甲]2266 不作。

六：[聖]125 云何。

論：[宮]1595 不淨品，[甲]2266
第八説，[甲]2434 隨情説。

滅：[甲][乙]1822 無所，[甲]1783
念念無，[甲]2259 處定得，[甲]2266，
[甲]2266 是滅盡，[甲]2299 已上，
[甲]2299 亦別，[甲]2397 也阿頼，
[聖]1548 界五出，[乙]2249 縁，[原]
2339 盡故若，[原]2339 無之處。

淺：[甲]1816 義殘文，[甲]2287
故淺所，[三][宮]2034 闇短雖。

切：[聖]1541 識一切。

請：[原][甲]2196 能説解。

趣：[甲]2266 假。

色：[甲]2266 故説現，[甲][乙]
1822 境積集，[甲][乙]1822 了於境，
[甲][乙]2263 等餘識，[甲]1828 等支
在，[甲]2255 獲得解，[甲]2261 二處
善，[甲]2263 無邊，[甲]2266，[甲]
2266 根香味，[甲]2274 等無異，[甲]
2434 獲得解，[明]224，[明]504，[三]
193 漸漸爲，[三][宮]1646 第八解，
[三][乙]1092 相圓滿，[乙]2249 等縁，
[乙]2263 還滅因，[乙]2263 像現識，
[元][明]397 因縁故，[原]2264 界也，
[原]1849 不，[原]2271 宗以聲。

設：[三][宮]309 解空者。

攝：[甲]1717 應有多，[明]1562
外，[明]1608 取陰攝。

身：[三][宮]1544 界縁識，[聖]
[另]342 其宿命。

生：[甲]1786 名色六。

食：[甲]2263。

實：[甲]1736 中以辨，[甲]1851
爲一妄。

式：[元][明]322 而爲不。

拭：[宮]422 不取若。

試：[三][宮]425 文字，[聖]419
不欲世，[原]2196 之何先。

釋：[丙]2810 名識，[甲]1717 若
識已，[甲]1736 第二因，[甲]1736 二
智而，[甲]1736 可是能，[甲]1736 餘
五離，[甲]1736 縁恒時，[甲]1736 云，
[明]1563 住已因，[三][宮]310 氏梵
天，[元]2016 能縁實。

説：[宮]234 無所有，[宮]1592，
[甲]2266 第六各，[甲][乙]2259 第，
[甲]2255 事於他，[甲]2273 也若依，
[甲]2397 相用答，[明]997，[明]1547
者未來，[三][宮]1549 於，[三][宮]
1595 故知如，[三][宮]1597 不，[三]
[宮][聖]1562 無深理，[三][宮]1509 無
我一，[三][宮]1546 縁名色，[三][宮]
1558 了方能，[三][宮]1593 此中一，
[三][宮]1594 似義顯，[聖]410 擾亂
毀，[聖]1788 諸有漏，[另]1585，[宋]
13 是爲五，[乙]2261 生死因，[原]1778
是智識。

雖：[原]1775 能知而。

所：[三][宮]1507 知王用，[宋]

[元]、辯[明]2112 其文故，[元][明]1596 品類差。

體：[甲]2261 其體，[三][宮]671 相如幻，[三][宮]2102 而抱惑。

同：[原]、－[乙]2408 是初心。

託：[三][宮][另]1585 餘身無。

謂：[甲][乙][丙]1866 境，[甲]1736 招苦樂，[三][宮]1545 與心所，[三][宮]1505 生此二，[三][宮]1550 心相應，[宋]222。

聞：[甲]1715 故在先。

我：[甲]2266 彼浪故，[甲]2305，[原]2264 隨遂。

戲：[甲]2313 論彼或。

現：[甲]2266 現有一，[原]2254 證名所。

相：[甲]1922 之法既。

想：[甲]2305 已上攝。

謝：[三]202 如是之，[宋][宮]2121 仁義方。

心：[原]1844 相然不。

行：[聖]1509 神及世，[宋]357 不去現，[原]2250。

眼：[甲]2792 不與色。

宜：[元][明][東]643 不同隨。

儀：[甲]1709 爲，[甲]2401 之標幟，[宋]、志[元][明]212 了朗聰。

已：[三][宮]1646 曾知當。

異：[三][宮][聖][另]790 貴賤。

詣：[宋][宮]、藝[元][明]2060 每國家。

意：[甲]2266 二識互，[聖]1549 生從彼。

義：[甲]1870 門皆如，[甲]2261 遣，[甲]2261 相即是，[甲]2305 故亦得，[三][宮]585 而不放，[乙]2309 名爲麤。

譯：[三]2145 一。

議：[宮]263 察知，[宮]636 者所起，[宮]1547 俱起身，[宮]1595 於所知，[甲]、試[乙]2192 三意謂，[甲]1728 耶，[甲]1784 故得名，[甲]1796 但令妙，[甲]1828 也次明，[甲]1834 境無却，[甲]1848 業以利，[甲]2299 則無窮，[甲]2366 名色六，[甲]2434 而能如，[三][宮]282 爲無，[三][宮]397 中，[三][宮]2103 未足以，[三][聖]、護[宮]224，[聖]125 欲反此，[聖]425 如來所，[聖]613 法相知，[聖]953 親近修，[宋][元]992 無邊樹，[乙]2394 同於正，[元][明][知]418，[原]、[甲]1744 不思議，[原]、譏[甲]1781 如彼故，[原]2011 分非凡。

陰：[宋]671 虛妄見。

友：[三][宮]2034。

有：[三][宮]、－[聖]1428 信大臣。

獄：[甲]2266 全。

猿：[元][明]352。

云：[原]2262 種子賴。

栽：[三][宮]656。

讚：[甲]1782 説大乘。

戰：[三]211 將諸弟。

者：[元][明]658 亦不至。

淨：[聖]1462 淨潔譬。

證：[甲]1724 法，[甲]1983 涅槃

歸，[聖]1509 不可見，[聖]1788 此無住。

之：[甲]2322 相分故。

知：[聖]211 宿命本。

織：[宮]1646 等又經，[甲]1931 蘊四，[甲]2339 修準飾，[三][宮][石]1509，[三]984，[元][宮]468 大乘涅。

職：[甲]1870 章，[聖]2157 於神印，[乙]2092 其，[乙]2397 位灌頂。

志：[宋][元][宮]603 爲慧爲。

智：[原]1840，[原]2897 者多念。

幟：[三][宮]2121 火以烟，[三][宮]2122 安衣架，[三]2145 後人見，[三]2154 後人見，[乙]1900 音志雜，[乙]2394 相山神。

種：[甲]2266 等六種，[甲]2266 以種爲，[三][宮]671 如水中，[乙]1833 之名爲。

諸：[宮]1592 一切法，[宮][聖]347 入隨身，[宮]338 念十方，[宮]796 無形至，[甲]1724 惑所染，[甲]2814 聖教轉，[別]397 不生識，[三][宮]1551 根義五，[三][宮][聖]305 道諸道，[三][宮]224 法無有，[三][宮]300 如來毛，[三][宮]309 大增一，[三][宮]314 等，[三][宮]635 處法非，[三][宮]637 法見我，[三][宮]637 可意王，[三][宮]1558 受相應，[三][宮]1584，[三][宮]1587 法或轉，[三][宮]1648 入癡是，[三][聖]26 使所著，[三]211 想生死，[三]682 世間彌，[聖][另]1543 欲界三，[聖]347 能生身，[聖]1595 法因諸，[元][明]1596 雖同，[元]1595 因

能爲。

罪：[宮]492 之緣種。

史

波：[明]1191 吽底瑟。

叉：[明]、史乞叉[甲]1176 拏二，[明][甲]1175 拏。

尺：[甲]1072 二合那。

火：[宮]2122 録太宰。

吏：[丙]2120 門貴牒，[宮]2103 即幽王，[甲][乙]850 野南，[甲]2035 韋珩至，[甲]2087 臣依即，[甲]2266，[三][宮]2102 司苦，[三][宮]2103 耳，[三][宮]2122 蒼頡在，[三]2110 之間乎，[三]2110 之名當，[三]2145 行籌布，[宋][元]2060 江革友，[宋][元]2112 去周西，[宋]2103 道家注，[元][明][宮]2103 之間乎，[元]2108 立言靡。

使：[明]730 民及未，[明]1032 也二合，[明]2122 等二人，[宋]、州[明]2063 吳，[宋][元]2110 君寺，[乙]1125 喻二合。

文：[三][宮]2102 載之以，[三][宮]2122 雜録。

武：[三]2066 尚仁貴。

央：[丙]2397 二合弩，[丁]2244 官爲，[宮]901 五莎訶，[宮]2060 令蕭琮，[甲]2244 底迦羅，[甲]2244 南或頡，[三][甲]989 帝一百。

又：[元][明]2110 云是時。

右：[甲][乙]2194 也東都，[乙]2087 之書事。

支：[甲]1069 也二合，[甲]2274
迦者解。

中：[明]2110 齊王周。

矢

久：[三][宮]下同 620。

入：[元][明]193 剋意當。

失：[宮]2103 退曠今，[甲]2128，
[甲]2036 學，[明]261 戰，[宋]、佚
[元][明]2110 弔，[乙]2087 凡我徒，
[原]1992 理儀淺。

天：[甲]2128 足也顧。

矣：[宮]2102 藥造搆。

佚：[三][宮]2104 弔之頗，[三]
2110 弔焉老，[三]2110 之弔責。

豕

緣：[聖]2157 經無常。

豸：[三]2103。

使

拜：[宮]2045 其人爲。

逼：[甲]2092 奔於，[甲]2092 奔
於長。

彼：[甲]2348 僧答以，[三][宮]
[聖]1421 更集僧，[三][宮]1428 比丘
還，[三][宮]1547 梵志，[三][宮]1551
不，[三][宮]1551 微細行，[三][聖]
190 女心，[三]1 諸男女，[三]99 聞
已悉，[三]201 得全命，[三]1341 人
于時，[聖]425 無所犯。

婢：[明]1546 持錢。

便：[丙]2396 寫取即，[丁]2244

設權計，[丁]2244 詣花宮，[宮]424
一切歸，[宮]1546 生或有，[宮]2078
成淨土，[宮][甲]1804 犯律中，[宮]
411 無違，[宮]461 無二以，[宮]630
度無極，[宮]630 視罪報，[宮]721，
[宮]896 人或自，[宮]1428，[宮]1457，
[宮]1546 相妨，[宮]1550 分別此，
[宮]2074 覺輕安，[宮]2122 申并，
[甲]、使使[乙]1929 入涅槃，[甲]、
使競興法[丙]2163 競興所，[甲]1512
使不起，[甲]1512 是顛，[甲]1729 即
是別，[甲]1846 成大怨，[甲]1957 佛
實能，[甲]2339，[甲][乙]2250 爲善
順，[甲][乙]2391 心契轉，[甲]952 加
印塔，[甲]1239 作法求，[甲]1280 得
隨心，[甲]1512 法佛性，[甲]1512 十
方一，[甲]1512 受三界，[甲]1512 無
此彼，[甲]1724 從秦一，[甲]1724 發
心斷，[甲]1731 言，[甲]1733 得無
礙，[甲]1733 攝行中，[甲]1781 不得
具，[甲]1781 得利益，[甲]1781 斷滅
不，[甲]1781 其生慧，[甲]1782 能發
慧，[甲]1782 然也，[甲]1782 爲理
對，[甲]1782 信也，[甲]1782 作無
動，[甲]1804 發生定，[甲]1813 犯奴
既，[甲]1816，[甲]1823 令調合，[甲]
1830，[甲]1834 往破佛，[甲]1851 不
忘是，[甲]1863 發心文，[甲]1921 坐
念觀，[甲]1960，[甲]1961 成三昧，
[甲]1965 退轉若，[甲]2037 宣，[甲]
2084 唱名王，[甲]2084 憂念我，[甲]
2186 悟衆生，[甲]2193 得此經，[甲]
2196 生福慧，[甲]2196 作惡也，[甲]

2204 二教殊，[甲]2255 定智業，[甲]2255 故正等，[甲]2255 廣除三，[甲]2255 破是則，[甲]2261 深義成，[甲]2266 發非福，[甲]2266 有者輕，[甲]2266 於相中，[甲]2270 得受用，[甲]2270 説，[甲]2274 從秦一，[甲]2299 心無記，[甲]2300 説有方，[甲]2305 爲直，[甲]2337 大歡喜，[甲]2350 弟子塔，[甲]2412 成法界，[甲]2792 淨人賞，[明]199 得最上，[明]201 人益食，[明]223 得，[明]1451 報增養，[明]1550，[明]2122 冷傍人，[三]212 流馳不，[三]1082 得効驗，[三][宮]1562 作，[三][宮][聖]285 因得是，[三][宮][聖]425 奉空無，[三][宮][聖]606 立志法，[三][宮]221 三者四，[三][宮]221 正至佛，[三][宮]283 於三昧，[三][宮]318 合并成，[三][宮]425 無處所，[三][宮]425 造，[三][宮]481 成諸行，[三][宮]585 蠲除之，[三][宮]607 身意，[三][宮]624 已所從，[三][宮]630 還供設，[三][宮]810 得，[三][宮]1434 來白如，[三][宮]1436 與汝，[三][宮]1442 長大如，[三][宮]1546 獨立漏，[三][宮]1546 戒具足，[三][宮]1549 三昧觀，[三][宮]1550 生煩，[三][宮]1577 捨血，[三][宮]2060 略答云，[三][宮]2104 將五人，[三][宮]2121 到，[三][宮]2121 以勾人，[三][宮]2121 欲殺但，[三][宮]2122 不，[三][宮]2122 人立持，[三][宮]2122 向彼帝，[三][宮]2123 衛之經，[三]26 令坐尊，[三]26 一向答，[三]40 得是福，[三]100 詣雪山，[三]125，[三]171 將兒入，[三]200 爲比丘，[三]202 前上屋，[三]1336 除去婦，[三]1425 知置一，[三]2103 成偏見，[三]2110 今去可，[三]2145 諸反覆，[三]2149 追召二，[聖][另]1435 沙彌供，[聖]125 離於地，[聖]125 侍衞尸，[聖]125 住比丘，[聖]189 即得見，[聖]200 服盡病，[聖]210 召時正，[聖]225 安隱具，[聖]225 我疾逮，[聖]419 受別，[聖]1421，[聖]1421 得成出，[聖]1421 人離惡，[聖]1428 我墮三，[聖]1436 與彼比，[聖]1460 至比丘，[聖]1462 已經久，[聖]1509 兩陣，[聖]1509 起見受，[宋][宮]2040 盡寫遣，[宋][明]2122，[宋][元]2108，[宋][元]2108 行超物，[宋]1027 非時起，[乙]2812 長短眼，[乙]1239 鬼神守，[乙]1821 別捨和，[乙]2227 作成就，[乙]2244 天人不，[乙]2263 留滯住，[乙]2297 十方雖，[乙]2376 生貪著，[元][明]157 得，[元][明]202，[元][明]1475 解脱各，[元][明]1509 得波羅，[原]、[甲]1744，[原]、便[甲]1781 捨，[原]、便[甲]1781 無等觀，[原][甲]1851 有我，[原]974 退厄難，[原]1159 者召鬼，[原]1776 請佛此，[原]1851 起夢知，[知][甲]2082 珠隨，[知]598，[知]1441 起已灌，[知]2082。

便：[甲]2386 稍開縛。

長：[明]1549 則不死。

馳：[聖]2157 謹獻愚。

從：[甲][乙]867，[三][宮][聖]606
無所，[三]125 不可稱。

大：[宮][聖]397 瞋我唯。

得：[甲]1806 往，[明]1487 安隱
水，[知]741 聞無所。

斷：[另]1543，[元][明][聖]224
得。

而：[明]125 隨汝。

爾：[乙]1909 身被篤。

梵：[元]125 行妄語。

復：[明]310 得聞，[三][宮]664
我心依，[三][宮]2060 旁疏異，[三]
201 諸惡狩，[三]1340 億劫多，[聖]
125 聖衆得。

更：[聖][另]613 增長如，[另]
1428 爲一句，[乙]2397 無法起。

故：[宮]657 是人不，[宮]1546 因
見集。

獲：[三]125 法眼淨。

挍：[甲]1813 要當令。

教：[三][宮]1428 難提比，[三]
1427 人然，[聖]125 乘象馬，[聖]1427
人舉波。

皆：[宮]588 得安隱。

結：[三][宮]1543 而，[三][宮]
1550 是繫在。

具：[甲]2075 知。

俱：[宮]1552 答。

駃：[宋][宮]、駛[元][明]816 疾
焦燒。

快：[宮]344 人聞者，[宮]671 縛
故不，[三][宮]754 樂見他，[三]201 悲
感。

吏：[三]、－[聖]200 便喚之，[三]
155 聞其語。

隸：[三]220 而求覓。

令：[甲]1782 無量至，[三][宮]
664 烏赤色，[三][宮]263 近法，[三]
[宮]338 能者一，[三][宮]415 十方
諸，[三][宮]585，[三][宮]627 不有
所，[三][宮]627 菩薩入，[三][宮]785
麁細一，[三][宮]2042 上頭四，[三]
[宮]2121，[三][宮]2121 人草索，[三]
[聖]172 我身碎，[三]375，[三]375 得
煖法，[三]375 如來常，[聖]664 除愈
增，[宋]310，[乙]2263 然可有，[原]
2431 數千萬。

能：[三][宮]1546 者無染。

僕：[三]278 或奉諸。

起：[明]338 增。

入：[聖]200 涅槃發。

若：[三][宮]1425 女人過。

僧：[宮]1428 作若不。

設：[三]100 四愛敗，[三][宮]
[聖]1425 百千歲，[三]985 呼召，[聖]
1721 強授有。

身：[三][宮]1611 覺三昧。

失：[三][丙]982 本音，[聖]157
不生所。

史：[宮]2008 君命海，[三]152
對曰老。

駛：[明]620 水恩愛，[三][宮]
[聖][另]410 流，[三][宮]285 浣，[三]
[宮]323 水於諸，[三][宮]398 寂然
尋，[三][宮]620 水恩愛，[元][明]385
生死河。

侍：[甲]2087 臣往摩，[聖]1788 者傳命。

受：[明][聖]221，[三]125 出家得。

授：[三][宮]1428 捨惡見。

速：[元][明]658 得快樂。

所：[三][宮]486 王國內，[元][明]99 染瞋恚，[元][明]99 使使永。

無：[甲]2036 給孤精。

悉：[宮]279 了知真，[三][宮]282 洗除心。

戲：[宮]1428 爾時世。

俠：[聖]2157。

狹：[甲]1816 此想。

先：[三][宮]1425 優陀夷。

校：[乙]2376 尉守右。

信：[三][宮]1431 往語言，[三][聖]172 往問太，[三]125 令知。

駛：[聖]350 行，[元][明]401 水譬如。

業：[三][宮][聖]1509。

伊：[三][宮][聖]625 卑二。

依：[宮]1543 憍慢使。

姨：[乙]2207 調適之。

遺：[三]203 汝，[聖]754 汝守輿。

以：[甲]1775 隱也隱，[三]1331 一。

倚：[三][宮]317 樹木苗。

役：[甲][乙]2393 上界，[三][宮]721 不能離，[三][宮]1672。

因：[三][宮]1552 非一切。

有：[三][宮][聖]278 神力人，

[三][宮]425 侵，[宋][宮]263 如是像。

於：[聖]200，[另]1428 身安樂。

與：[三][宮]1428 他剃髮，[元][明]658 一切衆。

者：[明]1541 亦非相。

執：[三]125 熱鐵山。

中：[三]2123 心非愚。

種：[甲][乙]1866 即爲，[宋][明]1211 者。

自：[乙]、決[乙]2263 然道理。

作：[元][明]2123 是決定。

始

初：[甲][乙]2309 何爲住，[甲]2195 世親菩，[甲]2211 終唯說，[甲]2250 盡故麟，[甲]2298 云余，[三][宮]1543 入，[三][宮]2122 出閻浮，[聖]1721 歸一之，[聖]1721 見佛性。

創：[原]2208 受此法。

辭：[甲]2792 七歲佛。

此：[三][宮]2103 一年也。

殆：[三][宮]322 棄闉音。

姁：[甲]1851 終爲異，[三]951 六虎。

頓：[甲]2223 成也毘。

而：[三]196 來詣佛，[乙]2296 逾寂。

根：[甲]2410 覺。

垢：[宮]761 發故一，[甲]1816 得，[三][宮]310 輪今以，[三][宮]1549 之人修。

姤：[甲]952 虎。

姑：[宮]405 迦，[宮]2074 舌上

而，[宮]2122 豐。

好：[元][明]2104 于斯時。

何：[乙]1724 得爲此。

後：[三][宮]2121 請此比。

記：[乙]1723 無始。

漸：[聖]200 八歲。

括：[宮]2112 制井田。

量：[三][宮][甲]901 生死重。

漏：[甲][乙]2328 見八世。

名：[原]1778 香積之。

末：[甲]1932 同異前。

劬：[甲]2299 勞也。

如：[宮]313 四佛過，[宮]635 造，[宮]671 生物諸，[宮]1545 來所，[宮]1571，[宮]2034 六年五，[宮]2103 過一日，[甲]1730 修在十，[甲]2299 起，[甲][乙][丁]2092 登泰山，[甲]1112 不，[甲]1512 從習種，[甲]1512 發心，[甲]1717 從發心，[甲]1736 有故諸，[甲]1751 覺冥，[甲]1851 見正方，[甲]2266 計常也，[甲]2266 妄執，[甲]2269 入終之，[甲]2270 立方隅，[甲]2270 使采色，[甲]2290 見報身，[甲]2290 覺爲清，[甲]2299 非如開，[甲]2339 約因修，[甲]2362 修業時，[明][甲][乙]1254 得驗之，[明]411 於今世，[明]997 清淨本，[明]1425 變生甜，[明]1459 從脫衣，[三][宮]231 得入法，[三][宮]234 發意永，[三][宮]610 有精沫，[三][宮]721 初出時，[三][宮]1610，[三][宮]1810 應答，[三][宮]2060 復求寄，[三][宮]2122 生墮地，[三][宮]2122 問于時，

[三]201 見善相，[三]435 從初發，[三]671 是相住，[三]1579 建立，[三]2125 修淨方，[聖][另]1552 久習倒，[聖]1 出母，[聖]26，[聖]210 不如無，[聖]222 所歸如，[聖]1547 行或少，[聖]1562 有終説，[聖]2157，[宋][宮]2121 果氣力，[宋]125 從，[宋]291 立天宮，[宋]1185 乃當得，[宋]2145 寧山徐，[乙]2296 是答眞，[乙]1736 九會之，[乙]2092 埋沒道，[乙]2296，[乙]2408 其教，[元]2016 動念故，[元]2016 時界，[元][明]2123 入城便，[元][明][宮]721 貪怨，[元][明]2103 於虎圈，[元][明]2122 生王共，[元]656 欲發弘，[元]1428 入，[元]2061 也汾隰，[原]1863 今有過，[原]2196 下但作，[原]2337 得入能。

史：[乙]867 始。

使：[三]201 獲得。

勢：[乙]867 始吽。

首：[三]2145 以法身。

受：[三][宮]2122 三歸後。

死：[原]1744 來。

俗：[甲]2039 稱王之。

胎：[明]721 處胎童，[明]293 生百穀，[三][宮][聖]1451 新出降，[聖]1546 入法一。

退：[宋][宮]810 亦無有。

姓：[甲]2286 終無天，[宋][元][宮]2122 生鄭玄。

已：[三][宮]2104 見斯言。

營：[三]2059，[三]2063 僧像未。

欲：[甲]1778 從悲田。

元：[聖][甲]1733 未說法。

沾：[三][宮]2102 竊恩紀，[原]2348。

證：[原]、證[甲]2006 也大約。

秖：[甲]1987 道得一。

治：[宮]322 布施意，[宮]2121 云大臣，[三][宮]2102 也五趣，[三]209 平好便，[宋]2110 之應變，[原]1829。

置：[宋][宮]2105 立道學。

終：[甲]、始生起如[甲]1816 因。

屎

糞：[明]657 囊，[三][宮][甲][乙]901 此是西。

灰：[聖]1435 墮食中。

尿：[甲]893 作末牛，[明]1341 囊故爾，[明]1435 洗若末，[三][宮]721 散虫齒，[三][宮]1547 地獄深，[三][宮]2104 靜泰曰，[三]24 汙穢於，[三]2110 也兩者，[另]1428 中受大，[元][明]614。

失：[甲]1059 是也。

屍：[三][宮]1563 糞，[聖][甲]1723 糞屎。

矢：[明]1988，[聖]425 蟲草蟲。

憶：[宋]1521 劍林灰。

駛

便：[三][宮]2122 不可得。

疾：[三][宮]1435。

駃：[宮]279 流或名，[宮]443 流如來，[宮]397 河起波，[宮]397 能伽咩，[宮]443 流功德，[宮]710 流，[宮]1421 行答言，[宮]1585 流中任，[明]2131 者葉，[三]、使[聖]210 流，[聖]1 哉，[聖]1 哉世尊，[聖]278 流或名，[聖]1788 舟而東，[宋][宮]310 水亦若，[宋][宮]374 河能漂，[宋][宮]1451 流處逆，[宋][元]、使[聖]210，[宋][元]6 佛，[宋][元]6 哉，[宋][元]209 流，[宋]153 疾假使，[宋]1341，[元][明]196 流往而。

快：[三][宮][聖][石]1509 馬戒定，[三][宮][石]1509 馬下一，[三][宮]2122 馬捧奔，[聖][石]1509 馬。

使：[三][宮][宮]1546 流如是，[三][宮][聖]1425 作不得，[三][宮][聖]1462 去隨語，[三]212 流并及，[聖][石]1509 水得船，[聖]410 流是名，[聖]425 流，[聖]1462 去比丘，[宋]263 流，[元]175 疾觸動。

駃：[聖]158。

駛：[宮]383 哉我等。

映：[宮]310 水而過。

士

比：[宋]212 走及奔。

出：[三][宮]1547 空淨聚。

大：[宋][元]373 難遇受。

道：[三]125 乞求難。

德：[三][宮]485 我但聞。

等：[甲]2195 一切衆，[三][宮]2121 正覺不。

法：[宮]2112 等自合。

加：[甲]1805 多論僧。

老：[三][宮]2122 名諦曰。

力：[聖]225 學持誦。

能：[三][宮]495 達。

女：[元][明][宮]310。

七：[宮]2122 夫畏四，[宮]1562 用果，[明]2110 八十，[宋][元]2110 無乏於，[宋][元]2154 庶競來，[元]1428 若是世，[元]1579 夫補特，[元]2112 今。

去：[宮]2108 飛文擅。

犬：[甲]2255 腹。

人：[宮]221 參知五，[甲]1834 此難多，[明]517 民疲極，[三]199 彼分與，[三][宮]395 不用為，[三][宮]1435 屈伸臂，[三][宮]1507，[三][聖]125 屈伸臂，[三]199 來，[宋][聖]125 屈。

仁：[宋]、仕[元][明]152 者辭位。

任：[三][宮]2103。

上：[宮]1547 食一切，[宮]1672，[宮]2122 號天中，[甲]1805 板棚，[甲]2035 論為，[甲]2204 悉知三，[三]192 救護世，[三]291 慧令，[聖]26 無與等，[聖]99，[聖]2157 冀見，[宋][元]2110 服赤，[宋]1460 婦多與，[元][明]1464 力拘夷，[元]446 懷佛南，[原]1776，[原]1851 道戒二。

生：[三]188 餘國地，[聖]2157 上官儀，[乙]2157 慧解洞。

師：[三][宮]278 拯濟三，[三][宮]383。

十：[宮]1455 若良馬，[甲]2266 釋答，[明]2103 勇出，[三][宮]285 勢無恚，[宋]220 能學六，[元]2016 用果。

時：[三][宮]2122。

氏：[宮]2122 魏。

世：[宮]1562 用果若。

仕：[宮]1451 所而為，[明]565 好財志，[明]1450 爾時佛，[三][宮][甲]2053 庶傳聞，[三][宮]847 超越一，[三]154 報大神，[三]191 庶皆悉，[宋]1128 庶得聞。

市：[三][宮]2060 談。

事：[宮]1598 用，[明]2016，[明]1545 趣是故，[元][明]、土[聖][另]310 不，[元][明]1191，[知]741。

是：[宮]1912 言若如。

受：[乙]2263 用。

寺：[元]26 稽首佛。

土：[宮]2034 制長短，[宮]263 生離垢，[宮]1799 呪詛厭，[宮]2103 為人四，[甲]2217，[甲]1718 或專護，[甲]1719 即以，[甲]1733 為因故，[甲]1736 汝於何，[甲]1778 等來，[甲]1792 人家國，[甲]1793 七福如，[甲]2128 咸反，[甲]2207，[甲]2250 字，[甲]2261 此云丈，[甲]2261 夫，[三]193 沙門又，[三][宮]、士神足弟子曰進土[聖]425 神足弟，[三][宮]222 自淨國，[三][宮]1544 地於如，[三][宮]2102 位之宗，[三][宮]2121 民皆來，[三]152 眾合圍，[三]2059，[三]2063 人或云，[三]2103 不許遵，[三]2153 國王所，[聖]1547 內空無，[聖]99 正見為，[聖]288 因帝，[聖]

291 一切聲，[聖]1788 用，[聖]2157 度於惠，[聖]2157 蘭臺著，[聖]2157 異經今，[石]1509 居士，[宋]222 佛告舍，[宋][宮]2060 樹以風，[宋][宮]2122 或，[宋][元][宮]2122 董仲君，[宋]1460 若商主，[宋]2122 女，[乙]2425 用圓滿，[元][明]、上[宮]2060 則鄉壤，[元][明][宮]606 淫怒癡，[原]974 泥地方，[原]2196 多所畫。

亡：[三]2110 狙林盡，[三][宮]2102 曹之，[元]6 諸清信。

王：[宮]374 我等今，[宮]657 會，[甲]2128 作對經，[甲]2300 不居邊，[明]524 共正思，[明]2060 爲度遠，[明]2121，[三]2145 經一卷，[三][宮]397 成就七，[三][宮]664 常出軟，[三][宮]1615 一重受，[三]152 女淨自，[三]192 樂著五，[聖]210，[聖]663，[原]、土[乙]2425 共正思。

玄：[久]765 德勝故。

一：[甲]2250 力半那。

意：[三][聖]210 譽。

友：[三][宮]1598。

於：[宮]2122 以是因。

云：[甲][乙]1709 依，[久]765。

丈：[明]220 夫相八。

者：[宮]1545 趣預流，[三][宮]2122 豈得以，[三]1673 當厭離，[宋][元][宮]1484 時坐聽。

之：[三][宮]630 十戒而。

止：[甲]2266 釋或持，[甲]2250 文光有。

志：[甲]2207 姊子即，[聖]2157

闍梨孫。

衆：[三][聖]334 所行菩。

主：[甲]2036 無二主，[甲]2250 釋也然，[甲]2434 釋，[三][宮][聖][石]1509。

子：[甲]2261，[甲]2339 言利根，[三][宮]2060 女，[乙]1736 感。

坐：[元][明]329 於是坐。

氐

彼：[甲]1733 之族故。

成：[宋][元]2034 秉政。

代：[三][宮]2034 季末道。

氐：[宮]2122 時有狗，[明]310 俱將去，[明]2145 北山有，[三]2154 羌今乃，[宋][元][宮]2122 弗迦羅。

底：[三]2087 國周二。

互：[原]、－[原]2196 成此即。

毛：[甲]2037 侍者法。

民：[甲]1728 爾實，[三][宮]2060 部，[宋]2103 貴裁欲。

名：[甲]2207 云恩也，[乙]2207 云屏營。

市：[三][宮]2034 入海求。

是：[宋][宮]425 如來所。

王：[明]2076 請下山。

武：[乙]2173。

心：[三][宮]425 徒黨奉。

園：[三][宮]820 居士五。

約：[宋][元]2103。

支：[甲]2075 寫取佛，[三]、氐國[元][明]708 優婆塞，[三][宮]、氐國[元][明]713 優婆塞，[三][宮]808 優婆塞，[三][宮]281 優婆塞，[三][宮]329 國優婆，[三][宮]533 優婆塞，[三][宮]559 優婆塞，[三][宮]807 三藏支，[三][宮]2122，[三][宮]2122 人寓居，[三][宮]2122 于，[三]418 三藏支，[宋][元]361 國三藏。

種：[聖]375 壞迦毘。

子：[乙]2207 注尚書。

尊：[甲]1816 天親苟。

示

必：[甲][乙]1822 多過患，[甲][乙]1822 非理也。

標：[三][宮]2104 義目厥。

不：[宮]397 涅槃佛，[宮]810 現如像，[甲]1828 言，[甲]2087 有尊，[甲]2281 明言云，[甲]2299 對〇佛，[三][聖]100 善方所，[聖]、示[聖]1733 與受記，[聖]279 現其數，[聖]1471 人之非，[石]1668 一故，[宋]993 現光輪，[元][明]186 從師受，[元][明]680 現領受。

成：[甲]1912 三種止。

乘：[甲]1733 入百千，[甲]1709 道。

斥：[甲]2274 詞也謂。

赤：[聖]1421 此藏言。

出：[甲][乙][丙]1866 執過者，[原]2339。

除：[甲]1839 何得先，[甲]1839 何得云。

慈：[甲]951 濟有情。

次：[三]1529 意根中。

待：[宋][宮]2121 報處十。

德：[甲]1851 他己所。

等：[甲]1512 希聞而，[甲]1782 施鄙，[甲]2217 此宗不。

覩：[三]211 法齊住。

耳：[甲]1813 十誦伽。

爾：[宮]1425 共行應，[宮]2040 餘報明，[宮]2112 虛又明，[甲]1778 無礙居，[甲][乙]1816 嚴者無，[甲][乙]1709 故言漸，[甲]1717 下明所，[甲]1722 二，[甲]1782 贊曰五，[甲]1830，[甲]1833 至第二，[甲]1929 故，[甲]2195 許便得，[甲]2239 也，[甲]2246 炎慧照，[甲]2266 生上至，[甲]2270 者謂共，[甲]2299 因果罪，[甲]2434 說法身，[甲]2792 道說他，[三][宮]1563 所，[三][宮]2108 景則，[聖]324 現降魔，[聖]1721 車處三，[宋]221，[乙]1832 對機不，[原]1832 西明云，[原]1780 經云愚，[原]1782 無邊彼，[原]1849 若論實。

二：[宮]1506 信解脫，[甲]1751 生死，[三][宮]633 法非等。

覆：[另]1428 諸比丘。

告：[宮]277 我色身。

和：[三]2121 龍王中。

互：[原]2339 現此微，[原]2339 相見聞。

見：[宮]1670 佛在某，[甲]1735 如意相。

結：[甲]1717 於。

近：[聖]223 之毒即。

盡：[甲]1700 敬。

來：[宮]1470 爲我前。

了：[別]397 四諦分，[乙]2261。

令：[甲][乙]2223 恐寫經。

六：[聖]1582 神通教，[元][明]1527 多頭唯。

滅：[甲]2255 者有人。

明：[三]1532 何義示，[三]1532 何義以。

末：[甲]2230 廣如文。

木：[丙]2003 當爲繡。

祁：[明]、之示[宮]2121 五人之。

求：[甲]2067 道登躡，[宋][元][宮]2121 悟涅槃。

失：[三][宮]399 斯印其。

士：[甲]2207 謂以。

似：[甲]1998 人若信。

侍：[三]2122 王其兒。

是：[丙]2778，[博]262 己身或，[博]262 涅槃法，[宮]1912 止觀，[宮]659 如來正，[甲]1735，[甲]1717 拂之方，[甲]1736 法體故，[甲]1736 摩訶衍，[甲]1736 勸轉已，[甲]1736 依去來，[甲]2230，[明][乙]1092 根本眞，[明]192 平等路，[明]312 如來清，[明]376 現空閑，[明]721 解脫道，[明]821 名障礙，[明]1086 此印故，[明]1522 不共，[三]479 現，[三][宮]267 現爲女，[三][宮]376 眞諦路，[元][明]1425 一角。

視：[宮]1523 現方便，[宮]1670 見處那，[甲]1735 徒衆者，[甲]1782 邪見，[明]594 微笑時，[明]588 現，[明]1105 三界，[明]1532 現應知，

[三][宮]、－[聖]1425 見，[三][宮]588 一，[三][宮]624 與衣被，[三][宮]2122 道俗有，[聖]125 道於闇，[石]1509 樹菩薩，[石]1509 語道徑，[原]、視[甲]2006 其僧僧。

誓：[甲]1727 因。

釋：[甲][乙]1822 大地法。

授：[甲]1735。

説：[宮]671 一名何，[甲]2901 與諸衆。

誦：[元][明]675 供養爲。

所：[元][明]2016。

未：[丙]2163 大元，[甲]1735 無雜染，[甲]2196 求因發，[甲]1786 七經文，[甲]1816 法體無，[三][宮]1530 得大乘。

我：[原]1818 爲菩薩。

無：[宮]292 其業罪，[甲]1782 實疾。

顯：[甲]1871 經圓第，[三][宮]2041 譜源，[乙]2263。

現：[宮]1425 人即答，[三]、－[宮]2122 妙身安，[三]、見[宮]397 無色色，[三][宮]1425 語相不，[三]152 王衆妖，[乙]2263 爲菩。

小：[明]278 現一切。

叙：[甲]1736 説儀今。

宣：[聖]2157 中。

牙：[三][宮]828 生永離。

言：[甲]2434 説義而，[聖]1788 滅留舍。

業：[甲]1839 等應常。

衣：[聖]210 學者經。

依：[元][明][宮]588 現空聚。

以：[博]262 是諸人，[三]1532 何義示。

亦：[宮]2121 及瞋怒，[宮]397 現種種，[宮]675 極示開，[宮]680 同類生，[宮]1436 言掘，[宮]1530 現一切，[宮]1602 現四，[宮]1628 非餘，[宮]2060 誨，[甲][丙]2286 青龍和，[甲][乙]1822 果體也，[甲]1512 相我見，[甲]1709 其苦故，[甲]1709 同外道，[甲]1717 有九惱，[甲]1718 熱同其，[甲]1718 三十四，[甲]1718 同怖生，[甲]1724 第三廣，[甲]1728 爲佛身，[甲]1763 非故今，[甲]1784 即雙取，[甲]1816 問也此，[甲]1833 方，[甲]2120 存，[甲]2128 無此字，[甲]2266 無數習，[甲]2274 自所樂，[甲]2286 淺，[甲]2299 是佛所，[甲]2339 第一會，[明]1052 現清淨，[明]190 世間長，[明]293，[明]293 現無邊，[明]293 現種種，[三][宮]1530 現種種，[三][宮]286 爾所微，[三][宮]288 無小大，[三][宮]310 無有諸，[三][宮]310 顯菩薩，[三][宮]310 現神通，[三][宮]673 現無邊，[三][宮]1490 有去來，[三][宮]1546，[三][宮]1579 同集會，[三][宮]1611 自利利，[三][宮]1646，[三][宮]1657 以一篇，[三][宮]2034 現道貧，[三][宮]2042 指城門，[三][宮]2102 不以，[三][宮]2103 見夢想，[三]41 現五相，[三]158 空，[三]220 勸，[三]220 現勸導，[三]639 現諸色，[三]642 現如是，[三]643，[三]1058 同，[三]1331 於後世，[三]1440 罪輕重，[三]1527 現有三，[三]2121 言然王，[三]2154 名無障，[聖]485，[聖]222 現經譬，[聖]223 如是須，[聖]291 如壽終，[聖]310 現微笑，[聖]1509 言，[聖]2042 現貪欲，[另]1721 車，[宋][宮]222 現具足，[宋][宮]627，[宋][明][宮]2122 其小說，[乙]1201 形狀暴，[乙]1736 作日月，[乙]1744 離大乘，[乙]2223 現無量，[乙]2317 然隨自，[乙]2396 現無盡，[乙]2396 現尊特，[乙]2397 現，[乙]2397 現八，[元][明]656 以無量，[元][明][宮][聖]1563 是如地，[元][明]221，[元][明]1579 在此彼，[原]2409 三昧耶，[知]1579 是眞說，[知]1579 滅，[知]1579 現修習。

義：[乙]2263 尋。

永：[聖]291 以無爲。

又：[甲]、亦[乙]2259 說彼大。

於：[甲]1000 化城至。

悅：[甲]1742 彼不自。

樂：[甲]1839 者此不，[甲]1733 征以入，[甲]1736 者皆念，[甲]1782，[甲]1828 癡三德，[甲]1839 等有受，[甲]1863 後世等，[甲]2217 法無貪，[甲]2217 說而覺，[甲]2219 智文此，[甲]2249 合說顯，[甲]2263 其相至，[原]1851 淨等法，[原]2339 於因緣。

云：[甲]2289 本覺通，[甲][乙]2219 衆生佛，[甲]1721 現衆生，[甲]1736 不，[甲]1998 眞如，[甲]2035 奉，[明]99 教照喜，[元]2016 融大

師，[元][明]2016 有變，[元]228 已，[元]2016 現八相。

在：[甲]2195 菩薩行。

正：[宮]660 詣道場，[甲]1863 中。

之：[甲][乙]2397 種種方。

指：[乙]2426 南而自。

衆：[甲]1267 希有事，[甲]1268 希有事。

注：[甲]2263 大概見。

莊：[三][宮]443 嚴如來。

左：[甲]2039 未知孰。

世

彼：[三]125。

不：[三][宮][聖]613 生不。

充：[甲]2035。

丑：[宮]665 黎也安。

出：[宮]1545 及聖者，[宮]1545 俗，[宮]374 尊是人，[宮]882 清淨由，[宮]1513 親菩薩，[宮]1544，[宮]1545 者通三，[宮]1884 悉在無，[宮]2034 菩提流，[甲][乙]1822 第，[明]413 惡習苦，[明]2122 月，[明]485 現轉女，[明]657 界見釋，[明]721 未來世，[明]826 生，[明]1549 八法十，[明]2034 注，[明]2149 高刪正，[三][聖]99，[宋]310 無著無，[宋]484 尊復説，[宋][元]223 間於世，[宋][元]847 及後生，[宋]194 行精進，[宋]1562 尊答彼，[宋]2122 尊即説，[乙]2309 世部鷄，[元][明]1459 尊添彼，[元][明]1563，[元][明]1602 生現世，[元][明]

1647 法謂，[元]26 尊在無，[元]220 間天人，[元]221 俗故有，[元]2154 崛多出，[元]2154 友造第。

傳：[聖]225 世受福。

此：[和]293 身雲行，[甲]1877 無別即，[甲]2266 間道斷，[甲]2266 間道已，[甲]2266 中即常，[三][宮]263，[三][宮]269 界，[三][宮]379 有此聖，[三][宮]765 間，[三][宮]848 間諸眞，[三][宮]1578 智緣無，[三][宮]1604 間所取，[三][宮]1622 間故或，[三][宮]2122 二驗出，[三][宮]2122 十五鬼，[三]158 地大動，[聖]1451 時所作，[乙]2092 之時。

代：[宮]2108，[甲]1792 父母於，[甲]1920 數寶，[甲]1929 僻説小，[甲]2792 燒壞精，[甲]2897 得道轉，[明]2110 相承篇，[三][宮]2104，[三][宮]2112 合一千，[三]2112 之聖，[三]2149 龍樹豈，[三]2153 沙門法。

地：[甲]950 界，[三]2106 于襄陽。

定：[三][宮]2033 定有諸。

度：[宮]481 顛倒無。

惡：[宋][宮]286 籠檻。

而：[甲][乙]2185 以下明。

法：[宮][聖]271 彼智無，[甲]1736 時饑饉，[甲]1816 界無量，[甲]1854 諦終不，[明]1553 若未來，[三][宮]477 界人，[三]99 願滿，[宋][聖]99 願滿。

凡：[三][宮]1477 人求道。

放：[聖]99 族本妻。

奉：[三][宮]433 正覺若。

佛：[三][宮]817 尊能加，[聖]288
尊曰欲。

更：[明]602 今世意。

共：[宮]1435 尊云何。

觀：[甲]2412 自。

貫：[聖]1440 王飲醉。

國：[三]125 界令彼，[石]1509 界
至一，[知]1785 上云能。

過：[明]2123 雪山之。

何：[三]190 界內唯。

恒：[三][宮]2122 常貧賤。

及：[三]212 人民依。

際：[三][宮]286 盡一切，[三]
2103 之時懼。

家：[甲]1735 之首故，[明]125 之
時，[三][宮]231 調，[元][明]310 事皆
於。

間：[甲]1924 出世果，[三]425
得安是。

界：[甲]1201 狀如是，[明]656 法
愍度，[三][宮]407 中一切，[三][宮]
425 生死之，[三][宮]477 自然無，[三]
[宮]606 度一切，[聖]157 雖行如，[乙]
2309 一切諸，[元][明]2122，[元][明]
2122 法體以。

境：[三]135 界舉置，[乙]2397
界非但。

苦：[甲]2089 觀世音，[甲]2167
觀世音，[明]1549 自諍八。

來：[明]1519 現在佛。

賴：[宋][元]1603 耶應知。

離：[甲]1733 善法，[甲]2801 善。

力：[三][宮][聖]292，[三][宮]310
近住劫。

明：[甲]1705 相續故，[三]193 將
護名。

母：[宮]869 金剛瑜，[聖]2157
經異譯，[原]2395 論二磨。

年：[三]99 之中當。

念：[甲]1929。

女：[宮]633 無空缺，[三][宮]657
人共處，[聖]2157 南詳琳，[聖]2157
至。

普：[聖]425 有罪。

其：[三][聖]190 間無垢。

遣：[甲]2271 立過未。

切：[宮]1581 妄想身，[宮]1595
界不得，[和]293 界示現，[甲]1721 難
今拔。

去：[宮]329 王如是，[三]202 有
一長，[三]375 無數劫。

人：[明]318 間悉行，[三]192 舍
被燒，[元][明]310 魔梵沙。

忍：[元][明][宮]310 界當遙。

日：[三]1564 我，[聖]157 尊名
曰。

如：[三][宮]1451。

汝：[明]1595 感六度，[元]843 界
度如。

三：[聖]157 界所有。

瑟：[三]202 質。

善：[三][宮][聖]1562 俗智能。

上：[甲]2262 答疏云。

少：[宮]397 法欲滅。

設：[聖]1435 會中不，[宋][明]

[宮]223 我是。

身：[三][宮]268 不護口，[三][宮]724 時，[三][宮]808 當爲彌，[三][宮]2121。

生：[甲]2219，[甲]1786 無盡一，[甲]2081 甚深祕，[甲]2261 造論依，[甲]2266 無量，[甲]2299 入聖道，[甲]2314 貪，[明]312 若不，[三][宮]1451 苦由其，[三][宮]2121 爲國王，[三]198，[乙]2218 業因，[乙]2263 等事智。

聖：[宮]397 主，[甲]874 尊，[三][宮]285 尊無量，[三]186 尊王還，[三]1562 功德中。

施：[甲]2266 說言色，[甲]2401 來，[甲]2414 三昧耶，[三]、妄[宮]656 想則能，[三][宮]425 子曰金，[三][宮]1509 主不可，[聖]2157 菩薩應。

時：[甲]1912 其宗已，[明]2121 希有菩，[三][聖]643 等無有，[元]379，[原]、時[聖]1859 之事正。

使：[明]212 善。

始：[甲]2017 罪畢得，[甲]2035 知，[三][宮]665。

示：[三]2122 希有法。

事：[宮]1799 動少靜，[三][宮]456 衆生爲，[元]945 動少靜。

是：[甲]1839 常無常，[甲]1839 第二，[甲]1839 二品之，[甲]1839 聲上一，[甲]2036 有，[甲]2263 聲聞得，[明]1549 無常。

貰：[三][宮]1425 王與毘，[三]

202 復從居，[三]2145 女名無，[宋][元]2149 王女經，[宋][元][宮]1425 作大新，[宋]2145 王寶積，[宋]2145 王受決，[宋]2147 女經一，[宋]2153 王經二。

勢：[三][宮]285 力吾我，[三][宮]1523 力而行，[元][明][知]598 願稽首，[原]1098 鉢囉二。

四：[甲]2266 界海後。

俗：[三]、代[宮]2060 復入道，[三][宮]1425 人外道。

歲：[原]1239 劫濁亂。

所：[宮]310 奉行精，[三][宮]1641 尊亦有，[聖]99 尊記彼，[元][明]292 行隨宜。

天：[三][宮]1435 汝空無，[三][宮]743 尊蕩其，[三]1161 尊爲，[三]2154 親菩薩。

土：[甲]2204，[甲]2299 諸佛菩，[甲]2898 界中，[聖]211，[乙]2263 梵音聲，[乙]2263 他世。

亡：[和]293 諸如來，[三][宮]2060 母張氏。

王：[宋]2122 之樂衆。

我：[宮]263 倫則不。

無：[甲]2239 間時分，[甲]2239 間爲，[甲]2266 功用無，[甲]2266 間道斷，[甲]2266 俗對四，[三]198 世從點。

希：[明]125 之希有。

現：[甲][乙]1822 能。

泄：[三][宮]2103 哀。

行：[三][宮]630。

姓：[甲]2250 羅生從，[甲]2250 攝後。

迅：[三]、勢[宮]2042 三昧優。

也：[宮]2053 友僧祇，[甲]、此[原]、世親[原]1700 義，[甲]2266 道伏至，[甲][乙]1822 各異，[甲][乙]2250 雖有欲，[甲]1763 第三佛，[甲]1828 前之三，[甲]1830 親釋云，[甲]2193 言，[甲]2270 正爲旋，[甲]2274 謂如本，[甲]2299 即第一，[甲]2299 間際一，[甲]2362 若無佛，[甲]2408 軌文，[三][宮]721 一慈生，[三][宮][另]1543 所，[三][宮]2103 所，[聖]1509 不行未，[宋][宮]2060 年既遲，[原]2196 無雜有，[原]1887 三世相。

野：[三]、也[宮]2060 不顧名。

業：[甲]952 十重。

一：[甲]1973 間一切。

以：[宋]2121 法應。

亦：[三]212 後世有。

義：[聖]663。

有：[聖]1763 智者説。

運：[三][宮]2102 法輪轉。

在：[丙]2286 名，[宮]425 後世之，[甲]2339 衆人之，[甲][乙]1822 無爲，[甲][乙]1822 不生遍，[甲][乙]1822 俗他心，[甲][乙]2328 有三人，[甲]1305 薄福一，[甲]1718 益物又，[甲]1733 無所依，[甲]1821 俗情，[甲]1839 異無，[甲]1839 異有及，[甲]2814 無所利，[三]、法[宮]2121 義云何，[三]186 釋中生，[聖][甲]1733 以一華，[乙]2192 恩處增，[乙]2263 變

身即，[原]1840 諸惑亂，[原]1863 未來，[原]2870 得諸衰。

者：[元]220 尊非空。

正：[甲][乙]1823 法住爾，[三]157 法。

之：[三]2109 紀陶公。

至：[三][宮]481 尊最後，[三][宮]2060 舉，[三]154 尊多哀。

志：[明]310。

中：[甲]2255 也下半。

種：[甲]2196 樂一三，[原]905 勝利故。

諸：[明]1339 願文殊，[三][宮]742 穢，[三]1559 佛能除，[乙]1909 法所不。

住：[甲]2250 俗道以。

足：[三][甲]1028 尊。

尊：[元]125 尊言唯。

仕

任：[宮]2060 魏齊故，[甲]2299 良切孃。

士：[明][甲]2053 子內外，[三][宮]500，[三][宮]606 進始爲，[三][宮]2103，[三][宮]2103 通道觀，[三][宮]2122 女弟子，[三][宮]2122 庶悲哀，[三][宮]2122 庶等千，[三][宮]2122 庶復往，[三][宮]2122 庶皆投，[三]2110 月角稱，[宋][宮]、事[元][明]2103 宋明。

事：[聖]1721。

侍：[甲][丙]、付[乙]973 菩薩等，[甲][乙]、蘗本作持897 稱尊。

依：[甲]2230 王官吉。

住：[元][明]23 平善慈。

帀

別：[宋]、兩[元][明]202 當雇直。

布：[甲]2087 而波屬，[三][宮]2122 逸仁莫，[原]、－[原]1744 園明其，[原]1159 不，[原]1744 園標其。

帝：[三]1014。

末：[明]1450 多雞舍。

南：[甲]2250 內畝。

閘：[三]125。

示：[聖][另]1442 歸家捉。

寺：[乙][丙]2092 伊洛之。

希：[宮]2122，[三][宮]1808 得衣物。

一：[原]、－[原]1744 得此。

帀：[明]2145 之。

匝：[聖]1442 迦因起。

中：[甲]2129 內畝半，[甲]2128 空地也。

尊：[三]186 善見仁。

式

成：[三]1441 捨戒不。

承：[甲]1698 永。

熾：[宋][元][宮]1462 內空無。

法：[三][宮]2122 被服出。

或：[甲]2128 之二反。

或：[丙][丁]866 加寶珠，[宮]2059，[甲][乙]1822 於初忍，[甲]1839 異也，[甲]2128 說文云，[甲]2129 閏反韻，[甲]2271 名自在，[明][乙]1254

即東面，[三][宮]1458 於，[三][宮]2104 虧請，[三]125 坐分陀，[三]2087 修供養，[宋][甲]2053 歌且舞，[元][明][丙][丁]866 跋折，[原]2339 具此三。

惑：[宮]2103 於十二。

戒：[甲][乙]1822 故名律，[甲][乙]1822 也論，[甲]1708，[甲]1708 叉摩尼，[三][宮]、式一部[明]2122 十卷，[三][宮]639 諸比丘，[三]2103 清諸有，[三]2110 經云黃，[聖]2157 傳惠照，[聖]1421 叉摩那，[聖]1425 叉摩尼，[元][明][宮]687 自，[原]2871 是故今，[知]384 棄佛神。

誡：[宮]322 也是以。

勑：[三]99 卜占欺。

尸：[宮]1428 叉迦羅，[三][宮]2121 如來所，[元][明]2121 如來出。

識：[三][宮]、誡[另]281，[宋][宮]、幟[元][明]785 也賢士，[元][明]155 復語須。

拭：[三][宮]1425 當畫板。

飾：[三][宮]2122 所有要，[三]196 若王瓶。

試：[三]212 棄如來。

也：[原]1782 初問後。

永：[三][宮]1579 導玄津。

幟：[三][宮]2121 但貿無，[元][明]639 毀戒謗，[元][明]785 賢士之。

似

比：[甲]2263 法有，[原]2271 據

文各。

　　彼：[甲]、似欣[乙]2434 入小涅。

　　次：[甲][乙]1822，[原]1986 師曰二。

　　從：[甲]、文相似[乙]2261 一至多。

　　但：[宋][元][宮]1587 塵更成。

　　法：[甲]1736 相似生。

　　改：[宋]1571 曾當。

　　假：[甲][乙]1821 有生滅，[甲]1733 法四此，[甲]1733 業，[甲]1821 本質能，[甲]2339 實義故，[乙]2254 有也二，[乙]2263 俱不，[乙]2396 不相障，[乙]2397 塵天台，[原]、以[甲]1863 說所緣，[原]2339 立之法，[原]1854 理解眞，[原]1863 名爲種。

　　俱：[乙]2309 無別相。

　　例：[甲]2274 立。

　　侶：[乙]2092 鷄鶉。

　　妙：[另]1509 如賣法。

　　母：[宮]2121 鹿是故。

　　貌：[甲]2075。

　　仳：[三][宮]2122 淡陀羅。

　　譬：[三][宮]2103 臨懸鏡。

　　仍：[甲]2195 無過。

　　如：[宮]2008 凡人自，[甲]1708 金剛故，[甲]1733，[甲]2006 錦潤水，[甲]2006 鋃，[甲]2397 理即名，[明]1571 龜毛又，[三][宮][甲]901 風，[三][宮]1425，[三][宮]2121 川歸海，[三]220 菩薩摩，[知]2082 兔。

　　若：[三][宮]2122 有打擊。

　　是：[甲]1736 橫，[甲]1736 因智起，[明]、以[宮]1462，[明]1425，[明]1988 屎上青，[三][宮]1425，[元][明]2016 幻師起。

　　呎：[甲]2128 多此云。

　　他：[甲]1924 麥子但。

　　未：[明]2104 盡而察。

　　像：[三]125 生或有。

　　續：[久]1488 不斷故。

　　依：[甲]2266 法似義，[甲]2400 成等正，[乙]2263 色聲等，[原]2317 作二諦。

　　已：[甲]2266 了知彼。

　　以：[丙]2286 有偏頗，[宮]721 香塗以，[宮]1509 佛有三，[宮]1530 彼相分，[宮]1530 一切諸，[宮]1596 顯現者，[宮]1604 者謂，[宮]2034 長安中，[宮]2034 是長安，[宮]2102 若自私，[宮]2123 餘凡唯，[甲]2035 刀兵身，[甲][乙]1821 彼八行，[甲][乙]1821 相，[甲][乙]1822 不得意，[甲][乙]1822 名故稱，[甲][乙]1822 退生故，[甲][乙]1822 爲名蘇，[甲][乙]2261 非量故，[甲]1512 謬解佛，[甲]1723 得非正，[甲]1735 既合以，[甲]1816 兩周，[甲]1821 本有其，[甲]1918，[甲]1929 相關又，[甲]1973 四字爲，[甲]2036 魚戴名，[甲]2217 緣覺，[甲]2261 句攝五，[甲]2261 有似，[甲]2266 得勝法，[甲]2266 色等相，[甲]2812，[明]201 婦女，[明]2016 於，[明]618 聖行名，[明]761，[明]894 屈以印，[明]1530 契經增，[明]1610 乃可數，[明]2154，[三]1568 各有，[三]

1597 所，[三]1629 喻義何，[三]2149
抄，[三][宮]1562 假說既，[三][宮]
[甲][乙]869 如世間，[三][宮][聖]341
彼，[三][宮][聖]379 彼法門，[三][宮]
376 彼虫食，[三][宮]672 能所取，
[三][宮]689 天帝釋，[三][宮]721 種
子故，[三][宮]1521 佛法優，[三][宮]
1530 境緣照，[三][宮]1555 顯處色，
[三][宮]1579 集愛此，[三][宮]1594
遮罪有，[三][宮]1595 佛，[三][宮]
1595 字言及，[三][宮]1604 彼解脫，
[三][宮]1628 喻義何，[三][宮]1646
業因故，[三][宮]2041 血塗身，[三]
[宮]2060 從道人，[三][宮]2103 服䒱
通，[三][宮]2122 彼即謂，[三][宮]
2122 不滿像，[三][宮]2122 多披覽，
[三][宮]2123 若葶藶，[三][宮]2123
若愚盲，[三]154 凶惡主，[三]190 修
羅類，[三]643 梵行人，[三]1441 寶
著地，[三]1594 一切識，[三]1595 根
似塵，[三]1598 義顯現，[三]1692 鹿
無家，[三]2145 偈本難，[三]2154 與
增壹，[聖]1763 過去煩，[聖]231 者
清淨，[聖]1562 瞋似瞋，[聖]1582 果
是名，[聖]1617 分因故，[聖]2042 聲
聞聲，[另]1509 六波羅，[石]1509，
[石]1509 如輕，[宋][宮]271 等者諸，
[宋][宮]616 親善亦，[宋][元][宮]
2102 佛桑音，[宋][元]26 如親二，
[宋][元]1552 增解脫，[宋]267 修功
德，[宋]2154 取隋五，[乙]1709 彼相
分，[乙]2393，[乙]1822 青等之，[乙]
1830 相分者，[乙]2219 此十之，[乙]

2263 別人我，[乙]2397 受用衣，[元]
208 我前夫，[元]2016 外境轉，[元]
[明]1530 如，[元][明]1597 義顯現，
[元][明]2016 內心，[元][明][甲]1227
鐵生末，[元][明]421 莊嚴莊，[元][明]
643，[元][明]749 僧恭敬，[元][明]
1440 寶若，[元][明]1552 見道故，[元]
[明]1591 故及是，[元][明]2102 無言
無，[元][明]2122 謂瞋增，[元][明]
2154 抄五蓋，[元]1425 貴人相，[元]
1435 法別眾，[元]1546 故世人，[元]
1566 者所成，[元]2122 濕亦濕，[原]
974 白疊斜，[原]1781 不假眾，[原]
2208 酬因證，[原]2271 能別不，[原]
2317 中智故。

應：[甲]2266 故他救，[三][宮]
1610。

猶：[甲]2313 案既以。

自：[甲]1736 有邊有，[明]613 己
身亦，[明]613 空襄有，[乙]2263 故
明前，[元]2016 君無一，[原]、自[甲]
2006 無情一。

事

寶：[原]2220 輪況法。

輩：[宮]357 一切皆。

輩：[三][宮][聖]310，[三][宮]
2034 弟子經。

本：[甲]1816 言菩薩，[乙]2228
業明速。

畢：[甲]2039 乃謂婦，[原]1089。

便：[甲]2195 訖淨穢。

曹：[明]2103 簡姚書。

常：[甲][乙]2434 無常門。

車：[甲]1781 故不，[甲]2339 此中許，[乙]2296 及火，[乙]2397 最勝一，[原]2339 須捨方。

塵：[三]2110 以。

成：[三][宮]1581 因九者。

承：[宮]309 事供養，[三][宮]638 二親謙。

乘：[聖]397 而不自，[聖]1509 示現度，[乙]2297 十方。

處：[三][宮]304 是日雖，[三][宮]1435 或有人，[三][宮]1509 須菩，[三]2088，[三]2088 東有育，[聖]1435 故我等，[聖]1435 求他説，[石]1509 方便生，[宋][宮]223 方便生，[元][明]1340 我今少。

觸：[甲]2068 太。

慈：[丙]2218 從如。

此：[宮]1425，[原]1829 彼者隨。

道：[甲]1792 也若準，[聖]310 中受諸。

地：[甲]2266 非，[甲]2266 故文四，[甲]2381 須擇定，[三]193 齊無數，[元][明]1501 分中菩。

等：[甲][乙]2394 皆是阿，[甲]1851 不，[甲]2266 今所引，[明][丁]1199，[明]1443 諍想知，[三][宮]1458 若，[三][宮]1566 如是緣，[三][宮]1579，[三][宮]1817 即生死，[三][宮]2121 不，[聖]397 心信無，[聖]1509 皆是般，[聖]1733 次句中，[原]1089 人與非。

第：[甲]2195 五相與，[乙]2394 更問。

定：[三][宮]1648 大精進。

度：[乙]2263 行等受。

惡：[三]、－[宮]1435 已還到。

恩：[甲]952 如來亦。

而：[甲][乙]1822 名緣如，[甲]1728 論不殺。

法：[宮]1435 入戒經，[甲][乙][丙]1098 誦持如，[甲]893 其數無，[明]883，[明]1441 竟，[三][宮]401 故曰菩，[三][宮]1488 一者自，[三][宮]1581 而成熟，[三][宮]1581 是有漏，[三]598，[聖]1428 於，[聖]1488 悉爲衆，[乙]1723 從三以，[乙]1723 俱時與，[乙]1822 釋也如，[元][明]657 而有，[元][明]657 中生稱，[元][明]658 是名，[元][明]1509 小乘法。

方：[甲]、力[乙]1929 具如涅，[甲]2195 對，[乙]2385 類念誦。

奉：[甲]2006 之，[三][宮]263 敬，[三][宮]2045 諸佛，[三]154 莫失意。

夫：[甲][丙]2778 在他經。

富：[三]1451 尊者曰。

根：[三][宮]1435 靜中無。

更：[甲]2266 有或未。

供：[三]202 無。

辜：[原]、辜[甲]1782 故教正。

故：[明]1489 故説一，[聖]310。

果：[甲]2371 性無明，[乙]2393 大智灌。

何：[甲][乙]1822 差別有。

後：[宮]263 由此思。

乎：[甲]2195。

華：[元][明]2106 晉。

即：[乙]2396 是。

見：[三]1427，[聖][另]1548。

教：[甲]1929 數無量。

皆：[三]1564 不然去。

竟：[甲]2266 了義等，[宋][宮]、事竟[元][明]下同 1435。

淨：[三][宮][聖]、者[石]1509 相待離，[三]1056 官長得。

敬：[三]1 沙門婆，[三]311，[元][明]658 善男子。

境：[甲]1922 中應當。

具：[宮][聖]、－[另]1509 者所謂，[三][宮]721 皆不厭。

決：[甲]2281 立者不。

可：[甲]1705 説即有，[三]22 謂萌類。

來：[宮]2053 其，[甲]1512 者牒前。

類：[宮]1458。

理：[甲]2296 取，[原]2271 名爲眞。

裏：[甲]2067 見一大。

力：[甲]2204 一時非，[乙]1821 衆相依。

利：[三][宮][聖]1579 爲後無。

連：[宮]271。

論：[甲]1929 佛説出。

摩：[甲]1736 而嗔無。

末：[三][宮]537 已便叉。

木：[三]145。

目：[明][宮]1581。

拏：[三][宮]244 羅阿。

難：[三]1427 不自送。

惱：[三][宮]1581 如是等。

年：[原]1311 也人命。

品：[三]2145 數而已。

平：[聖][甲]1733 等是佛。

普：[甲]2409 供養。

其：[三][宮]2104 事如此。

俟：[三]2112 重陳秖。

仍：[三][宮]1451 猶未好。

申：[原]2271 還爲宗。

身：[宮]278 而能成，[甲]2068 禮佛行，[三][宮]1442 并辦彼，[原]2412 也問五。

聲：[甲][乙]1822 名爲是，[三]125 共合乃。

尸：[乙]2408 見烏瑟。

施：[三][宮]325 妙目菩，[宋]1559 於意識。

師：[明]1450，[三][宮]221 父如世，[乙]1796 譬説二。

時：[宮]1425 具白世，[明]488 已，[明]721 已勅諸，[三][聖]99 而説若，[三]2063 供養年，[原]2425 臨急難。

使：[三][宮]2122 行可觀，[三]374 左右爾，[宋][元][宮]2041 白佛我。

士：[甲][乙]2092 待物無，[明]100 處此林，[明]816 欲繞問，[三][宮]585 安當志，[三][宮]2103 卒，[三][西]665 隨念令，[聖]425 業是曰，[元][明]1605 用果五。

示：[甲]2288 意。

仕：[乙]2390 諸如來。

侍：[明]99 軟言愛，[三][宮]263，[三][宮]657 舍利弗。

是：[宮]1433 重故聽，[甲]1735，[甲]1736 故云理，[甲]1736 同眞生，[甲]1784 現是利，[甲]1884 情計之，[明]624 佛其數，[明]893 時皆應，[明]1096 時若念，[明]1421 白，[明]1421 白佛佛，[明]1453 無，[明]2034 翻譯未，[明]2102 鬼，[明]2103 脣，[明]2123 啓，[三][宮]736 此非天，[聖]、故 1581，[宋]2043 即知是，[乙]2394 普伏四。

受：[甲]2266 等説不，[甲]2266 述曰同。

殊：[甲]2249 宜歟就，[甲]2314 外。

書：[三][宮]2112 述易修。

説：[三][宮]672 眞諦離。

四：[三][宮][聖]1602 句無事。

寺：[宮]2025 維那副，[甲]970 時有婆，[明]1453 詰事人，[三]2110 並得公。

所：[聖]225 事具。

外：[甲][乙]2263 有多不。

韋：[甲][乙][宮]1799 陀知識。

問：[甲]1715 中不便。

吾：[元]190 故此摩。

物：[三][宮]1581 化作隨，[聖]397。

喜：[宮]2123，[三][宮]604 不離佛。

下：[甲][乙]1822 總是。

相：[聖]1509 而演説。

行：[甲][乙]1822 業住必，[三][宮]384 未來當。

幸：[甲]1705 此爲人。

性：[宮][甲]2008 中起於，[甲]2008 須從。

虚：[三][宮]616 教化衆。

學：[三][宮]1471 三者當。

養：[明]2121 袈裟積，[三]154，[三][宮]1521 而破大，[三][宮]2060 嚴備若，[聖]211 父母誦，[乙]1909 父母。

耶：[甲][乙]2254 答光記，[甲]1736 答願欲，[原]2248 又將入。

也：[乙]2263 大旨雖。

業：[甲]1799 供養不，[甲]1000 若念誦，[甲]2227 釋曰，[三]209 明日造，[三]220 攝諸有，[宋][元]1340 品第四，[乙]1821 性。

依：[明]1450 賢王，[三][宮]1606 滅。

矣：[甲]2254 論三界。

易：[甲]1922 有觀法。

益：[甲]871 能轉金。

異：[乙]1736 更起。

意：[明]2016 三生般，[明]2076 師曰山，[三][宮][石]1509 佛言善。

義：[高]1668 差別其，[宮]335 我爲斷，[甲][乙][丙]1866 也問義，[甲]1731 只是一，[甲]2263 處處有，[乙]2218 有之疏，[乙]2263 南北兩，[元][明]657，[元][明]657 汝當信。

有：[宋][元]1425 若比。

語：[三][宮]397 已時娑，[三]374 已一人。

喻：[甲]1816 於有爲，[三]1564 不然何。

遺：[三][宮]2060 皆符焉。

願：[宋][明]1081 悉皆遂。

約：[原]1778 如理呵。

云：[甲]2227 也。

章：[甲]2255 破第十，[甲]2266 契經者。

掌：[甲]2386 生悦。

障：[甲][丙]973 消。

者：[甲]2217 一，[三][宮]679 難得文，[三][宮]1562 説誑所，[三]123 放牛兒，[聖]200 何。

爭：[甲]1709 相不二，[甲]2266 故如八，[明]1591 前境不，[宋][元]1336。

諍：[三][宮][聖]1464，[三][宮]1435 法第八。

值：[宮]1595 諸佛。

智：[甲]2006 兩俱忘，[三][宮]1545 尊重同，[元][明]669 一者無。

中：[甲]2249 如何釋，[甲][乙]2263 前六門，[甲]2270 者宗中，[三][宮]1428 人比丘，[三]1458 者徐徐，[乙]1796 例爾凡，[乙]2249 有二義，[原]2248 欲説付，[原][甲]1851 亦二一。

種：[三][宮]1488 一者阿，[三][宮]1581 如，[三][宮]1581 如前，[三][宮]1581 謂。

重：[甲]2787 法謗比，[元]2121。

住：[三][宮][聖]下同 1436，[三][宮]1436。

專：[宮]279 弼輔善。

自：[原]2416 行方便。

字：[明]1440 中婬戒，[明]588 章句，[明]2154 經太始，[三]640 住忍辱，[元]1015 一者常。

罪：[三][宮]1425 重物及，[三][宮]1428。

尊：[原]1744 邪道始。

作：[原]2216 已上日。

侍

傍：[宮][甲]2053 人謦。

彼：[三][宮]1428 女口中。

持：[甲]1795 聞時，[甲]1816 奉圍，[甲]2087 母處也，[明]229 者隨意，[明]263 諸，[明]293 左右熏，[明]1336 携接令，[明]2145 規矩與，[三][宮]263 者，[三][宮]397 佛菩提，[三][宮]729 使無所，[三][宮]1451 足蹈，[三][宮]1452 堂中，[三][宮]2122 六齋，[三][宮]2122 者舉刀，[三]1 遍觀四，[三]211 有勞功，[三]212 是以孝，[三]1451 令過若，[三]2122 聞兒生，[三]2154，[聖]200，[聖]754 教授誓，[聖]1509 佛不，[宋][元]2061 助成，[元]1510 如來依，[元][明]220 身無傾，[元][明]1457 縛迦金，[元][明]2154 改治。

傳：[甲]1733 送發大，[甲]1771 者曰，[三]、－[宮]2122 御，[原]1089 此尊者。

從：[明]1450 女言汝，[聖]1462 從到已。

待：[宮]2025 侍者入，[宮]382 諸王婆，[宮]771 法也眞，[宮]2025 尊宿尊，[宮]2104 御莫聞，[甲]2035 立左右，[甲]2035 以金童，[甲][乙]2317 因緣任，[甲][乙]2778 問衆香，[甲]1280 若不，[甲]1782 賓賓不，[甲]1782 也賛曰，[甲]1828 彼彼所，[甲]2196 善心曰，[甲]2270 衆緣故，[甲]2399 也問逐，[明]310 衞爾時，[明]1435 人，[三]、持[宮]588 是故菩，[三][宮]402 解脫衆，[三][宮]402 隨意受，[三][宮]610 之，[三][宮]1442 婦既，[三][宮]1451 者食訖，[三][宮]1501 他言論，[三][宮]2040 世，[三][宮]2060 士慕賢，[三][宮]2060 欽德受，[三][宮]2121 飲食衣，[三][宮]2122，[三][宮]2122 先語後，[三]5 諸夫人，[三]156 此人如，[三]178，[三]202 未有不，[三]205 衆僧隨，[三]375 賓客是，[三]1982 坐一金，[聖][甲]1733 佛放光，[聖]26 七者後，[聖]223 從大衆，[聖]1421 彼比丘，[聖]1462 如來從，[聖]1721 發，[聖]2157 詮宣慰，[宋][宮]398 亦悉恤，[宋][宮]544 爾時，[宋][宮]2122，[宋][元]2060 入，[宋]193 從萬二，[宋]263 神龍皆，[宋]747 賢劫千，[宋]1421 衞并欲，[乙]2194 也塵勞，[乙]1723 從如儀，[乙]2376，[元]2016 自參預，[元]2122 者取鉢，[知]1522 恭敬二。

得：[三][宮]729 五者從。

對：[乙]1821 前麁後。

兒：[明]1260 女眷屬。

防：[三][宮]1521 衞業因。

付：[聖]953 彼行者。

伎：[宋][元][宮]、妓[明]2123 女象馬。

將：[三]168 太子。

詩：[甲]2207 誄曰忠。

時：[明]2060 往還疑，[三]192 時受五，[三]311 何。

使：[甲][乙]867 者。

仕：[甲]、持[甲]1816 如來行，[甲]1816 如來亦。

事：[三][宮]2060 我何能，[三]1056 諸佛樂。

是：[三][宮][聖]397 者。

恃：[明]2145 改治，[三][宮]425 行空無，[三]5 天王常，[三]193，[宋][明][宮]、待[元]221 倍復歡，[原]1744。

視：[三][宮]1453 若不依。

寺：[宋][元]、舍[明]2122 女。

徒：[三]190 從左右。

往：[宮]901 者蓮花，[元][明]186 送可敬。

衞：[三]1 衞護三。

下：[三]196 從始入。

之：[三]209 人以脚。

卒：[元]221 主殺人。

拭

城：[元]876 爲尊位。

式：[甲]2128 也軌也。

飾：[明]1299 事是伐，[三][宮]
687 澡，[三][乙]1261 道場散，[宋]
[元][宮]540。

我：[宋][元]1442 庭宇敷。

柿

抄：[三][宮]1466。

捗：[三][甲]1080 吒。

樹：[明]796。

是

礙：[甲]2339 自在即，[甲][乙]
1822 障礙有。

被：[明]1450。

比：[三]49 無，[三]190 言汝等。

彼：[宮]1435 諸比丘，[甲][乙]
1069 時爲長，[明]1128 印度，[三]
[宮]416 三昧時，[三][宮]1425 坐若
言，[三][宮][聖][另]1543 等智耶，
[三][宮]263 醫，[三][宮]443 佛名號，
[三][宮]1431 比丘尼，[三][宮]1546
處故或，[三]33 四輩鼠，[三]100 清
淨水，[三]375 優婆夷，[宋][元][宮]
1435 間街巷，[原]1796 尊能生。

畢：[三][宮][聖]268 竟不可。

邊：[宮]810 必得成，[石]1509 一
切邊，[宋][元][宮]1596 故説爲，[元]
1579 長壽如。

便：[三][宮]1509 實破大。

遍：[明]1450 議已便。

變：[甲][乙]1866 化身及。

表：[甲]1698 果後無，[乙]2317
色既非。

並：[甲][乙]、並是[丙]2778 祕密
之。

不：[甲]2266 迦，[三]、一[宮]
2122 住是同，[元]671 可噉不。

差：[甲]2262 無漏故。

長：[宮]660，[甲]2266 取果用。

臣：[三]171 語。

稱：[三]2137 本我慢。

成：[甲][乙]1225 相或有，[甲]
1799 妙明眞，[明]2123 摩德勒，[三]
[宮][聖]425 四禪定，[三][宮]1810
比。

處：[甲][乙]1822 大仙尊，[甲]
1735 故口無，[三][宮]603 已見身，
[宋]1694 已見身。

此：[博]262 衆中，[高]1668 人
定紹，[高]1668 相續識，[宮]374 因
緣脣，[宮]383 觀者則，[宮]588 天，
[宮]1425 乃至問，[宮]2123 念如此，
[宮]2123 人墮三，[甲]1735 初阿上，
[甲]1782 土衆生，[甲][丙]2381 義故
諸，[甲][乙][丙]1866 所執故，[甲]
[乙][丙]1866 義與上，[甲][乙][丙]
1866 緣起妙，[甲][乙]981 菩提心，
[甲][乙]1821 城中皆，[甲][乙]1822
國王及，[甲][乙]1866 説若依，[甲]
[乙]2215 凝然常，[甲][乙]2219，[甲]
[乙]2250 刹那時，[甲][乙]2263 可爾
況，[甲][乙]2393 地以不，[甲]867 眞
是佛，[甲]950 頌，[甲]957，[甲]1000
瑞相獲，[甲]1122 三密門，[甲]1305
神，[甲]1512 疑將釋，[甲]1705 人超
過，[甲]1718 三乘亦，[甲]1718 語時

是，[甲]1722 得具五，[甲]1722 經如
一，[甲]1722 說也又，[甲]1731 一本
一，[甲]1733 處智五，[甲]1733 大力
那，[甲]1733 眞如具，[甲]1736 昔時
梵，[甲]1763 理也，[甲]1782 因義此，
[甲]1783 典金光，[甲]1816，[甲]1828
四諦行，[甲]1830 三種意，[甲]1911
三遍然，[甲]1912 等名與，[甲]1912
時寶，[甲]1924 念一切，[甲]1929，
[甲]1961 是念發，[甲]1961 因，[甲]
1998 等事尚，[甲]2036 然非本，[甲]
2204 六度是，[甲]2204 妙寶心，[甲]
2217 問者文，[甲]2223 言曰此，[甲]
2230 三業是，[甲]2249 故此論，[甲]
2250 處若取，[甲]2250 義，[甲]2266
改本，[甲]2266 金光明，[甲]2266 俱
行菩，[甲]2266 知有疏，[甲]2266 最，
[甲]2269 釋曰如，[甲]2269 釋曰一，
[甲]2274 即自證，[甲]2274 既用共，
[甲]2274 亦無兩，[甲]2274 云云，
[甲]2289 行，[甲]2289 因緣故，[甲]
2298，[甲]2309 四洲人，[甲]2339 非
二，[甲]2339 宗過歸，[甲]2362，[甲]
2362 初，[甲]2362 隨宜三，[甲]2376
觀者名，[甲]2376 三事中，[甲]2396，
[甲]2401 名滿一，[甲]2410 無量，
[甲]2414 諸，[明]99 經已諸，[明]220
惡魔歡，[明]1551 三依於，[明][甲]
997 經，[明]210 解義，[明]220 事若，
[明]381 會中靜，[明]663 大地衆，
[明]893 轉次多，[明]1018 經，[明]
1335 呪已而，[明]1435 等比丘，[明]
1450 語，[明]1450 語已相，[明]1546

說，[三]、行[聖]223 似道，[三]1 患
三者，[三]99 持施與，[三]125，[三]
190 等希有，[三]475 經法信，[三]475
語時三，[三][宮]263 住立鼻，[三]
[宮]357 經若能，[三][宮]397 經自得，
[三][宮]1425 偈已復，[三][宮]1425
念者名，[三][宮]1522 法佛子，[三]
[宮][聖][另]410 諸人等，[三][宮][聖]
[另]1543 謂，[三][宮][聖][另]1543 謂
無明，[三][宮][聖][另]1543 謂有覺，
[三][宮][聖][知]1581 四義自，[三][宮]
[聖]271 一乘演，[三][宮][聖]383 言
若審，[三][宮][聖]383 言我師，[三]
[宮][聖]397 經典信，[三][宮][聖]586
大乘者，[三][宮][聖]586 經是世，[三]
[宮][聖]1421 具以阿，[三][宮][聖]
1421 云何毀，[三][宮][聖]1428 人語
釋，[三][宮][聖]1428 事聽作，[三]
[宮][聖]1435 比丘不，[三][宮][聖]1462
言而念，[三][宮][聖]1646 問，[三][宮]
[另]1543 謂頂法，[三][宮][另]1543
謂盡不，[三][宮][另]1543 謂是彼，
[三][宮][另]1543 謂無覺，[三][宮][另]
1543 謂無學，[三][宮][另]1543 謂無
餘，[三][宮][另]1543 謂厭云，[三][宮]
[另]1543 謂樂根，[三][宮][石]1509
問答曰，[三][宮]223 大乘從，[三][宮]
239 經名爲，[三][宮]263 經典今，[三]
[宮]263 經法者，[三][宮]263 經卷福，
[三][宮]263 住所坐，[三][宮]268，
[三][宮]268 經，[三][宮]268 妙法覺，
[三][宮]271 三十二，[三][宮]275 說
此法，[三][宮]285 四恩，[三][宮]

310，[三][宮]323 施與人，[三][宮]342 輩經，[三][宮]342 淨戒所，[三][宮]342 住者乃，[三][宮]376 佛境界，[三][宮]379，[三][宮]383 偈已而，[三][宮]383 善導而，[三][宮]397，[三][宮]397 名第五，[三][宮]397 人諸佛，[三][宮]403 忍辱精，[三][宮]425 三昧，[三][宮]482 二，[三][宮]544 乎所欲，[三][宮]585 典，[三][宮]588 譬如，[三][宮]606 於是頌，[三][宮]613 念如來，[三][宮]616 法利皆，[三][宮]627 則，[三][宮]657 大器滿，[三][宮]657 細沙灑，[三][宮]677 人不，[三][宮]687 世世逢，[三][宮]710，[三][宮]721 語，[三][宮]745，[三][宮]810 語時諸，[三][宮]1421，[三][宮]1421 白佛佛，[三][宮]1425 不善耶，[三][宮]1425 長養善，[三][宮]1425 房，[三][宮]1425 非法食，[三][宮]1425 見不答，[三][宮]1425 妙法應，[三][宮]1425 如蛇本，[三][宮]1425 事一諫，[三][宮]1425 俗人耳，[三][宮]1425 衣鉢，[三][宮]1425 因緣往，[三][宮]1425 者可爾，[三][宮]1425 呪誓此，[三][宮]1425 諸沙門，[三][宮]1428 長衣未，[三][宮]1428 錯說彼，[三][宮]1428 事非時，[三][宮]1428 因緣集，[三][宮]1430 衆，[三][宮]1435 比丘故，[三][宮]1435 比丘言，[三][宮]1435 女後當，[三][宮]1435 蛇上爲，[三][宮]1435 事謗我，[三][宮]1435 事聲聞，[三][宮]1435 粥棄著，[三][宮]1436 事死是，[三][宮]1464，[三]

[宮]1464 念我以，[三][宮]1489，[三][宮]1506 苦復次，[三][宮]1509 東行行，[三][宮]1509 力必，[三][宮]1509 推之我，[三][宮]1543 謂，[三][宮]1543 謂愛恭，[三][宮]1546 業爾所，[三][宮]1577 如巨富，[三][宮]1604 四差別，[三][宮]1644 殘害上，[三][宮]1646 見垢淨，[三][宮]1646 人名行，[三][宮]1646 人雖知，[三][宮]1646 知已隨，[三][宮]2053 已去即，[三][宮]2109 無常須，[三][宮]2121，[三][宮]2121 出遺教，[三][宮]2121 念得一，[三][宮]2123 功德九，[三][宮]2123 極苦難，[三][聖]125 論，[三][聖]125 妙法所，[三][聖]125 言，[三][聖]643，[三][聖]643 偈，[三][聖]643 語瞿曇，[三]1 偈已退，[三]1 事爾時，[三]1 事如餘，[三]70 是故目，[三]99 經已，[三]99 像，[三]100，[三]100 事眞實，[三]125 空三昧，[三]125 論吾等，[三]125 論細滑，[三]125 念我，[三]125 念我本，[三]125 念我今，[三]125 誓願今，[三]125 學爾時，[三]125 衆中我，[三]156 義推之，[三]161 山中有，[三]172 事已更，[三]190 願報提，[三]197 世，[三]203 念已語，[三]223 五百由，[三]223 諸三昧，[三]245 經中明，[三]264 法得道，[三]264 念皆是，[三]360 二菩，[三]374 偈，[三]375 出入息，[三]375 地名曰，[三]375 偈，[三]397 佛土，[三]410 衆生失，[三]474 經四句，[三]643 如此，[三]1011 經者，[三]1012 持故定，[三]

1351，[三]1485 大衆略，[三]1543，[三]2154 經是無，[聖]、[另]1721 諸難恐，[聖]224 事我不，[聖]1818 受記因，[聖][甲]1733 盡初地，[聖][另]790 語譬，[聖][知]1581 增上戒，[聖]1，[聖]99 念此沙，[聖]125，[聖]200 偈已即，[聖]200 語已愁，[聖]201 患，[聖]211，[聖]211 主人答，[聖]223 福德若，[聖]223 門中根，[聖]224 勤苦不，[聖]1428 念我自，[聖]1435 事非一，[聖]1488 三事悉，[另]1428 便爲，[另]1428 説若比，[另]1543，[另]1543 謂有餘，[石]1509 畢竟空，[石]1509 食者汝，[石]1509 實際若，[石]1509 事歡喜，[石]1509 水種種，[石]1509 中自説，[宋][宮]414 長老阿，[宋][元][宮]318 語時四，[宋][元][聖]26，[宋]374 比丘則，[乙]2393 阿利沙，[乙][丙]1098 呪加持，[乙][丙]2092 類也人，[乙]1723 所説善，[乙]1724 經亦爾，[乙]1736 般若波，[乙]1736 初發，[乙]1821 六處畢，[乙]1822 善明除，[乙]1822 爲愚心，[乙]1822 已往不，[乙]2192 經佛及，[乙]2192 種種，[乙]2259 抑婆娑，[乙]2263 名名言，[乙]2263 所執且，[乙]2263 執云云，[乙]2309 一頌以，[乙]2396 研，[元][明][宮]374 五事，[元][明]375 六入，[元][明]765 三勝事，[元][明]1509 似道法，[原]、[甲]1744 藏，[原]、[甲]1744 三條有，[原][甲]1851 證文，[原]1796 心亦爾，[原]2263 四種，[知]418，[知]598 偈讚佛。

次：[甲]2266 即。

從：[甲]1828 四是惡，[甲]2299 初心至，[甲]2312 無明種，[三][宮]532 法生，[三][宮]1509 般若波。

大：[三]、－[宮]223 方便，[元][明]1509 方便力，[元]2016 菩薩觀。

道：[宮]397 名見到，[甲][乙]1821 無間餘，[甲]1512 明見眞，[甲]2217 故此中，[甲]2837 不名安，[明][宮]585 之故部，[明]322 意爲端，[三]1564 有漏無，[三][宮]271 場上當，[三][宮]310 道心本，[三][宮]1435 語竟食，[三][宮]1548 中，[石]1509 罪處若，[乙]2309 火之，[元][明][聖]278 生時得，[原]2215 具足佛。

得：[甲][乙]1822 共言雖，[明]1435 人王國，[明]1440 秦，[明]2110 以孝爲，[三][宮]1563 此屬彼，[三][宮]1610 二種佛，[三][宮]453 阿羅漢，[三][宮]1522 清淨地，[三]196 人生受，[元][明]657，[元][明]814 菩提不，[原]1744 無量及。

等：[別]397 菩薩心，[三][宮]402 諸佛於。

羝：[三][宮]749 羊是地。

第：[宋][宮][甲]901 十二。

定：[宮]1558 謂是色，[甲]、－[丙]2286 得何妙，[甲]1512 見者遮，[甲]1763 滅惡況，[甲]2249 異云事，[甲]2261 起慧故，[甲]2266 非集，[甲]2266 引五，[甲]2270 相違者，[甲]2274 非故頌，[甲]2305 非眞，[甲]2339 爾問若，[甲]2339 故頌舉，[甲]2339 歸

寂不，[甲]2358 以防，[三]1560 諸煩惱，[三][宮]1551 滅盡定，[三]721 故當知，[三]1616 常樂我，[乙]2261 動等心，[乙]2263 即時耶，[元][明]630，[元]1562，[原]、順[甲][乙]1822 還滅故，[原]1840 非非量，[原]2250 生滅剎，[原]2266。

動：[甲][乙]1822 顯自相。

度：[聖]223 故菩薩。

而：[原]1829 非實滅。

爾：[宮][甲]1912 差別次，[甲]1918 不可改，[甲]1717 二禪用，[甲]1717 時新葉，[甲]1717 下，[甲]1783 時如來，[甲]1912 實報何，[明]310 時摧過，[明]310 時一切，[明][甲]1177 時菩薩，[明][甲]1177 時世尊，[明][甲]1177 時釋，[明]99 時世尊，[明]161 時佛告，[明]310 時長者，[明]310 時佛告，[明]386 時大夜，[明]991，[明]1105 時自在，[明]1450 時菩薩，[三]375 之時，[三][宮]286 時金剛，[三][宮]453 時彌勒，[三][宮]816，[三][宮]1435 時給孤，[三][宮]1451 時具壽，[三][聖]125 時諸女，[三]125 時耶若，[聖]224 時弊魔，[聖]663 時大王，[元][明]228 時尊者，[元][明]647。

二：[元]1428 第二第。

法：[宮]425 化導百，[甲]2274 若不唯，[明]1809，[三][宮]676 想已於，[三][宮]1435 問訊，[宋][宮][聖][石]1509 問曰阿。

凡：[聖]1670。

方：[甲]1848 等經中。

非：[宮]2123 豈是仁，[甲][乙]1822 觸謂，[甲]1736 菩薩非，[甲]1828 諸行寂，[甲]2006 師子之，[明]1545 他界緣，[三]125，[三]1341，[聖]1547 煩惱非，[聖][另]675 法，[元][明]1579 法中持。

佛：[三]375 故説無，[聖]190 言，[聖]200 語已，[聖]664 我於爾。

復：[聖]1428 頭陀勝。

該：[甲]1851 通深淺。

改：[原]2039 國號曰。

各：[三][宮]1558 具前後。

根：[明]884 生。

更：[三][宮]1494 大愚癡，[三]1509 問曰慧。

鼓：[甲]2128 反詩云。

故：[甲]1826 故此二，[甲]1828 餘是苦，[甲][乙]1822 見苦斷，[三][宮]403 爲心法，[三][宮]1581 名善逝，[三][宮]2102 知五經，[三]1550 説，[聖][石]1509 名甚深，[乙]1866 十答。

鬼：[三][甲][乙][丙]1076 魅即去。

國：[三][宮]262 王等驚。

果：[甲]2339 初僧祇，[三][宮]657 報汝等，[三][宮]1546 修果者，[聖]1509 道爲，[原]、是果[甲]2196 中修得。

過：[宮]226 菩薩摩，[三][宮]1548 時此劫，[三]1522 自智行，[聖]1548 名眼入，[原]2271。

還：[乙]2263 常。

含：[甲]、兼[甲]2296 大小答。

好：[甲]1830 財嗔怒。

何：[宮]1490 天子如，[甲][乙]1822 命根亦，[明]1425 爲諸比。

後：[甲]1795。

花：[乙]1796 既爾護。

化：[三][聖][宮]234 無住不。

恚：[明]1421 語已出。

或：[明]1547 謂多饒，[宋]2061 時生謗。

及：[三][宮]1509 麁。

即：[甲][乙]1822 第二責，[甲][乙]1822 將生果，[甲]1705 解，[甲]1736 大寶積，[甲]1736 約理滅，[甲]1783 朝會，[甲]1929 名毘梨，[甲]2012 佛若離，[甲]2219 一義遍，[甲]2299 狹宜須，[甲]2397 金剛身，[明]2016 無礙六，[三]1564 名常等，[三][宮]1562 別異熟，[三][宮]2058 號曰迦，[聖]223 般若，[聖]375 其，[聖]823 決定衆，[乙]1821 實物名，[乙]2227 外供具，[原][甲]1851 其色心。

卽：[乙]2263 所緣義。

既：[甲]2339 初住有。

見：[丙]2163 以定自，[丙]2777 法生滅，[丁]2244 念，[福]279 第九善，[宮]1799 者略舉，[宮]221，[宮]231 空無相，[宮]263 普現三，[宮]761 縛非相，[宮]1428 解脫以，[宮]1442 戒經，[宮]1546 邪見所，[宮]1547 故說頌，[宮]2112 知子，[甲]2290，[甲]2386 句初進，[甲][乙]850 諦阿闍，

[甲][乙]2254 集所斷，[甲]1698 如來也，[甲]1718 吉不吉，[甲]1736 佛於凡，[甲]1781 者尚不，[甲]1782 淨故，[甲]1782 所幻事，[甲]1782 有能過，[甲]1816，[甲]1816 法果用，[甲]1816 前佛智，[甲]1816 衆生不，[甲]1828，[甲]1830 机等方，[甲]1839 無常者，[甲]1851 本三，[甲]1863 義不然，[甲]1911 餘爲妄，[甲]1931，[甲]1969 佛上根，[甲]2255 品云有，[甲]2261 善有漏，[甲]2266 論云生，[甲]2266 意生者，[甲]2270 分外，[甲]2274，[甲]2290 法我妄，[甲]2290 故見報，[甲]2299 無，[甲]2305，[甲]2434 故作佛，[明]209 好主人，[明]346 門已次，[明]1435 死比丘，[明]2076 什麼曰，[明][宮]670 眞諦，[明]125 時提婆，[明]374 名見縛，[明]375 故說，[明]671 自心虛，[明]1451 諸瓔珞，[明]1636 五欲樂，[三]154 水牛犢，[三]1546 苦不觀，[三]1562 實有故，[三][宮]470 文，[三][宮]1425 第二，[三][宮]1546，[三][宮]1547 已觀當，[三][宮][甲]901 別來去，[三][宮][聖]1563 故，[三][宮][聖]222 法界悉，[三][宮][聖]1549 諦所斷，[三][宮][石]1509 人從一，[三][宮][知]384 無央數，[三][宮]309 彼此解，[三][宮]351 我所終，[三][宮]397 五陰如，[三][宮]607 爲色陰，[三][宮]616 悅樂甚，[三][宮]657 大迦葉，[三][宮]671 諸法者，[三][宮]671 諸佛根，[三][宮]1425，[三][宮]1505 三，[三][宮]1509

人以，[三][宮]1545 無記謂，[三][宮]1546 我有是，[三][宮]1547 故說見，[三][宮]1562 業資糧，[三][宮]1562 由愛力，[三][宮]1588 故偈言，[三][宮]1602 無故一，[三][宮]1648 識一切，[三][宮]2060 我人事，[三][宮]2111 可亡乎，[三][甲]1335 持呪者，[三]1 不可見，[三]13 爲三力，[三]14 從，[三]50 諸賢比，[三]154 不實答，[三]278 無上菩，[三]671，[三]671 心如來，[三]818 不，[三]1549 我之，[三]1562 不善性，[三]1582 非畢竟，[三]1582 故憍慢，[三]1660，[三]2153 大集經，[聖]1579 八種斷，[聖]279 過去佛，[聖]663 事已即，[聖]1436 語我如，[聖]1509，[聖]1509 持戒故，[聖]1509 菩薩不，[聖]1509 中，[聖]1549 故造境，[聖]1562 觸功能，[聖]1562 故生死，[另]1509，[石]1509 道相甚，[石]1509 第一義，[宋][宮]272 非見受，[宋][元]220 菩薩摩，[宋][元]1562，[乙]2263 我見，[乙]2376 此損減，[元][明]2016 佛理智，[元][明]1545 生死不，[元][明]1644 大梵作，[原]1788 理論揚，[原]1079 即歡喜，[原]2249 道近加。

建：[甲]1782 立菩，[三]1563 生死根。

皆：[甲][乙]2207 默然王，[明]2123 畜生趣，[聖]1509 世尊近，[元][明]397 名爲響。

界：[甲]1828 住地修，[三][宮]1559 衆生與，[三]1547 初方乃，[聖]1559 中院聖，[元]1543 學或是。

今：[三]374 欲涸大，[三]375 欲涸大，[聖]660 隨業而。

盡：[宮]1509 道不能，[甲]2195 阿等跋。

經：[甲]1736 大字者，[甲]2255 也又音，[三][宮]343 已，[三][宮][聖][另]281 已皆大，[三]474 已莫不，[元][明]1509 中。

具：[甲]2193 一心今，[甲]2255 如上釋，[甲][乙]2396 教，[甲]1778 自行化，[甲]1928 唯圓故，[甲]2255 名色與，[甲]2299 如下，[甲]2337 足成就，[甲]2410 隱密，[明]1547 厭尊者，[三][宮]401 無言菩，[三][宮]814 得無量，[三][宮]816 無厭足，[三][宮]1810 儀作如，[三]374 人必墮，[三]411，[三]682 事次第，[聖]222，[聖]224 故無所，[乙]2249 利根一，[乙]1775 足矣亦，[乙]2227 上，[乙]2396 顯密二，[乙]2408 經文，[元][明]2016 實論其，[原]1764 五事報。

覺：[甲][乙]2254 即無漏，[甲]2415 理也。

堪：[三]1644 説善言。

空：[甲]2299 大乘名，[甲]2312，[三][宮]266。

來：[内]2381，[宮]221 如來所，[宮]310 罪垢衆，[宮]1511 甚，[甲]1007 作法即，[甲]1709 不觀相，[甲]1736 眞，[甲]2214 等義門，[甲]2230 祕密神，[甲]2263 説煩惱，[甲]2266 等類名，[甲]2400 瑜伽行，[明]220 陀

羅尼，[明]2076，[明]220 善現諸，[明]1597 甚奇希，[明]2123 妙身言，[明]2145 苦，[三]、事[聖]1582 諸事能，[三]220 眞如無，[三][宮]224 無有得，[三][宮]323 無所著，[三][宮]378 稽首佛，[三][宮]1581 坐，[三][宮]2103 言陛下，[三]125 所說漸，[三]375 希有事，[三]657 等經是，[聖]291 遊於泥，[聖]324 我因是，[宋]627，[宋]816 作，[乙]2232 地修行，[元][宮]374 大涅槃，[元][明]1428 垢故捨，[原]1201 威猛之。

立：[甲]2269 譬八法。

良：[甲]1851 其事也。

量：[丁]2244 同四王，[甲]2263 有法，[甲]1828 問獨頭，[甲]1828 又有三，[甲]2214 義更問，[甲]2263 共，[甲]2263 共中他，[甲]2263 無我之，[甲]2266 親，[甲]2266 五識，[甲]2270 近及遠，[乙]2263 出世一。

迷：[甲]2255 即涅槃。

米：[乙]1796。

旻：[甲]2255 法師云。

名：[敦]1957 出世間，[甲]1848 中道義，[甲]1705 爲空即，[甲]1929 中道義，[三][宮]1646 思者則，[三]375 二十五，[三]1096 無能勝，[三]1646 聞，[三]2146 世記經，[聖][石]1509 菩，[石]1509 爲般若。

明：[甲]1912 觸。

命：[元][明]2016 從法性。

乃：[甲]2006 權立惟。

匿：[甲]1921 名勤。

女：[三][宮]1545 捷利受。

其：[宮]888 名十一，[宮][甲]1912 具出轉，[甲][知]1785 虛妄所，[甲]2837 故將，[明]312 中，[明]423 事藥上，[明]672 義故我，[明]1352 陀隣尼，[明]1549 語其義，[三][宮]838 分量所，[三][宮]1546 慢故而，[三][宮]225 福過彼，[三][宮][聖]285 生五根，[三][宮][聖]1552 義今當，[三][宮]263 劫數分，[三][宮]415 人，[三][宮]425 於如來，[三][宮]653 人名爲，[三][宮]657 所聞法，[三][宮]664 妙典所，[三][宮]1546 事故施，[三][宮]1644 天城路，[三][宮]1646 中間我，[三]156 義，[三]192 苦何可，[三]1096 時同伴，[三]2125 部別不，[聖]225 有德之，[聖]310 法，[宋]310 諸天人，[乙]2263 心所變，[原]905 中出生，[原]2404 大日三。

起：[明]1 時阿難，[三][宮]1545 故此唯，[聖]1721 愛，[元][明]1552 悉成就，[原]1744 無生智。

豈：[甲]2271 簡，[甲][乙]1822 不可思，[甲][乙]1822 因緣體，[甲][乙]2263 一方有，[甲][乙]2288 一門乎，[甲]2263 定性那，[甲]2270 可是宗，[乙]2261 樂若未，[乙]2263 究竟故，[乙]2296 簡別非，[原]1829 不説餘，[原]2416 非餘八。

前：[甲][乙][丙]1866 準，[甲]2195 逢佛皆，[明]1545，[三][聖]361 第二輩。

且：[甲][乙]1821 略標非，[甲]

2266 正智可。

然：[博]262 我等咎。

人：[三][宮]2122 非，[乙]1796 也怛嚩。

忍：[甲]1709 門得成。

日：[三][宮]430 夜常守。

如：[宮]278 智人天，[甲]1717 圖寫經，[甲]2036 人情所，[久]485，[明]220 不久日，[三][宮]223 菩薩摩，[三][宮]1525 相應果，[三][宮]2042 眞陀羅，[三][宮]2060 縛，[聖]157 虛空見，[聖]200 誓已未，[聖]223 佛若次，[聖]1421 況於，[聖]1579 由取清，[石]1509 爾時須，[宋][聖]1509 幻，[乙]1796，[元][明]658 名以聞。

汝：[三][宮]1435，[宋][宮]821 迦葉何。

若：[宮]223 人分別，[宮]223 衆生，[宮]1435 人，[宮]1464 師子覺，[甲]2266 無記色，[明]220 菩薩摩，[明]1509，[明]1552 故見道，[三]、一[宮]468 人能如，[三][宮][聖]1429 比丘還，[三][宮]223 善男子，[三][宮]1421 求，[三][宮]1431 非親里，[三]223 人分別，[三]1564 和合中，[另]1509 善男子，[元][明]223 人欲使，[元][明]397 未來世，[元]220 爲菩薩，[知]414 人已曾。

三：[三][宮]1543 修斷三。

色：[甲][乙]2254，[甲][乙]2397 作佛事，[甲]2254 等名之，[甲]2263，[聖][另]1548 名色陰。

刹：[宮]749 柱是地。

善：[三][宮]266 法鮮。

上：[三][宮]741 所教功，[三][宮]1425 説，[三][宮]1425 因縁具，[三][宮]1428 盡尼薩，[三]99 説，[三]848 修供養，[三]1428 若比，[聖]1421 三説若，[聖]1425 帳，[另]1428 八竟，[另]1428 十九。

舌：[宮]414 身虛無。

身：[明]2122 不淨聚，[三][宮]721 自業如，[三][宮]2123 不淨聚，[三][宮]2123 等無差，[三]1559 異，[聖]1509 相如是，[宋]1 何者爲，[宋]1340 現大神。

甚：[甲]2339 有理也。

生：[三]375 死眞爲。

聲：[甲]2270 論亦爾。

施：[三][宮][聖]324 不想報，[三][甲]1313 食人。

濕：[三][宮]1646 故赴下。

食：[三]1440 中過一。

時：[宮]1550 意中生，[甲]1003 金剛手，[明]1153 世尊善，[明]1435 教，[明][和]293 文殊師，[明][聖]318 會中八，[明]310 供養三，[明]721 則能令，[明]1450 四面而，[三]、一[宮]1509 佛欲説，[三][宮]、聖本首部斷缺 2034 世異而，[三][宮][聖]754 野干見，[三][宮][聖]816 月星天，[三][宮]263 大聖告，[三][宮]263 他方世，[三][宮]274 大聖還，[三][宮]276 大莊嚴，[三][宮]403 天帝前，[三][宮]477 世尊爲，[三][宮]512 世尊即，[三][宮]585 息意大，[三][宮]638 慧施則，

[三][宮]754 太后，[三][宮]754 天帝白，[三][宮]2104 蒙勅云，[三][宮]2121 逆人地，[三][宮]2121 烏王，[三][聖]375 惡比丘，[三]123 廣説，[三]125 毘沙，[三]172 夫人得，[三]193 雨秋冬，[三]196 摩，[三]196 如來還，[三]196 如來命，[三]202 太，[三]205 舍利弗，[三]228 世尊攝，[三]474，[三]2121 棄人非，[聖]172 大師與，[聖]211 不以，[聖]211 世尊，[聖]222，[聖]291 諸人聞，[宋][元]、一[聖]475 化菩薩，[宋][元][宮]263 世尊而，[乙]1909 華報果，[原]2425 謂有國。

實：[宮]374 梵行清，[甲]2075 離文字，[甲]2075 滅苦因，[明]310 知已爲，[明]236 菩薩，[三][宮]1581 知，[三][宮]1809 知苦諦，[三]220 知非實，[三]671 捨非法，[乙]1822 説者以，[元][明]272 知至勝，[元][明]702 知或有。

使：[三]143 瞋恚常。

氏：[宮]1912 孰綱維，[甲]1735 其姓也，[三][宮]2103，[三][宮]2121 故有釋。

示：[宮]626 所，[甲]1735 伴，[甲]1912 互嚴之，[甲]1735 現義四，[甲]1736 身力耳，[甲]1792 未聞今，[甲]2401 祕密印，[明]1340 義處摩，[明]1435 衣何處，[明]1509 衆生故，[三][宮]309 忍辱於，[三][宮]647 故一切，[三]586 實際所，[乙][丙]2777 方便軌，[元][明][宮]2123 興天賜。

世：[明]1435 事不答，[三]1545 尊者遍。

似：[甲]1736 第二利，[甲]1924 眞，[明]657 根如是。

事：[甲]1736，[甲]1736 爲不可，[甲]1969 若送此，[明]278 則生思，[明]657 念我以，[明]657 爲眞，[明]1096 如意寶，[明]1450 耆老外，[聖][另]310 佛菩提，[聖]1460 事如是，[乙]1736 汝國釋，[元]1435 事。

侍：[明]1450 自然何。

視：[三][宮]285 日月神，[三][宮]2122 眼。

受：[宮]397 常樂菩，[甲]1911 喜對喜，[甲]1925 六入名，[甲]2006 不待功，[三][宮][聖][石]1509 何等方，[三][甲]901 優婆塞，[三]1440 輕。

説：[甲]2814 黎耶有，[甲]2263 十五界，[甲]2305 七識喩，[三][宮]1546 愛是繫，[三][宮]1552 名，[聖][甲]1733 能觀之，[聖][另]1552 色，[原]1828。

斯：[甲]923 作，[明]1450 語已往，[三][宮]276 不思，[三][宮]585，[乙]2296 正觀之。

四：[甲]2299 前菩，[甲]1735 念下恩，[甲]1828 智人皆，[三]397。

遂：[乙]2263 自。

所：[三]945 説名爲，[石]1509。

提：[宮][聖]224 怛薩阿，[宮]221 爲菩薩，[宮]657 中，[宋][元]1558 理諸阿，[宋]1509 字提。

題：[聖]2157 云十二。

體：[甲]2305 即，[乙]1822 業。

通：[甲][乙]1821 一名和，[甲][乙]1822 無記與，[原]2271 他上。

同：[石][高]1668，[乙]1796 三昧也。

退：[宮][聖]292，[宮]1521 菩薩倍，[甲]1863 菩提心，[三][宮]1563 說若得，[聖]292 爲菩，[元][明][宮]614 也是時。

陀：[明]1435 事心不。

外：[三]1563 有情所。

王：[三][宮]745 身既老。

微：[甲]1775 小也。

惟：[乙]2207 一之文。

爲：[宮]2123，[甲]、是[甲]1781 此說兩，[甲]936 鳥獸得，[甲]1736，[甲]1881 別相，[甲]2271 過此義，[甲]2401 無常變，[明]642 堅意菩，[明]1562 樂，[三][宮]1559 果俱有，[三][宮]374 三縛連，[三][宮]1646 風業，[三][宮]2121 八歲女，[三]125 若干非，[三]375 三縛連，[三]1485 爲退相，[宋]374 真實，[乙]2296 所二義。

違：[三]1440 心想故。

謂：[甲]1828 過去順，[三]1 比丘無。

文：[乙]2408 讚四。

聞：[宮]659 名菩。

我：[明]374 佛法中，[三][宮]532 便自致，[三]1339，[聖]99 等所說，[乙]1724 執著一。

無：[宮]1912 分真八，[聖]223 常

不見，[石]1509 故影非，[乙]、是[乙]1744 故不得。

悉：[甲][乙]1822 無貪非。

下：[甲]1736 論立名。

先：[宮]1509 說，[甲]1731 二乘異，[三][宮]1435 兇惡事，[元][明][宮]374。

相：[宮]233 凡夫相。

曉：[元]374。

心：[甲]2217 得苦樂，[聖]223 善男子，[宋]1563 心等之。

星：[宮]2112 冠月帔，[三][宮]397 日月荷。

行：[三][宮]、所[石]1509 十六聖。

修：[三]362。

虛：[甲]1922 空虛空，[三][宮]398 空其身。

學：[宮]1559 此論說。

血：[明]374 肉身非。

延：[甲]1828 促命。

言：[宮]694 語已操，[甲][乙]1822 由空燒，[甲][乙]1822 中有憑，[甲][乙]2263，[甲]1929 隨情所，[甲]2262 雖總而，[甲]2305 本識之，[甲]2392 漸一寸，[明]374 前後相，[三][宮][另]1509 語聲如，[三][宮]1443 者說，[乙]1736 功德法，[乙]2263。

簷：[三][宮]2060。

也：[宮]468 阿捺摩，[甲]、一[乙]2263 別令住，[甲][丙]2381 我初成，[甲]2401 或但作，[明]2123 於中能，[三][宮][石]1509 時獵者，[三][宮]

598，[三]2063 謙，[乙]2263 故演祕，[乙]2391。

一：[宮]1425 鍛，[宮]1521 名歸依，[甲]1911 實，[三]2106 國敬花。

依：[甲][乙]2263 隨轉理。

疑：[聖]1763 有三乘，[乙]2215 唯見所。

已：[三][聖]99，[三]245 假誑如，[乙]2254 知境。

以：[宮]1611 菩薩失，[甲]1781 何答者，[甲]1918 四枯莊，[甲][乙]1751 無量而，[三][宮][聖]376，[三][宮]1646 想也所，[三]202 故遙見，[宋][宮]、－[元][明][聖]1509 菩薩聞。

亦：[甲][乙]1822 爲助道，[甲]2396 次第別，[三][宮]618 攝持諸，[三][宮]2040 勞度差，[三]375 名一切，[聖]223。

易：[宮]1547 故一切，[乙]1736 別大乘。

益：[三][宮]629 搞捶者。

異：[甲][乙]1822 我慢寧，[甲]2006 尋常，[甲]2183 可勘，[三][宮]616 故受身，[乙]1796 金剛界。

意：[甲]1782 方便意，[甲]1786 足者謂，[甲]2214 寶珠，[甲]2261 心意識，[甲]2410 也又名，[明]120 八，[三]、來[宮]2122 見婬怒，[三][宮][乙]848 見。

因：[三]489 緣故愁。

應：[甲][乙]1822 無明。

永：[三][宮]1488 無。

用：[三][聖]178 舍利弗。

猶：[甲]2415 深祕，[三][宮]2103 利非刃，[宋]212 故説曰。

有：[宮]1435 好福田，[宮]2008 五祖忍，[宮]2103 石不可，[甲]2434 人於此，[甲]1182 石女無，[甲]1736，[甲]1795 賊賊無，[甲]1924 一意識，[甲]2255 大小九，[甲]2299 常，[甲]2300 我我住，[明]1545 業道彼，[明]397 魔界若，[明]1050 背傴矬，[三][宮]397 成就四，[三][宮]671 無謂色，[三][宮]1428 親，[三][宮]1509 法當行，[三][宮]1546 愛頗，[三][宮]1563 勝義有，[三][宮]1646 聲因所，[三]1335 八十四，[三]1564，[聖]、聖本有傍註是或本三字 1509 業有集，[聖]1509 過失，[聖]1509 大菩薩，[宋][宮][聖]1509 隨喜心，[元][明]2087 如來經，[原]、有[甲]1722 雙治之。

又：[明]2016 故須責，[三][宮][聖]1563 即喜等。

于：[明]、於[宮]721 外道中，[明]1128 四法甚，[宋][元][宮]、於[明]1489 時。

於：[甲][乙]2261 地中而，[明]397 定中於，[三][宮]632 時佛刹，[三][宮]1494，[乙]1822 別別有，[元][明]228 諸池中，[元][明]1509 菩薩所。

與：[三][宮]1546 心相應，[乙]2297 諸如來。

欲：[甲]1828。

爰：[甲][乙]2263 以次下，[甲][乙]2263 以入正，[乙]2263 以或云。

遠：[甲]2255。

月：[三]2034 光太子。

越：[三]、趣[宮]2045 常人。

云：[三]1451 何人耶，[三]1537 何謂心，[聖]2157 疑偽。

在：[宮]636 會者諸，[宮]1595 凡位從，[三][宮]1435 中作何，[三]2060 州北三。

則：[甲]2250 解脱經，[甲]1924 明第二，[甲]2271 似法自，[明]1509 善法因，[乙]2376 爲是大。

者：[宮][聖]1428 障道法，[宮]570 爲三，[宮]635 阿耨達，[宮]676 俱所緣，[宮]1506 通如意，[宮]1581 名菩，[甲]1830 藏義至，[甲][乙]2263 一釋，[甲]1717 結業眷，[甲]2837 即是一，[三][宮]616 識相從，[三][宮]1545 有是男，[三]186，[三]201 則名爲，[三]374 則墮無，[聖]1509 人亦稱，[聖]1509 摩訶衍，[聖]1547 無學謂，[石]1509 名法施，[宋][宮]1509 煩惱，[乙]1796 菩提心，[乙]1125，[乙]2391 智法身，[元][明][知]418 當先斷，[知]598 總持者。

眞：[三][宮]376 寶歡喜，[乙]2263。

正：[三]26 義諸賢。

之：[甲][乙]2194 不然彼，[甲][乙]2215 義也此，[甲][乙]2261 定應有，[甲][乙]2394 雜色間，[甲]857 出鞘能，[甲]1736 正義以，[甲]1736 衆惑之，[甲]1775 肇曰於，[甲]1782 甚重言，[甲]2207 觀之今，[甲]2227 爲

凡位，[甲]2261 理音名，[甲]2271 也云云，[甲]2323 應縱言，[甲]2323 有，[甲]2401 弟子次，[三][宮][知]266 是故不，[三][宮]657 其，[三][宮]2042 語白上，[宋][宮]397 名諸佛，[乙]2215 雖遠離，[乙]2223 一切如，[乙]2249 處見如，[原]2273 能有故，[原]2339 根本無。

知：[甲]1718 類如海，[三][宮]1548 定已護，[三]267 次第如。

只：[甲]、是足[丙]2164 無以也。

至：[甲][乙]1866 佛故若，[甲]1717 果即是，[甲]1731 梵音之，[甲]2250 故言，[甲]2250 一往義，[甲]2266 宗法然，[明]312 金剛手，[明]2122 貴也社，[三]397 供養十，[三][宮]263 誠行示，[三][宮]1562 邪見，[三]375 無量無，[宋][宮]414，[原]、[甲]1744 護法。

智：[甲]1816 道。

中：[石]1509 果報事。

終：[甲]923 結願已。

衆：[三]156 伴故斷。

呪：[元][明][甲][乙]901。

晝：[三][宮]2034 夜專精。

諸：[宮]268 著，[三][宮]397 世界中，[三][宮]1421 比丘還，[三][宮]1509 法但有，[三][乙]970 眷屬速，[三]125 比丘聞，[三]187 釋子得，[三]1431，[三]1441 比丘將，[三]1532 菩薩勝，[聖][另]1435 人語估。

主：[原]1744 出家人。

著：[甲][乙]1816 不自讚。

自：[宮]1888 他同於，[甲][丁]2092 貫，[甲]2006 聲色，[明]651 此雞羅，[明]681 持呪外，[明]125 日王如，[明]580 生，[明]638 己所有，[明]660 良醫深，[明]814 持已入，[明]1012 持不，[明]1569，[明]2123 因緣受，[三][宮]1421 無漉水，[三][宮]1557 憍，[三]1331 貢高當，[石]1509 亂以何。

走：[宮]1562 忍所治，[三]、定[宮]671。

足：[丙]2120，[宮]659 十法一，[宮]1562 瞋隨眠，[宮]1912 故大經，[宮]2040 諸根恬，[甲]2290 此論，[甲][乙]2397 爲六也，[甲][乙][丙]1098 蘇嚕蘇，[甲][乙]2194 大無慚，[甲][乙]2194 七千十，[甲]1512 法身然，[甲]1512 論，[甲]1512 正答依，[甲]1723 故受持，[甲]1723 忍辱寂，[甲]1816 由此順，[明]1828 結前文，[甲]1851 何勞説，[甲]1913 諸，[甲]2120 可百神，[甲]2128 也從馬，[甲]2196 故三不，[甲]2204 斷而，[甲]2250 數故，[甲]2263 佛者唯，[甲]2266 處所，[甲]2299 根本二，[甲]2299 者於止，[甲]2337，[甲]2339 名種姓，[明]312 二法即，[明]727 五緣，[明]1610 四義故，[三][宮][甲]2053，[三][宮]606 得至佛，[三][宮]1547 説商人，[三][聖]99 名形體，[三]721 在家多，[聖][甲]1763 至於得，[聖]1851 衆義如，[另]1721 橫明諸，[另]1721 以安繩，[宋][宮]2123 人情若，[宋][元]99 名

形體，[宋][元]374 十想，[宋]193 苦，[乙][丙][戊][己]2092 過入其，[乙]1821 能知彼，[乙]2396 淺略釋，[乙]2408 也又，[元][明]1，[元][明]425，[元]1428 爲五寶，[原]、足[甲]1782 贊曰七，[原]2303，[原]2408 如丁字，[原]899 至臍爲，[原]1760 故如是，[原]1776，[原]1776 彼德是，[原]1856 人若欲，[原]2339 爲例已。

最：[甲]2266 後身菩，[甲]2305 清淨法，[明][宮]1648 最後無，[原]2216 初月輪。

作：[明]、作是[聖]224，[元][明]1509 實水己。

坐：[三]125 轉。

眠

胝：[宮]1595 柯説世。

恃

傍：[三]26。

愽：[丁]2244 多伐底。

持：[丙]2087 此人象，[宮]403 則是定，[宮]2122 多聞毀，[甲][乙]1822 陵蔑，[甲][乙]1822 惡高舉，[甲]895 豪族無，[甲]1921，[甲]2087 薩儻那，[甲]2837 聰明不，[明]152 惟願大，[明]221 亦無所，[明]1451 憍慢於，[三][宮][甲]2053，[三][宮]399 俗典三，[三][宮]556 身作綺，[三][宮]1421 多聞人，[三][聖][宮]528 天上自，[三]193 力未曾，[三]2122 我若小，[聖]1463 聰明，[聖]223 是證故，[聖]272

現在當，[聖]1509 是證故，[宋][宮] 1509 是種種，[宋][聖]393 汝獨愚，[宋][元]1154 呪力故，[乙]2087 力競阿。

忖：[宮]2122 亦非父，[甲]1733 已惡，[三]210。

待：[乙]2396。

得：[明]、持[聖]125 喜安而。

怙：[宮]1547 命憍逸，[三][宮]1425 之無畏，[三]210 雖勝猶，[聖]660 故七者。

將：[甲]2261 驗試時。

力：[三][宮][聖]310。

時：[甲]1512 已我見，[甲]1735 大身而，[甲]2087 有千子，[明]1692 無眞行，[三][宮]741，[聖]2157。

侍：[三][宮]1442 是所不，[乙]2087 大威力，[元]2122 乘凌。

視：[三][宮]2122 他人以。

寺：[甲]2128 省聲也。

特：[甲]、持[乙]2087 國，[甲]1893 怙族，[甲]1821 我謂，[甲]1851 此自高，[甲]2266 已法陵，[三][宮]1579 舉，[宋][宮][乙]2087 群居不，[宋][宮]425 仰消一，[原]1064 豆此是。

怗：[甲]2053 天威，[聖]、怙[另]790 知。

依：[三]125 其豪族。

恀

移：[宮]397 阿那多。

室

寶：[甲]1731 也一佛，[甲]2299 鬼見之。

產：[甲][丙]2087 富饒積。

定：[甲]1782 此所攝，[三]26 得第三，[三]264，[宋][元][宮]2104。

宮：[三][乙]1092 宅爲大，[三]190 內閉門。

家：[三]2059 請以相。

居：[三][宮]539 家財物。

舉：[三]211 家。

空：[宮]2060 便吐惡，[宮]2087 利訖，[甲][乙]894 中，[甲]894 中關鑰，[甲]1173 中演説，[甲]1914 中立亦，[甲]2183，[明]1033 戰二，[明]1428 瓶及床，[明]1635 中彼百，[三]26 得第，[三]26 得第三，[三]1579 中入無，[三][宮]2060 蕭然几，[三][宮]2122，[三][宮]2122 天隔應，[三][宮]2122 中聲曰，[三]26 逮第三，[三]26 得第，[三]26 得第三，[三]159 能得百，[聖]1547 牆壁樹，[聖]125，[聖]613 內水皆，[聖]1549 便生，[宋][元]448 如來南，[宋][元]1236，[宋][元]1236 戰，[元][明]2106，[元][明]2122 中聲曰，[原]1251 內難皆。

窟：[甲]2068 上有光，[三][宮]1425 山邊坐，[三][宮]2042 化作，[三]2043 中。

哩：[元][明]1415 戰二合。

廬：[三]23 中坐即。

慮：[甲]2249 思惟。

密：[原]947 利嗚。

妻：[三][宮]2121 憎前婦。

舍：[三][宮]1478 不得自，[三]474 中菩薩，[聖]1464 坐禪出。

舍：[三][宮]721 其心無。

設：[甲][乙][丙][丁][戊][己]2092 華蓋之。

審：[甲][乙]1822 羅筏拏。

失：[乙]1250 羅。

師：[甲]1182 利菩薩，[甲]2053 利菩薩，[甲]2391 利身色。

食：[明]1435 講堂食。

實：[三]、直[宮]1646 無光明。

矢：[元][明]186 寶藏者。

輪：[甲]850 嚕唵。

寺：[三][宮]1478 而。

臺：[甲]2036 猊吼貝，[三][宮]1464 所當於。

堂：[明]2104 沙門座，[三][宮]1442 而告之，[三][宮]2060 房曝，[三][乙]1076 寺舍或，[三]186 入王宮，[三]950 空舍與，[宋][元]2103 將置，[乙]2092，[乙]2092 前，[原]2262 不見苾。

望：[甲]1111 尾。

溫：[甲]1793 浴洗僧。

屋：[甲]1813 宅二城，[明]81 殿，[三][宮][聖]1428 持，[三][宮]585 宅衣食，[三][宮]1425 過三宿，[三][宮]1579 宅以自，[三][宮]2060 雖焚此，[三][宮]2121 汝等往，[三]196 幸恕不。

像：[三]2041。

宴：[甲]952 處獨林。

衣：[甲]1782 諸法空。

宜：[甲]2255 方起作，[原]1900 十誦云。

宇：[宮]585 愚。

雲：[明]293 普壞衆。

宅：[甲]1203 房舍，[三][宮][聖][另]285 諸龍無，[三][宮]285 宣布，[三][宮]347 華侈摩，[三][宮]381 則爲遊，[三][宮]729 乘亦與，[三]186 地，[三]196 衆具皆，[知]2082 子弟迎。

至：[三][宮][聖]310 住於總，[三][宮]606 親屬及，[三][宮]1442 羅伐路，[三][宮]2122 屍傍即，[聖]285 不竭愛。

窒：[三][宮]451 步帝毘，[三]190 利，[宋][元][乙]1092 丁吉，[西]665 里蜜里，[乙]966 丁逸，[元][明]384 祇，[元][明]1339 牧。

逝

斷：[宮]512 寧可還，[明]2045 滅，[三][宮][聖]1464 墮地獄，[三][宮][知]266 除彼衆，[三][宮]399 無所住，[聖]1425 咤三名。

劑：[三]982 九迦囉。

近：[三][宮]2103 追群啼，[三]1546 不依於，[聖]210，[聖]425 乃至龍。

潛：[明][宮]2104 震雷冬。

澨：[甲]2135。

善：[三][宮]1484 是人行。

社：[甲]2400 供養鉢。

誓：[甲][乙][丙]1098 世間解，[三]、遊[聖]210 不，[三][宮]1562 多林蒙，[三]2102 不顧親，[三]2125 國則有，[聖]271 所生，[聖]1428 經行諸，[聖]1537 多林給，[另]1428 世間，[石]1509 舍利弗，[宋][元][宮]1598 果，[宋][元][宮]1451 多林先，[宋]309 世間。

遊：[宮]2102 也是以，[甲]1830 有有餘，[甲]1097 若彼呪，[甲]2068 五竺究，[甲]2087 三世如，[明]2053 侍人不，[三][宮][甲]2053 不勝感，[三][宮][知]414，[三][宮]541 寂，[三][宮]866 現希奇，[三][宮]1464 者今，[三][宮]2060 悉委尸，[三][宮]2122，[三]201 亦無隨，[三]220 趣菩提，[三]291 者度脫，[三]402 趣寂滅，[三]606 從意所，[三]2125，[三]2125 國是莫，[三]2149 與菩薩，[聖]26 世間解，[聖]26 我已解，[聖]310 人師子，[聖]318 世間解，[聖]383 及至壽，[聖]649 及菩提，[聖]2157 涉驛三，[宋][元][宮]456 不相妨，[乙]2087 二力勝，[元][明][聖]26 行者謂，[元][明]656 虛空，[原]1744 空即應。

淤：[三][別][宮]397 梨迦囉。

遠：[三][宮][聖]1425。

折：[明]、近[聖]210 心却欲，[三][宮]611 生死五。

舐

蚳：[宋][元][甲]、蚳[明]1069 掠形。

眠：[聖]200。

祇：[宮]2121 不能忍。

蚔：[三][宮]224 有蛇飢。

剃：[宮]659 刀刃貪。

舐

砥：[明]2123 而去都。

舐：[三][宮]2122。

視

察：[三]1485 十方法。

處：[明]1450 是時獵。

待：[三][宮]2122 交被譏。

覩：[宮]2103 七，[甲][乙][丙]1141 慈氏摩，[三][宮]225 諸厄難，[三][宮]271 不歡喜，[三][宮]403 十方而，[三]202 世善惡，[三]2060 具周旁。

觀：[宮]279 空中而，[甲]1715 又，[甲][乙][丙]2089 常修者，[甲][乙]1822 故二推，[甲][乙]2390 法禮佛，[甲]1733 歎善明，[甲]2068 倍更發，[甲]2196，[甲]2290 於佛是，[甲]2339 其言甚，[甲]2399 布身外，[明]199 之心歡，[三][宮]458 應時，[三][宮]588 諸佛，[三][宮]602 盜人，[三][宮]637 當來過，[三][宮]2060 不瞬坐，[三][宮]2103 玉不，[三][宮]2122，[三][聖]1 外容貌，[三]193 法身，[三]201 如惡毒，[三]205，[三]286 佛，[三]310 菩提樹，[聖]99 言，[聖]190 或復在，[宋][宮]223 他人長，[乙]2192 東父，[元][明][宮]310 諮受經。

規：[甲]1813 避免苦。

護：[三][宮]1430 應當學。

計：[三][宮]456 諸天世。

見：[宮]414 楚毒永，[三][宮]1470 塔上草，[三]168 父王，[三]196 色心當，[三]784 慎無，[聖]1546 彼亦如，[原]1764 取爲常。

覿：[原]933 十二圓。

看：[聖]211 鉢中人。

閱：[宋][元]、窺視[明]2122 視復變。

了：[三][宮]425 了是曰。

禮：[三]418 佛我等。

眄：[三][宮]650 即時十。

盻：[三][宮]2060 故俗又。

親：[宮]659 顧摩訶，[甲]2244 日月皆，[明]607 命，[三]186 愛子棄，[三]192 聽轉增，[三]493 此輩人，[三]2060，[元][明]1509 不觀富，[元][明]1 親族則，[元][明]1487 護赤，[元]68 數日。

施：[明]225。

示：[甲]1736 等二化，[明]318 正要使，[明]1450 我時採，[明]2122 卷內題，[三]、云[宮]2122 現食肉，[三][宮]263 衆眼目，[三][宮]397 衆生，[三][宮]1475 道地得，[三][宮]1592 現功德，[三][聖]99 諸四方，[三][聖]125 王，[三][聖]211 其宿，[三][聖]211 卿方宜，[三]129 之阿難，[三]362 五道決，[三]1485 成諦説，[聖]125 五，[元][明][知]418 諸學者，[元][明]624 人道徑，[元][明]788 其所要，[知]384 餓。

事：[三][宮]1470 我五者。

侍：[三]193 佛微妙。

是：[明]721 涅槃城。

天：[三][宮][聖]425 人如赤。

頑：[敦]1957 渡一河。

現：[宮]226 見，[宮]665 方，[宮]681 十方諸，[宮]836 十，[宮]1547 苑園觀，[宮]2123 若欲觀，[明]847 無比身，[明]2076 於色莫，[三]882 普遍觀，[三][宮]415 神力，[三][宮]461，[三][宮]696 道法以，[三]193 世學人，[聖]278 來乞求，[宋][宮]425，[宋][明]1129 忿怒主，[元][明][宮]310 稽首諮，[元][明]816 氷山雪。

相：[元][明]193 鏡。

信：[聖]1421 乎反問。

眼：[三]202 眴遲疾。

遠：[宮]328 所見轉。

捉：[三]2110 所得盜。

祖：[宮]2122 人甚歡。

貫

貫：[宮]443 遮泥呵，[明]362 轉相承，[明]1543 磨，[聖]2157 女經亦，[元][明][宮]901 彌木此。

世：[明]2034 女經一，[明]2154 王女阿，[三]、貫[宮]443 法天如，[三]2151 女經一，[三][宮][聖]1425 王耆闍，[三][宮][聖]2034 女經一，[三][宮][石]1509 王抱中，[三][宮][石]1509 縱諸醉，[三][宮]1546 王少時，[三][宮]下同 624，[三][宮]下同 2121 王胎經，

[三][聖]211 王共議，[三]2154 王子會，[宋][元][宮]2121 王從文，[乙]2157 王女阿，[元][明][聖]318，[元][明]202 亦在其，[元][明]2034 王經二，[元][明]2145，[元][明]2145 經，[元][明]2145 女經一，[元][明]2145 王不斷，[元][明]2149 王女阿，[元]2122 鞞阿羅。

弒

承：[三][宮]2122 之日。

殺：[三]、試[聖]278 大王侵，[三][宮]2102 逆橫流，[三][宮]2103 君也至，[三][宮]2109 由，[三][宮]2122 君。

勢

塾：[三][宮]1462 遂死比。

敷：[甲]2400 也略六。

故：[宋]374 能令是。

豪：[三][宮]813 貴之位，[三]199 貴長者，[元][明]、傲[聖][另]310 貴戀惜。

慧：[三][宮]821 力及通。

擊：[三]212 乘馬御。

集：[甲]2250 力故立。

既：[三][乙]2087 卑濕。

劣：[元]2016 力羸劣。

怒：[甲]1733 哮吼之。

契：[宮]1549 或作是，[甲]1232 左手，[甲]2250 經，[甲]2400 想開心，[甲]2402 同，[乙]866 於己頂，[乙]1032 但以二。

熱：[丙]2231 惱令得，[宮][聖][另]1509 則歇不，[宮]433 轉輪聖，[宮]618 起永爲，[宮]659 力於大，[宮]721 力二名，[宮]2122 輕，[甲]1833 灰故遠，[甲][乙]1822 弱説名，[甲]2255 病何以，[甲]2255 冬即過，[甲]2290 惱身心，[明]1123 爲歌誦，[明]1552 力故如，[三][宮]721 搗築遍，[三][宮]721 甚熾彼，[三][宮]1548 神生正，[三]1644 吸下水，[聖]1451 色有，[聖]1549，[宋][宮]649 力示現，[宋][元][宮][聖]1563 廣釋此，[宋]362 迫，[乙]1821 力拒邊，[乙]2218 惱〇旋，[元][明][宮]440，[元]19 力我慢，[原]2196 如月藏。

睿：[乙]2391。

舍：[宋]26 經第一。

勝：[甲]2266 分於彼。

施：[三][宮]1521 力。

世：[明]1571 用生異，[三][宮]425，[乙]1724 之力令。

威：[明]1450 力而有。

執：[宮]1562 力劣故，[宮]425 王閑天，[宮]443 至如來，[甲]2266 力齊等，[三][宮]263 官屬，[三]311 堅欲，[聖]1562 用增盛，[宋][宮]2102。

軾

式：[元][明]2103，[元][明]2103 閭封墓。

飾：[三][宮]2059 干木漢。

轅：[三][宮]1458 座柁。

嗜

耽：[宋][元][宮]、酖[明]721 酒著女。

耆：[宮]901 攝筏，[三][宮]386 離國最，[三][宮]1462 婆羅門，[三][宮]1646 又有，[三][宮]2103 闍，[三][宮]下同 1435 多受戒，[聖][甲]1723 著也亂，[宋]1605 相違是。

事：[宮]2059 五經詩。

貪：[三][宮]2122 味。

香：[三][宮][聖]1425 味。

飲：[宮]2123 酒不。

著：[三]100 睡眠。

箸：[三][宮]500 欲之人。

箴

萃：[宋][宮]2122 遇大。

告：[三][宮]2034 之坐犯。

莖：[宮]2103 之作聲，[甲]1921 泥木。

噬：[宋][宮]1579 種種邪，[宋]2149 曰恭已。

巫：[三]1300 合塗，[宋][元][宮]2122，[元][明]2154 師對曰。

飾

寶：[三]278 莊嚴其。

勒：[三][宮][另]281。

飾：[甲]2129 也説文。

錯：[甲]2255。

佳：[甲]2207。

色：[甲]1736 間列論。

裳：[甲]2087 或鑄金。

勝：[三]1 果實天。

識：[元][明]403 著因緣。

拭：[明][甲][乙]、滅[聖]983 布以荷，[明][甲][乙]856 曼荼羅，[明][乙][丙]、成[甲]857 曼荼羅，[明][乙]994 令壇，[元][明][甲]951 又呪。

餝：[聖][石]1509 益其光。

剔：[明]211 髮無慧，[三]210 髮無。

嚴：[甲]952 所謂正，[甲]2223 又於，[明]310 將從衣，[明]1257 於曼拏，[三][宮]286 間錯轉，[三][宮]310 具，[三][宮]397 在西，[三][甲]955 寶瓔半，[三]1 鐶，[三]190 其體以，[三]202 之五百，[三]410，[三]1097 作吉祥，[元][明][聖]278 世悉能。

餘：[三][宮]489 妙好善，[元]1579 香。

試

常：[三][宮]619 憶念與。

成：[三][宮]310 心信。

誠：[宮]2121，[甲][乙]1821，[甲]2299 通，[三][宮]2103 爲舉之，[三][宮]2121 明，[三][宮]2121 尋所在，[三]194 者。

傳：[甲]2410 云此金。

誡：[宮]402 汝非決，[宮]1425，[甲]1708 令王今，[甲][乙]1822，[甲][乙]1822 後，[甲][乙]1822 後學，[甲]1831 之曰我，[甲]1833 雲蒸隱，[甲]2366，[明]2059 掘果得，[三][宮]2060 叙微有，[三]310 眷屬頂，[聖]224 者

便自，[聖]383 阿利，[聖]1425 之知其，[聖]1859 爲寡人，[另]1442 當，[宋][宮]2060 心安止，[宋][聖]、戒[元][明]125 三，[原]1775 後學也。

請：[宮]536 佛也申。

識：[甲]2006 之盡，[甲]2044 之千乘。

式：[宮]2060，[甲]2036 以擲地，[元][明]125 詰如來，[元]937 棄毘舍。

拭：[明]99 聽其競，[元]2122 令王是。

弑：[三][宮]225。

議：[甲]2263 云分利，[三]下同643 場化諸。

誓

帶：[三][宮]2121 曰自今。

擔：[和]261 當修證，[甲]2410 心決定，[甲][乙]901 十八俱，[甲]901，[甲]901 蜜離六，[甲]901 十二，[三][宮][甲]901 阿，[聖]1435 如法語，[宋][宮]2122 少懷善，[宋]375 言諸未。

警：[明][宮]279 衆宣威。

盟：[三][宮]585 若斯經。

譬：[明]2102 之徒燒。

善：[宋][元]1451 願我於。

身：[三][宮][聖]627 願如斯。

是：[明]125 願持此，[明]157 願我如。

逝：[明]1450 多林中，[明]515 多林，[明]691 多，[明]1450 多林一，[明]1451 多林即，[明]1545 多林蒙，[明]1545 多林收，[明]2053 多林之，[三][宮]263 誠諦探，[三][宮]271 進無減，[三][宮]532 心長者，[三][宮]1545 多林給，[三][宮]1545 多林竹，[三][宮]2060 暫定省，[三][乙]970 多林給，[三]985 毘末麗，[三]2103 將燭昏，[聖]278 或稱能，[元][明]220 多林，[元][明]2154 童子經。

頌：[明]244 曰。

晰：[三][宮]2103 爾出舊。

言：[三][宮]2045 即於座。

願：[三][宮]414 已更作，[三]202 言使我，[聖]221 以。

折：[三][宮]2034 云玄化。

哲：[三][宮]2102 之燈雨。

告：[宮]339 法師。

適

逼：[三][宮]607 生去。

遍：[丙]917 然，[宮][知]1579 悅，[宮]309 一切，[甲][乙]2263 者是不，[甲]1830 意識，[甲]2087 起此心，[甲]2223，[甲]2250 今，[甲]2266，[甲]2298 緣無所，[三]722 意護佛，[三][宮]309 解慧向，[三][宮]313 起吹梯，[三][宮]644 諸天意，[三][宮]1546 所，[聖][另]1442 安樂行，[聖]350 無所因，[另]1733 悅故云，[宋][明][宮]301 生，[乙]2249 一切處，[乙]2404 我願故。

繞：[三]154 入窟爲。

道：[明]221 有二，[三][宮]1462。

的：[甲]2219 無所依。

滴：[三][宮]620 兩眼耳，[三][宮]638 定住則。

嫡：[甲]2261 諸天我，[明]125 彼國者，[三][宮]2121 后無嗣，[三][宮]2121 子生矣，[三][宮]2122 南郡徐，[三][宮]2123 妻適，[三]291 太子也，[宋][宮]2121 彼七王，[宋][元]2123 娶妊身，[元][明]125 貧家不。

逗：[聖]626 等。

遏：[三]44 飢我時。

方：[三]196 鬱單曰。

逢：[三][宮]721 見飲食。

伏：[三]100 諸天必。

果：[甲]1717 願我於。

過：[甲]1828 境相應，[甲][乙]2261 衆生所，[甲]1811 亦犯重，[三][宮]349 越其上，[三][宮]1428，[三][聖]361 度八方，[知]598 觀慧見。

迴：[元][明]1。

吉：[三]202 懊惱若。

立：[三][宮]2058 語已訖。

迺：[宮]222 生彼間。

商：[聖][另]1442 往聖者。

失：[宮]1912 時不同。

識：[宮]790 難易明。

釋：[博]262 從三昧，[甲]853 悅持金，[三][宮]2060 琳，[三][宮]2104 有濟法，[三]2154 琳憤激。

隨：[三][宮]606。

通：[宮]2040 來宮國，[三][宮]2104，[聖][另]1548 意是名，[聖]2060 化無方。

退：[宋][明][宮]743 欲却。

違：[明]1545 聖無驚。

昔：[乙]2397 今證緣。

意：[明]201 亦能，[三][宮]221 有想念。

遇：[三]21 發意頃。

悅：[三][宮]、澤[石]1509 以有苦。

暫：[三][宮]537 小出盲。

造：[三]202 爲之此。

遮：[三]190 尸棄彼。

這：[宮][聖]310 起尋滅，[宮]222 興尋斷，[宮]397 生不久，[宮]403 等無異，[甲]2362 見免難，[聖]、識[宮]425 洗浴以，[聖]1547 一切音，[聖][另]1435 舉一餅，[聖]178 産生便，[聖]199 見大衆，[聖]381 從，[聖]425 行犁種，[聖]606 有一髮，[聖]1425 説是，[聖]1425 向城門，[另]1428 從牛中，[另]1435 不言六，[宋][聖]、言[元][明][宮]310 起非法，[知]555 共一會。

噎

舐：[宮]2102。

箆：[宋][元][宮]2122 之既還。

哇：[三][宮]741 汝。

嘆：[甲]、嘆[原]1832 天文亦。

諡

是：[三][宮]2034 爲孝。

説：[宋]2034 曰莊帝。

蝎

蝎：[甲]1912 等者蟹。

笛：[聖]1509 若。

蠱：[宋][元][宮]1547 彼以。

蛆：[宮][聖]1421 脚即死，[三]
[宮]、蜇[聖]1459 難治療，[聖]1421。

蛇：[明]217 比邪思。

赦：[甲]1248 呪乾脯。

説：[石]1509。

蝎：[三][宮]374 雖受飲。

蠍：[明]1352 諸含毒。

蜇：[三][宮][聖][另]1459 便命
過，[三][宮]1442 枉苦身，[三][宮]
1443 羅怗羅，[三]152 之時，[宋][明]
[宮]1452，[乙]966 之類及。

諡

德：[甲]2397 號。

誣：[三]2110 佛法遂。

釋

報：[甲]1512 佛如來，[甲]1512
向所引，[聖]225 言是，[原]1744 之。

辨：[甲]、釋[甲]1722 前八事，
[甲]1734，[甲]1736 此菩薩，[甲]1736
正説中，[甲]1912 問何故，[甲]2787
言略者，[乙]1821 心心。

辯：[原]1764 非有無。

標：[甲]1717 十二部，[甲]2269
章名。

別：[甲][乙]2250 於理爲。

不：[宮]2122 智通宋。

藏：[甲]2035。

禪：[甲]1925 名同。

尺：[甲]2218 謂。

初：[甲]1736 從顛倒，[甲]2255
難中有。

粹：[三][宮]2059 哲。

答：[甲]1863 難故同，[甲]1960
雖知有，[甲]1961 曰得生，[甲]2219
也是釋，[乙]2263 互執有。

大：[甲]2270 名稱聲，[甲]2290
也文，[甲]2290 義，[原]1696 論第十。

等：[乙]2263 會此文。

帝：[三]5 釋曰以。

定：[乙]2263 此論後。

獨：[宋]77。

斷：[甲]1708 三界心，[甲]1816
義。

二：[甲]1786 善集品。

翻：[甲]1733 名唱樂。

方：[甲]2263 有説我。

夫：[甲]1744 攝受是。

佛：[三][宮]2104 教而已。

根：[甲]1771 不同一，[甲]2339
答變易，[乙]2261 依三分。

更：[甲]2254 辨重緣。

故：[宮]1604 曰此偈，[甲][乙]
[丙]2810 三有財，[甲]2219 涅槃迦。

廣：[乙]2263 瑜伽文。

後：[甲]1828。

華：[甲]1735 經十義。

攫：[甲]1828 甲堪能。

即：[甲]1816 福。

極：[乙]1822 非理論。

己：[乙]1822 化生多。

迹：[甲]2266 二名如。

見：[甲]2300 無，[甲]2217，[甲]

2217 義也猶，[甲]2263 第三類，[甲]2276 問若爾，[甲]2328 云言自，[乙]1822 二遮餘，[乙]2218 滯，[乙]2254 人面及，[乙]2261 諸妨。

教：[甲]2339 義即無，[甲]2339 誘引三，[明][和][内]1665 門説菩。

結：[甲]1736 總名，[聖]1721 喜後一。

解：[丁]2244，[甲]1715 前明引，[甲]2249 斷圓德，[甲][乙]1736 釋釋，[甲][乙]1821 理實，[甲][乙]1821 於二解，[甲][乙]2249 之中暫，[甲][乙]2263 不動業，[甲]1512 可知也，[甲]1728 貼文爲，[甲]1736 別目今，[甲]1736 思之可，[甲]1744 今謂不，[甲]1763 大義，[甲]1816 云於中，[甲]1841 今更助，[甲]2249 者，[聖][甲]1733 文初科，[聖]1721 前權後，[乙]1736 也於中，[乙]1736 曰既彼，[原][甲]1825 根本佛。

盡：[甲]、釋[甲]1851 言不得，[甲]2266 隨處中，[甲]2266 相攝云，[甲]2290 業識云。

經：[甲]1786 文二初，[甲]1786 文，[甲]1786 文二初，[甲]1786 文三初，[甲]2219 一切有，[元][明]2103 典何量，[原][甲]2412 云法圓。

精：[三][宮]225 心念秋，[三]2060 義入神，[聖]613，[宋]2103，[宋]2154 進行同。

敬：[宮]2122 然不問。

就：[甲][乙]2219 影現上，[乙]2263 瑜伽文。

舉：[甲]1736 總中。

俱：[甲]1863 非何以。

科：[甲]2266 此三説。

類：[甲]1512 使疑者，[甲]2263 之犢。

理：[甲][乙]1822 定成十，[甲]1729 二觀解。

臨：[宋][元]2106 内典博。

論：[明]1597 曰此中，[原]1818 曰此偈，[原]2362 依義不。

明：[甲]1786 十二入，[聖]1721，[乙]2263 成事智，[乙]2263 内法異，[乙]2397 體一攝。

難：[甲]1828 護月云，[甲][乙]2249 者身中，[甲]2305 以前事。

涅：[甲]1763 槃。

判：[甲][乙]1822 爲善若，[甲]1736 疏今初，[原]2416 此即約。

品：[甲]1786，[甲]1786 題，[甲]1786 題二。

破：[甲]1786 報障二。

起：[宮]1703，[甲]2266。

強：[原]1859 名之文。

清：[聖]292 須倫梵。

親：[甲]1816。

缺：[甲]2270 減過有。

人：[甲][乙]1822 故韡，[甲]2263，[甲]2273 各各，[乙]2263 立，[原]2254 面即鏡。

入：[聖]223 名字三。

上：[甲]2263，[甲]2263 者互相，[乙]2263 云以五。

舍：[三]985。

攝：[甲]1736 者別境，[甲]1851
亦是共，[乙]2396。

什：[甲]2035 至秦譯，[甲]2035
法師，[乙][戊][己]、城[丙]2092 迦
在，[乙]2092 化，[乙]2092 曰以蒿。

生：[甲]1821 生般言。

尸：[甲]1781 迦雖福。

失：[甲]1717 若其不，[明]2154
牒每端，[三]627 大乘若，[乙]2263
前未破。

師：[乙]1822 救。

實：[原]1851 言。

識：[甲][乙]1736 今疏語，[甲]
1717 迹近成，[甲]1736 云數修，[甲]
1736 自性相，[甲]1786 生身業，[甲]
2207 謂，[三][宮]1585。

示：[甲]1775 之焉如。

似：[乙]2157 蜀土所。

適：[三]2157 琳憤激，[原]、擇
[原]1851 想了違。

數：[知]1785 者正性。

說：[乙]2263 一乘云。

説：[宮]1522，[甲][乙]1821 表
色至，[甲]1708 且依後，[甲]1729 此
品本，[甲]1736 第六住，[甲]1925 菩
薩，[甲]1929 四諦名，[甲]2204 經本
之，[甲]2250 二師全，[明]1003 釋
訖，[聖][甲]1733 地法不，[乙]1822 此
出有，[原]1781 其義如。

頌：[三]2151 一卷大。

譚：[甲]2266 上十五。

嘆：[甲]1781 今時會。

天：[甲]2263 自害非，[甲]2266
不知疏，[三]185 梵寶蓋。

爲：[甲]1736。

謂：[甲]2266 二釋中。

文：[甲]2217 今護戒，[甲]2217
云漸次，[甲]2249 云，[甲]2263 可，
[甲]2263 深顯此，[甲][乙]1822，[甲]
[乙]1822 論法，[甲][乙]2263，[甲]
2217，[甲]2217 者若常，[甲]2261 者
雖十，[甲]2263，[甲]2263 必可緣，
[甲]2263 攝二類，[甲]2263 眼等五，
[甲]2271 可案之，[乙]2263，[乙]2263
案今燈，[乙]2263 會假謂，[乙]2263
見，[乙]2263 可，[乙]2263 破違斷，
[乙]2263 且依善，[乙]2263 者思，[乙]
2263 者是非，[原]2208 縱。

無：[甲]2266 通言義，[乙]2218
無知解。

忱：[甲][乙]1816 顯此經。

顯：[原]1764 之十。

行：[宮][知]598 覆蔽不。

叙：[乙]1724 品名不。

也：[甲]2266 何故此。

一：[甲]1736 有淨無。

依：[乙]2263 敦依也。

疑：[甲]1735 外疑六。

亦：[乙]2394 云於此。

意：[甲]2266 第一云。

義：[甲][乙]2263，[甲][乙]2263
次章，[甲][乙]2263 若爾處，[甲][乙]
2263 也故，[甲][乙]2263 云云如，[甲]
[乙]2263 中對許，[甲]2249 歟，[甲]
2261 一，[甲]2263，[甲]2263，[甲]2263 此理不，

[甲]2263 給，[甲]2266 若，[聖]1818 大衆三，[乙]1723 如章應，[乙]2263 非相違，[乙]2263 且依攝，[乙]2263 一云依。

懌：[三][宮]1503 故。

繹：[甲]1934 門師觀。

譯：[宮]1551，[宮]1598 文詞道，[甲][乙]2174 策子已，[甲][乙]2219 多云如，[甲][乙]2393 字放光，[甲]1709 此文乃，[甲]1816 云滅者，[甲]1830，[甲]2128 不正也，[甲]2250 定，[甲]2339 師故大，[明]2154，[三]2149 法顯齎，[三]2153 二百二，[聖]2157 見內，[宋]2153 受明，[乙]1736 三敘古，[乙][丙]2396 而何引，[乙][丙]2777 之菩提，[乙]996 不，[乙]2157，[乙]2174，[元][明]322 傅斯經，[元][明]2153 道摽譯，[原]、譯[乙]1797 云遍至，[原][甲]2250 經，[原]2196 及對，[原]2211 之入，[原]2339 爲小兒。

有：[三][宮]2122 彥琮法。

又：[甲]2266 云非是，[甲][乙]1822 唯三得，[甲]1960 曰今言。

於：[甲]2266 作意時。

緣：[乙]2263 了謂了。

云：[甲]2255 等者案，[甲][乙]2396 不動明，[甲]2195 隨力所。

擇：[宮]585 本慧，[宮]1602 中之所，[甲]1805 也敬則，[甲]1828 中行，[甲]2354 迦等雖，[甲][乙][丙]1833 明，[甲][乙][丙]1833 者問何，[甲][乙]1816，[甲][乙]1822 假名非，

[甲][乙]1822 心，[甲][乙]1822 修有，[甲][乙]1866 之十，[甲][乙]2087 迦伽藍，[甲][乙]2394 准前行，[甲][乙]2396 決了，[甲]1141 國，[甲]1723 義，[甲]1735 云前至，[甲]1821 滅義唯，[甲]1828 初明四，[甲]1828 更無去，[甲]1828 滅是善，[甲]1828 滅義諸，[甲]1828 一辨五，[甲]1828 智善滿，[甲]1828 中初半，[甲]1828 中前二，[甲]1828 中前三，[甲]1830 自性身，[甲]2181 隣，[甲]2204 多，[甲]2266 至處衆，[甲]2397 心造，[明]1048 護世四，[明]1299 大白，[三]1579 分廣辯，[三][宮]1562 諸趣體，[三][宮]627，[三][宮]627 衆生其，[三][宮]1442 迦苾芻，[三][宮]1461 二圓徳，[三][宮]1545 迦，[三][宮]1563 四沙門，[三][宮]2122 長者以，[三][乙]2087 迦王舊，[三]440 餘本擇，[三]1522 應知，[聖]210 中雄一，[聖]211 即得法，[聖]425 施母字，[聖]1579 難言者，[聖]1595 曰此下，[聖]1788 四結初，[宋]226 薩芸若，[宋]2110 負之志，[乙]1833 分説三，[乙]2215 也是問，[元][明]322 其行是，[原][甲]1825 其精玄，[原]2362，[知]1579 詞差別。

澤：[宮]2108 宗守戒，[甲]1911 又從頂，[明]2102 施及凡，[三]20 風吹不。

章：[甲]1717 初明門，[乙]1736 三融會。

之：[甲]1816 彌勒頌，[乙]2263 七。

執：[甲][乙]1822 也論。

只：[甲]1724 一佛説。

旨：[甲][乙]2263。

中：[甲]2263 無之尤。

種：[宮]1425 種女摩，[甲]1736 有離合，[甲]1816 有爲下，[甲]2395 若依頓，[乙]1823 第一解，[乙]2215 三心之，[乙]2782 一與聞。

竺：[三][宮]2059 慧達姓，[宋][宮]、晋竺[元][明]2059 慧達一。

主：[宋][明]、王[元][宮]2122 題適竟。

轉：[乙]1822 破云若。

作：[甲]2218 釋中。

匙

匕：[宮]1804 鉢支及，[三][宮]2122 鉢之聲，[三][乙]2087 箸至於，[宋][元]、上[聖]1441 香器斧。

起：[明]1443 若銅盞，[聖]1266 銅杓等，[宋][元]1007 拘以，[宋]211 食轉減，[元][明]1007 法柄長。

枝：[三][宮][聖]1462 而不捨。

收

便：[明]1442 舉之此。

扠：[宮]721 摩羅瓮，[宮]721 摩羅魚，[宋][宮]、叉[明]721 摩羅及。

放：[三][宮][聖][另]1435 衣。

故：[甲]1830 此。

將：[聖]1442 養是二。

挍：[三][宮]377 淚，[聖]1440 攝。

枚：[甲]1735 四明業。

牧：[宮]374 拾種之，[三][宮]2102 四事之，[三][宮]2122，[宋][宮]1435，[宋][元][宮]657 摩。

攝：[宮]1435 鉢已持，[乙]1821 又於。

修：[甲]1828 以未得。

叙：[甲]1828 已過者。

悠：[三][宮]2102 隔傅巖。

收

拔：[三]1982 非無因。

波：[聖]190 終無是。

采：[三]2060 攝論時。

叉：[元][明]2122 嚧那摩，[元]2122。

扠：[宮]2121，[三][宮]2121 鬼獄，[三]1332 波彌。

垂：[原]、垂[甲]2006。

段：[原]1776 歡美佛。

放：[明][宮]224 亦無所，[元][明]2026 羅漢應。

給：[甲]2371 也法身。

故：[宮]1562，[三]1558 而有前。

後：[甲][乙]2391 已檀慧。

毀：[三][宮]2053 枝葉根。

堅：[三]2060 理。

將：[甲]、收[甲]1782 色聚所，[原]1238 一。

挍：[三][宮]397 淚，[三][宮]558，[三]2121 淚。

救：[三][宮]1505 也問何，[三][聖]、取[宮]272。

斂：[三]6 舍利，[三]202 師舍利。

枚：[宮]1425 襆嚴飾，[甲]2130 摩羅譯，[三][宮][聖]1462 椒門中。

捫：[三]202 乳哺養。

牧：[甲]1763，[明]、七枚[甲]893 纖伕陀，[明]1299 之，[三]49 摩林鼻，[三][宮]、[聖]1425 摩羅等，[三][宮]2034 涼土內，[三][宮]2121 民當以，[三][宮]2122 一種在，[三][宮]2122 擁俘虜，[三][宮]下同397 達囉囉，[三][甲]1335 囉婆，[三]152 焉肥即，[三]607 髮草，[三]2145 其名故，[三]2151 食牛經，[聖][另]1459，[聖][另]1459 於臥具，[聖]1425 攝共合，[聖]1460 舉不教，[宋]1272 子及曩，[宋][元]1452 取若取，[宋][元][宮]2103，[元][明]2103 齊餘泉。

乾：[宮]1425 和上阿。

取：[甲][乙]1822 果實第，[甲][乙]1866 故又此，[甲][乙]1866 故主伴，[甲]2263 立者不，[明]1450 却還我，[明]1562 餘法說，[明]2110 毒草深，[宋]901 取取此，[乙]2263 諸緣義，[乙]2426 即知淨，[元]2085，[原]1853 破假生，[原]2406 自他罪，[原]2248 文，[原]2270 今論文。

入：[三]、－[宮]2034 附此。

少：[聖]2157 卷餘月。

攝：[甲]2249 此，[甲]1841 正釋文，[甲]2309 佛滅之，[乙]1832 問如後，[原]、[甲]1744 入今辨，[原]2248 從第二。

施：[三][宮]627 脫於諸。

提：[三][宮][聖]2042 我耳鼻。

天：[宋][元]、捨[明]2121 壽離斯。

推：[原]1722 則事無。

爲：[知]2082 録汝豈，[知]2082 葬焉。

扠：[明]1425 檢著一，[三][宮]1421 鉢食，[三]192 淚合掌，[三]192 淚強自，[三]1341 荼亦名。

以：[明]1217 彼藥用，[乙]2397 攝次令。

刈：[三][宮]1462 比丘以，[三]1 暮熟暮。

又：[三]100 攝剎利。

預：[三]152。

枝：[三][宮]602 苦得四。

狀：[甲]2266 緣空華。

捉：[三]26 賊送。

手

半：[乙]2408 二空。

畢：[明][乙]1110。

臂：[三][宮]1451 尚。

懺：[甲]、衆[乙]2381 還淨。

道：[聖]、首[石]1509 五根等。

等：[甲]2035 大集經，[甲]2250 掩，[甲]2390 相背地。

法：[三][宮]413 勝喜執。

后：[甲]2039 自營不，[三][宮]2060 自營不。

乎：[宮]402 釋迦如，[宮]901 大指於，[宮]1421 捫日，[宮]2078 又不見，[甲]1784 三，[甲]1238 不，[甲]

1780，[甲]1816，[甲]2128 也從臼，[甲]2266 有義，[明]865 繮頭繫，[三][宮][聖]234 非須菩，[三][宮][聖]310 是魔業，[三][宮]477 眞陀羅，[三][聖]125 甚，[聖][另]1442 爲織疊，[聖]125 者緣此，[聖]1463 摩男子，[聖]2157 中旬七，[宋][宮]2121，[宋][元]2061 道路懼，[宋][元][宮]2121 阿難見，[宋]2121 執日五，[乙]2223 印成，[元]1432 及處立，[原]905 冠中萬。

呼：[甲]2219 召警發。

互：[甲]1709 相，[三][宮]2121 相指示，[三]156 相扶持，[聖][甲]1763 爲因果，[聖][甲]1763 因果義。

急：[乙]2092 速去可。

井：[甲]2128 五指取。

卷：[明]2103 内經外。

力：[聖]125 降伏此。

兩：[三][宮]2042 指我倍。

毛：[甲]2128 賓聲下，[明][宮]2123 許完，[三][宮]2122 色青紅，[聖]1460，[宋][元][宮]1425 捉飲食，[元]1451 神。

母：[宋]2121。

牛：[甲]2266 亦名無。

平：[甲][乙][丙]1098 迦，[甲][乙]2387 轉一度，[甲]1828 額高眉，[甲]2089 都，[甲]2089 幡八，[三][宮]606 舉懸，[三][甲][乙]901 如高座，[乙]2390 虛成拳，[乙]2391 轉三度。

其：[甲]1821 行。

千：[甲]2120 功已下，[三]2110 歲得出。

牽：[三]152。

擎：[三][宮]263 持一種。

拳：[甲]1120 額前遂，[甲]2223 菩薩者，[乙]2390 立風鉤，[乙]羽[乙]2391 住臍如。

三：[乙]972 誦金剛。

身：[甲]894 頂上便，[明]1173 執金剛，[元][宮]374，[知]741 兩脚牛。

十：[宮]263 禮佛以，[三]186，[三]1336 指呿陀，[宋]186 禮足至。

守：[三][宮]476 得，[原]1782 得獲。

首：[宮]276 菩薩寶，[甲]1736 及持疊，[甲]2775 謝之什，[甲][乙][丙]2381 懺罪滅，[甲]867 金剛拳，[甲]893 於上時，[甲]2881 佛者死，[明]1644 足自然，[明][甲]1177 菩薩，[明]1331 或六目，[三][宮]274 菩薩除，[三][宮]618 足，[三][宮]1644 足自然，[三][宮]2122 足狼藉，[三][宮]2122 足擲著，[三]145 著足長，[三]185 而問有，[三]194，[三]194 佛便説，[三]1433 悔第五，[三]2122，[三]2122 呼天而，[三]2145 持世佛，[三]2154 勅答書，[聖]120 繫樹爾，[聖]292 悉見形，[石]1509 經中説，[宋][宮]657 菩薩摩，[宋][宮]657 經卷第，[乙]966，[乙]1796 聖尊與，[乙]1909 佛南，[元][明]209，[元][明]664 號叫仰，[元][明]664 呼天而，[元][明]2145 然後乃，[原]1862 悔滅一。

雙：[宮][另]1458 膝至地。

水：[宮]2122 摩佛足，[甲]2130

應云娑，[明]1435 執鉢持，[三]193 灌佛手。

王：[乙]2385 第。

未：[元]202 洗鉢爲。

下：[原]2409 兩邊徐。

眼：[宋][元]2154 千臂觀。

羊：[甲]2087 膝踞地。

一：[甲]1092 把杵誦，[宋]951 指揩齒。

印：[甲]897 印等一，[乙]2390 五輪開，[乙]2390 仰安心，[原]、印手[甲]1796 也然。

由：[甲]2227 持臂上。

右：[甲]2036 今既長，[三]171 持水，[原]1239 臂腕如。

于：[甲]1782 掌中此，[明]1092 作摩頂，[明]2060 上寺有。

羽：[甲]1040 作蓮花。

掌：[甲]850，[甲]1775 斷取妙，[甲]2400 向外如，[三][宮][聖]223 白佛佛，[三][宮]1435 向上座，[三][宮]1509 供養，[三][宮]1509 恭敬禮，[三]125 中王，[三]2145 向佛涅，[聖]223，[乙]2404 而三拍。

礫：[甲]893 手量。

之：[宮]263 下之以。

指：[三][宮]270 指虛空，[另]1428 彼嚼，[乙][丙][丁]865。

中：[乙]1171 皆作金。

衆：[乙]2218 持如，[乙]2381 懺罪滅。

子：[宮]1464 向佛白，[宮]2121，[甲]850 佛子，[明][甲]1177 掌中從，

[三]1331 字福德，[三]2045 石室城，[宋]、首[元][明]402 破戒，[宋][元][宮]、身[明]2045，[宋]2122 障則，[元][明]670 從十方。

足：[甲]1775，[明]1428 腳釧及，[明]2122 蹴之。

最：[宮]1632 殊勝而。

守

愛：[三][宮]276。

安：[三][宮]620 意修心，[三]2103 滄溟之，[元][明]1331 一心。

辨：[原]2208 諸經通。

嘗：[三]、當[宮]2060 篇章頗。

持：[元][明][聖]765 淨尸羅，[元][明]657 法藏人。

等：[明]293。

定：[三][宮]2060 所持誓。

乎：[原]2196 答於。

寂：[宮]221 戒不貪。

家：[三]14 故從家，[聖]224 爲般若。

皆：[元]790 以善富。

問：[知]2082 干墓。

牢：[三][宮]299 光明摩。

良：[宮]2103 常徒何。

密：[宋][明][萬]蜜[元][聖]26 護行戒。

侍：[宮]1435 門受勅。

手：[三]643 執庫，[乙]1909 佛南無。

首：[甲]1735，[三][宮][另]1428 陀羅種。

受：[宮]、愛[聖]1435 護衣人，[知]418 學復教。

獸：[元][明]210 猛害難。

水：[明]2103 浮囊堅。

寺：[甲]2039。

所：[三]205 志趣願。

爲：[三][宮][聖]606 疑想癡。

修：[三]152 梵行在。

學：[三][宮]224。

宇：[三][宮]2103 而感物。

中：[甲]2035 國則泥，[明]1129 護若不，[三][甲][乙]2087 安。

專：[甲]2409 護佛法，[三]125 覺知。

子：[甲][乙][丙]2092 長廣王。

字：[宮]224 行者爲，[甲][乙]2207 天宮殿，[甲]2400 智慧，[三][聖]224 於生死，[聖]224 入般若。

宗：[三]2145 傳。

首

愛：[三][聖][另]310 精進有。

百：[宮]1507 以，[宋]2122 多有療，[元][明]1521 迦經中，[元][明]2060 銜環金。

鼻：[宮]272 及陰尾。

醜：[甲]1911 莫測邪。

初：[甲]2219 有心義。

大：[三]201 子得羅。

導：[三][宮][另]281 欲成斯，[元][明]416 善解微。

道：[宮]1808 受日法，[宮]2031 補特伽，[宮]2040 諸僧伽，[宮]2121

陀羅何，[甲]1735 故則亦，[甲]1782 舌，[甲]2068 乃見道，[甲]2261 也以婆，[明]445 如來東，[三]2145 詔是庾，[三][宮]2060 攸歸諒，[三][宮][聖][另]285 念行神，[三][宮]2060 異常徒，[三][宮]2102 積遠難，[三][聖]125，[三]203 王從後，[聖]125 無有善，[聖]761 大慈增，[聖]953 如是上，[聖]2157 達經亦，[宋][宮]、陳[元][明]2122 過歸命，[宋]2154 達經一，[元][明]2102 寂將生，[元][明]1154 呪書寫。

等：[三][宮]1550 五根是。

負：[宋][元]2122 陽之苦。

骨：[甲]893 而作數。

貴：[甲]2266 乖魚等。

居：[甲]893 安樂成。

具：[明]222 供養却。

卷：[三]2152 及法華。

口：[甲]1925 加彼令。

盧：[乙]2223 羯磨菩。

面：[三]196 禮足而。

目：[明]278 充滿不，[三][宮]1435，[三][聖]211 端正身，[元][明]203 端政。

普：[三][宮]630 化感以。

前：[宮]1549 聚捷度，[甲][乙]首[甲]1796 作圓漫，[聖]1547 陀會天，[元]2123 得已各。

酋：[甲]、茵[甲]2073 座於中。

顙：[三][宮]606 佛無等，[三][宮]2108 耆臘而，[三][宮]2109 是。

僧：[三][宮]2026。

善：[宮]1522 十阿僧。

省：[甲]1758 不説見。

始：[三]162 閻浮提。

收：[宮]1442 謝義也。

手：[敦]365 相知是，[宮]278 光色晃，[宮]1484，[宮]2034 翻，[甲]1705 欲，[甲][乙]1214 六臂所，[甲]874 持五佛，[甲]1921 懺二罪，[甲]2255 經等，[甲]2299 經第三，[甲]2792 懺除故，[明][丙]1214 六臂所，[明]956 誦咒至，[明]1450 婦數求，[三]1440 偸蘭，[三][宮][聖][石]1509 經法華，[三][宮]309 足首，[三][宮]399 當歸清，[三][宮]627 禮之其，[三][宮]657 足髮毛，[三][宮]2034，[三][宮]2123 足分離，[三]192 仰呼天，[三]193 象羆熊，[三]278 無著施，[三]1011 菩薩，[三]1440 悔此戒，[三]1644，[聖]663，[聖]663 號天而，[聖]1723 足俱沒，[宋][元][宮]1462 説是名，[宋]1485 悔滅一，[乙][丙]2381 懺而無。

守：[三][宮]392 戒云何，[三][宮]2066 律師疏，[三]2063 合衆見，[聖]397 提毘。

受：[宋][元]186 香水洗。

授：[甲]1736 樓那調。

獸：[三]1545 摩羅凡。

蘇：[三][宮][甲]901 陀會天。

頭：[三][宮]1451 寧容久，[三][宮]2122 魔，[三][宮]2122 善呪，[宋][明][甲]967。

扠：[另]1428 陀羅。

午：[甲]2299 經。

昔：[三][宮]1656 法，[聖]1 當以彼。

香：[乙]2393。

向：[三]125 宜知是。

譯：[明]2154 大。

音：[三][宮][聖]425 神足弟。

有：[宮]1505 也所謂，[宮]2034 楞嚴經，[三][宮]1543 欲所縛。

酉：[原]1311 冠白練。

魚：[甲]2412 調伏。

旃：[三][宮]1646 陀羅奪。

者：[甲]1828 以廣故，[三][宮]1442 可爲我，[三][宮]1442 汝等故，[三][宮]1451 世尊不，[三]1442 汝從何，[三]2154 誤也，[宋][元][宮][另]281 等皆彼。

直：[宋][明]1272。

旨：[甲]2300 今此同。

著：[甲]2392 云安國。

自：[宋][宮]、目[元]2026，[宋][元]2061 挫色。

足：[聖]425。

受

愛：[丙]1832 是苦除，[敦]1957 樂但，[福]279 如來，[宮]310 者是無，[宮]1443 樂心身，[宮]1543 欲界有，[宮]1558，[宮]1595 戒，[宮]2123 福上界，[宮][久]1486 毒蛇林，[宮][聖]1421 所作房，[宮][聖]1549 身法持，[宮][聖]1563，[宮]310 斯果報，[宮]322 除髮鬚，[宮]347 勝樂果，[宮]374

取即爲，[宮]397，[宮]461 已有，[宮]480 樂，[宮]481 微妙義，[宮]565 律化離，[宮]616 不苦不，[宮]664 色耳分，[宮]670 斯從渴，[宮]721 苦無，[宮]721 樂欲境，[宮]721 樂者應，[宮]1435 善能安，[宮]1509 般若波，[宮]1509 此富樂，[宮]1509 故如是，[宮]1521 味十散，[宮]1543 入九，[宮]1543 中欲，[宮]1546，[宮]1547 報如人，[宮]1548 乃至現，[宮]1548 樂，[宮]1559 依心地，[宮]1598 俱行總，[宮]1646 生名從，[宮]1646 生慳因，[宮]1912 生處廣，[宮]2060 果今，[宮]2121 經戒聽，[宮]2122，[甲]1778 集梵世，[甲]1829 但障所，[甲]1912 著者成，[甲]2084 好法音，[甲]2266 樂，[甲]2290，[甲]2323 果何顯，[甲][丙]、嚴[乙]2394 此法身，[甲][乙][丙]2778 捨外道，[甲][乙][知]1785 想色相，[甲][乙]1709，[甲][乙]1736 非餘下，[甲][乙]1822 苦樂，[甲][乙]1822 快樂經，[甲][乙]2223 樂供養，[甲][乙]2397 慢位與，[甲]897 用勿更，[甲]1163 敬淨信，[甲]1200 用，[甲]1512 亦爾從，[甲]1708 念人天，[甲]1709 變易生，[甲]1735 故云清，[甲]1736 身，[甲]1763 是集，[甲]1778 亦各出，[甲]1782 非愛道，[甲]1782 恚等上，[甲]1813 念身常，[甲]1821 爲緣生，[甲]1823 有異六，[甲]1828 彼事思，[甲]1828 但障所，[甲]1828 縛者仍，[甲]1828 他樂生，[甲]1828 唯是修，[甲]1828 行，[甲]

1828 也清淨，[甲]1828 亦起求，[甲]1828 樂一由，[甲]1828 者以深，[甲]1829 故受，[甲]1830 取望有，[甲]1830 所有，[甲]1851 分爲三，[甲]1911 著乃至，[甲]2052 好逾劇，[甲]2135 壹瑟吒，[甲]2255，[甲]2255 別，[甲]2255 果有業，[甲]2255 取有生，[甲]2255 十五已，[甲]2259 壞名，[甲]2261 念正受，[甲]2266，[甲]2266 即，[甲]2266 唯是，[甲]2266 爲緣果，[甲]2266 文第十，[甲]2266 由立，[甲]2266 餘同，[甲]2266 樂執取，[甲]2270 分別轉，[甲]2317，[別]397 五百四，[明]220 樂欲而，[明]1522 亦非不，[明]1563 觸若有，[明]1627 身，[明][甲]1177 樂不覺，[明]310 供養爲，[明]670 若因計，[明]721，[明]721 樂其高，[明]1464 教難陀，[明]1524 樂常無，[明]1546 生法中，[明]1547 苦甚恐，[明]1644 戲樂極，[明]2076 記他道，[明]2112 二百五，[明]2123 福何盡，[三]、[宮]481 是像法，[三]187 法，[三]125 有受則，[三]212 是都，[三]278 樂法門，[三]721 自業果，[三]1982 樂常無，[三][宮]310 生者於，[三][宮]721 樂遊戲，[三][宮]1521 護正法，[三][宮]1544，[三][宮]1562 亦倒攝，[三][宮]1579 欲者於，[三][宮]2123 欲無厭，[三][宮][聖][另]310 欲樂，[三][宮][聖][知]1579 爲依故，[三][宮][聖]285 發起衆，[三][宮][聖]285 行故成，[三][宮][聖]310 第一所，[三][宮][聖]310 故於一，[三][宮][聖]347

種種諸，[三][宮][聖]397 無受，[三]
[宮][聖]515 諸欲樂，[三][宮][聖]1579
分，[三][宮][聖]1579 爲緣所，[三][宮]
[另]1442 尋佛語，[三][宮]221 患復
次，[三][宮]266 無所動，[三][宮]272
汝國若，[三][宮]285 長益塵，[三][宮]
292 欲重自，[三][宮]292 者處念，[三]
[宮]310 是非善，[三][宮]310 天子兜，
[三][宮]379 欲貪於，[三][宮]397 捨
求聲，[三][宮]397 無業無，[三][宮]
397 樂事亦，[三][宮]402 生，[三][宮]
414 取，[三][宮]419 護佛法，[三][宮]
425 名稱，[三][宮]464 盡三者，[三]
[宮]468 念六法，[三][宮]515 諸欲樂，
[三][宮]587 是法門，[三][宮]588，[三]
[宮]612 悦，[三][宮]616 別相集，[三]
[宮]618 斯樂是，[三][宮]624 過諸，
[三][宮]632，[三][宮]656 度無極，
[三][宮]660 重故是，[三][宮]721 以
如是，[三][宮]721 樂報既，[三][宮]
721 樂貪心，[三][宮]721 樂希有，[三]
[宮]721 樂智慧，[三][宮]723 多麁澁，
[三][宮]729 樂生北，[三][宮]1425 好
豫他，[三][宮]1428 不能，[三][宮]
1462 欲故身，[三][宮]1505，[三][宮]
1506 樹下受，[三][宮]1509 法食所，
[三][宮]1520 故二者，[三][宮]1521 所
樂善，[三][宮]1522 欲生樂，[三][宮]
1522 諸受時，[三][宮]1523 潤自在，
[三][宮]1537 諸欲數，[三][宮]1543，
[三][宮]1545 欲得淨，[三][宮]1546，
[三][宮]1546 欲令生，[三][宮]1547 相
應或，[三][宮]1547 樂飲食，[三][宮]

1547 種是故，[三][宮]1548 生愛而，
[三][宮]1548 是名捨，[三][宮]1548 亦
如上，[三][宮]1550 念想思，[三][宮]
1552 令殺其，[三][宮]1558 等亦，[三]
[宮]1558 欲人起，[三][宮]1559 彼別，
[三][宮]1559 甚深法，[三][宮]1559 無
觸因，[三][宮]1559 以無五，[三][宮]
1562，[三][宮]1562 非由遍，[三][宮]
1562 固友固，[三][宮]1562 爲己有，
[三][宮]1562 因有所，[三][宮]1563 念
住攝，[三][宮]1577 錢財爲，[三][宮]
1579 他心如，[三][宮]1579 欲二重，
[三][宮]1646 化生，[三][宮]1646 陰
作起，[三][宮]1647 生處非，[三][宮]
1647 爲體緣，[三][宮]1648 求索知，
[三][宮]1648 生喜緣，[三][宮]1648
聲應説，[三][宮]1648 心成下，[三]
[宮]2121 五欲，[三][宮]2121 智者不，
[三][宮]2122 經法畫，[三][宮]2122 知
止足，[三][宮]2123，[三][宮]2123 婬，
[三][宮]下同 1656 此法，[三][聖]99
縛於命，[三][聖]99 無餘，[三][聖]157
樂法故，[三][聖]397 樂而，[三]1，[三]
14，[三]14 解利佛，[三]26 身已常，
[三]26 我教跋，[三]99 當來有，[三]
99 念妙色，[三]100 有，[三]100 有度
世，[三]109 不念無，[三]125 法快睡，
[三]125 受之法，[三]153 我願求，[三]
156 染佛法，[三]170 貪欲爲，[三]192
聖王位，[三]223，[三]278 不樂涅，
[三]310 者是人，[三]397 法者人，[三]
673，[三]682 樂法如，[三]682 則爲
堅，[三]682 之所牽，[三]721 他利，

[三]721 樂，[三]1016 之物一，[三]1509 樂則生，[三]1521 味淨名，[三]1545 苦勝他，[三]1579 爲先老，[三]1582 寂靜樂，[三]1646 生，[三]2102 我而厚，[三]2122 樂娛樂，[三]2123 樂，[三]2153 經一卷，[三]2154 焉初共，[三]2154 樂淨行，[聖][甲]1733 者論經，[聖][另]285 無餘因，[聖][另]1541 身亦如，[聖][另]1543 入三結，[聖]26，[聖]26 此說緣，[聖]26 者淨，[聖]99 樂多衆，[聖]125 究竟爲，[聖]189 欲者父，[聖]190 此形親，[聖]210 身如輪，[聖]223 念著受，[聖]223 無量無，[聖]272 法故現，[聖]272 教，[聖]272 最第一，[聖]294 諸賢聖，[聖]310 取有盡，[聖]310 欲樂中，[聖]423 如是身，[聖]613 後，[聖]663 樂無量，[聖]756 亦無祠，[聖]1421 食不溢，[聖]1425 具足羯，[聖]1425 其果報，[聖]1442 汝諸苾，[聖]1509 持讀誦，[聖]1509 故，[聖]1509 教敬重，[聖]1509 世間無，[聖]1509 一切，[聖]1509 種種不，[聖]1544 後有爲，[聖]1547 我非二，[聖]1548 界非，[聖]1552 緣念處，[聖]1563 想二法，[聖]1579，[聖]1582 法故不，[聖]1788，[聖]1788 爲障難，[聖]2157 行比丘，[另]1451 樂遂忘，[另]1543 入二使，[另]1543 欲受名，[另]1552 受所喜，[另]1721 諸苦時，[石]1509 般若波，[石]1509 爲，[石]1509 樂人，[宋]、憂[宮]224 是字故，[宋][宮][聖]1523 著袈裟，[宋][宮]351 音九，[宋][宮]536 教戒

者，[宋][元]680 所説平，[宋][元][宮]1544 所了別，[宋][元][宮]1547 故緣深，[宋][元][宮]2040 故，[宋][元][宮]2121 戒在家，[宋][元][宮]2122 地獄不，[宋][元]954，[宋][元]1548 分若法，[宋][元]2110 而不可，[宋]193 餘他苦，[宋]375 是名攝，[宋]397 是故觸，[宋]643 妙法況，[宋]978 勝妙樂，[宋]1509 王時語，[宋]1562 等爲所，[宋]1662 而行於，[乙][丁]1830 等心所，[乙]1744 爲名又，[乙]1821 等偏順，[乙]2157 欲聲經，[乙]2250，[乙]2263 云，[乙]2296 妄有逆，[明]192 樂終無，[元][明]1545，[元][明]1546 陰，[元][明][宮][聖]341 食而復，[元][明][宮]310 法彌勒，[元][明][宮]310 五欲此，[元][明][宮]374 生死二，[元][明][宮]374 五欲爲，[元][明][宮]614 義疾得，[元][明][宮]1546 身處無，[元][明]26 魔所不，[元][明]99，[元][明]99 當來有，[元][明]99 當知領，[元][明]99 貪喜悉，[元][明]375 苦修八，[元][明]440，[元][明]658 故造善，[元][明]721，[元][明]1532 果報故，[元][明]1546 他物有，[元][明]2103 戒律進，[元]1546 持之説，[元]1579 欲，[元]1608 想如是，[元]2122 結縛，[原]1764 結何故，[原]1764 心亦是，[原]2306 名煩惱，[原]1091 樂無不，[原]1744，[原]1776 名之，[原]1851 有，[原]2290 種謂種，[原]2317 因緣能，[原]2339 彼報趣，[知]598 現白佛。

安：[甲]1828 住者釋。

報：[三][宮]423。

被：[三][聖]26 三百矛。

便：[三][宮]309 決修菩，[三][宮]1452。

變：[甲]2250 息諍息，[甲]2339 後有，[宋][元]2122 無量劫，[元][明]212 神，[原]1840 床座故。

不：[宮]416 羇彼輩。

長：[三][宮]1644 非父母，[宋]212 第一之。

成：[明]423 苦。

持：[宮]1562，[三][宮][知]598 此經本。

籌：[宮]2060 常計。

除：[原]2339 故小涅。

畜：[三][宮]1428 時諸比，[宋]374 善男，[元][明]643 身八千。

處：[博]262 爾時諸，[甲]1839 有故但，[甲]1861 生言遍，[甲]2255 不在三，[甲]2787 諫勸三，[三][宮][博]262 時，[三][宮][博]262 時諸梵，[三][宮]635 禮於法，[三][宮]1421 佛言可，[三]152 辭畢退，[三]264，[三]1559 用故故，[聖]1509 無處所，[聖]1552 三摩提，[原]1830 中上解，[原]2216 已上劑。

觸：[原]1764 因不得。

傳：[甲]1000 及。

從：[聖][甲]1763 得眞。

祷：[原]1311 其災。

得：[宮]1425 眾苦今，[甲][丙]2397 記作佛，[三][宮]2053 已諸象，

[三]26 男子形，[三]99 如此身。

等：[宮]1558 等彼亦。

定：[甲][乙]2219 藏之相，[甲]2087 論師於，[甲]2266 理如後，[甲]2299 果報是，[三][宮]310 者無有，[三][宮]425 常求智，[三][宮]425 度無極，[三]2122 得信檀，[宋][元]、明註曰受南藏作定 1521 下。

度：[宮]309 外有六，[宮]318 一法其，[宮]586 是名菩，[甲]2259 展轉資，[三][宮][聖][另]310 皆已度，[三][宮]397 無惓故，[三][宮]398 是爲十，[三][宮]1464 此物已，[石]1509 故所謂。

多：[三][宮]1488 諸衰，[乙]2317 十善。

而：[宋][元][宮]、時[明]420 不報令。

發：[甲][乙]1822。

法：[宮]1509 不生故。

奉：[甲]1736 持，[別]397 行，[明]37 行，[三][宮]2060 身雖疎，[三]36 行，[三]150，[三]196 教，[三]196 行，[三]1331。

伏：[甲]867。

佛：[三][宮][聖]545。

孚：[甲]2402 化者隨。

復：[乙]1744 後有智。

感：[甲]1709 果界趣。

根：[甲][乙]2263 前已說，[三]1559 相應。

更：[宮][聖]1552 若所行，[宮]453 無數苦，[甲]、經[乙]2263 餘生

方，[甲]2262 無若過，[甲][乙]1822 互相緣，[甲][乙]1822 既皆能，[甲][乙]1822 事如餘，[甲][乙]2328 成佛記，[甲]1828，[甲]1839 成立時，[甲]2299 苦樂云，[甲]2299 生死苦，[甲]2402 有，[三][宮]278 苦樂，[三][宮][聖]222 者亦復，[三][宮][聖]1595 生所有，[三][宮]376 學廣為，[三][宮]384 不受，[三][宮]1546 無餘求，[三][宮]2060 染餘流，[三]109 苦無，[三]125，[三]186 心，[三]985 持諸龍，[三]1005 增勝身，[宋][元][宮][聖]425 截于痛，[元][明][聖]285 修行，[原]2196 加滅盡，[原]2339 熏新。

共：[宮]、用[聖]1421 其語得。

果：[三][宮]1644 報未。

何：[宮]2122 者後生。

弘：[三]373 此無量。

後：[三]203 辛苦夫。

許：[宋]374 是諸龍。

互：[甲][乙]2397 學若任。

緩：[三]2103 謝萍生。

喚：[宮]721 三種苦。

或：[宋][元]26 重苦是。

獲：[三][宮]2123 斯罪。

及：[宮]263 比丘比，[宮]721 大苦惱，[原]2248 身口論。

吉：[宋][元]、－[宮]1435 水澆。

極：[元][明]1344 大苦惱。

集：[明]2154。

將：[三]1096 用施佛。

交：[甲]974 臂抱胸，[甲]1733 捨論名，[原]2264 修。

戒：[甲]2358 至佛果，[聖]1440 戒，[元][明]847 世尊我，[原]、[甲]1744 等即。

今：[宮]2108 欲行之，[三][宮]746 一形恒。

盡：[乙]1736 或層巖。

居：[三][宮]2122 苦。

聚：[甲][乙][丙]2381 門。

可：[甲]1863 何名一。

空：[聖]1763 相也寶。

苦：[甲]1863，[三][宮]456 令其得，[三][宮]1579 者然似，[宋][元]1485 惡因果，[原]1960 樂者兜。

寬：[乙]1821 故受生。

來：[宮]1425 具足皆，[甲]、成[乙]867 具誓者，[聖][知]1581 因論。

了：[乙]2249 說名所，[元][明][宮]1558 說名所。

戀：[原]1898 天欲清。

惱：[明]1550 諍起故。

能：[三][宮][聖]376 持此契，[宋]418 持念普。

乞：[甲]2263 戒。

牽：[甲]2266 有義續。

清：[甲]2299 又論明。

慶：[甲]1828 喜義者。

求：[明]125 懺悔更，[三][宮]1458 衣事過。

取：[宮]397，[宮]1425 飲器，[宮]1425 者尼薩，[宮]1509 波羅聶，[宮]1646 相故不，[宮]1912 持戒者，[甲][乙]2185 正法併，[甲]2227 文意可，[明][宮]次同 1435 食若，[明]567 有

生老，[三][宮][聖]1436 已出外，[三][宮]743 十者有，[三][宮]1425 飲器者，[三][宮]1425 者是名，[三][宮]1435 食白如，[三][宮]1435 食是比，[三][宮]1455 已當疾，[三][宮]1550 名説業，[三]184 緣受，[聖]125 而有復，[聖]125 盡受，[聖]125 受緣有，[聖]1426 食若噉，[聖]1427 著口中。

然：[聖]1582 不報是。

任：[原]1796 用而無。

入：[明]316 五者得，[三]721。

上：[丙]917 三聚淨。

少：[三][宮]1488 樂甘樂。

身：[甲]1830 用中。

甚：[三]25 大，[三]193 色鮮。

生：[明]220 無常思，[三]1331 苦長者。

盛：[三][宮]2121 骨而去。

失：[三][宮]224 亦不失，[原]2425 福利最。

十：[甲]1804 日。

食：[甲]1782 所受皆，[明]1425 石蜜無，[明]1425 者非時，[明]2122 飯鉢便，[三][宮]1425 若言何，[聖][另]1435 居士，[聖]1425 應當學，[聖]1427 應當學，[石]2125 之器無。

實：[甲]2230 持諸呪。

使：[宮]2123，[三][宮]1425 拔毛，[聖]1421 比丘。

事：[甲]1816 因，[甲]2259。

是：[明]1450 離別愛，[三][宮]813 菩薩住，[三]14，[三]199 福不可，[聖]1548 是名外，[聖]1552，[宋]375

妙樂處，[元][明]1355。

釋：[甲]2263 此文。

守：[三][宮]618 持，[聖]376 護塔物。

授：[丙]862 汝成辦，[丙]897 與前辦，[丙]1073 八戒日，[宮]816 決爲，[甲]1735 畏知根，[甲]1811 在家普，[甲]2223 四種眼，[甲][乙][丙]1172 此心眞，[甲][乙]867 教而請，[甲][乙]867 三昧，[甲][乙]1037 得若，[甲][乙]1069 此心密，[甲][乙]1184 之，[甲][乙]1211 得本尊，[甲][乙]1736 記，[甲][乙]1796 眾生辟，[甲][乙]1822，[甲][乙]2250 於使言，[甲][乙]2393 菩薩具，[甲][乙]2393 與，[甲]893 滿足，[甲]949 潅頂既，[甲]950 用，[甲]950 有情而，[甲]952 得斯呪，[甲]973 加被大，[甲]1008 廣博面，[甲]1122，[甲]1178 與此陀，[甲]1287，[甲]1735 持正法，[甲]1735 潅，[甲]1735 勝進法，[甲]1736 法智，[甲]1736 三歸及，[甲]1782 教誡賛，[甲]1813 與大乘，[甲]1998，[甲]2006 九十七，[甲]2017 持佛名，[甲]2035，[甲]2035 戒詳見，[甲]2035 戒自，[甲]2036 衣之人，[甲]2089 戒，[甲]2157 連之爲，[甲]2378 慈愍故，[甲]2748 舍利弗，[甲]2792 阿闍梨，[甲]2823 積集辦，[甲]2837 與若不，[明]、受之[丙]948 或於，[明]220 記汝於，[明]262 記已歡，[明]312 法門眞，[明]1191 記汝於，[明]1421 經阿闍，[明]1636 記我亦，[明]2076 當代爲，[明][宮]

482 記疾得，[明][宮]586 記，[明][甲]1177 所修大，[明][甲][乙][丙]1277 之大，[明][甲]1177 解脱空，[明][乙]994 記今獲，[明][乙]1086，[明]99 第一果，[明]99 第一記，[明]157 記已頭，[明]159 大菩，[明]187 記名得，[明]191 記我即，[明]202 我作比，[明]221 卿記卿，[明]229 記於未，[明]235 記汝於，[明]261 記別，[明]310 記得見，[明]310 記伽陀，[明]316 記説是，[明]371 記當成，[明]586 記與我，[明]656，[明]663 記於未，[明]1005 記其人，[明]1128 於灌，[明]1217 大明已，[明]1421 具足戒，[明]1424 式叉摩，[明]1425 具足若，[明]1428，[明]1450 於一時，[明]1484，[明]1509 記當得，[明]1509 記譬如，[明]1509 記聞説，[明]1509 記我亦，[明]1509 記者能，[明]1509 記者生，[明]1579 具足支，[明]1662 記一切，[明]2076，[明]2121 具戒，[明]2121 決將來，[明]2122 而，[明]2122 記已不，[明]2122 戒得阿，[三]、一[宮]402，[三][流]365 記是，[三]220 記今得，[三]220 記舍利，[三][丙][丁]865 名號應，[三][宮]226 我決，[三][宮]637，[三][宮]1428 房得不，[三][宮]1597 教誡故，[三][宮]2103 記無任，[三][宮][丙][丁]869 四種印，[三][宮][聖][石]1509 不退轉，[三][宮][聖]223 阿耨多，[三][宮][聖]223 聲聞辟，[三][宮][聖]225，[三][宮][聖]231 菩薩記，[三][宮][聖]231 與人功，[三][宮][聖]381 決仁於，

[三][宮][聖]1421 若言負，[三][宮][聖]1428，[三][宮][聖]1428 自恣人，[三][宮][聖]1509 與我記，[三][宮][知]353 記汝歡，[三][宮][知]1581 決定記，[三][宮]226，[三][宮]227 阿耨多，[三][宮]228 記由此，[三][宮]262 記不亦，[三][宮]263 決，[三][宮]269 決，[三][宮]286 記密攝，[三][宮]309 決諸法，[三][宮]309 者亦無，[三][宮]310，[三][宮]310 記法門，[三][宮]310 記受想，[三][宮]379 記往生，[三][宮]397 菩提記，[三][宮]415，[三][宮]415 我食，[三][宮]461，[三][宮]462 我記，[三][宮]476 誨示教，[三][宮]585，[三][宮]624 決得無，[三][宮]637 剃，[三][宮]656 人如空，[三][宮]657 記唯願，[三][宮]662 護持魔，[三][宮]671 位住持，[三][宮]673 一切菩，[三][宮]810 之初不，[三][宮]837 記何業，[三][宮]876 灌頂法，[三][宮]1421，[三][宮]1424 師法和，[三][宮]1425 具足後，[三][宮]1428，[三][宮]1428 具足，[三][宮]1428 具足戒，[三][宮]1428 取食，[三][宮]1428 五戒時，[三][宮]1431 具足戒，[三][宮]1435 是中有，[三][宮]1435 欲人四，[三][宮]1435 遮他不，[三][宮]1452 學者，[三][宮]1462，[三][宮]1463 施心已，[三][宮]1482 某甲具，[三][宮]1484 持大乘，[三][宮]1505 命常，[三][宮]1509 記是人，[三][宮]1509 聲聞辟，[三][宮]1520 記三者，[三][宮]1521 辟支佛，[三][宮]1546，[三][宮]1563 者後説，

[三][宮]1810 自身作，[三][宮]2040 彼即尸，[三][宮]2045 者知之，[三][宮]2060，[三][宮]2111 記來，[三][宮]2121，[三][宮]2121 具足戒，[三][宮]2122 戒虎踞，[三][宮]2123 與迦葉，[三][宮]2123 之良藥，[三][甲][乙]901 與匠者，[三][甲][乙]1244 與我財，[三][聖]99 汝令厭，[三][聖]158 其阿耨，[三][聖]311 我法守，[三][聖]1440 食，[三][乙]950 與惡人，[三][乙]953 與成就，[三]26 具足賴，[三]99，[三]100 迦葉所，[三]125 其八戒，[三]152 沙門戒，[三]157 記亦願，[三]186 決，[三]211 如命，[三]220 記，[三]220 記此菩，[三]223 記聞説，[三]225 決言若，[三]297 記已變，[三]374 記非，[三]402 此法門，[三]1005 與悉地，[三]1096 戒，[三]1096 取隨意，[三]1130 自妄出，[三]1339 記法無，[三]1339 之阿難，[三]2034 見始興，[三]2045 兜術天，[三]2087 業諸，[三]2145 令後普，[聖]586 阿耨多，[聖][甲]1763 不殺戒，[聖][另]1442 事人依，[聖][石]1509 記已，[聖]1 具足戒，[聖]158，[聖]211 五戒佛，[聖]224 決言却，[聖]397 記諸善，[聖]1549 決法慈，[聖]1581 記無量，[聖]1721 記者欲，[另]1721 記作佛，[石]1509 記而不，[宋][宮]244 用乃至，[宋][宮][丙][丁]848 持乃至，[宋][宮][聖]1509 我記若，[宋][宮]223 記菩薩，[宋][宮]462 於道記，[宋][宮]598 龍王請，[宋][明][甲]1171 菩薩，[宋][聖]158 記品，

[宋][元]26 法諸尊，[宋][元]2061 華僧尚，[宋][元][宮]2122，[宋][元][宮][聖]351 持，[宋][元][宮][聖]1421 其具戒，[宋][元][宮]321 現量證，[宋][元][宮]1428，[宋][元][宮]1428 具足，[宋][元][宮]1428 具足戒，[宋][元][宮]1509 地獄記，[宋][元][宮]2123 義，[宋][元][甲][乙]901，[宋][元]220，[宋][元]297 記，[宋]125 此酪是，[宋]211 之皆爲，[宋]1027 如，[宋]1509 記佛言，[宋]2154 見經前，[乙]1069 此心密，[乙]1069 地作，[乙]2087，[乙]2192 記三摩，[乙]2223 用故乃，[乙]2381，[乙]2381 戒時不，[乙]2393 律儀云，[乙]2393 與心眞，[乙]2396 法時之，[乙]2795 經時八，[元][明]、受記者[石]1509 記或有，[元][明]656 爲隨何，[元][明][宮]482 阿耨多，[元][明][宮]614 其，[元][明][聖][另][石]1509 阿耨多，[元][明][乙]1092 整儀法，[元][明]99 第一記，[元][明]196 戒，[元][明]202 記，[元][明]202 天記，[元][明]546 記過去，[元][明]657 記，[元][明]658 記善男，[元][明]999 與彼藥，[元][明]1016 記，[元][明]1191 與入三，[元][明]1499 小乘大，[元][明]1509 阿耨多，[元][明]1509 記而生，[元][明]1509 記是菩，[元][明]1509 聲，[元][明]2053 記無任，[元][明]2060 記表奏，[元][明]2122 戒魚皆，[原]、授[聖]1818 記牒章，[原]1818 記釋云，[原]851，[原]917 觀，[原]1203 與行，[原]1744 三世之，[原]

1776 維摩詰，[原]1818 記皆生，[原]2339 意樂故，[原]2393 法王位，[原]2425 眾生聲，[知]598，[知]598 決已及，[知]1581 記菩薩。

唉：[元][明]2121 心持後。

壽：[甲][乙]1821 千，[甲][乙]1822，[甲][乙]1822 戒住，[甲]951，[甲]1828 八十汝，[甲]2879 記彌勒，[甲]2879 終時迎，[明]220 無量難，[明]985 命百歲，[明]1646 天數五，[三]212 樂無厭，[三][宮][德]1562 等過，[三][宮]378 得住不，[三][宮]397，[三][宮]397 命緣無，[三][宮]657 量得是，[三][宮]783 命隨逐，[三][宮]1425 命眷屬，[三][宮]1435 五百劫，[三][宮]1646 百歲業，[三][宮]2122 持何等，[三][聖]100 命以己，[三][聖]125 命極長，[三][乙]953 命一劫，[三][乙]1092 身乃至，[三][乙]1244 命一大，[三]1 命延長，[三]192 命即風，[三]193 命之數，[三]212 百年與，[三]418 福祐無，[三]986 百歲得，[三]1424 依是出，[乙]1092 者相離，[元][明][宮]1579 命恒行，[元][明]187 者捨於，[元][明]721，[元][明]1424 歸依佛，[元][明]1424 藥今欲，[元][明]1435 行佛世，[元][明]1435 著納。

堅：[明]310 綵幡蓋。

順：[明]1539 造順苦。

說：[三][宮]263 道法何。

隨：[三][宮]2121 我教當。

所：[三][宮]398 應不應，[聖]1733 攝故廢。

天：[三][宮]2122 從樂天，[聖]627。

聽：[甲]2879 執取正，[三][宮][久]1486 一心，[三][宮]1425 其懺悔，[聖]1509 今當爲。

痛：[宮]、觸[石]1509 如泡想，[宮]810 想行識，[三][宮]1506 用薄節，[石]1509 樂有。

投：[三][宮]285 此石口。

徒：[甲]1863 不許有。

外：[聖][另]1548 若一處。

萬：[三][宮]2122 痛數千。

爲：[甲]1804 和尚者，[甲]2083 大，[甲]2196 名，[三][宮]1443 食家請，[三][宮]1451 用時婆，[三][宮]1462 我禮者，[三][宮]1545，[三]616 定果報，[聖]1435 他除罪，[聖]1733 生無明，[宋]99 起者意，[元][明]2122。

文：[甲][乙]2263 云云但，[原]1744 五義。

聞：[三][宮]1435 見法而，[三]1339 演說。

無：[明]220 想行識，[元]1525 誰能受。

習：[甲]2263 境緣境。

現：[元][明]642 無量無。

向：[三][宮]343 佛告太。

笑：[宮]1432 懺悔者。

心：[原]2897 不逆即。

信：[三][宮]603，[宋]1694 有。

須：[三][宮]1421。

言：[甲]2255 之六根。

業：[宋]397。

依：[另]1721 報即與。

以：[宮]1451 耕舌，[三][宮]2042 禪法及。

易：[三][宮]847 生死苦。

異：[甲]1839。

意：[聖][另]1548。

義：[宋][元][宮]1548 義已生。

應：[宋][元][宮]2122 如水中。

憂：[三]2123 菩薩淚，[乙]1830 如前說。

有：[甲]2263 其果是，[明]1602，[三][宮]1543，[聖]586 何以故，[宋][宮]310 若有愛。

於：[三]、－[聖]200 最後身。

愚：[甲][乙]2263 故起緣。

餘：[甲]2195 餘染得。

與：[三][宮][聖]1435 我食，[三][宮]1435 共行弟。

欲：[宮]1509 眾苦，[明]201 資生具。

豫：[宮]1425。

爰：[甲]2128 從干作，[甲]1724 彼，[三][宮]2104 於熏修，[聖]2157。

樂：[聖]397 者。

則：[元][明]172 苦非卿。

者：[三][宮]1428 爾時舍。

證：[三]1530 境界無。

之：[宮]901 供心大，[宮]2034，[三]202 是故應，[宋][元]1442 用珍玩，[元]1442 時諸女。

支：[甲]2266 亦言，[明]267。

知：[宮]847。

重：[甲][乙]1822 戒儀式。

眾：[和]293 生國土，[明]423 苦燒然，[聖]1437 大戒已，[乙]2261 食遂起。

諸：[三][宮][聖]586 眾生猶，[三][宮]242 語印即。

住：[三]657 持無上。

自：[三][宮][聖][另]1453 用諸有。

作：[明]721 者更無。

坐：[宋]474 三昧而。

狩

捕：[三][宮][乙]2087 是人前。

類：[三][宮]278 及以人。

獸：[丙]973 等於一，[三]11191 主與其，[三][宮]263 香諸樹，[三][宮]841，[三][宮]2034 如麋五，[三][宮]2041 矚目仙，[三][宮]2060，[三][宮]2060 不，[三][宮]2060 不敢，[三][宮]2060 常行仁，[三][宮]2060 等迹又，[三][宮]2060 故世中，[三][宮]2060 驚，[三][宮]2060 遂州都，[三][宮]2060 王終，[三][宮]2060 無非奉，[三][宮]2060 蹤，[三][宮]2060 蹤道士，[三][宮]2105 之文世。

獵：[宮]2103 中霍去，[宮]2121 命使後，[甲]2128 蟲魚疏，[甲]2068 輒往投，[甲]2128 也象角，[甲]2128 種類甚，[甲]2128 茲多人，[甲]2882 來食魅，[三]125 狩不驚，[三][宮]1546 有大，[三][宮][甲][乙]901，[三][宮][聖]231 何以故，[三][宮]458 所

食噉，[三][宮]1546，[三][宮]1546 以
有此，[三][宮]1549 盜賊所，[三][宮]
1646 食噉，[三][宮]1646 食等問，[三]
[宮]2040 見害且，[三][宮]2103 腸爲
蛇，[三][宮]2121 迸入，[三][宮]2121
慈，[三][宮]2121 同，[三][宮]2121 同
處一，[三][宮]2121 邑有婆，[三][宮]
2121 遊處於，[三][宮]2121 爭食其，
[三][宮]2121 中之，[三][宮]2121 罪
應死，[三][宮]2123 悉來圍，[三][宮]
下同 1644 血流成，[三][甲]1229 並移
出，[三]187 糞并藕，[三]187 糞糠汁，
[三]201 等，[三]201 交橫馳，[三]201
中王哮，[三]362 皆自悲，[三]1331 變
怪鬼，[三]1336，[三]1336 精魅鬼，
[三]1336 一切悉，[三]2088 窟穴，[三]
2145 之從麟，[元][明][宮]下同 2121
食噉，[元][明]2088 中霍去，[原]1248
見人即，[原]1248 傷害行。

授

拔：[甲]1735 記功德。

拔：[宮]847 聲聞戒，[原]1205 天
大王。

持：[三]2145 戒場四，[乙]2396
衆生是。

處：[甲]1929 藥少有。

傳：[甲]2400。

度：[三][宮]1462 此婆，[聖]1462
衣。

發：[明]1450 記。

法：[三]100 同梵行。

故：[甲]1816 是此位。

後：[原]2408 得智也。

化：[三][宮]1428 千比丘。

換：[甲][乙]894 之衣眞。

悔：[宮]754 提違十。

機：[原]1764 故名菩。

技：[聖][另]1458 吉祥水。

將：[聖]125 我等教，[原]1776
佛望之。

挍：[甲]2339 大白牛，[三]193
大殿施，[宋]2030 問經金。

誡：[聖]1433 比丘尼。

救：[甲]2337 釋也恐，[聖]1721
物不能，[宋][宮]566 湯藥苦。

據：[甲][乙]1822，[甲][乙]1822
義與前，[甲]2434 淺略趣，[聖]1733
解隨順，[另]1443 事人字，[原]1776
第二門，[原]2369 西域記。

披：[宋]657 無上道。

侵：[元]、受[明]1428 戒自今。

取：[三][宮]1435。

捨：[聖]1509 令。

攝：[三][宮][聖]515 受。

示：[聖]1428 處所若。

是：[另]1721。

受：[丙]862 此密言，[丙]862 與
我一，[丙]866 故得成，[丙]866 汝誦
此，[丙]1184 然可修，[丙]2396 念，
[博]262 阿耨多，[博]262 記，[宮]286
太子位，[宮][聖]278 記長養，[宮][聖]
278 尊記號，[宮][聖]279 記一切，
[宮][聖]481 決見兩，[宮]270 記當得，
[宮]279 與太子，[宮]310 者令，[宮]
374 記伽陀，[宮]397 記已心，[宮]573

記經，[宮]1421 人具，[宮]1424 汝或言，[宮]2008 忍大師，[宮]2121 之仙人，[甲]1806 持物受，[甲]1973 如，[甲][丙]2381，[甲][乙][丙]862 三昧耶，[甲][乙][丙]1098 菩薩增，[甲][乙][丙]2089 戒又舊，[甲][乙]850 與彼雙，[甲][乙]966 八，[甲][乙]1211 與本所，[甲][乙]1866 記等皆，[甲][乙]1929 菩提記，[甲][乙]2081 即，[甲][乙]2223 與菩提，[甲][乙]2223 與我手，[甲][乙]2288 私述之，[甲]850，[甲]867 降魔灌，[甲]871 與一切，[甲]876，[甲]923，[甲]996 記義密，[甲]1000 者俱獲，[甲]1101 記，[甲]1718 記作佛，[甲]1722 記伽耶，[甲]1735 法方便，[甲]1735 法要謂，[甲]1735 記即此，[甲]1736 經偈謂，[甲]1775 者得，[甲]1821 但為，[甲]1973 記得聞，[甲]2036，[甲]2036 戒行化，[甲]2195 佛別故，[甲]2263 定諸師，[甲]2266 等名雖，[甲]2337 菩提，[甲]2782，[甲]2792 坐臥教，[明]、－[甲]893 授與之，[明]220 記爾時，[明]220 記所以，[明]591 記，[明][和]293 化歡喜，[明][和]293 記，[明][和]293 菩薩無，[明][甲]1177，[明][甲]1177 得教法，[明][甲]1177 得如來，[明][甲]1177 共我有，[明][聖]157 記品第，[明]154 勒，[明]157 阿耨多，[明]158 記品第，[明]159 菩提記，[明]187 記已得，[明]190 其記白，[明]229 記未，[明]244 弟子者，[明]261 記別菩，[明]261 職但言，[明]293

化奉修，[明]312 阿耨多，[明]532 若決已，[明]586 記亦然，[明]598，[明]889 者何姓，[明]1191 打先所，[明]1421 若無障，[明]1425 第二依，[明]1425 水齒木，[明]1428 具足戒，[明]1428 眠者具，[明]1428 某甲具，[明]1428 在現前，[明]1450 彼二仙，[明]1450 最上記，[明]1451 學之人，[明]1459 病者藥，[明]1488 三歸及，[明]1810 某甲具，[明]2016 決者若，[明]2059 業於弟，[明]2060 戒告云，[明]2076 不論禪，[明]2076 納袈裟，[明]2103 道廣利，[明]2110 民時，[明]2122 芳，[三]187，[三]190 記當得，[三]220，[三]220 不退轉，[三]220 記或復，[三]220 記汝於，[三]264 記品第，[三]2151 記經十，[三]2154 見祖祐，[三][宮]275 記五濁，[三][宮]300 記已即，[三][宮]310 勝記願，[三][宮]397 記法行，[三][宮]479 記者，[三][宮]598 決，[三][宮]1428 具足戒，[三][宮]1442 學處證，[三][宮]1458 若昇梯，[三][宮]1464 具足戒，[三][宮]1577 記別得，[三][宮]2104 記無，[三][宮]2123 記，[三][宮][博][煌]262 記作佛，[三][宮][甲][乙]869 職，[三][宮][聖]397 記坐菩，[三][宮][聖]761 於阿耨，[三][宮][聖]1421 具足戒，[三][宮][聖][另]1442 圓具，[三][宮][聖][石]1509，[三][宮][聖][石]1509 記佛反，[三][宮][聖][石]1509 記入法，[三][宮][聖][石]1509 記亦不，[三][宮][聖][石]下同 1509 記，[三][宮][聖]231 記

法門，[三][宮][聖]278，[三][宮][聖]278 記故樂，[三][宮][聖]278 記者充，[三][宮][聖]278 記者俱，[三][宮][聖]278 記智慧，[三][宮][聖]278 記莊嚴，[三][宮][聖]278 菩提記，[三][宮][聖]278 如來智，[三][宮][聖]305 記諸法，[三][宮][聖]310 阿耨多，[三][宮][聖]397，[三][宮][聖]397 記若聲，[三][宮][聖]397 記是名，[三][宮][聖]397 記想復，[三][宮][聖]397 記願爲，[三][宮][聖]423，[三][宮][聖]625 記器緣，[三][宮][聖]664 菩提記，[三][宮][聖]1421 戒我等，[三][宮][聖]1425 記伽陀，[三][宮][聖]1451 近圓羯，[三][宮][聖]1462 具足戒，[三][宮][另]1428 差教授，[三][宮][另]1442，[三][宮][石]1509，[三][宮][石]1509 記是菩，[三][宮][西]665 無上菩，[三][宮]263 持是正，[三][宮]263 疾不，[三][宮]270 佛記時，[三][宮]270 記爾時，[三][宮]270 記時彼，[三][宮]278 記伽陀，[三][宮]279 化無能，[三][宮]279 一切諸，[三][宮]279 尊記，[三][宮]292 諸天，[三][宮]310 記爾時，[三][宮]310 記品第，[三][宮]310 記已欣，[三][宮]313，[三][宮]340 護持不，[三][宮]371 記，[三][宮]376 記阿那，[三][宮]378 諸比丘，[三][宮]397，[三][宮]397 記，[三][宮]397 記爾時，[三][宮]398 菩薩決，[三][宮]398 於佛決，[三][宮]410 記當成，[三][宮]452 記，[三][宮]509 決便，[三][宮]509 決經，[三][宮]520 決踊在，[三][宮]532 決便大，[三][宮]

533 決爲不，[三][宮]565 決當奉，[三][宮]585，[三][宮]626 決，[三][宮]633 記未來，[三][宮]656 決分別，[三][宮]664 記，[三][宮]673 記者佛，[三][宮]810，[三][宮]821 勝記證，[三][宮]822 記，[三][宮]847 教而聽，[三][宮]866 悉地，[三][宮]1421 具足戒，[三][宮]1425 記伽陀，[三][宮]1425 若復無，[三][宮]1425 四依者，[三][宮]1428 具足，[三][宮]1431 具足戒，[三][宮]1435 具，[三][宮]1443 食勿致，[三][宮]1451 長淨隨，[三][宮]1451 近圓已，[三][宮]1451 五戒十，[三][宮]1458 其，[三][宮]1458 事人閉，[三][宮]1458 與受學，[三][宮]1484 戒者犯，[三][宮]1509，[三][宮]1522 衆，[三][宮]1523 記中有，[三][宮]1595 記已得，[三][宮]1596 教，[三][宮]1598 佛記別，[三][宮]1599 記不，[三][宮]1605 爲業何，[三][宮]1634 記品中，[三][宮]1659 記忍諸，[三][宮]1810 大戒和，[三][宮]2053 天人以，[三][宮]2059 任而黜，[三][宮]2060 菩薩戒，[三][宮]2102 名爵封，[三][宮]2121 持狗戒，[三][宮]2121 人身光，[三][宮]2122 後少時，[三][宮]2122 領數慮，[三][宮]2122 五戒師，[三][宮]下同1442 圓具告，[三][甲][乙]950 得大智，[三][甲][乙]901 一升許，[三][甲][乙]950 處所以，[三][甲][乙]970 菩薩，[三][甲][乙]1133 記證得，[三][甲][乙]1261 與我三，[三][甲]1080 八戒齋，[三][甲]1313 法見焰，[三][聖]190

記以是，[三][聖]190 記因，[三][聖][石]下同 1509 記不現，[三][聖]99 記當作，[三][聖]120 記已歡，[三][聖]157，[三][聖]157 阿耨多，[三][聖]157 記汝於，[三][聖]158 記品，[三][聖]158 記品第，[三][聖]190 記如此，[三][聖]190 記語言，[三][聖]190 記之語，[三][聖]190 記作是，[三][聖]278 記已作，[三][聖]278 記者言，[三][聖]586 記究竟，[三][聖]643，[三][聖]643 戒佛即，[三][乙]950 長年藥，[三][乙]950 得此陀，[三][乙]950 三歸依，[三][乙]1092 阿耨多，[三][乙]1211 三歸令，[三]99 記師復，[三]100 戒得不，[三]125 決偈，[三]140 五戒云，[三]155 自然常，[三]157 阿耨多，[三]157 記品第，[三]157 記已當，[三]158 阿耨多，[三]158 記得善，[三]158 職，[三]159 與一人，[三]187 記故不，[三]190，[三]190 記法世，[三]190 記之語，[三]196 決定記，[三]196 五戒，[三]196 憂陀使，[三]202 記者如，[三]202 記作佛，[三]205 弟子五，[三]220 記便於，[三]220 記佛告，[三]220 記作佛，[三]278 記法轉，[三]375 記伽，[三]664 記是，[三]671 阿耨多，[三]945，[三]1005 祕密陀，[三]1058 記成道，[三]1161 記已即，[三]1331 戒法不，[三]1485 四歸法，[三]2041 記表號，[三]2063 具，[三]2122 不殺戒，[三]2145 記經一，[三]2149 人沙門，[三]2154 見長，[聖]157 記善男，[聖]310，[聖][另]310 佛記，[聖][另]1451

三者不，[聖][另]1721 記者領，[聖]157 阿耨多，[聖]157 記，[聖]158 記已頭，[聖]158 汝記，[聖]158 我阿耨，[聖]223 阿耨，[聖]223 記，[聖]224 決其心，[聖]227 辟支佛，[聖]397 記登祚，[聖]440 記佛南，[聖]664 阿耨多，[聖]1421 水與長，[聖]1425 食除金，[聖]1451 王深信，[聖]1509 阿耨多，[聖]1581 他，[聖]1723 記復生，[聖]1818 記釋第，[聖]下同 310 記已欣，[聖]下同 1451 唱誓尼，[聖]下同 1509 記，[另]1451 錢，[另]1721 記問何，[石]1509 記墮大，[石]2125 乾者，[宋]1018 我記，[宋][宮]397 記輯富，[宋][宮][石]1509 記我心，[宋][宮][元]397 記陀羅，[宋][宮]397 記陀羅，[宋][宮]657 阿耨多，[宋][宮]657 記，[宋][宮]657 無上道，[宋][宮]1458 事等人，[宋][宮]1509 聲聞辟，[宋][宮]2121 與受五，[宋][宮]下同 1509 記佛是，[宋][宮]下同 1520 記者如，[宋][明]190 記已不，[宋][元]、[明][異]401 決尋時，[宋][元]2061 菩薩戒，[宋][元][宮]462 界入記，[宋][元][宮][聖]1421 具足戒，[宋][元][宮][聖]下同 1579 具足戒，[宋][元][宮]310，[宋][元][宮]376 記伽陀，[宋][元][宮]1421，[宋][元][宮]1425 記伽陀，[宋][元][宮]1458，[宋][元][宮]1458 與或自，[宋][元][宮]1458 者謂其，[宋][元][宮]1471 與具足，[宋][元][宮]1521 記伽陀，[宋][元][宮]1579 記，[宋][元][聖]157 記於遍，[宋][元]157 記，[宋]

[元]158 彼十千，[宋][元]158 記當名，[宋][元]158 記者，[宋][元]159 無上大，[宋][元]186 藥八日，[宋][元]187 記時諸，[宋][元]190 記語言，[宋][元]190 於決定，[宋][元]371 如是記，[宋][元]1057，[宋][元]1058 與觀世，[宋][元]1092 阿耨多，[宋][元]1324，[宋][元]1375 記，[宋][元]2147 記經一，[宋]153 婆羅門，[宋]157，[宋]158 我記又，[宋]211 戒重爲，[宋]384 無量無，[宋]639 記，[宋]967 菩提記，[宋]1191，[宋]1424 師若僧，[宋]1485 十無盡，[宋]2147 記經一，[宋]2153 記寺沙，[乙]1110 弟，[乙]1723 彼記，[乙]1723 佛記，[乙]1816 記除此，[乙]2223 印，[乙]2393 汝誦此，[乙]2408 無畏云，[乙]2777 名持違，[元][明]、愛[宮]309 者分別，[元][明]568 阿耨，[元][明][宮]310 決愛喜，[元][明][宮]310 決以來，[元][明][宮]811，[元][明][聖][石]1509，[元][明][聖][石]下同 1509，[元][明]155 自然不，[元][明]270，[元][明]333 用選揀，[元][明]573 記經，[元][明]671 位，[元][明]1458 三，[元][明]1635 記別於，[元][明]2122 五戒八，[元][明]2154 記經一，[元]573 記言差，[原]、受[聖]1818 記者前，[原]920 持此契，[原]924 此請并，[原]975 一切如，[原]1818 記者以，[知]598 決也彼，[知]1581 與善處，[知]1581 與他人。

壽：[三][聖]158 獨與等，[宋]2153 二年十，[宋]2153 二年提。

搜：[宮]2060 博悟生，[三]384 城。

投：[甲]2395 先去化，[三][宮]2060 世轉澆，[三][宮]2060 夕悟經，[三]2125 火，[聖]172。

委：[甲]2006 直須祕。

狹：[甲]2266 故決定。

校：[宮]824 具足者，[三][宮]2059 疇昔成。

移：[甲]2266。

以：[三]、采[宮]2121 女求財。

與：[三][宮]1428 某甲。

援：[宮]626 之所以，[甲]2036 稽首和，[甲]2036 資政殿，[三][宮]2102 接曾無，[三][宮]2103 手百王，[三]2145 其葉而。

源：[明]212 藥是時。

之：[乙]1723 記非但。

墜：[三][宮]2102 藥。

售

奉：[甲]1921。

集：[宮]1425 誰能先。

瘦

癡：[宮]721 一切身。

醜：[三]186 在佛邊。

瘓：[明][宮]2123 或黑或。

瘠：[三][宮][西]665 不能食，[三][宮]2121 惟金，[三]375 者無有。

劣：[三][宮]2122 疾病常。

疲：[和]293 身，[三]2122 羸，[三][宮]2122 頓困極，[三]77 阿練，[三]203 馬，[聖]190 之人爲，[乙]897

心懷破。

搜：[宮]1428 迦維羅，[三][宮]1428 迦維羅。

廋：[三]2145 哉義焉。

損：[原]1861 諸根大。

疫：[聖]663 頓乏，[另]1721 一切凡，[元][明][宮]374。

壽

愛：[三]、壽命受[聖]200 命我當。

辨：[明]286 持智持。

籌：[明]1539 汝今於，[元][明][宮]310 等，[原]1744 量所解。

當：[明]2102，[元][明][宮]614 久活是。

導：[三][宮]1432 受法。

等：[甲]1512，[三][宮]624 適平而。

嘉：[甲]2039 六年陳，[聖]2157 元年十，[原]1756 求那跋。

盡：[宮]371 隨所須。

聚：[甲]2412 海無。

老：[元][明]1340 能於祭。

量：[明]316 爲如風，[三]530 不可爲。

命：[三][宮]721 終生風，[三][宮]384 終時皆，[三][宮]1552，[三][宮]2040 轉減或，[乙]1821 行或捨，[原]2897 終之後。

棲：[原]2196 於此。

趣：[乙]2254 是善業。

身：[聖]223 命作是。

甚：[宮]834。

聖：[宋]2061 院神智。

受：[博]262 命復爲，[燉]262 終，[宮]616 八萬劫，[宮]1598 自在心，[甲][丙]2249 六十四，[甲]982，[甲]1795 命是眞，[甲]2907 人身，[明][甲]1177 生出沒，[明]158 命無量，[明]896 命威力，[三][宮]397 命四萬，[三][宮]1435 共房宿，[三]125 自然然，[三]375 八萬下，[聖]125 命長短，[聖]272 終莫問，[聖]1552 行分故，[宋][宮]1424 爲優，[宋][元]1510 者相是，[宋][元][宮][聖][另]1442 長年，[乙]2263 變。

授：[明]1450 王遊獵，[三][宮]1545 亂，[宋]196 學而行。

煮：[三][宮]2103。

喜：[丙]2231 還復於，[甲]1813 心結重，[甲]1828 斷可愛，[三][宮]1562 此若無，[乙]2249 無量不，[乙]2408。

養：[三]374，[三][聖]157 無量佛，[元][明]278 智慧藏。

諸：[原]1757 佛所遊。

主：[甲]1775 也身亦。

專：[甲]2792 春在石。

子：[聖]2157 於長。

綏

綏：[甲]2128 也說文，[宋][元][宮]2103。

獸

守：[聖]397 提目。

狩：[知]266，[知]741 過其。

獸

跋：[甲]2130 木皮。

虫：[宮][聖]425 來欲。

畜：[三][宮]1425 來逐人。

寂：[三]212 然不說。

獵：[三][宮]743 當以慈。

鹿：[三][宮]565 王不能，[元][明]418。

禽：[宮]2121 於道人，[三]152 狐獺。

手：[三][宮]1509 語四足。

狩：[宮]224 亦入於，[甲]2255 何度十，[甲]1958 乃至蛇，[甲]2068 異色殊，[三][宮][聖]1462 未食法，[三][宮]1428 若有棘，[三]197 邑中有，[聖]1428 食毒蛇，[聖][另]1721，[聖][另]1721 其性遲，[聖][另]1721 中古，[聖][知]1581 各各怨，[聖]125 必然不，[聖]125 馳走爾，[聖]125 師子遙，[聖]125 之屬所，[聖]200 命盡之，[聖]200 有見之，[聖]225 羅剎所，[聖]627 聞其猛，[聖]1425 恭敬鳥，[聖]1428 瞋伺比，[聖]1428 難若河，[聖]1428 水大，[聖]1428 所害，[聖]1428 下至蟻，[聖]1435 脂塗脚，[聖]1440 死無食，[聖]1462，[聖]1462 見已怖，[另]1428 非人所，[宋]1393 精魅鬼，[宋][宮][聖]1425 巔多鳥，[宋][宮]224，[宋][宮]310，[宋][宮]310 及諸惡，[宋][宮]310 王見野，[宋][宮]310 中之王，[宋][宮]397 畏六者，[宋][宮]1435 若飢，[宋][宮]1523 王隨所，[宋][宮]下同 1435 所食膿，[宋][聖]99，[宋][聖]125 虫之類，[宋][元][宮][甲]2044 皆來聽，[宋][元][宮]1428，[宋][元][宮]1463 毒蟲如，[宋][元][宮]1546 所行，[宋][元][聖]125 王出於，[宋]26 來梵志，[宋]125 及，[宋]152 骨徐，[宋]152 貪生恃，[宋]152 爲斯仁，[宋]152 之行即，[宋]202 設當獨，[宋]202 咸來親，[宋]211 盜賊來，[宋]211 尋光，[宋]220 獵師毒，[宋]222 所噉臭，[宋]1331 變怪災，[宋]1351 得無嬈，[乙]1202 之處，[知]418 若大蟒，[知]598 前後殺。

蹄：[原]2412 如倒伏。

漁：[甲]2434 捕之業。

戰：[宮]1421 鬪突，[甲]2266，[三]193 中。

疋

比：[元][明][石]1509 般若波。

匹：[甲]1733 次句上，[三][宮]398 慧不可。

雅：[甲]2128 陪暗也，[甲]2128 使也下。

正：[甲]952 故，[聖]125，[乙]2408 降婁也。

抒

持：[宋][元]190 未多命。

撓：[宋]99 大海氣。

損：[三]154 棄軀命。

序：[宮]657 氣時，[宋][宮]721 氣虫精。

挹：[乙]1796 大海盡。

佇：[三][宮]2104 軸何爲。

杼：[明]212 船以抒，[三]154 氣或塞。

叔

俶：[甲]1722。

斗：[聖]2157。

法：[宋][元]2149。

升：[甲][乙]2194 迦寶初。

昇：[宮]2103 超獨爲。

菽：[甲]2128 俗字也，[明][乙]1092 迦華波，[三]2063 葉之貞。

淑：[甲]2035 僧祐後。

杼

杼：[三][宮]1451 織功所。

姝

好：[三][宮]2122 女年十。

妹：[甲]2039 也三息，[三][宮][另]1428 衣食即，[三][宮]1439 自污姉，[三][宮]2121 竟爲所，[三][宮]2122 心不行，[三]1440 亦適此，[聖]1442 特衆所，[另]1435 好多，[宋][宮]2121 大端正，[宋][元]26 而於後。

昧：[宋]1014 支反。

妙：[元][明]361。

殊：[宮]310 好世之，[宮]2121，[明]187 妙咸以，[明]2087 大諸國，[三]278 妙姿容，[三][宮]310 妙甚可，[三][宮][聖]639 妙端正，[三][宮]263 好，[三][宮]310 特何謂，[三][宮]480 美女相，[三][宮]606 妙歎十，[三][宮]812 好無瑕，[三][宮]2122 妙世所，[三][宮]2123 大不同，[三]154 好用餘，[三]193 大歡佛，[三]193 好，[三]202 好與人，[三]202 妙容貌，[三]311，[三]361 好，[三]361 明好，[三]361 無有極，[三]1425，[聖][另]1435 妙是居，[聖]224 所知法，[聖]278 妙修短，[聖]663 大其明，[聖]1435 好，[宋][宮]425 本行仁，[宋][宮]2121 好於世，[宋][宮]2121 妙紫磨，[宋][元]554 好才明，[宋][元]224，[宋]23 好七寶，[宋]197 妙，[宋]361 好巍巍，[元][明]279 妙人所，[知]384。

姓：[三]1023 女於此。

珠：[三][宮]288 妙香美。

掋

梳：[三][聖]190 頭結髻。

殊

別：[甲][乙]2397 若色若，[甲]2263 者上下，[聖]2060 無禮也。

采：[原]1780 似如婉。

殘：[三]1336 滓惡我。

疇：[聖]222 匹靡不。

初：[甲]2261 旨而難。

舛：[三][宮]2102 俗余以，[三]2103 則至於，[三]2152 未曾刪，[元][明]2154 頗亦改。

等：[甲][乙]1822 勝族。

佛：[甲][乙]2390 能寂母。

好：[原]1776 煩廣菩。

基：[三][宮]2112 中。

冀：[乙]2263 爲値遇。

傑：[三]154 異之德。

精：[乙]2397 進轉。

利：[明]303 尸利。

六：[乙]2261 勝二依。

美：[原]1851 善惡諸。

妹：[聖][甲]1733 妙之形，[宋]、姝[元][明]193 好。

昧：[甲]2128 謬起，[三][宮]1558 眼不能，[元][明][宮]443 帝一鉢。

妙：[三][宮]1425 勝法乃。

歿：[甲]2266 者等取。

奇：[三]192 特殊勝。

如：[甲]2003 醍醐毒，[元][明]398 赤觜鳥。

深：[三][宮]656 妙賢聖。

勝：[甲]1828 唯說五，[明]312 妙莊嚴。

手：[甲]2400 兩手相。

姝：[宮]2123 異專心，[甲][乙]1709 妙坐此，[明]200 妙作衆，[明]203 妙爾時，[明]338 妙見者，[明]1450 好，[三][宮]2123，[三][宮][聖]225 好闍士，[三][宮][聖]278 妙觀者，[三][宮]221 妙嚴事，[三][宮]263，[三][宮]263 好衆寶，[三][宮]282 好皆敷，[三][宮]288 好以琦，[三][宮]1421 妙字曰，[三][宮]1507 異答曰，[三][宮]1579 妙是名，[三][宮]2121 妙少雙，[三][聖]170 好辯才，[三][聖]1579 妙喜見，[三]125 妙興，[三]155 好有大，[三]167，[三]179 妙容相，[三]185 我者願，[三]311 妙無有，[三]397 妙如天，[三]433 妙，[聖]606 乃爾，[聖]1509 妙須菩，[宋]156，[宋]311 沙華是，[元][明]186，[元][明]193，[元][明]318 好，[元][明]569。

死：[宮]731 失壽死。

孫：[甲]1141 十三臨，[原]2410 弟也三。

外：[甲]1775 表故言，[甲]2787 惱他一。

未：[宋]2154 今乃呪。

味：[宮]2060，[元]、奇[明]628 特事已。

修：[甲][乙]1822 妙相，[甲]2337，[原]957 是佛不。

衣：[明]1442 條數肘。

異：[甲]1731，[甲]1763 更無別，[甲]2263 但取種，[三][宮]1458 故言同，[聖]1859 妙。

餘：[三][宮]2122，[宋][宮]480。

踰：[三][宮]743 於師。

玉：[宋][宮]2103 異高明。

珍：[三][宮]433 異餚饌。

珠：[宮][甲]1912 等者體，[宮]446 音佛，[宮]2087 爲像肉，[宮]2122，[甲][乙]2231 義以注，[甲][乙]1821 底稽迦，[甲][乙]2250 中能出，[甲][乙]2263 釋樞，[甲]1709 至於般，[甲]1736 途同歸，[甲]1763 僧亮曰，[甲]1781 無心隨，[甲]1795，[甲]1805

珊瑚，[甲]1848 而不，[甲]1863，[甲]
2084 林等文，[甲]2217 則大喜，[甲]
2261 師利菩，[甲]2266 勝世尊，[甲]
2266 問經，[甲]2290 往救大，[甲]
2300 鏡准此，[甲]2837 色之交，[明]
2131 無二無，[明]2145 佛土嚴，[三]
[宮]1462 多二，[三][宮]2103 之辯，
[三]694，[三]2122 不意是，[聖]278
妙色出，[另]1442 勝之德，[另]1451
勝難思，[宋][元]1102 勝與願，[乙]
[知]1785 捨四大，[乙]2297 如何將，
[元][明]1341 如來爲，[原]1289 呪願
十，[原]1771 盈瞿逸，[原]1899 王放
光，[原]1954 圓月貫，[原]2271 意依
何。

跦：[甲]1772 勝妙。

諸：[三][宮]670 勝三昧。

倏

發：[甲]2035 然脱去。

條：[三][宮]2123 然易，[聖]2157
焉見一。

修：[元][宮]2122 忽。

悠：[三]2103 爾來儀。

終：[宋]2122 至際。

書

本：[乙]1724 倒更勘。

塵：[原]2410 六作。

答：[宋][元][宮]2102。

當：[聖]224 般若波。

典：[甲][乙]1822 等妙園。

畫：[丙]1076 法身緣，[甲]、書

[甲][乙]1796 字記，[甲]1804 日得捨，
[甲][乙][丙]973 種子，[甲][乙]1821 問
頗有，[甲]848 嚊字彼，[甲]1184，
[甲]1203 彼姓，[甲]1239 惡人名，[甲]
1709 火滅字，[甲]2067 聖僧并，[甲]
2207 武玄之，[明]1299 兵，[三][宮]
[甲]901 於樹上，[三][宮]721 字餘
業，[三][宮]1435，[三][宮]2034 續以
供，[三][宮]2122 誠異傳，[三]1229 前
人姓，[三]1440 其罪過，[三]1582 印
金木，[三]2149 續供奉，[聖]953 一
字頂，[另]1442 三歸依，[宋]448 種
種智，[乙]966 一百八，[乙]966 一切
諸，[乙]1796 棒，[乙]2381 流上隨，
[原]1238 作三足，[原]1247 像於彩，
[原]907 賊軍自，[原]1280 形於左，
[原]2387 各持定。

紀：[甲]2128 云天雨。

建：[聖]2157 令姚。

畫：[宮]221，[宮]224 般若波，
[甲][乙][丙]1306 紀，[甲]1238 惡人
名，[甲]1828 小六群，[甲]2035，[三]、
畫[宮]2060 罪乃啓，[三][宮]1428 除
斷如，[三][宮]1505 作經作，[三][宮]
2060 詞事既，[三]196 心不忘，[三]
2104 辯至精，[三]2145 爲録偈，[聖]
1509 讀誦説，[另]1509，[石]1509 讀
誦等，[石]1509 須菩提，[宋][甲]2087
，[宋][元]2104 則矯詿，[宋]16 疏三
者，[乙]、畫[丁]2244 石請問，[乙]
2309。

了：[甲]2349 受汝等。

善：[甲]2266 法，[明]2063 佛，[原]1768 云對。

師：[甲]2081 天子稽。

舒：[三][宮]2060 其弘護，[三][宮]2060 又楊。

喜：[甲]2068 大教。

香：[甲]2035 請誌公。

寫：[三][宮]1458 佛經并。

須：[甲]2035 平章若。

言：[甲]2035，[甲]2270 今，[明]2087，[三][宮]2122，[三]186，[乙]2254 載光。

易：[甲]2129 云神農。

欲：[三]415 畫虛空。

云：[甲]2299，[甲]2415 也然間。

者：[甲]、盡[乙]2434 之軌而。

呪：[三]、祝[知]418 穢濁邪。

晝：[甲]1911 夜不斷，[甲]1763 上竹，[明]2034 傳行世，[元]2122 其姓名，[知]353 略讚如。

奏：[三][宮]2103 谷筆豈。

紓

錧：[宋][宮]2122 彭宋之。

末：[乙]、紆[丙]2092 徐如浪。

菽

菰：[三][宮]2059 麥誦經。

梳

流：[甲]2128 之惣名。

琉：[三][宮][另]1428 鬚髮佛。

傾：[三]68 頭語夫。

捝：[聖][另]1459 治。

疎：[三][宮]1425 頭人給，[聖]1421。

疏：[宮]1478 頭剃，[宮]1428 頭著好，[宋][宮]2121 頭髮白。

疎：[聖]1428 頭問言。

疏：[宮]606 飲食衣，[甲]952 髮呪結，[三][宮][另]1428 頭遙見，[聖]下同 1425 法者佛，[元][明]812 齒用是。

敭

聲：[三]606 寂應緣。

淑

寂：[宮]623 仁和慈，[聖]2157 友覩貨，[聖]425 而興愍。

凝：[宋][宮]285 矣自然。

熟：[三][宮]338 釋置邪，[元][明][乙]1092。

舒

鉢：[甲][乙]2390 印八，[乙]2390 印左手。

佛：[聖]2157 三家本。

虧：[甲]2195 聖教故。

錄：[三][宮]2060 年號并。

手：[原]853 按於地。

抒：[三][宮]2122 反覆還。

書：[三]2088 五竺方。

野：[三][甲][乙]1200 娑嚩。

在：[乙]2385 火輪水。

諸：[元]1425 手指器。

疎

跋：[宮]2112 凡。

陳：[甲][乙]1822 許共感，[甲][乙]1822 種姓正，[甲]2266 名數論。

窻：[乙][丙][戊][己]2092 朱柱素。

麁：[甲][乙]2263 相盡，[甲]2263 鈍劣，[甲]2263 相門不，[乙]2263 造。

度：[元][明]2016 所緣緣。

揀：[甲][乙]1822。

練：[明][宮]1425 也作迦。

路：[三]1092 賈反下。

疏：[丁]2244 勒國有，[甲]1828 四因是，[甲]1828 欲界者，[明]2076，[明]2076 去何也，[明]2087 花菓寡，[明]2087 氣序風，[明]2087 陰影蒙，[三][宮]397 拙獲利，[三][宮]2059 若霜下，[三][甲][乙]2087 崖爲室，[三]2087 崖崿閣，[三]2145 無不記，[乙]1821。

疎：[聖]190 缺鬚鬢。

蔬：[三]、[宮]1451 食尊者，[宋][聖]643 甚適其，[宋]99，[宋]2087 蔭影蒙，[知]1785 益寡時。

竦：[三][宮]2060 清曠，[三][宮]2053 其外諸，[原]1816 失初。

聳：[三][宮]2104 云是老。

綠：[三]203 皆平王。

躁：[甲][乙]2250 易可破。

珠：[甲]1782 贊曰此。

疏

抄：[甲]2183 一卷宂，[明]2122

人姓。

陳：[甲]1841，[三]、疎[宮]2060 佛理具。

乘：[甲]2217。

此：[甲]2271 中應對。

從：[甲]1736 此智親。

第：[乙]1736 二立二。

故：[甲]1736 餘如第，[乙]1736 百喻經，[乙]1736 佛地論。

即：[甲]1736 一衆生。

迹：[三][宮]2103 闡揚事。

既：[甲]2266 解依於，[甲]2219 同諸佛，[甲]2266 不言唯，[甲]2266 既有三，[甲]2266 說云此，[甲]2266 一依勝，[甲]2266 云眼等。

記：[甲]1822 卷第七，[甲]2266 四三十，[原]2339 主以彼。

跡：[甲][乙][丙][丁][戊]2187 使感各，[甲]2299 意耳維，[甲]2339，[三][宮]2103 彌高內，[三]2060 本出無。

經：[甲]2299 釋之有。

據：[甲]2323 云云是。

卷：[甲]2183。

辣：[宮]2059 鑿移年。

流：[甲]2261 是故且，[甲]2339 果故，[三][宮]2060 暢贍勇，[三][宮]2060 聽視自，[三][宮]2122 記，[三][宮]2122 跡策，[三][甲][乙]2087 別二，[三]2060 臺府每，[元]2060 請日別。

路：[乙]2194 意同也。

錄：[甲]2299 之亦名。

潞：[甲]2195 問，[甲]2195 云二障。

論：[乙]2261 文若有，[乙]2263 中出，[乙]2396 開二門。

貌：[原]2196 故二一。

名：[甲]1736 巴連。

親：[甲]2274 疎文但。

取：[甲]2281 本意。

若：[甲]2195 約多分。

釋：[甲]1736。

疎：[宮]1478 內親，[宮]2060 之隨有，[甲]1826 非一故，[甲]2186 凡夫者，[甲]1913 而便謬，[甲]2036 財慕，[甲]2266 所緣是，[甲]2270 成生了，[甲]2299 二諦此，[三][宮]2122 漏我往，[三]2122 鐘夜。

疎：[三][宮]425 是布施，[宋][元][宮]、疎[明]397 小胸臆。

疏：[宋][元][宮]398 其，[宋][元]398 是則爲。

蔬：[三]2103 高吟。

数：[明]721 地獄人。

數：[宮]721 地獄人，[甲]1786 對上六，[明]333 算計經，[三][宮]721 地獄人，[宋][元][宮]2122 罪人説，[元][明]2153 條列之，[元]2122 罪人説。

説：[甲]2266 文不説，[原][甲]2339 云出三。

竦：[三][宮]2122 鑿。

蘇：[宋][元]、甦[明]2149 所在彼。

脱：[乙]2317 有三。

謂：[甲]1736 一若內。

言：[甲]1736 法眞見，[甲]1736 何，[甲]1736 如下請，[甲]1736 義雖兼，[甲]1736 於地，[乙]1736 兼各通，[乙]1736 九二諦，[乙]1736，[乙]1736 阿含具，[乙]1736 不識權，[乙]1736 財首偈，[乙]1736 超出因，[乙]1736 此即相，[乙]1736 從癡有，[乙]1736 非斷非，[乙]1736 佛，[乙]1736 故下經，[乙]1736 護法論，[乙]1736 即般若，[乙]1736 極樂國，[乙]1736 漸備一，[乙]1736 教即能，[乙]1736 兩儀生，[乙]1736 龍樹菩，[乙]1736 普賢行，[乙]1736 如昇須，[乙]1736 若，[乙]1736 師子吼，[乙]1736 事望於，[乙]1736 是摩訶，[乙]1736 誰敢判，[乙]1736 雖空不，[乙]1736 先所出，[乙]1736 顯顯不，[乙]1736 相者謂，[乙]1736 新熏則，[乙]1736 亦無八，[乙]1736 又云，[乙]1736 又云或，[乙]1736 欲顯諸，[乙]1736 圓教，[乙]1736 約未悟，[乙]1736 則有爲。

也：[甲]1736 以本解，[乙]1736 冥衞昭。

衣：[甲]2290 惹惡香。

意：[甲]2263，[甲]2266 七十二。

義：[甲]2266 優劣然。

又：[甲]2261 云十地。

云：[甲][乙]2250 梵云阿。

章：[原]2339 一空有。

至：[甲]2266 大。

衆：[乙]2261 幵素，[乙]2261 不同。

諸：[乙]、衆[原]2408 事相應。

主：[乙]2263 之意因。

撰：[甲]2183。

槌

氈：[三][宮]744 氈種種，[三][宮]754 氈錦繡，[三][宮]1425 厚者不，[三]374 拘執，[聖]1435 施僧佛。

榻：[宋][宮]、撜毛[聖]1428 地敷澡。

毹

氈：[三][宮]263 統綖衣，[聖]514。

疎

陳：[元][明]2154 佛理具。

路：[宮]398 未曾荒。

疎：[明]316 影。

跣：[宮][聖][另]790 已不可，[宮]374 蔭蔽日，[宮]606 三曰凡，[聖][另]790 則，[聖]222 遠以五，[聖]354 勝上珠，[宋]100 弊以爲。

蔬：[宮]822 能。

躁：[三]375 解脱不。

疏

跡：[聖]125 或學備。

疎：[三]193 惡。

跣：[宮]1442 汝以賊，[三][宮]399 大人相。

數：[明]186 計校衆，[明]186 無數劫。

蔬

疎：[聖]1421 食答，[宋][宮]2102 餐而已。

疏：[三]2063 糯。

樞

芻：[甲][乙]1211 瑟摩金，[宋][元]1227 瑟摩。

極：[甲]2362 要文建。

摳：[三][宮]2122 曰邑之。

述：[甲]2261 要。

輸

翰：[三]202 提來。

輪：[宮]2040 轢我身，[宮][聖]1549 財或作，[宮]310 誕儞六，[宮]397，[宮]1547 門義是，[宮]1559 實比丘，[宮]2040 迦阿育，[甲][乙]2393 上睇，[甲]1030 上馱二，[甲]1112 馱娜三，[甲]1727 加王即，[甲]1805 不轉名，[甲]1918 迴無際，[甲]2128 初作石，[甲]2299 伽王事，[明]187 陀羅攜，[明]1169 達曩引，[明]1509 迦王小，[三][宮]280 那，[三][宮]720 蜜多，[三][宮]1435 毘陀語，[三][宮]1684 摩儗哩，[三][乙]1092 末底印，[三]192 鳥分乖，[三]1242 羅芯曩，[三]1331 無，[聖][另]310 陀優樓，[聖]99 向於遠，[聖]347 周匝施，[聖]2157 波迦羅，[宋]1354 陀禰，[元][明][乙]1092 鉢底廢。

捨：[甲]2195 二人。

詩：[明][甲][乙]1000 律。

秖：[甲]994 度，[甲]1000。

偸：[三][宮]1436 金罪若。

蹫：[三]2125 安呾囉。

喩：[三]443 一百三。

悦：[三]156 頭檀是，[宋][元][宮]、閱[明]2121 頭檀王。

閱：[三][宮]2121。

櫖

櫖：[甲]2087 眞。

櫖：[甲]2128 俗字。

秫

秫：[宋][元]1092，[宋][元]1092 陀上。

昧：[宋]2061 之年見。

舜：[乙]972。

戌：[甲][乙]2228 弟此云。

孰

持：[三]、説[宮]2105 與姜斌。

敦：[三][宮]2122 扇其極。

就：[三][宮]2102 取視也。

寧：[甲]1799 論劫數。

熱：[宋]99 知明。

淑：[三][宮]2103 爲可惜，[原]、熟[甲]1775 決定大。

熟：[宮][聖]310 能令佛，[甲]1782 爲本答，[甲]1782 者誰也，[甲]1821 爲能憶，[甲]1973 解知歸，[三][宮]1544 爲因，[三][宮]2103 甲胄望，[三]225 觀斯道，[三]291 爲衆生，[宋][宮]1443 爲勝友，[宋][宮]1522 云窺測，[宋][宮]2122 如此，[宋][元][宮]593 能致問，[宋][元][宮]2122 可詳焉，[宋][元]1675 能免業，[宋]2122 不能信，[宋]2122 肯順情，[乙]1775 則，[元][明]2103 在隱，[元]2121 能。

誰：[三]170 行佛道，[三]945 知生者。

執：[乙][丙]2777 墮不墮。

熟

成：[甲][乙]1822 及令。

諦：[三]196 觀何緣。

動：[原]1849 義。

敦：[宮]1571 德，[三][宮]681 部等乃，[宋][明][宮]2122 遇病白。

既：[甲]1723 不能依。

就：[丙][丁]866 一切衆，[丙]2381 後當施，[福]279 一切衆，[宮]279 衆，[甲]1772 感佛爲，[甲]1828 善根清，[甲]1828 無漏律，[甲]2263 三，[甲]2290 故二通，[甲][乙]2254，[甲][乙][丙]2394 法者正，[甲][乙]1709 之善戒，[甲][乙]1816 者令其，[甲][乙]1821 變不同，[甲][乙]1866 爾時便，[甲][乙]1866 及不成，[甲][乙]2263，[甲][乙]2263 種子故，[甲]950 衆生，[甲]952 衆生故，[甲]974 人民安，[甲]1069 銅及淨，[甲]1080 一切有，[甲]1361 彼，[甲]1700 菩薩故，[甲]1708 雖造重，[甲]1709，[甲]1709 百類所，[甲]1709 現未苦，[甲]1709 衆生得，[甲]1710 此一一，[甲]1717 次別約，[甲]1718 熟般若，[甲]1733 求法之，[甲]1785 農夫加，[甲]1816，

[甲]1816 但在位，[甲]1816 道修佛，[甲]1816 審尋根，[甲]1828，[甲]1828 不言別，[甲]1828 俱有依，[甲]1828 名由修，[甲]1828 菩薩，[甲]1828 其識流，[甲]1828 釋下三，[甲]1828 五支後，[甲]1828 依染污，[甲]1828 者唯佛，[甲]1828 中，[甲]1828 中如對，[甲]1829 汝若言，[甲]1830 位謂有，[甲]1830 有情行，[甲]1833 有情加，[甲]1851 故悲資，[甲]1863，[甲]1863 乖瑜，[甲]1863 又彌勒，[甲]1863 之等即，[甲]1918 名觀行，[甲]1925 捨第一，[甲]2068 疾疫競，[甲]2196 十解十，[甲]2261 體成雜，[甲]2261 無，[甲]2263 佛種姓，[甲]2263 於生得，[甲]2266 必無是，[甲]2266 佛無熏，[甲]2266 後，[甲]2266 一切有，[甲]2266 有情行，[甲]2266 者解云，[甲]2266 者若佛，[甲]2266 中攝，[甲]2311 若欣發，[甲]2362 先説無，[甲]2397 堪，[久]1486 藏子，[明]220 亦不能，[明]220 有情嚴，[明][和]293 一切諸，[明][和]293 衆生能，[明][甲]1216 有情寂，[明]293 一，[明]293 衆生常，[明]293 衆生其，[明]293 諸衆生，[三][宮]1579 俱生妙，[三][宮]1579 有情又，[三][宮][聖]278 無量無，[三][宮][聖]278 一切衆，[三][宮][聖]278 衆生令，[三][宮][聖]279 一切衆，[三][宮][聖]1544 應墮惡，[三][宮][知]384 一切衆，[三][宮]278 隨其所，[三][宮]278 一切衆，[三][宮]279，[三][宮]279 一切衆，[三][宮]279 一衆生，[三][宮]

325 聲聞乘，[三][宮]402 衆生故，[三][宮]402 衆生一，[三][宮]485 如是阿，[三][宮]721，[三][宮]1579 一切佛，[三][宮]1581 堪能究，[三][宮]1581 捨第一，[三][聖]278 而捨取，[三][乙]1092 福聚善，[三][乙]1092，[三]220 有情應，[聖]397 衆生復，[聖]1721 故爲之，[聖]1788 有情智，[聖][另]310 如是多，[聖]210，[聖]379 十八那，[聖]410 衆生故，[聖]410 衆生守，[聖]411 有情聲，[聖]1266 有花著，[聖]1509 得身稻，[聖]1579 百種所，[聖]1579 利行二，[聖]1581 佛法成，[聖]1581 所謂勸，[聖]1721 故又，[聖]1733 生若無，[聖]1733 時稱根，[聖]1733 也度衆，[聖]1733 在此無，[聖]1788 名爲苦，[聖]1788 謂即應，[聖]1788 有先後，[宋][宮]660 菩薩爲，[宋][元][宮]405，[宋]1057 若，[乙]、熟字藥本無 897 誦詣於，[乙][丙]1141 四者隨，[乙]867，[乙]953，[乙]1171 一切衆，[乙]1796 衆，[乙]1816 識等生，[乙]1816 尋餘本，[乙]1822 非自在，[乙]1832 四令得，[乙]1832 智，[乙]2215 位中也，[乙]2261 則以同，[乙]2261 種子眼，[乙]2263 眼悶，[乙]2263 無漏種，[乙]2263 現行成，[元][明]2121 相問訊，[元][明][石]1509 復次住，[元][明]225 天中天，[元][明]658 慧光明，[元][明]658 堪，[元][明]848 熟時，[原]、就[聖]1818 故知前，[原]1819 無芳臭，[知]384 若遇霜，[知]1579 謂毘鉢。

類：[甲][乙]1821 果，[甲]2266 見異。

惱：[宋]212。

起：[甲]2266。

氣：[三]、受[宮]2122 喜樂而。

趣：[甲]2263 果之義。

饒：[三]161 有隣國。

熱：[宮]618 相現，[宮]1428 勿使破，[甲]1789，[甲]1789 焰川流，[甲][乙][丁] 2244 婆，[甲][乙][丁] 2244 日，[甲][乙]2309 遂，[甲]1795 等風界，[甲]1830 生攝，[甲]2266 惱起諸，[明]1458 鐵二赤，[明]190 燒箭鏃，[明]649 所作善，[明]658 癰欲如，[明]1602 復有生，[明]1669 水其出，[明]2121 蜜來就，[明]2121 失，[明]2131 大品茶，[三][宮]1549 不疑復，[三][宮]618 相現，[宋][明]1272，[乙]1775 不能，[乙]1821 增上，[乙]2218 故時俗，[元][明][宮]347 爲火大，[元][明]347 是福之。

柔：[聖][另]1435 酥生。

散：[三]1587 亂執。

淑：[甲]、熱[甲]1781 決定大，[三]639 二十六，[三][宮][聖]425 不爲雜，[三][宮][聖]425 度無極，[三][宮][聖]425 而開化，[三][宮][聖]425 是曰一，[三][宮][聖]1549 根便得，[三][宮]309 是謂菩，[三][宮]309 之行，[三][宮]403 惟真宜，[三][宮]425 度無極，[三][宮]585 者或發，[三][宮]656 乃，[三]291 之行而，[聖]425 欲落而，[宋]951 一切勝，[宋]951 有情

示，[元][明]656 度無極。

孰：[甲]2128 是也下，[甲][乙]2194 得道八，[甲][乙]2328 乃得成，[甲]1709 識隨業，[明]1680 不懷敬，[明]2122 相愛遇，[三][宮]1562 德隨，[三]202 似梵天，[三]2145 能綜於，[聖]1733 故謂，[宋][元][宮]2123 能致不，[宋][元]2110 詳其世，[乙]1822 爲能憶，[元]1559。

墊：[三][宮]2060 倫侶重。

說：[甲]1828 蘊廢立。

停：[宮]2040 臥爾時。

藝：[三]1340。

有：[三][宮][聖]1421 者不計。

蟄：[宋]、孰[元][明][宮]2122 每夜門。

執：[甲]2036 即別其，[三][宮]1571 對名他，[三][甲]1003 法智，[乙]2296 以龜鏡，[元]1579 藏肚胃，[元][明]2125 搦其腨。

中：[三]1441 比丘來。

贖

續：[聖]421，[宋][宮]2123 命令其。

暑

景：[宮]322 故，[宮]2085 均調樹。

熱：[宮]537 息止樹，[三]185 得失罪。

署：[三]2145 經一卷，[三]2154 經一卷，[三][宮]1505 云商人，[三]

[宮]2060 鼓言奕，[三]2145 經一卷，[乙]2157 杜乘波。

溫：[宋][元]、煮[明][宮][聖]1579 摧伏渾。

者：[宋][元]1545 各隨所。

奆：[聖]125。

暑

羅：[宮]458。

耆：[三]、暑[宮]1464 村。

暑：[丙][丁]2089 風山停，[宮]1505 末盡行，[聖]2157 藥等來。

曙：[三][宮]630 之一數。

用：[明]、－[宮]458 者亦無。

者：[宋]1011 一切見。

置：[甲]2130 經。

著：[久]1452 丞臣殿，[三]、暑[宮]284 置無，[乙]1796 記。

蜀

漢：[甲]2037 乾亨八。

蠋：[甲]2128 蟲兒也。

濁：[元]2061 機之錦。

鼠

擣：[三][宮]1462 剝去。

兒：[丁]2244 汝移反。

尾：[宋][宮]2104 兩端廣，[宋][宮]2108 兩端苟。

屬

愛：[三][宮]310 纏縛今。

成：[甲]2814 第六依。

黨：[宮]263 不可。

而：[明]2060 齊亡亦。

分：[原]、平[甲][乙]1822 故計自。

縛：[宋]374 於魔有。

歸：[三]1 於汝我。

互：[甲][乙]1822 當也此。

見：[宮]1521 他。

居：[甲][乙]2227 願二反。

局：[甲]1851 迷苦諦，[甲]2339 事須簡，[甲]2339 新羅當。

眷：[三][宮]1428 言我明。

屬：[三][宮]2059 此幽夜，[三][宮]2060，[宋][元]1441 彼已將。

勵：[三][宮]2029 無得復。

屢：[三][宮]2060 請微以，[三][宮]2060 伸勤請，[三][宮]2102，[三][宮]2104 依軍法，[三][宮]2121 遣使者，[乙]2157。

屩：[聖]1859。

前：[甲]2274 有法有。

屈：[甲]2219 曲論有，[原]851 背多聞。

取：[甲][乙]1929 涅槃五。

攝：[甲][乙]2263 自。

是：[甲]2266 天名然。

蜀：[三][宮]2059 龍華寺。

爲：[甲]2254，[甲][乙]1822 金剛喻，[甲]2195 自乘。

牙：[甲][乙]1822 斷治道。

依：[甲][乙]1822，[甲][乙]1822 主，[甲][乙]1822 主釋也，[甲]2266 三者一。

亦：[甲]、示[甲]1816。

餘：[三][宮]2060 並充功。

樂：[甲]1839 爲至名。

展：[甲]2397 三人是。

燭：[元][明]2060 人物又。

囑：[宮]1425，[甲]1805 反白上，[甲]2191 累品爲，[甲][乙]1929，[甲][乙]1929 一家學，[甲][乙]2393 累令爲，[甲]1709 國王不，[甲]1920，[甲]2035 致贓賄，[甲]2081 普賢金，[明]、屢[宮]2060，[明]2016 豈局已，[明]2122，[三][宮]1545 耳聽，[三][宮][聖]278 阿耨多，[三][宮]565 累問族，[三][宮]624 累令得，[三][宮]627 累若族，[三][宮]1545 汝等應，[三][宮]1810 授取律，[三][宮]2041 人天教，[三][宮]2053 又降發，[三][宮]2059 我乎因，[三][宮]2060 道俗以，[三][宮]2060 既蒙遺，[三][宮]2060 累品，[三][宮]2060 施身門，[三][宮]2060 世稱郢，[三][宮]2060 無不涕，[三][宮]2060 以大，[三][宮]2060 之旨，[三][宮]2103 當重，[三][宮]2121 童子今，[三][宮]2122 遵，[三][知]418 累汝等，[三]2103 四部幽，[三]2122 護持善，[三]2151 經一卷，[宋][宮]384，[宋][明][宮]627，[乙]2192 累是煩，[元][明]322 累汝阿，[元][明]451 汝等并，[元][明]1424 僧但凡，[元][明]1424 我等三，[元]下同 1424 僧僧分，[原]920。

囑：[三]、漏[宮]403 者從因，[三][宮]2060 目不見，[三][宮]2060 由是大，[三][宮]2122 斯苦何，[三]2154 目後於，[元][明]2103 嶇嶔事，[元][明]2060 屬其文。

族：[三]192 而起大，[聖]200 皆共厭。

朮

木：[明]1808 散丸湯。

戌

成：[宮]1459 達羅薜，[宮]2053 陀羅種，[明]1562 拏經説，[宋]244 地。

戌：[宋][元]1186 多。

戌：[甲]904 鞞一切，[明][乙]1225 攞播，[明]1234 引摩諦，[宋][元]873 陛輸二。

束

半：[甲][乙]1822 上總。

策：[甲]2129 驅束。

車：[甲][乙]2207。

東：[宮]737 閉著牢，[宮]2103 已儻或，[甲]2339 記準對，[聖]2157 帛波頗，[宋]2102 華人杜。

棘：[三]643 針。

來：[宮]721 我今送，[甲]1816 此四中，[甲]2266，[三][宮]1442 酬價諸，[三][宮]1545 作九品，[三]607 結説俱，[聖]190 展轉更，[聖]225 已自誓，[聖]1585 更互相，[聖]1585 蘆互相，[宋]2060 晢憑而，[乙]2087 中褰裳，[乙]2232 今解散。

連：[三][宮]402 四山爲。

鬘：[宋][元]1442 乃。

梳：[三][宮]1462 是名成。

束：[明][甲]901 令不散。

捒：[聖]1462 已辦王，[聖]1462，[聖]1462 懸著樹。

速：[三][宮]2066 馬懸車。

齠：[三]2145。

嚴：[宮]754 嚴麗將。

棗：[甲]2128 也而蔡。

述

本：[甲]、甲本傍註曰南本氏 2183 同上。

別：[原]1803 也即三。

補：[甲]2300 堯舜憲。

成：[乙]1723 初中有。

邇：[三][宮]2104 及王化。

或：[明]1451 如。

集：[甲]2017，[原]2167。

迹：[甲]2128 緣反許，[原][乙]2250 由是諸。

簡：[乙]2263 巧說眞。

建：[宮]2045 聖旨虛，[原]1841 之者標。

略：[甲]1778。

迷：[宮]1799 解，[宮]2103 背，[甲][乙]2263 有義，[甲]1816 成亦是，[甲]2017，[甲]2036 也臣磐，[明]984 柢，[明]1458 若見有，[明]2016 宗行解，[明]2060 但問云，[三]1336 反悉波，[三]2088 稱謂多，[三]2145 頌繡像，[三]2149 客舊之，[宋][元]1452 如餘處，[宋][元]2060 云常爾，[乙]2186 第，[元][明]1591 解詞猶，[元][明]1646，[元][明]2122 異記，[元]2102 者失其，[原]2126 也若唱。

明：[三][宮]1458 苾芻義。

求：[甲][乙]2296，[甲]1805 魚強立，[甲]2266 斯義言。

然：[乙]2249 若爾光。

攝：[甲]2312 義理推。

述：[甲]2266 今外申。

術：[甲]2036 焉，[三]、得[宮]2034 達經一，[三][宮]656 劫世人，[三][宮]1507 時定，[三][宮]2102 而，[宋][元]2154 達菩薩，[元][明]2103 澄清氣。

説：[三][宮]2122。

速：[甲]2195 其益連。

爲：[明]2104 絳州天。

違：[原]2196 此因緣。

須：[甲]1717 略意次。

引：[甲]1913。

又：[甲]2183 云述記。

造：[甲]2168，[甲]2266 撰。

遮：[乙]2263 離二取。

注：[甲]2184。

撰：[甲][乙]1866，[乙]1715，[乙]1832。

追：[甲]2195 可抄之。

作：[甲]2167，[乙]2263 之所謂。

捒

束：[三]197 已訖解。

擻：[三]2122 能，[元][明]2122 煩惱去。

恕

處：[三][宮]342 當有處。

慈：[三][宮]2122。

恕：[甲]2128 同賈遐。

和：[聖]324 往詣佛。

怒：[三]2149 菩。

眷：[三]、惋[宮]403 戀心乃。

恐：[另]1442。

怒：[宮]1425 奴河水，[宮]2053 衆有一，[甲]1729 之及賈，[甲]2035 迦王即，[明][甲]1094 迦藥健，[明]212 聽在後，[明]2122 甞在齋，[三][宮]1451 至第三，[三][宮]1464 比丘尼，[聖]383 己可爲，[聖]1425 有罪哀，[元][明]2122 加慈者，[元][明]2122 偸果人。

赦：[明]278 我代受。

知：[元][明]810 心之處。

術

便：[宋][明][宮]397。

從：[甲]2036 益驗果。

倒：[甲]1918 也正是。

德：[三][宮]2121 狂愚欺。

功：[三]211 必不勝。

故：[宋][元][宮]2103 技之。

街：[宋][明][宮]2034 稍整大。

理：[三]125 靡不貫。

率：[明][宮]1521 天上退，[明]174 天諸天，[明]526 天天上，[明]527 天然則，[明]809 天及梵，[明]822 天化樂，[三][宮]385 天虛天，[三][宮]1521 退來在，[三][宮]2121 天皆同，[三][宮]2121 天下經，[三]157 天上天，[三]174 天上教，[三]1485 天，[三]1509 化自在，[聖]157 天待時，[聖]2157 天降神，[元][明]227 天，[元][明]1582 天上得。

迷：[宋]1378 斷諸病。

衢：[宮]2034 經一卷。

述：[宮]754，[甲]1733 等者巧，[甲]1008 居屍林，[甲]2157 靈要門，[明]2110 六曰論，[三][宮][聖]279 文詞開，[三][宮]2103 振風飈，[三]2145 達菩薩，[三]2149 呪，[宋]1378 須摩鬼，[乙]2157 呪五龍。

説：[三][宮][聖]285 顯已曜。

衞：[宮]2102 數以馳，[三]2060 之功自，[三]2122 之功自，[原]1311 不隣子。

行：[甲]2128 術通也，[三][宮]322 爲法典，[聖]425，[聖]1582 故受持，[宋][元]、衡[明]292 五枝度，[宋]2122 方，[元][明]2121 藝。

言：[知]1581 所謂。

衍：[三][宮]2102 悠悠，[三]1406 有鬼神，[聖]376 法廣爲，[宋][宮]2034 慢，[元][明]2122 主四方。

用：[三]2103 而魚兔。

由：[明]1013 人皆使。

御：[三][聖]291 志如虛。

庶

陳：[三][宮]2104 俗乃奏。

塵：[三][宮]627，[三]292 欲不想。

龥：[甲]1963 險又不，[三][聖]100 訖來詣，[原]1851 判如是。

度：[宮]2060 山賓之，[三][宮]2059 母亦卒，[三][宮]2103 有發揮，[聖]199 人寂志，[聖]2157，[宋]2108 彈白沙，[元][明]2060 余不同。

廣：[甲]1969 覽彼文，[甲]2362 有智後，[三][宮]309 衆生兼，[三]541 有瘳損，[宋][元]2103 可谿滯。

兼：[宮]345 人不自。

將：[三][宮]2053 延景福。

民：[甲]1723 處處遍，[甲]2035 得瞻。

女：[三][宮]2122。

卿：[元][明]196。

生：[三][宮]585 心普得。

恕：[三]2123 實不爲。

妄：[三][宮][甲]2053。

幸：[宮]2112。

翼：[甲]2362 後進學。

元：[三][宮]2103 竊以義。

則：[三]、一[宮]2103 使鼠璞。

遮：[甲]2130 歌羅經，[三][宮]1549 及五愚，[宋][元]2104 於朝隱，[乙]1816，[元]、龥[明][宮]1421 姓婚姻。

豎

敵：[甲]2290 者依。

發：[宮]2060 施厲混。

堅：[丙][丁]866 結薩埵，[宮]2040 時彼地，[宮][聖]292 多喜諍，[宮]381 立於法，[宮]397 正法幢，

[宮]1463 四者扇，[宮]1562 相不審，[宮]1799 二能化，[宮]2059 立爲，[甲]1765 固之體，[甲]1922 身安立，[甲][乙]856 合智風，[甲][乙]1832 執故西，[甲][乙]2393 之慧手，[甲][乙]2394 勝法界，[甲]917 頭相拄，[甲]1735 後，[甲]1833 無捨心，[甲]1911，[甲]1911 則，[甲]2087 議者護，[甲]2128 宮中閤，[甲]2215 深牢固，[甲]2281 義用之，[甲]2394，[甲]2394 住如是，[甲]2400 縛不放，[甲]2434 滑等，[明]1553 立夜中，[明][宮]1462 者，[明]1199，[明]1244，[明]1656 頻匿瞿，[三][宮]606 立，[三][宮]607 眼黑色，[三]24 齊王次，[三]721，[三]865 如，[三]2060 王亦同，[聖][甲]1723，[聖]627 在，[聖]1552 見生死，[另]1451 輪竿，[宋]1087 金剛蓮，[乙]2397 立不，[乙]865 齊二大，[乙]931 以此驚，[乙]2391 力度右，[乙]2408 十度縛，[元]1546，[原]1212 築使，[知]266 口說此，[知]384 不樂。

建：[三]375 立五十。

盡：[宋][明][乙]921 如幢止。

覽：[元][明]、賢[乙]1092 座而坐。

累：[原]2409 著大指。

理：[甲]1828 不。

立：[甲][乙][丙]938 釋迦文，[甲]2392，[甲]2392 勿著食，[乙]2390 二。

慳：[三]158 見幢心。

伸：[甲]952 伸勿著。

深：[甲][乙]908 量應用。

時：[甲]1828 相續道。

舒：[乙]2385 如杵。

豎：[甲]2128 下楚革，[明]、堅[另]1442 便欲逃，[明]145，[明]154 除其宿，[明]316 得大法，[明]1442 是時，[明]1442 王便問，[三]186 慚愧無，[三]186 其幢蓋，[三]186 其大幢，[乙]1822 此問初，[元][明]200。

樹：[三][宮]2122 於是樹。

望：[甲]1512 此用義，[甲]1958 雖別始。

賢：[聖]983 於壇。

現：[元][明]671 無量。

戰：[三]187 慚懼稽。

腧

俞：[三][宮][聖]613 觀肺。

漱

漸：[甲]1782 次鋒利，[甲]2087 未終無。

瀨：[宮]2034 達經一，[甲]1069，[甲]下同 893 口浴本，[另]1442 已大准。

瀨：[三][宮]2103 沂，[宋][元][宮]2103 芳醴頜。

疎：[宮]282 齒。

嗽：[宮]672 口餘味，[明]1459 口，[聖]99 畢，[聖]99 畢還復，[宋][元]1057 作此印。

洗：[三][宮]1452 手方飲。

枕：[元][明]322 流專心。

豎

登：[元]882 二頭指。

堅：[丙][丁]866 結薩埵，[宮]866，[宋]278 行住，[宋]豎[聖]125 顯幢不。

開：[甲][乙][丙]1184 合二火。

竪：[宮]279 不動不，[宮]1425 兒抱入，[甲]1737 臂觸目，[甲]1783 求，[乙]2296 相即焉。

望：[元]2122 樹已枯。

數

安：[甲]2261。

比：[三]211 曾作大。

邊：[三]375 不可思，[聖]664 功德，[宋][元][宮][聖]、明註曰數南藏作邊 278 阿。

塵：[和]293。

稱：[三][宮]223 若干百。

持：[甲]2409 修七佛。

赤：[三][宮]1462 癩有白。

處：[明][甲]1177 甚多圍，[三]、一[宮]1579 又依三，[三][宮]286 引導諸。

此：[三]194。

等：[三][宮]462 十方世，[三]1005 一切諸。

殿：[聖]2157 品爲此。

段：[甲][乙]1822 論然，[甲]1828 食，[乙]1830 文可知。

發：[三][宮]1595 起正思。

法：[甲]2255 是染污。

敷：[宮]611 心意復，[宮]2025 陳

供養，[宮]2040 不可稱，[甲]1112 蓮華即，[三][宮]263 演正法，[三][宮]443 華，[三][宮]443 最上王，[三]278 諸佛，[三]2125 法式，[三]2145 典，[原]2339 一體卷。

鼓：[三][宮]1610 聲前後，[三]186 音樂王。

穀：[三]199 不可計。

故：[甲][乙]1821 所以者，[甲][乙]1822 建立是，[甲][乙]2397 現，[宋]11 甚多，[宋]1571 上實等，[乙]1821 多，[乙]2261 論計以，[乙]2263 此即是，[乙]2296 應名實，[元]220 復次憍。

果：[甲][乙]1822 之中列。

後：[三]513 七日迦。

毀：[三][宮]414，[三][宮]1435，[聖][另]790 至隣里。

會：[原][甲]1781 冥感自。

或：[甲]2262 顯依他。

極：[宮]263 幢幡諸，[三][宮]263 之衆無。

集：[三]1644 剡浮提。

計：[三]189 爾時有。

加：[甲]1828 之。

假：[甲]1723 説法。

教：[宮]376，[甲][乙][丙]2173 義圖一，[甲][乙]1822 四明六，[甲][乙]2173 義圖一，[甲][乙]2254 亦不可，[甲][乙]2393 奉闍伽，[甲]1816 難，[甲]1816 之，[甲]2255 故所以，[甲]2266 不，[甲]2266 等聲聞，[甲]2339 開宗正，[甲]2339 前後下，[甲]2339 總舉二，[三][宮]2060 名顯州，[三][宮]2112 此亦可，[三]99，[宋][元]、校[明]263 嚴辦衆，[原]1851 是其教。

界：[甲][乙]2309 如是名。

敬：[甲]1065 觀自在，[三][宮]2103 則卑。

救：[甲]1825 義以顯，[甲]2223 故舉切。

來：[三]、一[宮]2059。

類：[甲]1828 名求解，[甲][乙]2250 一，[甲][乙]2261 有能思，[甲][乙]2261 有情無，[甲]1816 無一十，[甲]2196 後，[甲]2250 等故無，[甲]2261 何故，[甲]2261 也此等，[甲]2266，[甲]2266 差別有，[甲]2339 二所詮，[甲]2339 之中受，[明][宮]1584 名，[明]220 如是一，[乙]2263 不定此，[原]1992 皆承此，[原]1851 亦應別。

兩：[三][宮]2060 里許欻。

量：[敦][流]365 劫阿僧，[敦][燉]262 劫住於，[甲]1718 億種衆，[明]220 百千童，[明]473 百千倍，[三][宮][聖]292 佛國普，[三][宮]1673，[三]374 當分一，[三]375 當分一，[聖]200 世時有，[聖]211 有一息，[石]1509 百千，[元][明]220 百千童，[元][明]310 方便爲。

料：[甲][乙]2288 簡今依。

敉：[丙]1184 珠一手。

名：[甲][乙]1822 二明所，[原]、[甲]1744 權名有。

難：[宮]263 慇懃承，[三]2103 事然後。

趣：[甲]1733 決定三，[三][宮]2122 無量或。

人：[聖]1509 中雖未。

如：[甲]1786 能生分，[甲]2428 故常住。

若：[甲]2255 知一切。

三：[乙]2157 數歲便。

散：[甲]1816 恒河界，[甲]1922 欲界定，[宋][明]921 付部母，[乙]1002 點兩眼。

設：[宮]310 百千種。

勝：[甲]2270 論立藏。

十：[三][宮]2122 誡倍與。

釋：[甲]2300 今。

受：[甲][乙]2219 法能緣。

疏：[三]152 往來梵。

跣：[宮]1523 者具。

説：[乙]2296 應以後。

薮：[三][宮]1546。

藪：[宮]1545 數捨身，[聖]1721，[元][明]2122。

雖：[三][宮]687 有顛倒，[聖]1462 強者即。

歲：[三][宮][聖]586 於是思，[三][宮]263 若歷劫。

所：[甲]1823 增九十，[別]397 從佛聞，[明]236，[三]212 流，[三][宮]288 土有其，[三][宮]1463 時受用，[三][宮]2060 名人頗，[宋][宮]357 觀諸法，[原]2397 莫不入。

文：[甲][乙]2288 義。

繫：[三]616 法。

限：[宮]811 復過於。

現：[甲]1851 假無性。

校：[甲]1958 知況一。

鞅：[宮]263 佛所積。

億：[聖]222 億百千。

餘：[乙]2296 劫數。

欲：[明][宮]、－[另]1428 舉他罪，[元][明]635 當自在。

緣：[三]682 色明與。

載：[宮]2034。

責：[三]720 之言汝。

擇：[甲]2255 滅涅槃。

斬：[宮]2122 日之間。

之：[甲]2266 修。

致：[原]1851 得正食。

種：[三][宮]1546 觀不種。

衆：[甲]1795 門是名，[甲]2434 以加持，[三]190 護念彼。

珠：[甲]949 明，[甲]2399 歘真言。

主：[甲]1724 釋也釋。

澍

漸：[三]186 捨如蓮。

潤：[明]1538 渧其下。

樹：[甲]1145 行人頂，[明]2146 經一卷，[三][宮]317 觚枝使，[三]2154 經或作，[宋][宮]2103，[乙][丙][丁][戊]2187 從其雨，[乙]1723 者一音。

澗：[聖]2157 經或作。

澤：[宋]1027 甘雨。

住：[三][宮]304 甘露三，[三]991 大水者。

注：[宮]374 雨者，[宮]387 大雨時，[三][宮]721 時雨潤，[三][宮][聖]278 甘露法，[三][宮][聖]376 溫澤潛，[三][宮][聖]379 大雨清，[三][宮][聖]639 無竭以，[三][宮][聖]1435 洪雨如，[三][宮]304 甘雨隨，[三][宮]374 甘雨一，[三][宮]397 身心此，[三][宮]616 雨遍滿，[三][宮]661 大雨經，[三][宮]721 大火令，[三][宮]1435 著比丘，[三][宮]1690 深谷，[三][宮]2103，[三][甲][乙]2087 暴雨周，[三][聖]375 甘雨一，[三]25 雨乃，[三]155 於，[三]212 于海，[三]2063 想即見。

著：[三][宮]619。

霆：[三][宮]585 洪澤則。

樹

標：[三][宮]1503，[三]212 獼猴言，[原]1768 但大有。

採：[三][宮][聖]354 生花畫。

藏：[聖]278 須彌山。

草：[明]1299 木種穀。

場：[敦]262，[三][宮]2122 及帝釋。

村：[宮]1457 漸向涅，[甲]2227 人起塔。

等：[明]354 娑羅。

對：[甲]1839 小乘，[三]1522 增長無。

梵：[元][明]573 名福德。

佛：[三][宮]2121 三匝各。

俯：[甲]、府[丙]2087 問曰誰。

附：[原]2409 風側屈。

菓：[宋][元]、果[明]190。

花：[三]1644 亦。

機：[甲]1848 故契經。

漸：[三]99 生長。

近：[三]190 更有一。

林：[宮]、樹本字避御名夾註[宮]2078 木枯，[宮]374 間，[甲]2130 度無極，[甲]2253 故今文，[三][宮][聖]1451，[三][宮]1425 令我弱，[三][宮]1462 亦如海，[三]154 間已日，[三]201 雖參差，[三]374 木象馬，[三]374 在其，[三]643 雨刀從，[聖]26 皆敷妙，[聖]376 木，[宋]365 行行相，[原]、林[甲]1722。

柳：[甲][乙][丁]2092 垂。

樓：[宮]278，[三][宮]1443 乃見鴉，[三]2121 下，[元][明]639 如雲布。

猛：[丙]2286 菩薩者，[甲][乙]2397 承妙吉。

木：[宮]、本字避御名夾註[宮]2078 敏禪師，[宮]、樹本字避國諱他傚之八字夾註[宮]2078 王佛與，[宮]、樹本字避御名下傚此八字夾註[宮]2078 者一曰，[宮]、樹本字避御名下傚此八字夾註[宮]2078 之下當，[宮]、樹本字避御名下傚之八字夾註[宮]2078 大士傳，[宮]、樹本字避御名下傚之八字夾註[宮]2078 下其花，[宮]、樹本字避御名下傚之八字夾註[宮]2078 之間而，[宮]、樹避御名夾註[宮]2078 即以，[宮]、樹避御名夾註[宮]

2078 心如明，[宮]、樹避字夾註[宮]

2078 下邊以，[宮]、樹避字夾註[宮]

2078 者一曰，[宮]2080 曰不可，[甲]

1804 治塔和，[明]2076 華，[三]192

漸長柯，[三]100，[三]945 積劫精。

蓬：[明][宮]1425 葉鹿聞，[三][宮]1425 葉。

披：[宮]425 皮貢上。

其：[三][流]365 上衆寶。

深：[原]1781 則功德。

神：[三]186 現光。

堅：[甲]1718 刹柱緣，[明]997 論議幢，[宋][元][宮]310 以刹柱，[乙]852 風側屈。

澍：[三][宮]2121 箭兩刃。

檀：[三][宮]2122 金復有。

相：[明]1450 小術尚。

想：[元][明]186 當爲顯。

榭：[原]1098 香華。

謝：[宮]397 更生愛。

穴：[三][宮]627 之間若。

折：[甲]2217 空觀屬。

者：[三]375 我今始。

枝：[宮]2060 之哀追，[宋][宮]387 三昧寶。

植：[甲]、殖[甲]1816 善方能。

智：[甲]2035 受十八。

種：[聖]606 而生果，[宋]1 者銀葉。

諸：[三]26。

柱：[三]220 葉葉析。

拙：[甲]2204 詞而。

子：[元][明][石]1509 是般若。

坐：[三]193 側雙林。

座：[三]277 不見諸。

刷

樞：[甲][乙]2263 衣北面。

涮：[三][宮]1451 仍有臭。

剔：[三][甲]1333 齒即得。

剃：[乙][丙]、關[丁]2089 雄。

制：[宋][元]1458 勿令垢。

衰

哀：[宮]310 其無思，[宮]1425 及毀譽，[明]201，[明]201 苦則爲，[明]310 入二曰，[宋][元][宮]581 老時百，[宋]624 求菩薩。

褒：[甲]2269 譽毀稱。

變：[甲][乙]2207 墜託國，[元][明][宮]717 壞故二。

表：[另]1442 月光於。

毒：[宋][宮]1509 火滅故。

煩：[三][宮]1577 惱隨有。

寒：[聖]1509 病復次。

壞：[三][宮]526 敗皆當。

苦：[元][明]227 惱譬如。

妻：[明]152 又逢焉。

襃：[甲]2261 薄設聞。

情：[宮]425 受正無，[三][宮]638 斯則寶。

入：[三][宮][聖]425 十二緣。

喪：[宮]416 惱除斷，[元][明]157 滅其餘。

縗：[甲]2073 三升之。

畏：[三]125 苦但以。

襄：[甲]1733 將死無，[三][宮]2104 趙，[宋]2110 出關二，[乙]1796 秏義也，[元][明]2122 死芟乃。

邪：[三][宮]721 見業。

衰：[聖]1451 即便。

厭：[三]192 老。

夜：[三][宮]1504 可悲願。

憂：[三][宮]286 惱是故。

災：[三][甲]1335 患。

繚

衰：[三][宮]2060 経與諸。

帥

即：[甲][乙]2296 有違自。

率：[明]2076 眾共營，[三][宮]1559 多天身。

師：[宮]1547，[宮]1428 在未得，[宮]1435 官屬盜，[宮]2103 案劍城，[宮]2103 名高位，[甲]1239 百萬鬼，[甲]1997 何法不，[甲]2035 京之日，[甲]2035 閫歸里，[甲]2035 知其心，[甲]2036，[甲]2036 中丞公，[甲]2039 萱襲取，[甲]2087 居，[甲]2128 大將非，[甲]2128 外內命，[甲]2128 曰酋如，[甲]2129 也廣雅，[甲]2129 也首也，[明]2076 以師之，[明]1421 如前語，[三][宮][聖]1421 信樂佛，[三][宮][另]1442 旅而去，[三][宮]1421 諸群獸，[三][宮]1521 事賊事，[三]1442 并諸封，[宋]220 故發趣，[宋][宮]397 郡守宰，[宋][宮]2059 見暢而，[宋][明]2149 至佛牙，[宋][元][宮]1459 令持

衣，[宋][元][聖]1442 軍旅自，[宋]2061 德宗置，[元][明][宮]1421 賊帥，[元][明][宮]1421 者調達，[元][明][宮]2122，[元][明][另]1451 曰林中，[元][明]1451 言，[元]2061 昃文澳，[知]1785 黨護。

主：[聖]200 先遣一。

栓

杵：[原]、柱[甲]974 長十二。

掘：[宋]1103 一千八。

橛：[三][宮]1545 名柱等，[原]2387 印如文。

柱：[乙]2408。

腨

膞：[宮][聖]613 直圓滿，[宮]279 上下相，[三][宮][聖]1425 傷破勞，[聖]1442 足及餘。

髆：[明]1340 端直牢。

暺：[原]1782 漸次纖。

双

頭：[甲]2412 依之時。

霜

荅：[甲]2006 云貴裔。

害：[明]1336 穀米豐。

傷：[元][明]384 虫。

雪：[三]2063 博尋。

雙

比：[三][宮]2123 人見歡。

遍：[乙]2218。

從：[甲]1828 重解果。

大：[三]2030 神變事。

分：[原]2339。

佛：[明]220 足繞百。

復：[三]2154 出。

寒：[甲][乙]1822 法者謂。

護：[明]2103。

兩：[甲]1736 是雖。

樹：[三]2103 蓮。

爲：[甲]2204 智義也。

夏：[甲]2130 生第六。

相：[甲]2249 因者，[甲]1884 照明中，[乙]1822 問但隨。

行：[甲]1733。

一：[明]613 牙上出。

以：[甲]2266 現在縁。

憂：[甲][乙]1822 法。

羽：[乙]2385 立大。

隻：[三][宮]2122 糠麵。

總：[甲]1735。

爽

差：[乙]2263 五六之。

悅：[宮]2122 歟因何。

麥：[甲]2266 等種生，[甲]2266 種等出。

棄：[三][知]418 身無。

埲：[三]2087 塔。

變：[三][宮]2059 從請戒。

埲

爽：[三][宮]2102 之處是。

楘

蠱：[三][宮]2103 苯捎。

脽

匡：[三][宮][聖]1425。

腥：[三]、喉腥[宮]607。

誰

辨：[甲]2266 而有知。

不：[三]203 問。

雔：[三]1332 波羅帝。

諦：[另]1543 成就無。

發：[元][明]1341 勤方便。

何：[甲]、－[乙]2263 强爲疑，[元][明]585 爲脫乎。

護：[宮]397 當信之，[另]1509 力故魔，[宋]2125 代當來。

懷：[甲][乙]1822 起幾種。

詎：[甲]2202 得盡萬，[三][宮]1571 能契當，[石][高]1668 懸演水，[乙]2231 不含藏，[元][明]26 稱師。

誑：[甲]2339，[明]710 謂我未，[三]1341 來誰，[聖]1509 當行般，[元][明]721 故造惡。

離：[甲]1805 三爲七，[三]、唯[宮]671 是鉤鎖，[三][宮]2122 不樂，[三]1656 言説有，[聖]、誰代離伐[另]1442 代當罪，[乙][丙]2777 福非福，[乙][丙]2777 名。

難：[甲][乙]2254 受，[甲]1735 入即末，[三][宮]1509 信之者，[三]2149 可尋義，[原]、難[甲]2006 辨的塵，[原]2076 可測鏡。

能：[三][宮]1546 有所，[乙]
2309。

寧：[乙]2263 爲其證。

請：[明]2076 和尚不。

若：[宮]1428　不忍，[三][宮]
1428，[聖]1428 不，[聖]1428 不忍者。

識：[宮]1428 熾然貪。

誰：[聖]2157 爲賊答。

説：[三][宮]1435 應説而。

雖：[宮]1911 作作以，[甲]2130
耶譯曰，[甲][乙]1821　障住用，[三]
[宮]1521 有，[聖]190 不能作，[乙]
1796 生云何。

隨：[宋][元][宮]1421 諸長老。

推：[三]1582。

唯：[明]1563 六識内，[三][宮]、
維[聖]425 爲我等，[三][宮]639 有智
者，[三][宮]1545 令有情，[三]1341 有
金錢，[元][明]475 有見斯。

惟：[甲]2285 説果分，[三][宮]
744 任使爾，[宋]747 爲親五。

爲：[三][宮]288 不信普。

謂：[三]1545 能，[三][宮]707 毀
破他，[三][宮]1543 無答曰。

物：[三]100 污衆生。

繋：[三][宮]1543 成就。

詳：[甲]1929 有煩惱。

有：[三]152 能得。

緣：[聖]1421 制答言。

云：[乙]2261 帶己相。

雜：[甲]2339 於幾位，[聖]1435
應受佛，[另]1442 物答曰。

詐：[甲]2837 言我坐，[三][宮]

330 欺身愚，[三]1341 聖者當。

諸：[宮]1804 諸長老，[宮]478 受
於生，[宮]1421，[三][宮]310，[聖]190
復得知。

准：[甲]2263 知祕文。

作：[宋][元]2042 於汝眼。

水

本：[甲][乙]、外[原]966 護印，
[甲]1969 因成佛，[甲]2128 從片半，
[乙]2393 沈下故。

米：[宮]1509，[甲][乙]957 苦獻
食，[甲]1709，[甲]1709 光明名，[甲]
1911 也達苦，[甲]1969 沒海涯，[甲]
1969 爲，[甲]2015 波清濁，[甲]2255
能有所，[明]18 如地或，[明]1509 神
䶩法，[明]2102 玉舌終，[明]2125 片
許和，[三][宮]607 中或時，[三][宮]
721 河次名，[三][宮]2122 地獄十，
[三]34 如，[聖]1199 火甲風，[宋][明]
192 垂死遇，[乙][丁]2244 山之上。

冰：[三][宮]397 求水。

涔：[聖]190 耶大王。

承：[宮]895 著衣入，[明]2076 苟
延生。

池：[明]2053 之佳遊，[三][宮]
2121 遂彌滿。

出：[三][宮]1425 澆草泥。

船：[三][聖]125。

大：[甲]2128 也從水，[三][宮]
263 火災變，[三]1080 明水三，[聖]
211 聚沫風，[聖]1435 海不增。

島：[三][宮]397 中。

等：[乙]2408 云云意。

定：[宋]、－[元][明]2060 定信心。

浮：[宮]310 遊行世。

各：[甲]1733。

鹽：[三]196。

海：[三]2102 聞道。

河：[甲]1909 邊見諸，[三][宮]1437 彼岸一。

華：[明]312，[元][明]553 中梵志。

灰：[三]1 其水沸。

火：[宮][甲][乙][丙]866 作淨置，[宮]1646 等障耳，[甲]1239 水神王，[甲]1717 洗者大，[甲]1830 不得火，[明]1509 風少色，[明]2122 相爲，[三][宮]1505 也説也，[三][甲][乙][丙]1202 焰印，[三]154 中久乃，[三]155，[三]197，[三]1545 若無焰，[三]1579 夢幻相，[聖]1435 日塵垢，[聖]383 身上出，[聖]1458 之椀或，[宋][明]1129 天印用，[元]2106 聲久之。

家：[宮][聖]1421 迦葉恐。

巾：[三][宮]630。

井：[三][宮]2121 中汲取。

決：[三][宮]624 諸法王。

來：[宋]721 死者一。

利：[甲]2313。

林：[甲]、相[乙]1775 顯發金。

流：[甲]2244 何以東，[三][宮]1488 何等爲，[三]682 爲境風，[聖][石]1509 會恒河，[元][明]375 名爲大。

米：[原]905 精也腎。

木：[宮][聖]1442 至聖者，[宮]616 而生樂，[宮]2060 乃於水，[甲]、水[甲]1782 花除垢，[甲]1877 即像而，[甲]2017 中火不，[甲]923 七遍，[甲]1799 石變怪，[甲]2128，[甲]2128 瓹聲經，[甲]2128 深者爲，[甲]2128 有殘餘，[甲]2128 作栝亦，[甲]2244 天有，[甲]2837 中，[明]1563 等諸燒，[三][宮]268 更浴其，[三][宮]721 在水池，[三][宮]721 中生於，[三][宮]2060 淨油香，[三][宮]2122 一枚獨，[三][甲]1333 香蓮華，[三]999 如風吹，[三]1331 邊魅鬼，[三]2154 譬喻經，[宋][元][宮]901 壇，[乙]2207 聖人住，[元][明][宮][石]1509 佛於，[原]、木[乙]1796 衆妙花，[原]2196 聖人住。

内：[三]2122 亦以七。

其：[宮]657 上時闍。

求：[甲]1821 等者答，[甲]2261 依於泉，[三][宮]、水所求[聖]613 所染從，[三][宮]1809 拭革揩，[三][宮]2121 衣覆身，[三][宮]2123 願時彼，[三]212 遙見世，[聖]953 或白芥，[宋]212 漿某處。

泉：[三][宮]2122 聖人住。

使：[三][宮]2060 輟流遂。

手：[明]894 印，[三]、外[宮]1470 三。

天：[三][宮]2103 災仰度。

土：[三]185 中華合，[宋][宮]2122 是我先。

外：[德]26 界而受，[甲]1733，

[甲]1851 無水爲，[三]1 仙，[三][宮]338 處諸屋，[三][宮]606 無有吾，[三][宮]1470 四者不，[三][宮]1648 一切入，[三]51 及家汝，[三]187 大王勿，[三]201 必有迴，[聖]1428 道，[聖]1509 心相如，[宋][元]193 出其身，[乙]1201 障法者。

味：[三][宮]2103 無以和。

相：[乙]1775 映發也。

香：[甲]1092 香泥爲。

祥：[三]1301 旱。

小：[丙]1266 圓壇如。

心：[甲]2012 學禪學，[宋][元]、－[宮]2121 主人惡，[乙]2228 三手印。

新：[甲]2195。

衣：[宮]1428 還來入，[甲]1804 同置一，[元]1092 眞言。

以：[乙]2092 踐泥量。

永：[宮]2122，[甲]1795 不追，[甲]1782 亡財食，[甲]2266 有暫暫，[明]2103 今，[三][宮]1597 斷及與，[三][宮]2059 不灰燼，[三]2145 本期長，[宋][元]2061 安姓翁，[宋][元]2061 昌元年，[元][明][宮]382 無盡。

用：[三][宮][另]1453 但爲迷。

雨：[三][宮]1435 浴衣客。

雲：[明]722 聚散不。

者：[三]1332 飲之此。

之：[甲]1828 火俱，[甲]1828 令乾。

中：[宮]374 中表俱，[宮]1425 有蟲當，[三][宮]1548 生苦死，[三]

193 何能解，[三]1509 結戒爲。

衆：[原]2196 二乘少。

呪：[元][明]1070 呪之一。

珠：[甲]2244。

坐：[丙]2286 上若乘。

水

氷：[甲]2039 之長曰。

捝

逌：[三]201 諸方。

脫：[甲]1969 忻然處。

祝

祀：[甲]1782 施故一。

稅

調：[宮]1425 阿闍梨。

動：[宮]2121 是時婢。

機：[甲]2035 然後巡。

藉：[宮]1428 家財物。

稷：[別]397 唯善。

抗：[聖]1462 一人稅。

利：[另]1451 時有五。

斂：[三]158 不順是。

輸：[三]158 一此人。

說：[甲]2035 根人主。

枉：[甲]2068 駕止拜。

移：[宋]99 是名比。

諸：[聖][另]1442 物乃至。

祝：[原]2431 曰妾在。

睡

瞋：[三][宮]1547，[三]153 聞聲

鹿。

埵：[三][宮][另]1428 佛言不，[宋][宮]643 如金蓮。

悔：[甲][丙]2812 眠，[乙][丙]2810 眠。

眠：[甲][乙]1822 位起貪，[甲]1782 遂便喪，[甲]2266 文又，[三][宮]389 不出而，[三][宮]1421 不至，[三][宮]2122 時右脇，[三]177 臥大意，[三]192 忽覺悟，[三]577 覺已憶，[三]1529 是無慚，[聖]1549 重謂之，[乙]2173 經一卷。

泯：[宋][宮]2123。

睡：[甲]2266 覺已。

瑞：[三][宮]384 非吉祥。

時：[宮]1435 比丘不。

熟：[三][宮]1585 眠悶絶。

隨：[甲][乙]1822 眠掉，[三][宮]660 眠八者，[三][宮]1602 眠者謂。

唾：[甲][乙]901 唎多婆，[聖]1547 已沒不。

息：[三]185。

眼：[聖]1543 相應答。

吮

啜：[三]1441 粥作。

吡：[三][宮]2102 班之態。

呪：[宋][宮]、吠[元][明]、明註曰吮南藏作跳 2122 歡愛纏。

順

愛：[甲]1276。

擯：[甲]1828 下。

瞋：[甲]2300。

淳：[明][宮]2087 敦尚高。

從：[宮]2121 父母供，[三][宮]397 佛教問，[三][宮]2028 法教搖。

得：[三][宮]425。

頂：[甲][乙]2350 當起忻，[甲]2128 經從人，[甲]2219 色究竟，[乙]1772 尊敬故。

段：[原]1829 此文爲。

頓：[甲]1781 忍第三。

法：[三][宮]397 忍眞見。

煩：[宮]1521 教身遍，[甲]2266 拏重述，[聖]1549，[乙]1816 境一切。

伏：[聖]375 惡。

負：[甲]2299 會諸異。

顧：[聖]1509 其。

郭：[丙]2120 使。

恒：[元][明]125 心執持。

教：[甲]2266 論云能。

結：[乙]下同 2254 斷能緣。

敬：[三][宮]589 不懷慢，[三][宮]638 宣揚，[三][宮]810 於諸天，[三][宮]1509 之中倍。

俱：[宋]186。

捐：[聖]211 調慈仁。

類：[元][明]1563 後句謂。

領：[甲]、頷[乙]2263 下，[聖]99 終。

略：[乙]1736 釋明順。

頻：[宮]1540 不苦不。

破：[甲]2266 順世等，[原]、破[甲][乙]1796 壞義也。

黔：[三][宮]2103 順首莫。

勤：[甲]1733 修學又。

傾：[三]882 動。

情：[三][宮]288 入普智。

頃：[甲]2039 弘角干。

攝：[甲]2261 彼十處。

慎：[宮]288 諸土得，[宮]292 慎
而入，[宮]425 不爲放，[宮]585 於遊
觀，[宮]620 賢聖語，[宮]721 縱廣一，
[甲]1028 我呪者，[明]1548 護重禁，
[三][宮][聖]285 己身行，[三][宮]403
戒如法，[三][宮]495 十惡，[三][宮]
630，[三][宮]638 禁發菩，[三][宮]785
持彼，[三][宮]1495 莫放逸，[三][宮]
1579 不稱理，[三][宮]1579 不違爲，
[三][宮]2103 之書也，[三][聖]361 法
若曹，[三]100 行所應，[三]152 行無
邪，[三]154 敬於婢，[三]193 是惡友，
[三]196 忠孝廉，[三]202 儀式而，[三]
1549 從戒是，[三]2145，[聖]1421，
[聖]170 正行如，[聖]425 安棄捐，
[聖]425 本佛不，[聖]425 法義解，[聖]
1582 解義於，[另]1721 同門説，[石]
1509 藥法或，[宋]、煩[宮]288 慧一
切，[宋][宮]292 之寧失，[宋][宮]329
心靖純，[宋][宮]721 林復有，[宋][宮]
810 門者宣，[宋]100 云何名，[元][明]
210 所行，[元][明]585 戒忍辱，[知]
384 父母，[知]384 三昧不。

適：[三][宮]721 則無此。

受：[明]1539 樂受或，[三][宮]
544 師教而。

屬：[宮]397 煩惱。

頌：[甲]2266 釋論，[甲]2274。

隨：[宮]1536 次相續，[三]1534
法能成，[三][宮]425 時勸無，[三][宮]
1431 從未懺，[三]1339 諸衆生，[宋]
[元][宮]1542 次相續，[元][明]649 眠
散於。

損：[宋][元][聖]210 調慈仁。

唯：[甲][乙]2254 見蟲等。

惟：[原]1201 諸佛密。

爲：[甲]1924 體寂照。

違：[甲]1842 疏解，[乙]2215 世
八心。

無：[明]261 理行故。

顯：[甲]2396 其正化。

現：[甲]1828 五趣異，[乙]2336
生向理。

項：[甲][乙]1821。

信：[甲]、藥本同之 871 忍也七，
[甲]1705 則師資。

行：[宮]309 總持菩。

修：[甲]1918 推尋見，[甲][乙]
1866 行菩提，[甲]1813 行所依，[甲]
2217 行應轉，[三][宮]481 奉，[三]375
學者當，[三]1592 義故行。

須：[宮]1912 相似實，[甲]、頌
[乙]2250 提那以，[甲]899 分，[甲]
[乙]2194 契經以，[甲]1512 如來上，
[甲]1733 自初中，[甲]1782 除滅，
[甲]1782 爲出世，[甲]2266 同仍相，
[三]190 教行出，[乙]、噸[乙]2393
修習，[乙]1174 念，[乙]1238 此極，
[原]1112 念時先。

巡：[三]1485 一切佛。

循：[聖][另]790 故而來。

應：[聖]291 應遊法。

友：[宋][宮]848 師意令。

於：[元][明]842 諸方便。

願：[宮]1602 解脫分，[宮]229 不求二，[宮]263 善權方，[宮]649 覺出生，[宮]1421 於僧改，[宮]1545 流義逆，[明]232 般若波，[明]374 爲汝斷，[聖]663 覺了遠，[宋][元]2060，[元][明]1443 時清淨。

樂：[三]192 禪思啓。

衆：[三][宮]1421 僧便不。

逐：[三][宮]1522 乃至有。

狀：[元][明]2042 頻頭莎。

准：[甲]1829 知若不。

罪：[元][明]1809 行七五。

舜

寂：[聖]2157 闍梨三。

瞋

眴：[三][宮]1545 而視以。

瞤

輅：[甲]2129 上。

潤：[三][宮]606 動是輩。

瞬

眴：[聖]397 三昧以。

眒：[宮]2102 息之中。

時：[聖]953 目觀。

瞋：[三]1341 轉環若，[聖]1579。

眴：[明]719 時有骨，[三][宮][聖]278 作如是，[三][宮]721，[三][宮]1559 動此五，[三]157 乃至千，[三]

186 禪悅爲，[三]200 極遲世，[三]1341 眼，[聖][另]310 天子以，[聖]268，[知]266。

擲：[三][宮]2121 頃即坐。

睨

覺：[甲]1782 支也七。

說

非：[甲]、非說[乙]2263 眞理。

果：[乙]2263 云云。

境：[甲]2261 祕密言。

詮：[乙]2263 卽當薩。

設：[甲]、說事[乙]2263，[甲][乙]2263 談無共，[甲]2261 三時敎，[乙]2263 門同遍，[乙]2263 作法但。

是：[乙]2263 畢竟無。

疏：[甲]2261 者論同。

嘆：[乙]2263 悉覺眞。

脫：[甲]2261 法亦通。

文：[乙]2263，[乙]2263 故慈恩，[乙]2263 無性卽。

悟：[乙]2263 萬法皆。

也：[乙]2263 云然以。

義：[乙]2263 哉依之。

語：[甲][乙]2309 不能。

云：[乙]2263 墮不思。

證：[甲]、一[乙]2263 如來法，[甲]2263 不定性。

諸：[甲]2263。

說

愛：[宮]1562 愛用無。

諺：[三][宮]1521 難陀故，[三]154 議口舌，[宋]1339 語諸四。

報：[三][宮]2122。

備：[聖]1442 若不住。

本：[甲]2195 若爾玄，[明]2016 覺如木。

彼：[甲]1873 大，[甲]2274 非過收。

辨：[乙]1821 者釋第。

辯：[甲]、辨[乙]1736 疏故。

別：[甲]1841 名異品。

炳：[甲]1700 法次衣。

不：[宮]1428 行婬，[甲]1736 相續也。

詑：[甲]2266 因緣起。

暢：[三][宮]384 六度無，[聖]663 是金光。

陳：[三]2121 佛語王。

成：[三][宮]286 諸身相。

誠：[中]223 一切種。

出：[宋][明][甲]1077 言。

處：[三][宮][聖]223 五者遠。

純：[甲]1828 大苦蘊。

詞：[甲]1805 復是默。

辭：[聖]291 度世遊。

此：[甲]1821 瞿名，[明]194 此，[明]1450 偈已作，[乙]1821 不淨觀，[乙]1822 不淨觀，[元][明]1558 不淨觀。

次：[甲][乙]1796 菩提性。

從：[乙]1723 三草皆。

從：[宮][聖]1546 是無學，[甲][乙]1822 色染心，[甲][乙]1822 種生

果，[甲][乙]2219 大悲根，[甲]1816 行十，[甲]1828 前無間，[甲]2219 此一門，[乙]1822 根本，[乙]1822 為明利。

答：[三][宮]1509 佛法應。

道：[甲]2401 者安右，[明]212 是得道，[明]2076 無情説。

得：[甲][乙]2250 好人如，[甲]1789 寂靜一，[甲]1816 法不可，[三][宮]1604 不可得。

等：[甲]1736 者十行。

諦：[甲][乙]2259 云由此，[甲]1816 安立諦，[明]1507 四，[三][宮]716 佛，[三][宮]1505 無，[三][宮]1547，[三][宮]1647 為苦集，[聖]1547 涅槃無，[宋]220 世，[原]2196 者即是。

調：[三]99，[三]186 無不仁。

頂：[三]865 禮一切。

諫：[聖]1425 共。

讀：[三]246 此般若。

段：[知]1785 空不。

斷：[三][宮][聖]1537 隨眠道。

多：[乙]1724 世所化。

訛：[原]1863 謬。

發：[敦]367。

法：[宮]650 無我無，[宮]2034 普入道，[和]293 三，[甲][乙]2385 先虛心，[甲]1736，[甲]2266 由此最，[明]262，[明]598，[明]997 行知時，[明]1425，[明]1433，[明]1435 法心念，[明]1479 波羅提，[明]1538 此是菩，[三][宮]274 諸法難，[三][宮]478，[三][宮][聖]1579 法師未，[三]

[宮]1435 波羅提，[三][宮]1523 者上，
[三][宮]2103 以此而，[宋]374 故名
爲，[宋][宮]279，[宋][宮]598 得總
持，[宋]1509，[原][甲]1775 無閡肇。

梵：[宋]1523 是中如。

佛：[明]220 法大德。

絃：[甲]2395 國位前。

該：[甲]1736，[甲]1813 於十方，
[甲]2434 果海初，[乙]1772 諸佛刹，
[原]、[甲]1744。

告：[聖]1723 三身故。

更：[乙]1238 神呪以。

故：[甲]2219 以此地，[甲]2255
尚書注，[乙]1822 遍身大，[原]1851
無彼此。

觀：[甲]1828 待因於，[甲]2305，
[聖]1549 斯二俱。

詭：[甲]1721 經。

果：[三][宮]657 報皆以。

訶：[聖]613 甚深空。

河：[三][宮]1546 有三謂。

吼：[元][明]624。

許：[甲]2262 相生故，[甲]2362
共若若，[甲][乙]2261 自國主，[甲]
2266 有現量，[甲]2814 見，[聖]223
法示教，[宋][宮]657 順道之，[乙]
2263，[乙]1822 補特伽，[原]1832 有
耳識。

護：[明][宮]225 幾聞善，[三]
1582 有爲法，[三][宮][聖]397 者乃
能，[三][宮]263 佛法一，[三][宮]298
持讀，[宋][元][宮]2045 弓箭。

花：[甲]2367。

化：[三][甲]951 修者咸。

畫：[聖]397 作界像。

悔：[三][宮]1458 先所犯。

惑：[三]2149 一名阿。

即：[甲]1742 生死無。

計：[甲][乙]1822 此所起，[甲]
2266 唯除空。

既：[甲]1973 此之法，[甲][乙]
2390 爲又，[甲]1863 又，[甲]2195 了
本國，[甲]2217 云此生，[甲]2261 聞
梵王，[三][宮]1558 無云何，[三][宮]
1562 斯二句，[三][宮]1595，[原]2271
資。

記：[丙]2286 云法華，[宮]672
故説無，[宮]223 是菩薩，[宮]310 亦，
[宮][聖]397 汝智慧，[宮][聖]1547
答曰斷，[宮]371 對曰受，[宮]397，
[宮]659 法如是，[宮]1604 無戲論，
[甲]1717 者本謂，[甲]2219，[甲]2266
義，[甲]2269 種子種，[甲]2271 之文
耶，[甲]2290 根本無，[甲]2290 矣，
[甲][乙]2391，[甲][乙]1866 又如十，
[甲][乙]2328 云云問，[甲][乙]2390
抄者明，[甲][乙]2390 文云捨，[甲]
[乙]2390 亦同海，[甲][乙]2391 外縛
進，[甲]1512 離言，[甲]1709 容第
二，[甲]1724 已下即，[甲]1816，[甲]
1821 者破云，[甲]1823 名爲轉，[甲]
1863 刹那分，[甲]1913 尚招愆，[甲]
2035 東方震，[甲]2128 文蠹吐，[甲]
2195 答，[甲]2195 耶就中，[甲]2214
之，[甲]2250，[甲]2266 別者當，[甲]
2266 何爲壽，[甲]2266 十三十，[甲]

2266 未來佛，[甲]2266 中有三，[甲]2270 有人却，[甲]2270 云及因，[甲]2271 喩無有，[甲]2274，[甲]2277 四種不，[甲]2339 此法又，[甲]2339 三乘引，[甲]2350 受文，[甲]2387 也或云，[甲]2395 夜現五，[甲]2400 唯同云，[甲]2400 云惠和，[明]18 法時若，[明][甲]1110 世尊我，[明]293 世論補，[明]1547 曰已轉，[明]1552，[三]1545，[三]1649 故無中，[三][宮]1545 彼，[三][宮]1559 四心次，[三][宮]1563 彼心正，[三][宮]1579 數之次，[三][宮]2043 大弟子，[三][宮][聖]225 拜當得，[三][宮][聖]1442 阿耨多，[三][宮][聖]1462 名字傳，[三][宮][聖]2042 此二檀，[三][宮]268 我等作，[三][宮]653，[三][宮]671，[三][宮]671 亦是彼，[三][宮]1451 犯，[三][宮]1509 彌勒時，[三][宮]1545 或，[三][宮]1545 諸弟子，[三][宮]1552，[三][宮]1558 言彼經，[三][宮]1562 根義故，[三][宮]1562 故又已，[三][宮]1566 因有勢，[三][宮]2045 今已果，[三][宮]2112 備載，[三][聖]190 此人必，[三][聖]1428 若故墮，[三]99 名曰，[三]311 言我當，[三]1559 別，[三]2103 般若此，[三]2145 出此經，[三]2154 薩婆若，[聖][另]675 菩薩滿，[聖]190 此解脫，[聖]310 已悉皆，[聖]1539 能爲緣，[聖]1544，[宋]、計[元][明]174 諸天，[宋]、識[元][宮]、說五識[明]1549 身亦不，[宋]220 爲順如，[宋]

[宮]1509 如是爲，[宋][元]、謂[明][宮]1552 修行法，[宋][元]220 隨喜迴，[宋][元][宮]1545 無記有，[宋][元][宮]713 言諸比，[宋]677 己修行，[宋]1559 此名樂，[乙]2249 佛便等，[乙]1822 一爲聲，[乙]1822 者即離，[乙]2192，[乙]2250 述記八，[乙]2390 四天王，[乙]2390 文，[乙]2390 用前佛，[乙]2390 云被服，[乙]2390 云遍知，[乙]2408 云，[乙]2408 之，[乙]2408 之而則，[乙]2408 左拳掌，[元][明][宮]1579 遠離增，[元][明][聖][石]1509 其第一，[元][明]125 者皆由，[元][明]221 爲阿耨，[元][明]310 菩薩學，[元][明]1014，[元][明]1559 如四分，[元][明]2103，[原]920 持今得，[原]1851 即是自，[原]2319 之，[原][乙]2259 文云五，[原]1863 常法，[原]2216 等所出，[原]2411 中，[原]2411 火天也，[知][甲]2082 數。

跡：[宮]2040 能應娉。

檢：[原]1724 向語。

見：[宮]2109 使像教，[甲]1816 即非見，[甲]2195，[聖]1470 三惡道。

諫：[三][宮][聖]397 已一切。

講：[三][宮]263，[三][宮]638 經天龍。

教：[甲]1733 如稱理，[甲]1736 主難，[甲]2288 論心識。

結：[聖]1428 戒若。

節：[甲][乙]2250 者非也，[甲]2392 勿著掌。

解：[甲]、水抄作記 2195，[甲]

[乙]、也[甲][乙]1822，[甲]2261 何，[三][宮]2121 其義諸，[聖]1509 甚深難，[乙]1724 又，[乙]1822 爲正就。

就：[甲]2255 若成則。

今：[明]385 頌。

禁：[明]1096 諸。

經：[甲]2015 而空性，[甲][乙]1822 有部問，[甲]1863 無此。

境：[甲][乙]2219 今此經，[甲]2339 十與三，[乙]1821 名爲生，[乙]2263 本質耶。

就：[宮]1523 正聞，[甲]1851 爲作戒，[甲]1881 唐，[三]1563 名爲厭，[三][宮]1558 容有理，[三][宮]1634 青眼如，[三][宮][聖]1562 初等四，[三][宮]1463 應一白，[三][宮]1505 今有是，[三][宮]1525 此以何，[三][宮]1563 等，[三][宮]1632 喻者凡，[三][宮]2060 其地，[三]1559 此爲依，[聖][另]1543 法，[聖]626 之已過，[聖]1562 識入母，[另]1552 若成就，[元][明]2125 目驗西，[原]1744 大乘威，[原]1898 扶。

據：[甲]1841 云及因，[原]1863 如理論。

絕：[甲][乙]1866 相名爲。

孔：[宮]671 過無定，[明]664 喻諸天。

詺：[宮]675 諸修多，[三]1532 言我已。

況：[甲]1846 三唯心，[甲][乙]1821 可知住，[甲][乙]1821 如被燒，[甲]1512 世人以，[甲]1736 雖有同，

[甲]1828 一時根，[甲]2219 意佛力，[三][宮]1549 當獲供，[三][宮]270 此經，[聖]1563 有漏言，[乙]1724，[原]、[明]1744 劣二明。

來：[甲]997 所説障。

覽：[甲]2410 也，[乙]2249 本有理。

離：[原]1782 分別故。

立：[甲][乙]2317 善惡已，[乙][丙]2810 六，[乙]1724 七種或。

利：[甲]2128 文從手。

列：[甲][乙]2263 之所説。

令：[明][宮]1581 得自義。

流：[甲]1816 順眞如。

漏：[甲][乙]1822 者故彼，[甲]2263 無漏釋。

輪：[乙]2192 也譬説。

論：[甲][乙]1816 下，[甲][乙]1821，[甲][乙]2254 也，[甲][乙]2261 等者成，[甲]1708 先性，[甲]1709 無明，[甲]1724 中據總，[甲]1735 一切是，[甲]1929 性地，[甲]1929 諸，[甲]2087 是語已，[甲]2249 各據一，[甲]2261 因喻由，[甲]2266 所因云，[甲]2271 與佛，[甲]2290 也，[甲]2305 云依言，[甲]2367 也，[三][宮]1545 但欲分，[三][宮]585 典籍斯，[三][宮]1520 大法等，[三][宮]1546 所，[三][宮]1552 無量分，[三][宮]2034 未嘗不，[三][宮]2122 天及地，[三][聖]211 之今故，[三]1558，[三]2150 根熟經，[聖]1851 六識七，[乙]1833 所因非，[乙]2087 一切有，[乙]2263 爲

第七，[乙]2396 故祕密，[原]、[甲]1744 佛法大，[原]1818 大法自，[原]1851 又誕公。

略：[甲][乙]2250 不和合，[三][宮][聖]2034 爲異沙。

沒：[甲]2255 心。

沒：[乙]1821 許此。

妙：[三]375 法聞法。

名：[甲]2255 食謂前，[三][宮]1646 爲火能。

明：[甲][乙]1866 心識何，[甲][乙]2263 其義不，[甲]1736 住之意，[甲]2195 釋迦世，[甲]2219 諸法實，[甲]2402 理趣於，[三]1532 何義此，[乙]1736 聚集顯，[乙]1816 五眼明，[原]1818 如來。

母：[聖][甲]983 大孔雀。

能：[元][明]310 授記得。

念：[三]、令[宮]603 不好令，[三][宮]1549 身異命，[三][宮]2060 破論有，[三]26 我等梵。

破：[宮][甲]1912。

期：[原]2416 普。

乞：[聖]1435。

起：[明]1595 愛熏習，[三][宮]1546 知見知。

訖：[原]2339 云由依，[原]、[甲]1744。

訖：[原]1782，[原]2196 天神同。

訖：[己]1830 無漏八，[甲]897 令諸弟，[甲]1709 從此，[甲]1828 不言離，[甲]1828 自下第，[甲]897 次復，[甲]1763 憂愁，[甲]1772 過去

事，[甲]1778 法王子，[甲]1828 例後二，[甲]1828 自下總，[甲]1830 如此今，[甲]1863 會中道，[甲]2266 文攝論，[甲]2266 文義蘊，[甲]2274 五種四，[甲]2290 三心文，[甲]2323 破漸教，[甲]1782 此上皆，[甲]、〔説至局以〕二十字－[乙]2317 至在前，[甲]1778 離一切，[甲]1781 故從索，[甲][乙]2391 即如本，[甲][乙]1709 後依古，[三]212 愛著偏，[三][宮]1462 酪，[三][宮]244 哩也二，[三][宮]1438，[三][宮][甲]895 一無證，[聖]1763 云應如，[宋]192 汝等勿，[元][明][聖]26 知是立。

前：[三]1426 作醜惡，[三]1426 作醜惡。

請：[宮]1425 諸長，[宮]544，[聖]26，[宋][宮]302 如是言。

取：[元]1514。

然：[甲]1763 之意也。

如：[甲]2274 我説。

汝：[宮]1435 實即勅。

鋭：[乙]2385 菩薩適。

若：[三]、訖[聖]1471 已飽當。

色：[明]1515 身皆不。

捨：[甲]1735，[三][宮]1808 毘尼母。

設：[甲]2339 之爲教，[甲]1782 藥德次，[原]1863 無，[原]2271 是所別，[原]2339 成就轉，[原]2339 則實義，[原]、[甲]1744 極深唯，[原]1856 破微塵，[原][甲]1825 竟不開。

設：[原]1763 既少冀。

設：[敦]1957 四者佛，[宮]397 種種諸，[宮]1549 有所燒，[宮]1558 界繫十，[甲]1782 化城息，[甲]1816 如，[甲]2367 本如是，[甲]2434 染淨因，[甲]1763 十問，[甲]1782 也依何，[甲]1804 二勝座，[甲]2217 也離有，[甲]2266，[甲]2266 言論所，[甲]2269 化之善，[甲]2274 法自相，[甲]2281 於違四，[甲]2323 破云金，[甲]2339 三細六，[甲]1833 親所遍，[甲]2195 云顯上，[甲]1831 我法唯，[甲]2255 也言長，[甲]2290 此中仍，[甲]2339 巧，[甲]2339 爲三，[甲][丙]1830 許是所，[甲][乙]1822 證得因，[甲][乙]1822 能治四，[甲][乙][丙]1833 使常生，[明]588 至誠而，[明]1450 善言令，[明]212 彼有朗，[明]588 法是爲，[明]588 心於是，[明]1545 若本，[明]1636 法比丘，[明]1547 爾所一，[明]220 法故世，[三]201 者猶尚，[三]220 而住當，[三]1191 方便不，[三]158 有眾，[三]1545 若成就，[三][宮]1470 若主人，[三][宮]1507 禁法使，[三][宮]416 而施他，[三][宮]1547 戒盜及，[三][宮]1549 可得者，[三][宮]1554，[三][宮]1566，[三][宮]1563 何方便，[聖]2034 法，[聖]663 問，[聖]676 若是遍，[宋]1057，[宋]212 智無崖，[宋][元][宮][石]1509 此不淨，[乙]1724 化城即，[乙]2259 無量定，[乙]1772 諸天願，[乙]1816 有差，[乙]1822 至少分，[乙]2223 釋曰此，[乙]2244 之辭耳，[元][明]158 一種句，[原]1821 又下論。

攝：[甲]2249 云事此。

攝：[甲]1717 諸法即，[甲][乙]1866 小乘及，[甲][乙][丙][丁][戊]2221 大乘教，[三][宮]1545 未至定。

身：[三][宮]721 放逸爲。

深：[三][宮]、染[聖]1562 厭患諸。

誑：[丙][丁]848 三欠若，[甲]850 是眞語，[甲]2035 師撮示，[乙]1069 馬頭觀。

沈：[三][宮]2122 吟俯。

生：[甲]1920。

施：[宮]618 是傳至，[甲]1724 應知令，[三]100 法而後，[三]1340 善方治，[三][宮]285 無限無，[三][宮]1509 法者亦，[三][聖]125 行之法，[三][聖]100 畏懼不，[聖]125 者由此，[知]1581 若有王。

師：[乙]2263 若斷若。

實：[三]1532 修行而。

識：[乙]2249 能見色，[原]2269 至如前。

識：[宮]310 如是等，[甲]2261 欲有無，[甲]2263 增上緣，[甲]2266 是也意，[甲]2263 種，[甲]2036 這箇不，[甲][乙]2309 分位中，[明]1435 佛在王，[明]997 法利合，[明]1547 色識答，[明]1562 意能了，[明]1646 有，[三]1562 展轉爲，[三]1571 形非即，[三]1592 傍名及，[三][宮]618 名識界，[三][宮]1584 名自分，[三][宮]1546 法故立，[三][宮]1546 亦如是，

[三][宮]1558 鍾能鳴，[三][宮]1558 諸
觸時，[三][宮]1584 陰次第，[三][宮]
1595 此本識，[聖]1562 衆緣合，[聖]
1595 因緣不，[聖]1536 爲所聞，[乙]
1816 二智以，[乙]1822 彼，[元]1596
過失故，[元]2016 有賴耶，[元][明]
671 不成。

示：[甲]2219 之或從。

是：[甲]2299 因緣云，[聖]425 是
三昧。

勢：[乙]1821 力起故，[乙]1821
力起故。

試：[三]、誠[聖][石]1509 事於
他。

釋：[甲]1708，[甲]1828 下釋中，
[甲][乙]1822 即此七，[甲][乙]2250
摩訶二，[明]1568 曰今當，[三][宮]
2058 既經再。

疏：[甲]1698，[甲]1698。

述：[三][宮]2122，[三][宮]2122。

數：[聖]1552 攝受阿。

誰：[三][宮]1547 者爲樂。

肆：[宮]263。

訟：[三][宮]2123 其短口，[聖]
1462。

頌：[宮]1598 言。

誦：[原]923 伽。

誦：[博]262 是法華，[高]1668
呪言，[宮]267 此經速，[甲]1040 一
切如，[明][宮]1545 言若最，[三][宮]
2034 偈一卷，[三][宮]1545 有不修，
[三][宮]1598 言經爾，[三][宮]1545
如餘處，[宋][明]1170 句召大。

隨：[原]1840 有無亦。

隨：[甲]1816 非無。

所：[宮]1581 謂下下，[甲]1736
名爲罪。

談：[甲]1816 二勝，[原]1815 過
防十。

談：[甲]1886 四五破，[三]387
偈頌答，[三][宮]1545 得利養。

歎：[三]418 無有異，[三]418 無
有異。

統：[甲]2219 而言之，[明]2060
總六百。

蛻：[宋][元]263 滅度一。

託：[宮]263 言，[宮]1598 非聲
聞，[甲]1828 衆，[甲]1784，[甲][乙]
1796 因緣事，[三][宮]2105 同似漢，
[乙]1822。

脫：[甲]1816 相中分，[甲]、悦
[乙]1816 若世界。

脫：[原]2196 雪然自。

脫：[宮]626 若之狐，[宮]1617
無性不，[宮]310，[宮]1509 二法世，
[甲]1873 意何爲，[甲]2196 實然，
[甲]1763 如送與，[甲]1784 耶釋，
[甲]1828 經云大，[甲]1863 今，[甲]
1959，[甲][乙]2207 舊翻聞，[明]190，
[明]310 者實無，[明]382 智莊嚴，
[明]433 所生之，[明]640 無央數，
[明]1341 阿，[明]1522 時心不，[明]
220 諸菩薩，[明][甲]1177，[三]475，
[三]2153 經一卷，[三]158 海印三，
[三][宮]425 勸樂度，[三][宮]627 道
誼六，[三][宮]636 者悉爲，[三][宮]

1549 戒，[三][宮]2122 不稱可，[三][宮]397 語五者，[三][宮]398 當，[三][宮]416 思惟如，[三][宮]1462 於菩提，[三][宮]1521 是三乘，[三][宮]1546 者彼解，[三][宮][聖]1462 此四句，[石]1509 聲，[宋]1340 摩那婆，[宋][元]187 如法修，[乙]1816 相此中，[乙][丙]2396 味乃至，[元]220 無怖畏，[元][明]626 如，[元][明]627 二如其，[元][明]100 離苦時。

往：[甲]1724 此經，[甲]1724 此經。

望：[甲]1828 不。

唯：[三][宮]309 願世尊。

爲：[甲]2299 頓教故，[明]1622 不異性，[明]220 有字法，[三][宮]397 義寶女，[三][宮]2123 偈言，[乙]1736 佛性二。

謂：[原]965 令善男，[原]2271 一因名，[原][甲]1851 爲無願。

謂：[宮]721 活黑繩，[宮]1558 諸根皆，[宮]2122 閻浮，[甲]2263 非謂一，[甲]2266 如經言，[甲]2266 如來獲，[甲][乙]1822 所依雖，[甲][乙]2185 不，[三]1451 如是七，[三]1545 此攝類，[三][宮]1595 十二部，[三][宮]461 解脫曰，[三][宮]1546，[三][宮]1552 在最上，[三][宮]1660 世間捨，[聖]125 決了不，[聖][另]1453 所對之，[乙]1821 男女二。

文：[甲]2195 何云未。

文：[乙]2263 見知二。

聞：[原]2208。

聞：[原]2254 六。

聞：[三][宮]397 純樂而，[元]1428 時。

無：[原]1764 如來無。

誤：[甲]1806 八不違，[甲]2266 然。

習：[甲][乙]2263 也緣真。

洗：[甲]1782 除諸垢，[甲]1793 具以聞。

顯：[甲]2810，[乙]2263 地上勝。

現：[甲]2195 有花先。

現：[原]920 神。

現：[甲]1816，[甲]2814 故亦可，[三]618。

相：[甲]1092 智者不。

詳：[甲]2339 定南岳。

想：[三][宮]1549。

信：[三]1532 等。

行：[明]382 於是三。

宣：[三][宮]657 流布是，[三][聖]190。

訓：[三][宮]2104 何異疾。

訊：[聖]1763 案僧亮，[元][明][甲][乙]1092。

言：[原]1744 已立二。

言：[宮]374 世間無，[甲][乙]1822 是道故，[甲][乙]1821 犯戒，[甲][乙]1822 名色至，[甲][乙]1822 至義亦，[甲][乙][丙]1823 香無逆，[明]1450，[三]125 亦不言，[三]1331 何敢不，[三]220 佛行彼，[三]375 我遍一，[三][宮]1428，[三][宮]1435 有一住，[三][宮]1509，[三][宮]1646 無

答曰，[三][宮]2109 以治病，[三][宮]224 聞説深，[三][宮]665 陀羅尼，[三][宮]1425 大德僧，[三][宮]1439 大德尼，[三][宮]1546 大王從，[三][宮]1558 一切染，[三][宮]1646 無諸，[三][宮]1646 眼見問，[三][宮][聖]224 號如是，[三][宮][聖]1425 女生外，[三][聖][石]1509 須菩提，[聖]371 彼善男，[聖]1721 耳七是，[石]1509，[石]1509 是諸，[石]1509，[石][高]1668 隨他縁，[石][高]1668 生處殊，[乙]1736 是有爲，[元][明][聖]190。

演：[甲]1871 經時第，[別]397 法不辭，[三]1331 此言已，[三][宮]627 不退轉，[三][宮]672 眞實法。

耶：[甲]1828 述曰若。

一：[甲]1736 偈讚佛。

疑：[甲]1512 義意。

已：[宮]278 解脱門。

以：[甲]857 如來鉤，[甲]2305 第八説，[三][宮]1646，[聖]99 偈答言，[宋]1024。

意：[甲]2323 也自第，[甲][乙]1822 也論。

義：[甲]1721 若師若，[三]2112 交戰于，[三]1530 如來智。

議：[宮]1581 義無所，[三][宮]1453 用之無，[三][宮]263 陰衰所，[三][宮]278 劫住梵，[三][宮][聖]626 如，[三][聖]99 已各，[乙]2250 戒通名。

詠：[宮]263 得未曾，[三][聖]125

露坐者。

踊：[三][宮]338 此經福。

訛：[元]1579 法義甚。

有：[甲]1722 十二部，[甲]1736 皆是，[甲]1736 罪福名，[甲]1965 二種人，[甲]2271 四，[甲][丙]2810 一乘，[乙]2261 説心分。

於：[原]1756 妙音也。

於：[三][宮]378 一切行。

與：[甲]1736 於理而。

語：[原]1851 通因。

語：[丙][丁]865 妙明金，[宮]1421 之有食，[宮]1435 若比丘，[宮]224 皆佛語，[宮]1428 此乃説，[宮]1552 而，[宮]1552 語性故，[宮]1547 而説不，[宮]1985 出許多，[甲]2075 已作禮，[甲]1811，[甲]2128 也唐言，[甲]2337 故華嚴，[明]1450 已心大，[明]1442 還報得，[明][宮]532 吾等輩，[三]48 比丘我，[三]125 我父母，[三]156 已心驚，[三]190 已心各，[三]643 已四千，[三]1435 爾時有，[三]21 者爲詆，[三]99 我名修，[三]99 者作二，[三]374 則生不，[三]702 不非時，[三]721 以法語，[三]2122 癡故到，[三][宮]286 一切佛，[三][宮]626 不失恒，[三][宮]653 何者是，[三][宮]1428 自恣時，[三][宮]1549 必死無，[三][宮]1646 堅依堅，[三][宮]356 無有與，[三][宮]374，[三][宮]482 終不有，[三][宮]671 如是妄，[三][宮]703 人謂多，[三][宮]1442 已作如，[三][宮]1451 已歡喜，[三][宮]

1451 已咸皆，[三][宮]1494 如是言，[三][宮]1509 答曰釋，[三][宮]1509 空因緣，[三][宮]1539 言梵志，[三][宮]1545，[三][宮]1545 義者無，[三][宮]1546 盡顯説，[三][宮]1546 言汝身，[三][宮]1633 爲入，[三][宮]1681 悉無邊，[三][宮]2121 言善男，[三][宮]2121 言汝今，[三][宮]339 迷惑説，[三][宮]721 言無因，[三][宮]1451 僧伽有，[三][宮]1536 如是語，[三][宮]2123 癡故到，[三][宮][另]1543 錢財彼，[三][宮][聖][石]1509 不見實，[三][宮][聖][石]1509 皆應信，[三][聖]190 我得成，[三][聖]291 以開化，[聖]1425 妊娠者，[聖]1549 於此間，[聖]224 皆至誠，[聖]、説＋（語）[知]1581，[聖][和]1581 自性無，[宋][宮]221 如幻如，[宋][明]1191 有百千，[乙]2218 內證，[乙]2393 表依法，[元][明]1674 耽食愛，[知]384 説云何。

浴：[宋][宮]2060 法異類。

欲：[宮]263 欣然，[宮]1566 有彼自，[明]620 一心一，[明]1656 欲涅槃，[三][宮]1545 二心俱，[三][宮]1545 令四大，[聖]1463 法輪無，[元][明]1536 離欲此。

譽：[三]125 著五納。

緣：[原][甲]2196 四諦也。

緣：[甲]2255 一入處，[甲][乙]1822 能盡生，[甲][乙]1822 至能頓，[三]1558，[乙]1822。

院：[原][甲]2271 私記云。

曰：[甲]1973 自足至，[明]1547 曰此上，[乙]2408 不空羂。

約：[原]2337 忍。

悦：[宮]2040 其心并。

悦：[原]1829 審緣故。

悦：[甲]、説[甲]1781 供養之，[明]1547 性也果，[明]312 愛語攝，[三][宮]425 可福報，[三][宮]2103 解焉野，[三][宮]2122 於信者，[三][宮]1536，[三][宮]1579 獲他利，[三][宮]1506 樂，[聖]292 可度言，[另]1721 大三句。

云：[原]1851 無亦得。

云：[甲]1929 龍女於，[三][宮]2122 己，[乙]2228 五方如。

讚：[原]1695 不能。

讚：[甲]2410 一乘道，[三]366 我不可，[三][宮]1604 神通大，[三][宮][聖][石]1509 其名者，[三][宮][石]1509 果報令，[乙]2376 僧若聲。

責：[三]375 一切。

者：[甲]1771 更退一，[元]1550 有十四。

諍：[宮]633 實而不，[甲]2250 憂根當，[甲]2250 憂根當，[宋]1509 爲度衆。

證：[甲]2335 一，[原]1744 故言我。

證：[丙]2286，[丙]2396 其中皆，[宮]310 於，[宮]1522 而不可，[甲]950 解脱一，[甲]1026 梵語，[甲]1782 勝義無，[甲]2337 解脱不，[甲]2434 説身語，[甲]1512 則，[甲]1805 更須，

[甲]1863 全非何，[甲]1863 先無人，[甲]2271 正教名，[甲]2335 法界若，[甲]1816 耶，[甲][乙]2263 現業不，[甲][乙]1821 彼但名，[甲][乙]1822 因數多，[三]865 等覺一，[三]1532 以如來，[三]682，[三][宮]329 是義於，[三][宮]660，[三][宮]1545 爾時，[宋]1545 法謂佛，[乙]2396 五乘法。

之：[甲]1921 畢則破，[三][宮]381。

枝：[聖][另]1552 名色六。

知：[乙]2396 如來內。

知：[甲]2218 無生文，[明]1551，[三][宮]1521 我悔罪，[石]1509 他過不。

執：[原]1852，[原]2319 爲若我。

執：[甲][乙]2261 隨名橫，[甲][乙]1832 爲若我，[明]1559 我品第，[乙]1816 故言無，[乙]2263 生死等。

止：敦[乙]262 是陀。

至：[明]220 乃至一。

智：[原]1829 即無分。

重：[甲]1828 法又爲。

呪：[原][甲]1268 已復告。

呪：[三]、祝[宮]627 王阿闍。

諸：[甲]1816 法身者，[甲]1816 法身者。

諸：[原]1776 德殊勝。

諸：[宮]288，[宮]671 煩惱濁，[甲]1733 器故謂，[甲]2250 前向果，[甲]2263 一者唯，[甲]2274 自不定，[甲]2299 罪，[甲]1969，[甲]2227 作護摩，[甲]2239 佛如來，[甲]2262 者

此對，[甲]2300 陰不滅，[甲]2337 菩薩，[甲]2035，[甲]2217 法從因，[甲]2217 行者悟，[甲][乙]2391，[甲][乙]2391 軌中或，[甲][乙]2391，[甲][乙]2254 論一同，[明]220 菩，[明]293 業報不，[明]1522 者自身，[明]1547 極七還，[明][乙]1008 法語言，[三]192 凡品不，[三]201 上事白，[三]682 蘊見人，[三]642 法亦無，[三][宮]1660 解知死，[三][宮]2029 比丘樂，[三][宮]2034 論各異，[三][宮]2059 過乃懸，[三][宮]397 佛所依，[三][宮]408 地等法，[三][宮]824 道者離，[三][宮]885 最上法，[三][宮]1522 器差別，[三][宮]1545 長壽天，[三][宮]1545 過復別，[三][宮]1546 功德善，[三][宮]1558 受皆苦，[三][宮]1562 異生聞，[三][宮]1646 生緣老，[三][宮]278 佛法門，[三][宮][聖]292 法門演，[三][宮][聖]292 所思念，[三][宮][知]266 法猶虛，[三][甲][乙]950 餘經教，[聖]586，[聖]1509 佛五無，[聖]221 般若，[聖]397 法乃至，[聖]1579 劣界爲，[聖][另]302 法無中，[聖][另]675 少分成，[另]1509 如去者，[乙]2261 依他，[乙]2396 法是第，[乙]1201 法相空，[乙]1821 空界，[乙]2336 法，[元]157 法即得，[元]1464 戒日便，[元][明]1546 極下凡，[元][明][宮]314 沙門婆，[知]1441 佛言聽。

住：[甲]2313 其可修，[乙]2408 也又蘇。

字：[甲]2157 貞元新，[甲]2157 貞元新。

恣：[聖]1435 事今説。

宗：[乙]1736 不通如。

作：[宮]2042 偈言，[宮][甲]2008 無相，[明]310 如是，[明]842 是語已，[三]152 偈言，[三][宮]672 是言，[三][宮]1546 者當知，[三][宮]2040 如是言，[元][明]277 是言我。

諸：[乙]2297 須陀洹。

朔

朝：[甲]2084 宰立望。

朝：[宋]2110 野奄有，[宋]2110 野奄有。

明：[三]2034 丑鴻。

翔：[三]2149 公於南。

用：[聖]2157 元年於，[聖]2157 元年於。

矟

鞘：[宋][甲]、鞘[乙]1069，[宋][甲]、鞘[乙]1069。

弰：[聖]2042 種種器。

梢：[甲]1065 手楊柳。

筲：[三]、梢[宮]1435 箭扇蓋。

束：[三][聖]190 弓弩或。

槊：[三]187 又弩至，[三]190 種種戰，[三]187 干戈斧，[宋][宮]377 弓箭刀，[元][明][宮]374。

鎖：[聖]26 鉾戟斧。

鑿：[三][宮]1435 大刀小。

碩

博：[三]2087 學高才。

顧：[甲]1973，[三][宮]1464 意不犯，[宋]2154 反西梵。

石：[三][宮]2040 餘此臣，[三][宮]2060 備歷艱。

項：[甲]2087 學高才。

碙：[甲]2087 學高才，[乙]2426 鼠尾閭。

槊

楯：[三][宮]1425 軍中宿。

犁：[元][明][宮]271 行破愛。

梁：[甲]2068 儼然備。

契：[乙]2394 商估鈴。

朔：[甲][乙][丙]973 如來無。

矟：[三]374，[三]374 之瘡體，[三]375 遮護捉，[三]1571 等與人，[三][宮]1442 刃勢二，[三][宮]1442，[三][宮]402，[三][宮]1646 刺，[三][宮]421 種種器，[三][宮]1435 弓箭若，[三][宮]1442 未至地，[聖]1582 多有衆。

舞：[丙]1141 菩薩左。

鎙

矟：[原]1212 次手把。

爍

烙：[元][明]1509 之爍已。

鑠：[宮]2112 金積毀，[和]261 身如盛，[明][另][丙][丁]1199 訖底或。

鑠

烙：[三][宮]2123 于眼。

燒：[三][宮]、銘[聖]1425 身不
受。

厶

某：[三][宮]1644 姓厶名。

司

伺：[宮][甲][乙][丁][戊]1958 命
害鬼，[甲]970 命歡喜，[三]99 其所
須，[三]826 取其便，[三][宮]2045 察
殃咎，[三][宮]1552 獵屠羊，[聖]189
勿使有，[聖]1425 速將罪，[聖]1425
令象蹈，[聖]1425 取斷事，[聖]1425
令執諸。

所：[三][宮]2102 用不均。

同：[宮][甲]1805 也此即，[甲]
1860 通其情，[甲]2128 幽繫之，[甲]
1833 親奉指，[明]2053，[三]198 行
求輩，[宋]2122 恪有何，[元][明]2103
太祝縱。

再：[甲]2039 議金瑞。

指：[甲]1960 南之語。

私

標：[三][宮]1458 記或。

杜：[乙]2391，[乙]2391。

佛：[三]2125 之物聖。

和：[丙]1753 密不，[宮]1462 婆
王便，[宮]1509 陀河，[甲]2391，[三]
[宮]1458 通隨七，[聖]1441 房是名，
[聖]1441 若衣食，[宋][元]142 密之

事，[宋][元][宮]2122 門二頭。

弘：[宮]1562 經言方，[甲]1921
誓慈悲。

利：[甲]1335 毘唎，[明]2122 失，
[宋]17 己私不，[宋][元]1424 曲便
招，[元][明]1456 房居人。

祕：[甲]2231 記出，[甲]2409，
[甲][乙]2263 云〇有，[甲][乙]2397 檢
二文。

秘：[甲][乙]2404 云此，[甲][乙]
2404 云此。

祁：[元][明][宮]384 陀汝。

杉：[甲]2386 盈。

衫：[聖]、衫[甲]1733 是所作，
[原]1869 所發至。

衫：[乙]2194 已下出。

社：[三]1336 那坻毘。

師：[原]2411 云二羿。

思：[明]1450 念言太，[三]1332
共外人。

斯：[明]1301 匿心懷，[三]1301
匿聞佛，[三][宮][聖]1602 迦等共。

絲：[原]1986，[原]2003 去僧云。

松：[三]2110 井屈聖。

行：[三]2110 殺也是，[三]2110
殺也是。

夷：[明]1810 便命，[三]26 施設
禁，[三]26 衆往見，[三][宮]1428 諸
天大，[三][宮]1428 國王大，[三][宮]
[聖]1428 若王若，[三][宮][另]1428
及餘大，[三][聖]26 恐優，[聖]26 我
字名，[聖]1428 所說應，[聖]26 彼隨
梵。

移：[甲]1852，[三]2103 之樂土。

意：[明]2131 序云指。

祐：[聖]2157 呵昧。

知：[三][宮]1650 自思惟，[三][宮]2102 非異。

祇：[元][明]、坻[中]440 多佛南。

思

案：[乙]2263 之，[乙]2263 之。

悲：[三]、〔思〕－[宮]530 念不離。

慚：[甲]2261 故知慚。

臭：[甲]2082 人學之。

辭：[三][宮]2060 永別好。

伺：[甲]1733 等次句，[原]2425 眾生修。

怠：[宋]1521 惟義趣。

惡：[宮]732 想界斷，[宮]1525 二十者，[宮]1593，[甲]1724 惟故依，[甲]1733 六正精，[甲]2266 我是先，[甲]2300，[三][宮]1563 業作及，[三][宮][甲]901 若，[三][宮]397 盡煩惱，[三][宮]1478 名不得，[三][宮]1546 覺隨有，[三][宮]2122 何辭以，[聖]272 食大王，[聖]717 所成智，[聖]1442 雨書信，[乙]1258 遍度引，[元]1598 所成慧。

恩：[宮]602 也貪樂，[甲][丙]2120 表一首，[甲][乙]1072 澤放，[甲]1863 豈有邊，[甲]2087 殊香異，[甲]2119 等風雲，[甲]2120 飾終累，[甲]2120 之旨莫，[甲]2348 大德七，[明]1450 念曰我，[三][宮]2108 天屬

以，[三][宮][甲]2053 特令法，[三][宮]443，[三][宮]443 如來南，[三][宮]1656 德勝負，[三][宮]2060 智曄，[三][宮]2103，[三][宮]2122 勅許之，[三][宮]2122 存拔，[三][宮]2122 念仁慈，[三]120 量持三，[三]152 保寧，[三]157 義諸小，[三]186 隨時，[三]190 多，[三]1562 果故，[三]2103 必通理，[三]2110 嫉梟，[三]2112 德留樹，[三]2122 情如生，[聖]222 愛心離，[聖]1859 深不能，[聖]2157 漿錄表，[聖]2157 影勇橫，[聖]2157 之無，[宋][宮]224 念於佛，[宋][宮]443 如，[宋][宮]2053 報昊，[宋][宮]2103，[宋][元][宮]2103 並沾，[宋][元][宮]2103 淵深叡，[宋]1559 偈曰一，[元][明][甲][乙]901 二合上，[元]322。

耳：[三][宮]2122 荊楚。

爾：[原]1782 也不能。

骨：[三]982 孕反賀。

觀：[石]2125 嘗試論。

觀：[元][明]152 熟視存。

鬼：[甲]1239 如執，[甲]2128 律反鄭，[明]2016 空繩消，[三][宮]2122 諸羅刹。

果：[丙]2381 大乘眞，[甲]1709 修等生，[甲]1816 惟唯識，[甲]1821，[甲]1828 喪故説，[原]2262 心○。

何：[三]26 世尊面。

惠：[丙]2120 遠寺，[甲]2068 約樹果，[甲]2068 更就異，[三]2063 隱，[聖]2157 塵論同，[聖]2157 法務言。

慧：[甲][乙]1822 所成爲，[甲]1733 生也又，[甲]2035 瑞應本，[甲]2196 釋迦不，[三][宮]1611 以出世，[三]1545 謂思所，[乙]1796 學故得，[乙]2263 欲界身。

惑：[甲]2366 義後釋。

見：[宮]446 惟佛，[明]606 此已便。

界：[甲]1736 者二，[甲]1828 又由三，[明]1562 緣起中，[三][宮]1579。

經：[三]2149。

可：[三][宮][聖]266 議。

恐：[明]2131 懼而夢。

理：[明]1603。

戀：[三][宮]285，[三][聖]361 晝夜無。

量：[三][宮][聖]224 諸。

慮：[聖]1421 之吾言。

慇：[宋]403 念以爲，[宋]2060 雲霄曾。

乃：[三][宮]2122 所以影。

念：[甲]1932 方便，[明]293 念漸次。

期：[宮]398 白世尊，[三]2060 合京竦。

其：[甲][乙]2393 中義理，[三][宮]425 際何況。

且：[甲][乙]2263 假性名。

曲：[甲]2400 令直大。

忍：[宮]292 念諸，[宮]1548 觸思惟，[甲]1709 中而修，[甲]2219 成道事，[明][宮]309 智上觀，[三][宮]

398，[三]190 慚愧以，[三]397 不親近，[元][明]2103 展聿修，[原]1829 此呪故。

深：[甲][乙]1909 慮結。

師：[明]2145 湛然恢。

是：[甲]2266 量之名，[三]1562。

司：[甲]1736 晨鳥合。

私：[三][宮]512 議瞻望。

斯：[宮]266 一切眾，[宮]416 諸佛所，[和]293 漸食於，[三]1644 龍王作。

所：[三][宮]1664 有行相。

田：[宮][聖]425 其佛光。

忘：[甲]2157 童子經。

惟：[三][甲][乙]2087 念何以，[三]202 念我父。

畏：[宮]1557 念，[明]220 議佛言，[明]440 惟忍佛，[三][宮]270 是鳥聲，[三][宮]796 蔽塞轉，[宋][宮]292 議何謂。

西：[三][宮]2102 感覩無。

息：[甲]1816 不，[甲]2119 相，[三][宮]618 數。

相：[三][宮]1546 應共有，[三]186 以定淨，[三]201 壞汝善。

想：[宮]1539 如是眼，[宮]1546 處凡夫，[甲]1201 此全身，[明]817 想彼虛，[三][宮][聖]222 過是四，[元][明]1442 諸佛教。

颸：[甲]2035。

心：[甲][乙]1822 差別所，[三][宮][德]1562 力有多，[三][宮]1509，[三]202 聽之當，[聖][另]1431 念之

若，[聖]1429 念之若。

　修：[甲][乙]1736 同也。

　尋：[原]、悉[甲]2253。

　異：[宮]721 異相念，[宮]1571 業能感，[原]1851。

　意：[甲]2317 故熏成，[聖][另]790 淺薄聽。

　義：[甲]2250，[甲]2263 故許通。

　議：[甲]2290 文記四。

　因：[甲]1705，[三][宮][別]397 無緣得，[三][宮]403 慧成道，[石]1509 生故得。

　應：[元]220 惟一切。

　由：[明][宮]1563 是真施，[三][宮]2060 物命燎。

　愚：[宮]263 想周旋，[甲]2135 母喇伕，[聖]292 議無娃，[聖]210 法，[宋][聖]210 紹行，[乙]2328 法種性。

　與：[宋]1545 得增長。

　遇：[三][宮]403 逮了本。

　運：[甲][乙]、通[甲]2288 之問說。

　知：[三][宮][聖]1562 然，[乙]2810。

　至：[甲]2266 教三量。

　志：[三][聖]1 邪語邪。

　忠：[宋][元]2061 禪師乃。

　自：[三][宮]2122 惟。

斯

　安：[明]1450 說已即。

　厮：[三]2111 下之人，[三]下同

2121 賤。

　常：[宮][甲]1912 身。

　此：[宮]687 子當極，[甲]2195 經而見，[甲]2748 得，[甲][乙]1822 有何過，[甲][乙]1821，[甲][乙]1821 二義名，[甲][乙]1821 過者理，[甲][乙]1821 解以識，[甲][乙]1821 釋鄔婆，[甲][乙]1822 不障礙，[甲][乙]1822 故，[甲][乙]1822 問答問，[甲]871 善法果，[甲]952 像則信，[甲]952 呪結印，[甲]1512 經能生，[甲]1709 了，[甲]1709 匿王今，[甲]1733，[甲]1733 所，[甲]1821 理證定，[甲]1821 有何失，[甲]1929 次後，[甲]2262 所憑於，[甲]2263 故九品，[甲]2266，[甲]2266 大致，[甲]2300 實相則，[甲]2337 等文得，[甲]2392 供養唯，[明]125 偈，[明]310 三千大，[三][宮][甲]2053 力耶必，[三][宮]263 典溥首，[三][宮]263 法已得，[三][宮]263 慧如十，[三][宮]263 經典，[三][宮]263 世間如，[三][宮]399 攬攝一，[三][宮]425 義倚著，[三][宮]585 經典者，[三][宮]585 經然從，[三][宮]606 師者調，[三][宮]606 時各怖，[三][宮]606 是故知，[三][宮]630 巍巍尊，[三][宮]687 重殃，[三][宮]810 離意女，[三][宮]810 女從三，[三][宮]813 法無諸，[三][宮]1545 論，[三][聖]375 事惟，[三]125 偈，[三]185 病太子，[三]203 子若實，[三]627 三藏無，[三]2145 對靡知，[三]2145 以往法，[聖]585 則名曰，[聖]

1585 論若唯，[乙]1821 解於根，[乙]1821 不定故，[乙]1821 解即第，[乙]1821 解破即，[乙]1821 解亦不，[乙]1821 救義實，[乙]2263，[乙]2263 一義。

伺：[三][聖]211 空池既。

得：[明]312 勝力何。

斷：[宮]631，[宮]2121 事何蛇，[甲]1921 義若明，[明][宮]810 門，[三][宮]2060 可，[三][宮]481 慧不致，[三][聖][宮]234 寧爲飢，[三]100 六念故，[三]397 斷見行，[聖]1442 爲善，[宋][宮]425 吉祥，[元][明]425 棄所因，[元][明]425 消無明。

二：[甲]1778 疾者悲。

河：[三][宮]2122 河東北。

勘：[三]2154 本猶闕。

誑：[元][明]784 俗難動。

愧：[三][宮][聖]、欺[別]397 無有。

律：[三]2110 文若齊，[三]2110 文若清。

期：[宮]715 事上奏，[宮]1458 應識若，[宮]2103 之人律，[甲]1828 所有受，[甲][乙]1709 至誠之，[甲][乙]2263 心別故，[甲]1512 二人於，[甲]1830 初地至，[甲]1830 二分，[甲]2249 一失於，[甲]2266 願言我，[明]1554 大過諸，[明]1609 過者，[明]2060 賴所以，[明]2103，[明]2103 滅盡者，[明]2122 果還語，[三][宮]607 身念色，[三][宮]1443，[三][宮]2121 募求智，[三][宮]2122 夜當來，[三]201 言

甚虛，[三]202 制罪在，[三]2145 通焉識，[三]2145 之非徒，[宋][明]2145 切審三，[乙]1821 反害自，[乙]1821 招過，[乙]1822 有何失，[原]1771 於彌勒，[原]2131 吒或麼。

欺：[聖]285 法虛僞。

其：[甲]1816 不，[甲]2270 而有時，[三][宮]263 樹下因，[三][宮]810 聲甚悲，[三][宮]895 勝妙好，[三][宮]2045 必有謀，[三]125 命根其，[三]1014 義比丘，[三]2122 言驗矣，[聖]125 坐小復，[聖]278 光者皆，[聖]703 貧困，[宋][宮]1648 所樂處，[宋][元][宮]2059 文也帝，[乙]1736 妙若華，[元][明]2110 智囊郁。

輕：[三][宮]、緣[知]384 報我既。

沙：[三]1343 竭。

尸：[宋][元]、師[明]760 利菩薩。

師：[明]643 匡王及。

時：[宮]263 世尊而，[三]186 執杖釋。

是：[甲]1721 不同者，[甲]2337，[明]100 二人其，[三][宮]263 經典逮，[三][宮]606 觀身中，[三][宮]683 終得昇，[三]100 事還歸。

私：[三][宮]2122 致染敗，[三][宮]1442 迦宣説，[三][宮]2042 陀仙相，[三]638 則寶也，[宋][明][宮]2122 匡王者，[宋]195 匡王晋。

思：[甲]1736 觀徒，[甲]2787 辯，[甲]2837 言之少，[明]638 慧已周，[明]1012 經故，[三][宮]392 大道陵。

厮：[明]397 下心不，[明]2123 賤

王見，[三]203 下智慧，[元][明]203 賤
王見。

蕲：[宋]、籤[元][明]1014 鞞蒲
詣。

厮：[甲]2073 下承對。

四：[三]2122 天。

雖：[三]2112 異義意。

娑：[三]1343 目呿波。

所：[宮][知]598 持可盡，[宮]309
義有明，[甲][乙]、－[宮]1799 問，[甲]
2266 亦有理，[明]1 須何物，[明]318
辭其得，[明]1522 二三藏，[元][明]1
生何處，[元][明]1545 論若諸。

田：[三]、期[宮]813 等其福。

我：[三][聖]210 載如大。

無：[三]1011 上道。

悉：[三][聖]125 知之是。

向：[宮]2066 少福。

新：[甲]1733 有故非，[甲]2068
之，[三]190 威儀身，[聖]2157 乃普
天。

形：[甲]1958 火界違。

耶：[三][宮]224 匿。

夷：[三][宮][聖]625 婆羅門。

永：[甲]1964 亡。

於：[三][宮]638 大會瞻。

則：[甲]2339 萬行，[原]2194 無
二種。

斬：[甲]2255。

者：[元]2016 則豈。

斟：[甲]2792 不再益。

子：[三][宮]398 女一切。

絲

綵：[甲]1782 二心。

經：[宮]1566 成絹如。

綸：[宋]2154 言兼令。

綿：[宮]2122 綿。

霓：[元][明][聖]643 婉。

氣：[甲]2219 也以。

絲：[三][宮]309 孔中藏。

線：[乙]2227 赤色此。

綜：[甲]2239 爲海。

總：[原]、忽[甲]1796 忽之際。

厮

斯：[宮]374 下小人，[宮]374 下
之人，[宮]797 下千載，[三][宮][聖]
2060 小造，[三]360 下，[宋][宮]374
下之，[宋][聖]375 下之人，[宋][元]
[聖]375 下之人，[宋]202 賤婢使。

栖：[宋]、欺[聖][另]790 米，
[宋]、斯[宮]、欺[聖][另]790 米我不。

斯

斯：[三]、流布本作厮360 賤厊
劣。

澌

澌：[甲]2128 上力澄。

嘶

斯：[聖]1522 字師子。

廝

斯：[三]1 細卑陋。

澌

漸：[明]1478 地是六。

賜：[三][宮]、賜[石]1509 又如方。

死

比：[元][明]310 佛菩提。

必：[三][宮]1559 定生天。

便：[明]1549 陰壞敗。

病：[三][宮]1546 復有，[三][宮]2122 心下不，[聖]125 之患時。

瞋：[元][明]619 人血飲。

臭：[三][宮]2123 屍臥種。

此：[三][宮]2122 落三塗。

打：[原]1238 自。

地：[甲]2339 也言虛。

厄：[三]2123 緣不堪。

伏：[宮]400 魔雖善。

寡：[三]203 其。

化：[敦][燉]262 無能說，[乙]2777 長寢莫。

旡：[聖]1763 者亦不。

盡：[宋]125。

九：[乙]2782 煩惱二。

柩：[甲]2128 柩音舊。

苦：[三]、無[宮]721 常生怖，[三][宮]2123 厄身貪。

來：[另]1428 瞿曇今。

老：[甲]2312，[三]125 死，[三]2110 於酆葬。

禮：[三][宮]2103 豈勝不。

列：[宋]2060 事沖。

亂：[三][宮]618 者以增，[三]192，[三]671。

落：[三][宮]2121 雷電動。

沒：[甲][乙]1822 及將受，[甲]2259 時名滅。

免：[三][宮]、勉[聖]2042 魔竭大，[宋]2088 如傳所。

歿：[三]2149 後。

尼：[明]2123 生自國。

起：[甲][乙]2261 二邪，[甲]2266 察詮，[甲]2305 竝從。

丘：[宮]1421 者波羅。

取：[甲]1830 相續由。

日：[甲]1829 必得生。

喪：[三]1339 或時生。

殺：[三][宮]、殺心生[另]1428 疑，[聖]1428 偷蘭遮。

身：[甲]1782 三月為。

生：[甲]1736 不應，[甲][乙]1072 彼即得，[甲]1799 能續，[甲]2082 而不知，[三][宮]721，[三][宮]2122 生輪轉，[三]187 無畏向。

尸：[三]984 鬼作聲。

屍：[甲]895 法，[甲]1828 身長，[甲]2087 以神通，[三][宮]1442 棄之田，[三][宮]2122 而去同，[三]199 腹，[三]984 鬼作聲，[原]1310 灰畫三。

時：[甲]1771 皆中天。

始：[原]1744 之始唯。

是：[三][宮]2122 故棄國，[元][明]122 想爾時。

受：[原]1771 自然食。

衰：[明]223 相現時。

祀：[宮]2060 晚琳所。

娑：[元]984 斗多耶。

天：[宮]848 王眞言，[三]157 果報不。

陁：[乙]2408 之梵語。

宛：[甲]2299。

蹉：[三]185 傷於是。

無：[宮]657 差別堅，[宮]1435 比丘邊，[宮]1462 罷道還，[宮]2121 時好衣，[甲]1512 此生彼，[甲]1828 欲樂有，[甲]2400 難宿，[三]99 獨往無，[三][宮]、－[聖]350 生無出，[三][宮]2027 等耳同，[三][宮]307 大患善，[三][宮]721 畏，[三][宮]1459 轉根或，[三][宮]1548 想何謂，[三][宮]1559 有中餘，[三][宮]1602 想時此，[三][宮]1649 滅有本，[三]193 吾我盡，[三]245 無生無，[三]384 亦無，[三]1549，[聖]1546 得，[另]765 熱惱是，[石]1509 之日辭，[宋][明]669 生智力，[宋]21 壞，[宋]721 相常現，[宋]2103 牧野犬，[乙]1822。

悉：[元][明]624。

心：[三]201 必堅持。

血：[三]86 泥犁走。

牙：[甲]1736 身方能。

要：[三]212 墮惡趣。

耶：[甲][乙]2309 答象馬。

也：[乙][丙]2092。

已：[甲]2157。

亦：[三][宮]1673 入無擇。

有：[宋][元]1562 生勝。

於：[三]2059 後可爲。

怨：[甲]2300 還內八，[甲]1813

心既深。

折：[乙]1796 之患也。

者：[甲][丙]1098 八者不。

支：[甲]1829，[甲]2266 節等是，[甲]2266 令諸法，[原]2264 爭現。

知：[甲]2255 眞實法，[三]1433 非親近。

至：[三]738 死不犯，[元][明]810 死不毀。

終：[三][宮]1435 已作孝。

諸：[元][明]1435 飲諸鬪。

巳

巴：[甲]1912 豆是則。

便：[三][宮]2053 得宿命。

當：[聖]1509 永滅不。

而：[三]474 後無稱。

妃：[三]2122 之言周。

佛：[三][宮]2040 便去猶。

國：[宋]1348。

化：[三][宮]565 盡世。

己：[甲]1333 承佛神，[元]477。

既：[甲]2053 超希代。

了：[甲]1239 喚降怨。

滅：[三][宮]484。

名：[三][宮]1545 滅名過。

能：[宮]425 嘆此説。

色：[宮]1505 思惟智，[甲]1918 受想行，[甲]1925 是名殺，[元][明]1545 捨有漏。

尸：[元]1545 滅。

所：[元][明]483 願樂也。

尾：[甲][乙]1200 瑟佗二。

無：[久]485 證無比。

心：[甲]1200 即當諦。

兄：[元]1341 生驢胎。

也：[甲]1201 彼先此，[甲]1512 謝於往，[甲]2128，[甲]2128 開者曰，[甲]2128 糟也古，[乙]2394 能。

已：[甲]867 齊，[甲]1736 有機二。

以：[宮]565 解脫而，[宮][聖]425 來種少，[宮][聖]1509 來以，[宮]425，[宮]497 受不宜，[宮]512 離今應，[宮]564 得不增，[宮]1509 具足今，[甲]1921 後，[甲][乙]1929 釋初，[甲][乙]1929 未發眞，[甲]1202 下三指，[甲]1733 上捨分，[甲]1929，[甲]2044 死何故，[甲]2217 覺察則，[甲]2792 下是有，[明][乙]1209 念誦，[明]479 捨最，[明]1336 安樂，[明]1509 何以告，[明]2045 成道永，[明]2053 上表乞，[明]2123 便發願，[三]、印以[甲][乙][丙]1211 誦密，[三]1339 和合令，[三][宮]461 至法，[三][宮]477 得入佛，[三][宮]539 用盡用，[三][宮][聖]1509 自起，[三][宮][石]1509 後酒，[三][宮][石]1509 來所失，[三][宮][石]1509 來無爲，[三][宮][石]1509 棄，[三][宮][石]1509 說天世，[三][宮]425，[三][宮]425 辦受四，[三][宮]425 成三昧，[三][宮]425 觀衆會，[三][宮]425 來第，[三][宮]425 來未曾，[三][宮]425 離苦，[三][宮]425 訖還上，[三][宮]425 作沙門，[三][宮]483 成悉等，[三][宮]513 定則，[三][宮]520 辦願可，

[三][宮]529 盡行一，[三][宮]530 斷三毒，[三][宮]541 累爾辭，[三][宮]563 母得華，[三][宮]670 來計著，[三][宮]1507 爲明，[三][宮]1509 相無，[三][宮]1509 種種讀，[三][宮]1509 總攝，[三][宮]1545 後現在，[三][宮]1545 輪寶置，[三][宮]1545 相應者，[三][宮]2040 崩，[三][宮]2042 厄受此，[三][宮]2045 經六年，[三][宮]2058 後次有，[三][宮]2123 上略明，[三][宮]2123 脂，[三][宮]2123 坐若故，[三][甲]1332 得處法，[三][聖][宮]512，[三]474 得勝爲，[三]474 解無所，[三]1227 血毒藥，[三]1227 指甲蛇，[三]1335 下乃至，[三]1336 精，[三]1339 三說陀，[三]1341 不此是，[三]1341 不可徹，[三]下同 480 不其女，[三]下同 1331 爲迦羅，[聖][另][石]1509 悉知爲，[聖][石]1509 來發大，[聖][石]1509 說不恐，[聖]425 盡一，[聖]475 發阿耨，[聖]481，[聖]512 至將死，[聖]1509 得殺罪，[聖]1509 得授記，[聖]1509 來初不，[聖]1509 來乃至，[聖]1509 來無但，[聖]1509 來於無，[聖]1509 失，[聖]1509 往不能，[聖]2042 訖深自，[聖]2042 有子可，[另][石]1509 廣說是，[另]1509 無受化，[石]1509，[石]1509 常有云，[石]1509 除汝父，[石]1509 得等忍，[石]1509 過疑我，[石]1509 過諸世，[石]1509 後一切，[石]1509 歡喜言，[石]1509 具說五，[石]1509 具足神，[石]1509 來畢竟，[石]1509 來不受，

[石]1509 來常空，[石]1509 來除大，[石]1509 來如是，[石]1509 來隨佛，[石]1509 來至得，[石]1509 破有始，[石]1509 訖，[石]1509 入一切，[石]1509 上更無，[石]1509 攝色界，[石]1509 說墮，[石]1509 聞師說，[石]1509 有故若，[石]1509 種種說，[宋][宮]425，[宋][宮]425 備悉八，[宋][宮]540 經一月，[宋][宮]1509 發阿耨，[宋][宮]1509 作不能，[宋][聖]475 斷一切，[宋][元][宮]544 果之即，[宋][元]2040，[宋]534 各相謂，[宋]1331 定者奏，[宋]1332 慚愧故，[元][明]1408 否今南，[元][明]485 不彼言，[元][明]485 不臣白，[元][明]1336，[原]1212 用供養，[原]1854。

矣：[明]2053 嗚呼可。

又：[三]1336 開父王。

者：[聖]1509。

之：[三][宮]2123 悲哽不，[三]426 大叫，[三]1331 後當墮。

止：[宮][甲]1912。

四

安：[甲]1008 盞燈念。

八：[宮]2034 卷梵網，[甲]2036，[甲]967 唵，[甲]2089 神跡長，[甲]2239 位，[明]1443 他勝及，[三][宮]1543 未來八，[宋][元][宮]1545 解脫八，[乙]2249 文出未，[元][明]1397 南無，[元][明]1397 陀囉衍。

白：[宮]244 親近明，[明]2032 果三藏。

乘：[甲]1719 經多爲。

出：[甲]2337 生死眼。

畜：[三]1 生或有。

此：[宮]531 大天王，[宮]2122 娘問此，[甲][丙]862 無礙智，[甲][乙]1821 隨相而，[明]1530 魔如是，[聖]1763 行而未，[原]2271 句攝又，[原]2339 境得離。

次：[甲]1717 結行意，[甲]1717 引涅槃，[甲]1719 引。

賜：[三][宮]283 面見十。

大：[三]44 車皆七。

定：[宮]1509 分力故，[甲]1828 時惛沈。

多：[宮]702 面及佛。

惡：[三]186 塵勞河。

而：[甲][乙]1709 無礙利。

二：[宮]1435 羯磨僧，[宮]1438 白二羯，[甲]893 應用所，[甲][乙][丙]1201 合地尾，[三]1582 事一者，[甲][乙]1822 云一畫，[甲][乙]1929 料簡者，[甲][乙]2254，[甲][乙]2263 釋也其，[甲][乙]2396 人莊嚴，[甲]1120，[甲]1717 同明一，[甲]1735 初六頌，[甲]1828 辨戒品，[甲]1929，[甲]2157 卷一名，[甲]2266 八第四，[甲]2266 十二唯，[明]400，[明]1094 年，[三][宮]、三[聖]、四光明皇后願文[聖]397，[三][宮]、三[聖]397，[三][宮][甲]901 口甲冑，[三][宮]785，[三][宮]887 合底五，[三][宮]1421，[三][宮]1458 呵責既，[三][宮]2034 子立十，[三][宮]2060 月，[三][宮]

2103 月八，[三]1165，[三]2063 年而，[三]2153 十卷或，[三]2154 出見僧，[三]2154 分成七，[三]2154 經離爲，[三]2154 譯，[聖]397 本事品，[聖]397 令魔得，[聖]397 魔王波，[聖]397 諸惡鬼，[聖]1427 修伽陀，[石]1509 千法聚，[宋]1161 法一者，[宋]2154 紙失，[乙]972 薩嚩怛，[乙]1723 萬，[乙]2397，[原]2410 則傳法，[原]2196 句顯一。

風：[甲]2312 大用即。

海：[甲]1735 攝曲巧。

化：[三][宮]613 蓮華其。

同：[宋][宮]303 分若盡。

回：[丙]2392 轉辟，[甲]2339 小乘涅。

即：[甲]1784 分別明。

加：[甲]2250 法智通。

經：[甲]2035 教儀寓。

九：[甲]2036，[甲]1000，[明]26 有十經，[三][宮]2040。

舊：[甲]2266 名色在。

句：[甲][乙]2250 第二以，[甲]1031，[三]、一句[宮]883，[三]1337。

具：[乙]2391 明王如。

決：[甲]2281 作法其。

軍：[宋][元]156 兵伺捕。

空：[甲][乙]2263 非我。

兩：[甲]2266 釋，[三][宮]1451 骨難陀。

留：[原]1308 四度虛。

六：[甲]、三[乙]2263 意也，[甲]2157 卷同帙，[甲]2183 卷可是，[甲]

2244 十斛其，[甲]2266 十四左，[明][甲]901 摩訶薩，[明]656 一名，[明]1175 時精進，[明]2145，[三][宮]223，[三][宮]2042，[三]1332 莎呵，[三]2151 卷沙門，[三]2153 卷一名，[三]2154 部見長，[三]2154 卷，[聖][另]1458，[聖]278，[宋]125，[乙]1821，[原]1840 分自他，[原]2262 云復次。

羅：[宮]2074 漢未辦，[原]1251 保侶保。

曼：[甲]2402 茶羅法。

盟：[宋][宮]、皿[元][明]397 財寶菩。

皿：[甲]893 置於左。

名：[甲]1750 維口食。

內：[宋][明]955 支，[乙]2391 薩埵軌，[元]1536 勝處。

疱：[甲]1718 疱作眼。

盆：[甲]、盂[乙]2390 形同地。

匹：[甲]1925 理以曉。

七：[甲]1085 遍普通，[明]1595，[明]2103，[三][宮]223，[三][宮]2034 月訖沙，[三][宮]2060，[三]2106 百里望，[聖]2157 帙，[宋][元]1337 首，[乙]2249 卷，[元][明]2149 紙提婆，[原]1979，[原]2362 十八卷。

豈：[甲]2195 不肯修。

千：[原]1251 千不動。

切：[甲]1816。

日：[宋][元]2040 天下七。

如：[宮]2122 臂漢。

三：[丙]1056 阿，[丙]1246 指屈，[丙]2081 十餘年，[宮]1462 十四

修，[宮]263 十萬劫，[宮]2034 十卷語，[宮][聖]1547 十四不，[宮]263，[宮]263 十里普，[宮]263 十億百，[宮]374，[宮]847 十五種，[宮]1543 十首盧，[宮]1546，[宮]1547 十八，[宮]1581 十不共，[宮]2034，[宮]2034 十卷自，[宮]2034 十六卷，[宮]2034 十三年，[宮]2034 十四民，[宮]2078 人，[宮]2121 十卷，[宮]2121 十四卷，[和]261 拘那里，[甲]1709 十五阿，[甲]1828 十三卷，[甲]1870 大乘教，[甲][乙]2263 目次，[甲][乙][丙][丁][戊]2187 十七行，[甲][乙][丙]2081 人，[甲][乙]901 十萬遍，[甲][乙]1736 十一云，[甲][乙]1821，[甲][乙]1821 十六云，[甲][乙]1822，[甲][乙]1822 十二云，[甲][乙]1822 十九有，[甲][乙]1822 十九云，[甲][乙]1822 十七云，[甲][乙]1822 十五云，[甲][乙]1822 十一云，[甲][乙]1822 云何故，[甲][乙]1822 云問誰，[甲][乙]2250 十第，[甲][乙]2263，[甲][乙]2263 終，[甲]850 娑嚩二，[甲]1163，[甲]1238 十二遍，[甲]1238 十九一，[甲]1512 十不，[甲]1717 又廢教，[甲]1728 十二明，[甲]1733 十九菩，[甲]1735 說金脇，[甲]1736 十八下，[甲]1736 頌甚深，[甲]1736 宜，[甲]1782 十心以，[甲]1811 句明釋，[甲]1813 十二九，[甲]1821 十恐家，[甲]1828 十二，[甲]1830 十八卷，[甲]1863 十年，[甲]1863 十年後，[甲]1863 爲眞，[甲]1912 十六行，

[甲]2053 十條，[甲]2120 十餘年，[甲]2157 經十，[甲]2196 十心，[甲]2196 頌明聞，[甲]2196 頌勸，[甲]2214 密印品，[甲]2255 溫法師，[甲]2261 十恐嗣，[甲]2263，[甲]2266 二十七，[甲]2266 十九左，[甲]2266 右彼，[甲]2290 十里梵，[甲]2309 十四智，[甲]2337 十二卷，[甲]2367 十，[甲]2401，[甲]2434 乘五趣，[甲]2434 云云依，[甲]2801，[甲]2801 一立因，[明]、三下明本有第四同卷四字來註1669，[明]1669，[明][宮]1545 順上分，[明]1450 種夢一，[明]1537，[明]1545 有邊等，[明]1550，[明]1596，[明]2087 條水火，[明]2131，[明]2146 經並是，[三]、一[宮]2122 歲男兒，[三]2149 十六卷，[三][東]643 十五萬，[三][宮][石]1509 衆住是，[三][宮]380，[三][宮]384，[三][宮]393 十里其，[三][宮]397 十，[三][宮]402 呵離，[三][宮]443，[三][宮]443 彌留，[三][宮]443 莎呵，[三][宮]481，[三][宮]627 十二女，[三][宮]632 十，[三][宮]656，[三][宮]848 莎訶，[三][宮]1443 禮世尊，[三][宮]1458 肘，[三][宮]1545 有邊等，[三][宮]1547 禪除欲，[三][宮]2034 十八部，[三][宮]2034 十三郡，[三][宮]2034 十四部，[三][宮]2059 十餘年，[三][宮]2060 十，[三][宮]2060 十有四，[三][宮]2060 十餘遍，[三][宮]2060 十餘里，[三][宮]2066 十許，[三][宮]2103 十八卷，[三][宮]2121 卷，[三][宮]2121

十卷，[三][宮]2122 不可叫，[三][宮]2122 禪諸，[三][宮]2122 卷皇，[三][宮]2123 十三云，[三][甲][乙]1092 薄伽，[三][聖]157 地我自，[三][乙]1092，[三][乙]1092，[三]125 十萬聖，[三]203 十里中，[三]212，[三]397 三车陀，[三]1033 薩嚩尾，[三]1332，[三]1332 波，[三]1426 十，[三]1440 種藥日，[三]1579 有邊無，[三]1582 者得舍，[三]2034 十八卷，[三]2034 十卷，[三]2145，[三]2145 十八部，[三]2149，[三]2149 人所出，[三]2149 十，[三]2149 十八部，[三]2149 十二經，[三]2149 十二紙，[三]2149 十九部，[三]2149 十里許，[三]2151 十卷僧，[三]2153，[三]2153 十六紙，[聖][另]1543，[聖][另]1543 十六言，[聖][另]1543 十四竟，[聖][另]1543 十一竟，[聖]125，[聖]1421 第八十，[聖]1428，[聖]1595 第，[聖]1602 廣，[聖]1733 維形四，[另]1721 句明不，[石]1509 品，[宋]、一[元][明]2153 紙，[宋]、二[元][明]2149，[宋]、一[元][明]2149，[宋]2153 十三紙，[宋][宮]397，[宋][宮]1509，[宋][元]、三句[明][乙]1092，[宋][元][宮]、音三[明]443 莎呵，[宋][元][宮]2122 例一將，[宋][元]2122 此別六，[宋][元]2154 紙宋釋，[宋]278，[宋]1015 十萬比，[宋]2149 十八單，[宋]2153，[宋]2153 十八紙，[宋]2153 十紙，[乙]1821 十云此，[乙]1723 番解入，[乙]1736 佛性論，[乙]1736 制，[乙]1785 弘誓，

[乙]1821 十四云，[乙]1821 十一云，[乙]1822 十恐家，[乙]1822 十五評，[乙]1830 卷集，[乙]2174 十七張，[乙]2174 十四張，[乙]2215，[乙]2249 十三說，[乙]2261，[乙]2261 十二文，[乙]2263 目次，[乙]2263 十五句，[乙]2391，[乙]2394 戒中得，[乙]2397，[乙]2408 十九尺，[元][明]1544 靜慮爾，[元][明][宮]621 十恒水，[元][明][宮]1435 竟，[元][明][石]1509 無畏中，[元][明][乙]1092 悉亭夜，[元][明]212，[元][明]621 十恒邊，[元][明]2149 十二，[元][明]2153，[原]、或四義中四闕乎 2196 義一眾，[原]、三[甲][乙]1822 靜慮斷，[原]1829 處所於，[原]2262 總聊簡，[原]2431 十五種，[原][甲]2410 重釋也，[原]904 十二賢，[原]923 吽，[原]1898 十里見，[原]2174 十五張，[原]2250 人被他，[原]2261 攝，[知]1785 十，[知]1785 行通明。

色：[甲]2249 蘊與無。

僧：[宋][元]1982 方僧物。

詩：[甲]1969 句后山。

十：[甲]1735，[甲]2354 云今仍，[明]1616 無前後。

食：[甲]1828 食又四。

世：[甲]、也[甲]1816 說有八，[甲]1912 智，[甲]2250 佛出世。

是：[甲]936 大海水。

數：[甲]2274 釋一云。

私：[三][宮]2121 吒母喪，[三][宮]2121 吒婆羅，[宋][元][宮]2121 吒

母喪。

思：[三][宮][聖]1562 緣處已。

死：[甲]1813 具自資，[三]985 王所罰。

肆：[明]1464 者不受，[三][宮]2103 披簡。

駟：[明]1 馬車善，[三]220 馬車，[三]374 馬是一，[乙]2777 輕騎大，[元][明]375 馬是一，[元][明]626 馬車與。

歲：[聖]125 次佛七。

所：[甲][乙]1821 說即，[甲]2249 緣之時。

天：[宮]244 天像謂。

田：[宮]1428 聖諦，[宮]1581 禪八解，[甲]1822 種法必。

同：[甲]2339 心斷欲。

徒：[宮]2060 眾思之。

萬：[明]378 種亦如。

王：[三]375 眾中唱。

爲：[甲]2312。

問：[甲][乙]1822。

五：[宮]397 宿日作，[宮]848 莎訶，[甲]1778，[甲]2035，[甲]2035 終，[甲][乙]981，[甲]904，[甲]1112 摩賀薩，[甲]1736 南，[甲]1763 難也僧，[甲]1781 品凡夫，[甲]1816，[甲]1829，[甲]1958 千萬念，[甲]2035，[甲]2035 終，[甲]2036，[甲]2157，[甲]2157 卷或云，[甲]2183 卷，[甲]2261 今此文，[甲]2263 目次，[甲]2266 右上二，[甲]2269 今初牒，[甲]2285 不二非，[甲]2299 眾生有，[甲]2300 曰偷羅，[甲]

2390 示釋迦，[久]761，[明]、引五[甲]1000 捨迷，[明][甲]901，[明]948 囉乞灑，[明]1435，[明]1549，[明]1552，[明]2060，[明]2076 人無機，[明]2103，[明]2110，[明]2154 卷，[三]、六[宮]2034 卷晉孝，[三]、六[聖]222，[三]、六[聖]278，[三][宮][甲]901 莎去音，[三][宮][知]384 人度數，[三][宮]263，[三][宮]278 者究竟，[三][宮]397，[三][宮]443 莎呵，[三][宮]606，[三][宮]848 嚩囉落，[三][宮]1459 人輕便，[三][宮]2034 卷，[三][宮]2034 年丙戌，[三][宮]2059，[三][宮]2060，[三][宮]2060 慧俊慧，[三][宮]2122 岳諸山，[三][甲][乙]970 唵長，[三][甲]1033 尾特縫，[三][聖]199，[三]187 書欲以，[三]375 法皆因，[三]982，[三]1056 摩賀引，[三]1124 鉢囉二，[三]1332，[三]2034 卷經傳，[三]2088 百餓鬼，[三]2149 十七，[三]2149 十一紙，[三]2149 十餘卷，[三]2149 紙，[三]2153 卷太學，[三]2154 本能斷，[聖]1763 難，[石]1509，[宋][甲]1092，[宋][元][宮]2122 驗，[宋][元]1169，[乙][丙]2003 祖演和，[乙]1736 對皆無，[乙]1822 至呋舍，[乙]2393 日或在，[乙]2394 用字門，[元][明][甲]、甲本奧書曰、元祿七甲戌年四月三日加倭點了、東都靈雲艸刱沙門淨嚴五十六載 951，[元][明][聖][石]1509 法云何，[元][明]1425，[原]、五[甲]2006 十則明，[原][甲]1721 者眾生，[原]2196 淨者況，

[原]2395 人一達，[知]1579 生差別。

西：[甲]951 面內外，[甲]1735 北方皆，[甲]2035 歸之津，[甲]2087 百餘里，[甲]2262 明云有，[甲]2270 方外道，[甲]2274 明疏云，[甲]2400 五字臍，[明]199 方彼諸，[明]2076 天打鼓，[三][宮]1547 海邊山，[三][宮]2103 隅亦，[三][乙]1092 門作法，[聖]125 方，[乙]1254 門敷青，[乙]1796 佛母虛，[乙]2394 方護方。

悉：[三][聖]643 散去不，[聖]410 無量有。

呬：[三][甲][乙]982，[三]918 閉囉史，[乙]1709 城者此。

下：[宮]2025。

向：[甲]1040 門，[三][聖]375 果故是，[宋][元]374 果故是。

心：[甲]1778 念思惟，[甲]2249 行相云，[甲]2250 非餘此，[甲]2266 無受無，[原]、必[甲]2412。

凶：[明]1276 方即龍。

言：[宮]1548 沙門果，[甲]2300 小執正。

也：[三]2122 又立世。

一：[宮]1547 萬劫壽，[甲]2130 卷，[甲]1751 下酬請，[甲]1805，[甲]1813 句四句，[甲]2408 如來，[明]2154 部六卷，[三][宮]2034 卷魏世，[三]1558 靜慮者，[三]2149 紙，[三]2154 部，[乙]1723，[乙]2362 十一地，[原]、[乙]1744 故與出，[原]1308 日，[原]1819 行是觀。

依：[三][宮]1521 果僧不。

已：[甲][乙]1822 唯是至。

意：[元][明]1543 四意斷。

因：[甲]1911 句生生，[甲][乙]1831 第八緣，[甲]1705 果下，[甲]1735 從法性，[甲]1736 中初一，[甲]2255 果義中，[甲]2255 緣今略，[乙]1796 緣故而，[原]1840 支無闕。

引：[明]1227，[三][甲]1102 濕囀二，[三][乙]1244 轉舌譏，[宋]、引四[明]1170，[乙]、－[丙]1141。

由：[宮]1558 級亦住，[甲][乙]2397 此三義，[甲]1828 此，[甲]1828 遮行故，[甲]1830 顯有，[明]1560 能斷，[三]1579 一切種。

緣：[宋][元][宮]1542 應分別。

曰：[宮]1432 羯白磨，[宮]2122 八之靈，[甲]1735 取心中，[甲]2339 七地以，[甲]1705 不壞，[甲]1830 安立真，[甲]2039 七寶宮，[甲]2207 諦審，[甲]2255 生有者，[甲]2266，[甲]2266 波羅蜜，[甲]2266 十力方，[甲]2286 我從四，[甲]2299 云由其，[甲]2299 住有子，[甲]2339 惑二障，[甲]2339 生四，[明]1558 蘊故染，[明]1559 種貪愛，[明]1610 於色等，[明]2123 大進退，[乙]1816 八，[乙]1816 經言生，[乙]1816 重，[元]2016 食章古，[元][明]2016 不動譬，[元]1425 波羅，[原]、三或四[乙]1724 不嫌其，[原]2263 末伽抄，[原]2271 多言然，[原]2306 法心倒。

云：[原]2261。

者：[聖]1595 食者一，[宋]1646

事得果。

之：[乙]2408 句出大，[原]904 字次而。

知：[甲]1805 多少道。

中：[甲]2250 定滅者，[三][宮]1544 身繫中，[三][宮]1523 有四，[聖]224 天下七，[聖]1579 法極爲，[元]1644 種禪若，[原]2248 明弟。

種：[明]2154 種具足，[三]193 智慧之。

衆：[明]、七[和]261 寶，[原][甲]2199 請伽梵。

住：[宋][元]1545 蘊染一。

罪：[宋]1559 持訶那，[宋]376 悔過法。

寺

嘗：[三]、帝[宮]2060 有金像。

持：[甲]864 明金剛。

祠：[明]1341 及祭神，[三]、林[宮]2122 中共婦，[三][宮]2122 太子。

等：[丙]2381 皆造，[宮]263 其族姓，[宮]2074 因此便，[宮]2122 語尊者，[甲][乙]2194 沙門惠，[甲]1828 事故有，[甲]2035，[甲]2035 者並改，[甲]2068 僧道慧，[甲]2261 數有五，[明][宮]1548 斯由苦，[明]352 精舍又，[明]2106 者，[三][宮]1442 猶如駱，[三][宮]1451 鉢依裁，[三][宮]1648 食以方，[聖]1462，[聖]1463 中房舍，[聖]2157，[聖]2157 禪師天，[乙]2408 道具。

殿：[三]、一[宮]2059 講法華。

金：[三][宮]2060。

山：[三]2103 者於當。

時：[甲]2870。

市：[甲][乙][丙]2092 也景仁，[乙][丙]2092 北。

侍：[宋][元]1464 出戒，[元][明]2122 從內出。

水：[三]2066 求善。

所：[三]2060 行道設，[三]2088 譯經七。

塔：[三][宮]263 上至于。

幸：[甲]2119 尊像初。

尋：[宋][元]2061 通講授。

宇：[三][宮]2104 不領門，[三][宮]2104 乃至本。

與：[三][宮]2060 覲師相。

者：[三]2088 同前二。

兕

光：[甲]1718 在，[甲]1719 今憂懷，[宋]2122 護公澄。

蛇：[三][宮]2122 蚖蝮。

祀

祠：[宮]2121 不如行，[宮]1425 已訖以，[明]1450 火已欲，[明]2059 下其水，[明]2122 求於現，[三]、生[宮]1428 天故爲，[三][宮]223 天當須，[三][宮]1522 等對治，[三][宮]729，[三][宮]765，[三][宮]1425 之具而，[三][宮]1435 天祠肉，[三][宮]1566 天親處，[三][宮]2042 之處時，[三][宮]2058 方得爲，[三][宮]2058 神

故以，[三][宮]2058 天神迦，[三][宮]2059 乃及佛，[三][宮]2121 從王乞，[三][宮]2122 當須人，[三][宮]2123 主自恣，[三]100 供養於，[三]203 神祇經，[三]1339，[三]2110 之禮亦，[三]2122，[三]2122 中爲祀。

詞：[宋][元][宮]、祠[明]2122。

犯：[甲][乙]966 天神念。

紀：[宮]2112 顯著大。

禮：[宮]1505 七一親，[宮]2102 繼善之，[甲]1804 鬼神五，[甲]2207 天神鄭，[明]1225，[三][宮]310 爲諸衆，[三][宮]1428 祀火神，[三][宮]2060 道，[三][宮]2087 祭以求，[三][宮]2102 雖因心，[三][宮]2102 也，[三][聖]100，[三]1545 會延屈，[三]2059 不宜雜，[三]2059 潛雖復，[三]2103 仲尼窮，[聖]1425 聚會宣，[聖]1451，[石]1509 種種呪，[乙]2394 火感，[元][明]2060 世。

祁：[丁]2244 利夜叉。

杞：[明]2123。

施：[三]100 斯福田。

事：[乙]2092 鬼神國。

視：[三][宮]2103 有齊未。

守：[三]1441 祠人衣。

嗣：[甲]2073 乃至于，[三][宮]2103 故得國，[三]2103 但此土，[三]2103 然則，[三]2110。

飼：[甲]2255 臥起，[元][明]1332 狗用備。

祝：[宮]2060 念登座，[宮]2121 日月天，[三][宮]2103 及以，[宋][明][宮]2122 來已歷。

作：[三][宮]1548 無祀。

姒

姒：[宋][元]2110 生武王。

似：[宮]2103 惡嘉聲。

泗

淚：[三][宮]2060 交流。

血：[甲][乙]1022 交流泣。

飤

食：[三]2063 衆生至。

飼：[宮]2122 刮刷摩，[三]、飴[宮]2122 虎處以，[三]、飲[宮]1443 諸畜彼，[三][宮]309 彼餓虎，[三][宮]1428 我。

飲：[元][明][宮]1545 處任持。

浽

漢：[三]2060 善生道。

笥

笥：[三][宮]501 中人民，[三]185 口爲老。

竢

求：[三][宮]2122 兎尚疑。

肆

賜：[甲]2092 眚之科。

津：[三]2103 乃是邊。

隸：[三]1050 引祖隸。

論：[甲]、－[乙]2296 量甚闍。

妙：[三]2145 推。

四：[甲]2036。

泗：[三]2060 州。

肆：[三]、隸[宮]2103 業華右。

嗣

祠：[三][宮]1425 者若有。

詞：[宮][甲]2053 也故城。

福：[甲]2087 酋豪。

副：[甲]1708 國位頂，[甲]2087 時有報，[三][宮]2103 理萬機，[三][宮]2121，[乙]2087 位之後。

師：[明]2076 西來如。

似：[三][宮]2112。

祀：[宮]2042，[三]152 其爲。

胤：[三][宮]2122 神即許，[三]2122 禱祀神。

於：[宮]2034 開皇九。

制：[甲]2087 位之後。

飼

伺：[宮]2078 虎右。

供：[三]26 世尊及。

呞：[三][宮]730 弟子問。

食：[三]154 諸牛馬，[三]203 馬除糞。

飲：[宮][聖]1442 諸畜時，[三]2122 摩扠刮。

飴：[聖]199 比丘如，[聖]663 餓虎我，[宋][宮]468 之。

飲：[明]261 猛獸無。

餘：[知]741 不與從。

牸：[宋]26 牛而牛。

馴

泗：[元][明][宮]1647 申屈去。

駬：[甲]2176 羅阿毘。

四：[三][宮]1548，[三]187 馬車從，[聖]1464，[宋]375 馬寶車，[宋][宮][聖]627，[宋][宮]下同 818 馬車其，[宋][元][宮]1425 馬車出。

駁

癡：[三][宮]403 之心因。

駁：[宮]310 所行多，[甲]2014 空拳指，[三][宮]292 俱癡冥，[三][宮]2103 又可笑，[宋][元][宮]585。

偈

賜：[三][聖]361 諸善鬼，[宋][聖]361 盡如是。

潟

腸：[三][宮]607 車張上。

賜：[三][宮]606 還世不，[宋]、澌[元][明]135 時三。

漸：[宋]、偈[明]20。

忪

鍾：[三]、鐘[宮]2122。

松

衝：[三][宮]721 動亂所。

槐：[乙][戊][己]2092 奇。

樅：[三][宮]2103 子及常。

法：[甲]2300 師大乘。

弘：[原]2264。

杉：[三]1033 木護金。

私：[三][宮]2059 期說。

祝：[三]2110 容凡經。

菘

蔓：[三]26 菁芥子。

惚

惱：[三][宮]2053 衆生故，[三][宮][甲]2053 更至心。

總：[甲]2339 而言之。

嵩

崇：[三]210 高至于。

高：[三][宮]2104 華以有。

巖：[甲]2068 岳。

悚

怵：[三]189 惕譬如。

懼：[聖]639 身毛皆。

慄：[明]359 妙。

竦：[甲]1763 是以雖。

竦：[三][宮][甲]2053 戴之至，[三][宮]425，[三][宮]606 慄又手。

竦

靖：[三][宮]2060。

來：[三][宮]2060。

懍：[知]418 立嗟嘆。

疎：[宋]2060 即涅槃，[原]1895 緣非親。

疏：[甲][乙]2087 一危峯。

竦：[宋][宮]2103 百尋而。

悚：[明]2102 怍眷獎，[三][宮]638 息以，[三][宮]2103 諱歷劫。

聳：[明]310 堪出家，[明]2053 萬尋附，[三][宮]2034 萬尋附。

愯

懻：[三][宮]721 愚鈍。

憁

聳：[三][乙]1092 毛竪戰。

聳

促：[三]1335 項以此。

竦：[三][宮]2066 慧嶽而。

悚：[三][宮]517 皆叩頭，[宋]1005 竪持金。

竦：[宮]2103 蹲中澗，[三]1006 竪是時。

宋

本：[甲]2035 朝益盛，[甲]2035 朝元。

采：[甲]2286 求那跋。

朝：[明]2076 開寶。

此：[明]1014 言勇健，[明]2145 稱師子。

東：[三]2149 錄。

皇：[明]2076 朝淳化，[明]2076 朝重加。

霍：[三][宮]2103 老生於。

晋：[宮]2122。

晉：[宋][元]2122 羅璵妻。

梁：[三]2063 邵陵。

米：[宮]2122 沙門求。

齊：[甲]2003 時謝超，[明]2122 徐州刺。

僧：[三][宮]2034。

守：[三]1336 迦羅和。

未：[甲]2036 相安至。

吴：[三][宮]2123 朝有康。

於：[原]1825 外無心。

中：[甲]2036 陸氏所。

住：[甲]1997 平江府。

字：[甲]2035 掖音亦，[甲]2067 道茂丞。

宗：[宮]2108 不足徵，[宮]2108 人之，[甲][丙]2173 本大德，[甲]1717，[甲]1718 元嘉三，[甲]2053 法智於，[甲]2068 黃龍沙，[甲]2068 言法秀，[明]2059 臨，[三][宮]2104 君之美，[三][宮]2034，[三][宮]2059 錄疊猷，[三][宮]2060 公，[三][宮]2060 景造，[三][宮]2122 氏孕建，[三]2154 法智於，[聖]2157 朝惠簡，[宋][宮]2060，[元][明]2060。

送

從：[三]186 至隣。

道：[三]2104 雲行事。

遞：[三][宮]下同 397 相違反。

迭：[三]187 和音。

逗：[原]1774 送。

還：[宮]2103 平王東，[三][宮]2123 至寺中。

逆：[明]2154 殷厚公，[三]2121 禮問上，[三][宮]272，[三][宮]332 鼻下之，[三][宮]420，[三][宮]653 禮拜合，[三][宮]1428 問訊不，[三][宮]1505 女之具，[三][宮]2121 以珍，

[三][宮]2122，[三][宮]2122 禮拜一，[三][宮]2122 遜讓坐，[三][宮]2122 知使弟，[三][宮]2122 作，[三]2034 還復永，[聖]515 屍骸置，[宋][宮]2122，[宋]1075 聖者還。

前：[三][宮]1425 瞎眼女。

遣：[三][宮]564 諸菩薩，[三][聖]1435 食我問，[聖]1435 食何以。

請：[乙]2408 來異。

若：[聖]1427 衣價是。

施：[三]375 病比丘。

遂：[三][宮]2122 失之其。

往：[三][宮]2053 寺法師。

養：[原]2347 五台山。

逸：[宮]2060 生死榮。

迎：[三][宮]1425 食至。

與：[聖]1435 後日即。

造：[三]2088 盆供僧。

終：[明]2154 經一卷。

訟

諂：[原]1781 不兩舌。

詞：[乙]、訟詞[丙]2092 同臻乃。

調：[明]397 復有一。

計：[宮][聖]1421 便與作。

經：[三]631 取勝更。

論：[聖]278 說皆由。

說：[明][宮]374 其短供，[明]477 斯爲之，[宋][明]192，[元][明][宮]374 其短口，[元][明][宮]374 彼短不，[元][明]598 其短已，[元][明]653 樂有。

頌：[煌]1654，[聖]425 彼，[原]1776 歡向前，[原]下同 1776 已向。

誦：[三]278 堂當願，[三]1424 希破僧，[聖]310 彼過患。

言：[聖]1421 我或致。

用：[三][宮]397 無諍無。

語：[聖][另]790 之紛紛。

諍：[三][宮]、調[聖][知]1579 違諍耽，[三][宮]1484，[三][宮]1646 得，[聖]1549 樂諸亂，[元][明]278 不好惱。

頌

班：[甲]2036 布郡縣，[宋]2034 律令。

頌：[乙]2092 其聲跡。

半：[聖]1723 依言勉，[乙]1723 顯今果。

唄：[三][宮]2042 之事欲。

次：[甲][乙]2254 文者欲，[甲]2253 文云三，[原][甲]2339 示七住。

頂：[甲]2266 火辨師，[甲]1816 說言於，[甲]2266 者至瑜。

頓：[元][明]2016 悟中。

煩：[聖][甲]1763 惱之中。

故：[乙]1723 長行有。

國：[宮]1456。

偈：[宮]263 問曰，[宮]697 已而白，[甲][乙]1816 前長行，[甲]1708 別讚五，[明]310 讚曰，[明]186 曰，[明]197 讚曰，[明]672，[明]2149 戴論本，[三][宮]721 曰，[三][宮]263，[三][宮]263 問曰，[三][宮]263 已前白，[三][宮]345 觀察，[三][宮]672 問曰，[三][宮]2122 曰，[三]3 曰，[宋][元]1675，

[乙]1069 同，[元][明]155 曰，[原]2205 要略所。

解：[甲]1830 中文復。

經：[甲][乙]1736 言諸佛，[甲][乙]1822 文明無，[甲]1823 既不說。

就：[甲]1793。

了：[甲]2309 言。

類：[原]2263 云。

領：[宮]408 欲望解，[甲]2036 授師頌，[聖]1733 前。

論：[甲]、論甲[乙]2263 前五信。

銘：[丙]2092 其辭曰，[三][宮]2060 曰洪源。

頃：[乙]2249。

施：[原]1862 如前度。

誰：[聖][甲]1733 下諸品。

順：[聖][另]310 昔日言，[元][明]2154 釋論護。

說：[三][宮]1425 耶答言。

碩：[甲]1816 前長行，[甲]2266 讚歎時。

訟：[博]262 曰，[明]1 告曰，[三][宮]398 求安邪，[三]2122 比屋可，[三]2154 經開化，[聖]190 報答於，[聖]1425 大自慚，[宋][宮]222 功德申，[宋][宮]2034，[元]1451 曰。

誦：[博]262 佛德，[宮]263，[宮]1597 義若有，[甲][乙]1822 者謂以，[甲]1729 墮須彌，[明]310 言勸讚，[明]1050 授記諷，[明]1546 經法呵，[明]1602 及略舉，[明]2102 法言若，[三][宮][聖]545 一切佛，[三][宮]263 音恭敬，[三][宮]531，[三][宮]1425，

[三][宮]1563 者謂以，[三][宮]1598
言於二，[三][宮]1646 修多羅，[三]
[聖]190 告優，[三]125 嘆如來，[三]
171 莫不聞，[聖]278 讚歎如，[宋]
[元]、－[明]、偈[丙]1075 我今略，
[宋][元][宮]310 於無量，[宋][元]
[宮]318 心無所，[宋][元]244 曰，[宋]
[元]310 讚佛，[原]2410 文事口。

嘆：[三][宮]721 復。

頭：[甲]2254 也，[宋]1597。

頑：[甲]1736。

唯：[原]1796 雖真言。

問：[明][甲]1988。

顯：[甲]1735 前法後，[甲]2274
結，[三][宮]2104 今爲膏，[乙]1822
證。

行：[甲][乙]1822 明成就，[宋]
[元]1560。

須：[丙]2003 官家眨，[甲]2274
後説耶，[原]1776 以四門。

序：[宋][元]2103 齊沈約。

言：[三][宮]2066 並在佛。

疑：[己]1830 下會唯。

欲：[原]1832 本明第。

願：[甲]1786 上眷。

讚：[三][宮]278，[三][聖]190 菩
薩言，[三]1 曰，[三]123 曰，[三]211
曰。

彰：[甲]1735 云諸佛。

重：[乙]1723 重受持。

阻：[甲][乙]2309 壞。

誦

謗：[乙]1816 尚多於。

備：[宮]1911 陀羅尼。

稱：[乙]1225。

持：[甲]2399 尊密語。

此：[宋]956 呪所。

當：[甲]、當誦[乙][丙]1211 密
言三。

調：[甲][乙]2390 喘息無，[甲]
957 復唱，[甲]1268 剋相好，[明]2154
何殊何，[三][宮]244 大明行，[三][宮]
2060 習白衣，[三]953 百八，[聖]125
無益事。

讀：[甲][乙][丙]938 大乘心，
[甲]893 大乘般，[甲]923 請車輅，
[甲]923 者發心，[甲]2053 此經發，
[明]1216 忿怒王，[三][宮]327 習與
波，[三][宮]1425 經問事，[三][宮][聖]
2042 毘尼，[三][宮]387 持此呪，[三]
[宮]425 抱著心，[三][宮]650 經憶想，
[三][宮]1425 呪時越，[三][宮]1451 即
便，[三][宮]2060 持無心，[三][宮]
2060 維摩耳，[三][宮]2122 觀世音，
[三]201 十二緣，[三]202 經學問，[三]
1339 幾，[聖]983 者於壇，[另]1509
經師非，[原]864 此大雲。

諷：[三]125 讀靡不。

奉：[甲]973 持而用。

觀：[乙]981。

護：[明]1225 後真言，[三]1033
念便得。

即：[三][乙]1100 段段截。

記：[原][甲]1980 六念。

見：[另]1428 修多羅。

講：[宮]263 經説，[甲]1813 不聽抱，[三][宮]2122 大品般，[三][甲][乙][丙]1075 説或以，[三]2063，[三]2063 經見，[宋][宮]396 戒厭倦。

結：[宋][明][甲]921 本尊明。

進：[三][宮]811 至于七。

經：[三][宮]606 勸進縁，[三][宮]2122 行道有。

論：[明]2154 律譯雜，[原]、論[甲][乙]1796 中有偈。

律：[宋][宮]2121。

明：[明]1217 者用螳。

念：[甲][乙]2070 西。

謙：[知][甲]2082 之與浩。

請：[甲]、－[宮]2122 滅除之。

遼：[宋][宮]、此目録明本無 2103 古篇梁。

蒙：[甲]2053 安樂此。

迷：[三][聖]375 失涅槃，[元]2016 乃教。

乃：[乙]1736 以小乘。

逆：[三][聖]189，[宋][元][宮]2040 勅御者。

祈：[三][宮]1451 今聞天。

遣：[聖]1458 詣餘家。

迺：[三][宮]2103 祈告天。

取：[甲]2255 也今案。

然：[甲]2035 亡勅。

術：[三]193 強行凶。

送：[甲]2089，[三][宮]2060 至東都，[乙]2376 越州令。

隨：[三][宮]724 脚跛。

隨：[甲]952 即成證，[三][宮]1462 逐至寺，[三]1082 意若日。

歲：[乙]2157 許復還。

邃：[三][宮]2060 古而鎮，[三][宮]2112 古教門，[三]2103 遠，[宋]2061 公有焉，[宋][宮]2060 古名重，[宋][宮]2060 古以來，[宋][宮]2060 古源出，[宋][宮]2060 古願。

損：[聖]2157 發心。

往：[甲]2053。

唯：[三][宮]1425 至窮，[三]1 有白骨。

違：[甲][乙]1822 犯尸羅。

悞：[明]1451。

悉：[三][宮]1443 遭。

已：[三]125 滿。

因：[乙][丙]2092 以。

逾：[甲][乙]1796。

與：[三][宮][聖]1458 共交。

遠：[三][宮]2102 爲歎息，[三][宮]2121 令諸師，[三]721 近鵝王，[三]2088 古既學，[聖]1549 染著彼，[另]1721 佛轉法，[宋]23 耗減亂，[元]2122 令人杖，[知][甲]2082 而至一。

逐：[已]1830 善等種，[甲]1821 求孤，[甲]1829 自體雖，[甲]2266 第三已，[甲]2266 有情未，[甲][乙]2259 賴耶賴，[甲][乙]2259 身故名，[甲][乙]2259 無尋無，[甲]1225 心，[甲]1736 獲五通，[甲]1781 父作，[甲]1781 將，[甲]1782 怠曾未，[甲]1782 佛亦能，[甲]1782 人心故，[甲]1799 緣成

輕，[甲]1804 意則喜，[甲]1816 開，[甲]1816 離爲二，[甲]1816 生煩，[甲]1828，[甲]1828 等者有，[甲]1828 生者此，[甲]1839 如犢子，[甲]1929 便若是，[甲]1963 人分則，[甲]2036 合而爲，[甲]2087 敢以微，[甲]2087 躬觀深，[甲]2087 爲改題，[甲]2128 聲，[甲]2186 事文異，[甲]2266 起邪見，[甲]2266 文義演，[甲]2285 器而流，[甲]2337 法性自，[明]6 相撿歛，[明]2122 不去自，[三][宮]606，[三][宮][聖]1462 捉得角，[三][宮]345 棄遠之，[三][宮]374 著黑闇，[三][宮]2060 言揚義，[三][宮]2102 往，[三][宮]2121 捶牛折，[三][宮]2122 捶折其，[三][宮]2122 可意處，[三]2125 省嬾作，[三]2125 省用龍，[聖]1763 所辨，[宋][宮]1451 於床下，[宋][宮]2103 詔臣揚，[宋][宮]2122 擒之化，[宋][元][宮]2102 迷，[宋][元][宮]2122 便噉，[宋]468 斷者悉，[宋]1443 令鉢破，[宋]2060 多通而，[宋]2087 整，[乙]1822 其文便，[乙]2376，[元][明]152 出爲阿，[元][明]2122 部別誦，[元]2060 下勅新，[原]、逐[甲]1782 二老苦，[原]1782 此初也，[原]1872 事彰一，[原]2262 身見爲。

自：[三]2063 滅白光。

碎

啐：[甲]2266 也和也。

悴：[元][明]534 不如早。

錯：[三][宮]1458 鐵末二。

壞：[宮][聖]1509 其身問，[三][宮]606 其身如。

砰：[甲]2196 磕發響。

䪿：[宮]2121 爛皮肉。

譬：[三][宮]263 小。

破：[宮]694 微塵數，[宮]2121 黑風起，[甲]1987 師深肯，[甲]2400 無餘不，[明]156 狼籍在，[明]1450，[明]1450 因即命，[三][宮]394 去死不，[三][宮]606 罪人身，[三][宮]1428 石搖令，[三][宮]1509 三千大，[三][宮]1521 三千世，[三]192 何況溺，[三]193 得道人，[三]418 盡如一，[宋]1057 諸山乾，[元][明]1486 身，[原]2408 花用之。

碌：[聖]1509 金剛身。

散：[三][宮]2123 都盡。

拭：[三][宮]1674 體鎮號。

研：[甲]1828 究捨大。

斫：[乙]897 莫擲左。

醉：[三][宮]2123 執劍向。

歲

步：[三][宮]、少[聖]425 無青佛。

才：[甲]1793 隨身之。

藏：[甲]2301 部亦名，[乙]2157 之文虧。

等：[原]2339 爲一小。

穢：[三]362 疾疫無，[元][明]361 疾疫無，[原]1771 樹下金。

劫：[三]264 爾乃得。

戒：[宋]1451 時我起，[元]、雨[明]、－[聖]1427 童女不。

里：[三]23 亂風從。

密：[甲][乙]2394 壇法。

命：[三][宮]721 年始八。

年：[甲]1816 者第三，[甲]1821，[甲]2035 勅，[甲]2036 崩葬定，[甲]2250 問如來，[三][宮]1545，[三][宮][聖]1436 人與受，[三][宮]523 小，[三][宮]1425 學戒諸，[三][宮]1434 學戒年，[三][宮]1435 作索幾，[三][宮]1509 學戒，[三][宮]2060 又，[三][宮]2085 世間眼，[三][宮]2103 次玄枵，[三]125 王復告，[三]985 得見百，[聖]200 兒端政，[聖]211 或長或，[另]1435 人不能，[乙][丁]2244 一生實，[乙]1772，[知]786 寇賊五。

稔：[三]202 厭心內。

日：[明]228 已從三。

世：[宮]670 學，[三]202 儉人民。

壽：[聖]1549 亦有阿。

載：[甲]2250 及千年，[甲]2337 過此已，[三][宮][聖]1421 去家日。

字：[甲]、年[乙]1816 雖說。

隧

鈍：[三][宮]403 之言義。

塚：[宮]2060 落寒霜。

墜：[三][宮]263 鬼阿須。

穗

類：[三][宮]2122 謂之嘉。

誶

訊：[明]、許[和]261 住眞寂，[三][宮]2040 難該而。

燧

遂：[宋][宮]1670 鉤無人。

邃

粹：[三]2063 經律博。

遠：[三][宮]263，[三][宮]2058 摧伏一。

鐩

遂：[原]1744。

孫

孩：[三][宮]2103 早弘篤。

洹：[宋]、須[元][明][宮][聖]425 陀利者。

始：[原][乙]973 婆。

酸：[宋][元]181。

荀：[宮]2122 卿子曰。

遜：[甲]2035 思邈入，[三][宮][甲][乙][丙]876 蘇甚。

諸：[三]100 弟子作。

子：[三][宮]2034 子嬰立。

飧

餐：[三]159 禪悅。

笋

筍：[甲]1792 之流釋，[明]2131 衆。

箏：[甲]2128 今加竹。

筍

荀：[三]2110 魏東。

笋：[宋]970 道場。

損

擯：[三][宮]1657 減必定，[乙]953，[乙]2394 師亦損。

持：[聖]210 受淨行，[宋][元][宮]1442，[原]2220 宗云。

得：[甲]2410 也一。

頓：[三][宮]263 壞，[三][宮]2102 至何其，[原]、頓[甲]1782 發二乘。

煩：[甲]1735 惱，[甲]2362 惱尋思，[乙]1821 惱者心。

害：[三][宮]616 譬如力，[三]220 如是菩。

壞：[甲][乙][丙]2249 由彼不，[甲]2254 法也心。

積：[三][宮][石]1509 故一切。

減：[宮]1425 我，[甲]2217 矣行。

據：[聖]1723 破無漏。

捐：[宮]1545，[宮]598 王不慕，[宮]754 常懊惱，[宮]2034 功深乖，[甲]2067 藥王，[甲][乙]2309 以上卽，[甲]2073 捨引衆，[甲]2193 之力言，[明]316 棄是故，[明]212 亦損他，[明]1636 棄積集，[明]2108 茲禮唯，[明]2122 有以補，[三][宮]310 一切十，[三][宮]222 一切所，[三][宮]322 憍慢以，[三][宮]324 是二事，[三][宮]403 衆俗，[三][宮]648 諸煩惱，[三][宮]656 其勞等，[三][宮]740 無有後，[三][宮]754 若有不，[三][宮]1563 捨是名，[三][宮]2059 藥，[三][宮]2060 略塵欲，[三][宮]2102 理則非，[三]193 睡眠耶，[三]627 廢穢法，[三]2103 有可以，[三]2145 味觸無，[宋][元]

[宮]446 種，[宋][元]2061 振錫南，[宋]152 食可如，[宋]212 其行，[宋]1559 羸自相，[元][明]190。

能：[乙]2263 伏故有。

拍：[三][宮]1644 次。

人：[三][宮]606 譬如畫。

傷：[三][宮]451 害不善。

捎：[三][宮]2122 肉唯見。

捨：[甲]1723 無染皆，[三]2123 以施賢。

省：[甲]2035 修寺度，[甲]2035 修。

授：[乙]2394 一一衆。

抒：[宋][宮]、捐[元][明]350。

孫：[三]1 陀羅如。

損：[三][宮]381 稽首爲。

提：[明]1595 無益故。

投：[三][宮]263 身棄命。

隕：[三][宮][聖][知]1579 墜罪聚。

現：[宋]1579。

遜：[元][明]624 故多智。

愈：[甲]1813 不問損。

圓：[三]1 質盈虧。

緣：[三]1602 盡空性。

願：[宮]1610 獨自覺。

殞：[甲][乙]2309 身命終，[甲]1733 命所有。

折：[三][聖]125 蓋不足。

搨：[三][宮]1452 認衣衣。

指：[敦]1957 之者言，[甲]2290 壞之，[甲][乙][丙]2134，[甲]2087 信有徵，[甲]2290 極不安，[甲]2290 名

惡若，[三]2103 茲草野，[宋][元]
[宮]、揩[明]2102 此世而，[原]2220。

潠

嘆：[明]2060。

娑

安：[甲]1731 婆處淨，[乙]2385
嚩二合，[元][明]891 二十囊，[元][明]
[乙]950 藥長年。

波：[甲]1065 二合吒，[乙]867 南。

又：[乙]852。

惡：[甲][乙][丙]931 字以堅。

寒：[原]1212 麼羅唅。

訶：[三][甲]1123 訶三。

紇：[三]1341 利。

羅：[甲]2244 摩訶衍。

麼：[原]、婆[原]904。

摩：[宋][聖]125 羅雙樹，[宋]125
羅雙樹。

嫛：[明]2087 羅王野。

婆：[丙]1074，[丙]2087 羅潛化，
[丁]2244 鉢底或，[丁]2244 跋底又，
[丁]2244 大山，[丁]2244 訶，[敦]367
羅帝王，[高]1668 娑，[宮]1421 羅樹
林，[宮]671 迦那及，[宮][久]397 羅
闍利，[宮][聖]354 羅珠及，[宮][聖]664
曼多跋，[宮][聖]1421 羅，[宮]303 偷
波以，[宮]397，[宮]397 波呵娑，[宮]
397 竭邏希，[宮]397 摩娜闍，[宮]410
車致囉，[宮]443 一百三，[宮]468 者
何義，[宮]657 伽，[宮]657 羅王佛，
[宮]671 梨那村，[宮]671 仙人帝，[宮]

721，[宮]848，[宮]901 上音耶，[宮]
1425 二名跋，[宮]1451 頗他悉，[宮]
1451 雞多城，[宮]1451 羅其梵，[宮]
1452 羅王所，[宮]1545 羅婆，[宮]
1546 人佉沙，[宮]2043 羅伽婆，[宮]
2121 羅林寶，[甲]、婆沙[乙]901 那
去音，[甲]、一[丙]1073 香以，[甲]、
婆[乙]1069 夜跋，[甲]、裟[乙]2207
嚩嚩誐，[甲]1829 羅寶者，[甲]2348，
[甲][乙][丙]1073 迦比遮，[甲][乙]
897 果吒，[甲][乙]901 去，[甲][乙]
1239，[甲][乙]1796 二，[甲][乙]1821
婆提此，[甲]901，[甲]901 多羅九，
[甲]901 羅去音，[甲]901 羅娑羅，[甲]
950，[甲]950 或餘類，[甲]952 囉二
合，[甲]952 馱野娑，[甲]972 引地
瑟，[甲]973 摩，[甲]1007 末囉比，
[甲]1039 木然火，[甲]1065 耶一切，
[甲]1068 婆訶，[甲]1071 等先令，[甲]
1115 密栗殿，[甲]1238 帝耶盤，[甲]
1239 眾，[甲]1335 他咩首，[甲]1705
伽此，[甲]1754 苦生佛，[甲]1830 訶
界彼，[甲]1834 羅，[甲]2128 破迦西，
[甲]2130 羅譯曰，[甲]2131 西域記，
[甲]2135，[甲]2135 度，[甲]2157 王
斷肉，[甲]2207 勃羅多，[甲]2229 泮
二合，[甲]2244 或陀，[甲]2266 者合，
[甲]2394 即有羅，[甲]2401 多祁哩，
[明]1245 嚩二合，[明]2016 利藍或，
[明][宮]244 法，[明][宮]397 又婆二，
[明][宮]1559 羅經中，[明][甲][乙]
1225 擔二合，[明][甲]1100，[明][甲]
1177，[明][甲]2131 羅提秦，[明][乙]

1092 去，[明]402 連社婆，[明]444 羅
樹佛，[明]450 等書怨，[明]848 去
囉，[明]894 頗二，[明]901 揭唎，[明]
987 婆世界，[明]1116 囉，[明]1164
麼二合，[明]1211，[明]1211 嚩，[明]
1214 頗二，[明]1217 輸沙野，[明]
1234 滿阿引，[明]1257，[明]1257 蹉
路，[明]1336 達，[明]1341 帝亦名，
[明]1382 嚩，[明]1403 引婆，[明]1425
樹瞻，[明]1450 羅王頂，[明]1536 家，
[明]1636 羅林爲，[明]2131 此云癈，
[明]2131 麿謂禮，[明]2131 隋言光，
[明]2154 羅王詣，[三]、訶[宮]665 彈
泥蘇，[三]、婆去[甲]1085 跢二合，
[三]192 仙人多，[三]951 馱嚀九，[三]
984 遮利，[三][宮]1421 竭陀安，[三]
[宮]397 羅蹉國，[三][宮]1545，[三]
[宮][甲]901 上音醯，[三][宮][聖]383
羅王并，[三][宮][聖]397，[三][宮][聖]
397 拘支鳩，[三][宮][聖]397 亦一切，
[三][宮][聖]1428 羅樹即，[三][宮][石]
1509 竭王摩，[三][宮]244 嚩彌二，
[三][宮]268 摩禰華，[三][宮]310 伽
等，[三][宮]370 岐四，[三][宮]370 陀
禰十，[三][宮]397，[三][宮]397 伽羅
龍，[三][宮]397 國蘇那，[三][宮]397
呵六呵，[三][宮]397 犁六脾，[三][宮]
397 羅，[三][宮]397 羅囉蓋，[三][宮]
397 羅瞬遲，[三][宮]397 摩伽，[三]
[宮]402 磨劍二，[三][宮]402 茶二婆，
[三][宮]445 訶，[三][宮]445 羅王如，
[三][宮]657 羅菩薩，[三][宮]694 羅
村中，[三][宮]847 蔓多鉢，[三][宮]

1425 必能決，[三][宮]1425 婆居二，
[三][宮]1425 尸沙，[三][宮]1425 樹
椰子，[三][宮]1425 聞樹提，[三][宮]
1428 今我作，[三][宮]1435 草舍利，
[三][宮]1442 竭王廣，[三][宮]1443 羅
王住，[三][宮]1462 慢陀羅，[三][宮]
1509 伽度龍，[三][宮]1509 女，[三]
[宮]1545 利梵志，[三][宮]1545 羅內
供，[三][宮]1546 羅善通，[三][宮]1546
羅樹子，[三][宮]1552 闍婆提，[三]
[宮]1552 迦闍羅，[三][宮]1562 彼經
今，[三][宮]1562 羅，[三][宮]1598 寶
此復，[三][宮]1642 娑囉陀，[三][宮]
2040 彌陀比，[三][宮]2042，[三][宮]
2060 羅之曾，[三][宮]2103 食種種，
[三][宮]2121 陀爲尼，[三][宮]2122，
[三][宮]2122 多縛弰，[三][宮]2122 羅
當治，[三][宮]2122 邏波，[三][宮]下
同 397 邏娑邏，[三][甲][乙]1069 嚩
南入，[三][甲]901 羅上音，[三][甲]
951 馱野，[三][甲]1069 嚩，[三][甲]
1085 母儞五，[三][甲]1200 引馱野，
[三][乙]1092 去陀，[三]2 嚩帝城，[三]
26 羅國與，[三]122 羅國波，[三]126，
[三]157 羅窟七，[三]158 羅其佛，
[三]190 果，[三]190 羅門，[三]190
隋言，[三]191 多半尼，[三]201 加，
[三]397 波利車，[三]721 羅，[三]848
嚩二合，[三]901 二十七，[三]901 羅
二十，[三]950 囉二合，[三]982 譏，
[三]984 波底大，[三]984 求致榜，
[三]985 畢麗多，[三]985 南莎訶，
[三]989 普二合，[三]993 俱羅瞿，

[三]999 引囉鉢，[三]1005 頗，[三]1014 隸十二，[三]1018 摩者黎，[三]1044 帝呵舍，[三]1058 羅闍，[三]1106 引上，[三]1137，[三]1257 嚩二合，[三]1283 覩二合，[三]1331 坻衍，[三]1331 攬摩龍，[三]1332 兜耆蜜，[三]1335 阿，[三]1335 帝奢欲，[三]1335 那遲囉，[三]1335 支憂負，[三]1336 禰波帝，[三]1337 上囉上，[三]1340，[三]1340 婆禰鞞，[三]1341 囉雞利，[三]1341 那復，[三]1341 那娜帝，[三]1341 沙大那，[三]1343 菩陀帝，[三]1343 有千眷，[三]1365 達泥吶，[三]1413 怛囉，[三]1441 果得何，[三]1544，[三]1644 多耆，[三]2125 南海佛，[三]2149 問經二，[三]2152 王斷肉，[三]2153 問經一，[三]2154 問經二，[三]下同 1336 比梨呼，[聖]、一[宮]1435 羅頗羅，[聖]278 羅王第，[聖]663 竭羅龍，[聖]953 那，[聖]2157 問經二，[石]1509 婆，[宋]、[宮]397 彌利國，[宋]、薩[宮]1435 羅雙樹，[宋][宮][乙]866 密語曰，[宋][宮]387 羅摩文，[宋][元]、宮本自娑吒五至三摩地三十六行斷缺 891 吒五，[宋][元]、嬰[明]721 羅娑鳥，[宋][元]、薩[宮]1435 羅雙樹，[宋][元][宮]、嬰[明]721 國次，[宋][元][宮]、嬰[明]721 羅樹多，[宋][元][宮]1588 羅那王，[宋][元][宮]2121 陀爲尼，[宋][元]220 字，[宋][元]930 嚩二合，[宋][元]984 卑離多，[宋][元]1033，[宋][元]1211 嚩，[宋][元]1283 嚩二合，[宋][元]1982 羅樹王，[宋][元]2103 宣武寺，[宋]26 羅林從，[宋]190 毘耶出，[宋]848，[宋]984 若，[宋]1092 去囉，[宋]1103 七耀諸，[宋]1336 羅毘娑，[宋]1354 利阿迦，[宋]1415，[萬]26 羅國衆，[乙]、藥本亦同 897 頗底迦，[乙]2087 羅邑並，[乙]2376 羅疤斯，[乙]897 惡二合，[乙]897 羅粥乳，[乙]1239 王軍兵，[乙]1266 鉢闍伽，[乙]2087 羅林其，[乙]2131 秦言一，[乙]2390 跢屹哩，[乙]2391，[乙]2393 訶吃灑，[乙]2394 多祁哩，[元]、婆一句[明]865，[元][明]721 迦離及，[元][明]882，[元][明][宮]664 羅尼，[元][明][宮]664 彌薩婆，[元][明][乙]1092 去麼，[元][明]100 羅林中，[元][明]397 究麗，[元][明]443 耶如來，[元][明]2121 羅樹神，[元][明]2122 帝漢，[元][明]2154 羅王詣，[元][明]2154 問經同，[元]1521 摩提有，[原]1205 等被是，[原]1251 羅針髮，[原]2393，[原]2409 去嚩三。

掌：[明]1217 屍，[明]2121 呪願欲，[元][明]2121 故身之，[元][明]2121 之行人。

薩：[甲][乙]1250 嚩賀，[甲]1120 達，[甲]1277 嚩二合，[三][宮]1463 羅國有，[三][宮]451 婆咀他，[三][宮]1425 羅國遊，[三][甲][乙]1125 怛，[三]1101 嚩二合，[乙][丙]873 怛嚩，[原]1212，[原]1212 嚩薩。

塞：[甲]2229 普引二。

三：[甲][乙]1069 密哩，[甲]850 母捺囉。

糜：[甲]1000 迷。

沙：[丁]2244 婆或，[宮]397 次，[宮]657，[宮]657 羅，[甲]、此娑[丙]2231 字南，[甲]、莎[乙]1796 訶，[甲]1733 及諸異，[甲]2130 第一卷，[甲]2250 論成，[甲][乙][丙]862 怛，[甲][乙]1733 論第一，[甲]859 破二，[甲]924 婆呵，[甲]1214 囊，[甲]1241 馱囉儞，[甲]1249 婆訶有，[甲]1335 伽羅龍，[甲]1709 論説釋，[甲]1733 處如西，[甲]1796 難行行，[甲]1863 羅，[甲]2087 羅梨弗，[甲]2130 第十七，[甲]2130 羅娑羅，[甲]2132 字娑下，[甲]2135 誐羅，[甲]2135 羅，[甲]2223 訶世界，[甲]2223 云四，[甲]2244，[甲]2266 異釋此，[甲]2400 引度引，[明]2131 云若人，[明]2149 問經二，[三]、婆陀[甲]、娑尼波羅呵婆囉呵沙尼[乙]1028 尼，[三][宮]397 案四十，[三][宮]1462 婆王夫，[三][宮]1554，[三][宮]2122 訶，[三][甲][乙][丙]954 阿，[三][甲]1039，[三][甲]1039 半那，[三]984 干陀怨，[聖][甲][乙]1199 訶惹娑，[聖]278 伽羅龍，[聖]397 地阿修，[聖]397 斯，[聖]1733 論第七，[聖]下同 385 呵佛號，[乙]850 字在膚，[乙]1830，[原]904，[原]1205 囊誐誐。

莎：[甲]850 嚩二合，[甲][丙]973 嚩二合，[甲][乙]856 嚩二合，[甲][乙]1796，[甲]904 婆訶，[甲]1239 婆，[甲]1239 婆訶，[甲]1268 婆訶，[甲]2250 嚩訶皆，[三][宮]397 波呵，[三][乙]1092 去縛訶，[三]203 羅王慈，[三]1336 呵三，[三]1341 底夜馱，[三]1343 婆摩坻，[宋][甲]901 訶上，[宋][明][甲]1077，[原]、沙[甲]1249 婆訶求。

娑：[宮]2108 伽陀，[明][甲]893 印次於，[明]658 伽羅龍，[三][宮]1428 腰帶佛，[三][宮]1648 一處，[三][宮]2060，[元]2122 羅雙。

山：[甲]1072 怛鑁。

悉：[甲]1085 嚩七娑。

餘：[萬][聖]26。

吒：[三][宮]下同 397，[宋][明][乙]921 儞。

梭

變：[甲]1969 化豈人。

彬：[聖]1421 擲擲。

傞

蹉：[三][宮]2123 典火車。

莏

莎：[甲][乙]1796。

嗉

索：[甲][乙]2393。

縮

緩：[三][宮]741 傴僂而。

宿：[宮]507。

綯：[原]2408 云云。

所

愛：[另]310 愛妻子。

礙：[元]220。

安：[宋][宮]2060 不安而。

百：[甲]2087 僧徒趁。

本：[甲]2371 有言説。

彼：[三][宮]1581 欲菩薩。

邊：[甲]1782 説經，[三]203 聞法得。

便：[三]2103 爲未體。

別：[甲]2274 不，[甲]2274 故，[甲]2274 立不，[三]411 餘乘不。

并：[三][宮]1521 親婦支。

病：[聖]200 患即便。

不：[宮]310 行不可，[宮]401 獲，[宮]585 習居不，[宮]627 著，[甲][乙]1822 釋八句，[甲][乙]2254 名正此，[甲]1709 燒説，[甲]1709 行故從，[甲]1723 作八諦，[甲]1775 及之謂，[甲]2195 説，[甲]2263 充不滿，[甲]2271 起兩，[甲]2274 依俱，[甲]2274 之，[甲]2397 作計吒，[明]309 生思惟，[明]2122 能，[三]1563 觸故又，[三][宮]639 爲有所，[三][宮][聖][另]1435 教我，[三][宮]221 能爲衆，[三][宮]338 起不可，[三][宮]411 生勝覺，[三][宮]740，[三][宮]1513 説將以，[三][知]418 請其餘，[三]205 喜笑者，[三]211 言，[三]220 捨，[三]375 修純説，[三]1559 誦説爲，[聖][另]765，[聖]125，[聖]210 聞，[聖]291 不至而，[聖]324 作唯，[聖]376 應供養，[聖]1443 辦衣，[聖]1509 得福德，[聖]1562

説非不，[聖]1602 知彼果，[另]1435 望非望，[宋][元][宮]1545 斷無色，[宋][元][宮]2122 造宜自，[乙]957 説之密，[元][明]234 吞食亦，[元][明]385 度不可，[原]2410 住法云。

布：[甲]2128 露謂於，[三][宮]403 施不念。

稱：[甲]1781 歡背生。

成：[甲]1830，[甲]2263 立不成，[甲]2270 者謂大。

斥：[三][宮]2026 行者放。

初：[甲]1733 住故初，[甲]1816 證，[甲]2335 學門瑜，[明]672 醉住於。

處：[甲]2218 觀也，[甲]2219 也無有，[甲][乙]1821 有處得，[甲][乙]1822 得者有，[甲]1781 隱哉，[甲]1821 餘如欲，[甲]1828 定即顯，[甲]1828 故能引，[甲]1828 即世第，[甲]1828 訖自下，[甲]1828 收以凡，[甲]1828 所遠如，[甲]1828 與十八，[甲]1851 起性容，[甲]2191 如此誠，[甲]2217 故名一，[甲]2266 及三聚，[甲]2266 即如上，[甲]2266 應，[甲]2274 皆無可，[明]1450 足下涼，[明]1450 作供，[三][宮]701 不周遍，[三][宮]1509 爾，[三]99 阿難答，[聖]1788 者明非，[乙]2263 簡。

祠：[宮]2034 部追裕。

此：[宮]1559 説十八，[甲]1886 説依不，[明]1450 言，[三][宮]1562 習業非，[三][宮]1579 作方便，[三][宮]2102 諸沙門，[另]1509 作若好，[原]

[甲]1781 病非眞，[原]920 是眷屬。

當：[聖]663 說諸佛。

道：[甲]1735 爲有所。

得：[甲]2273 燒有，[明]220，[三][宮][聖]1579 發起苦，[三]1339 願若有，[乙]2309 知耶答，[原]2339 悟二誘。

地：[甲]2394 果。

等：[甲][乙]2254 行故名，[三][宮]790 施行人，[石]1509 釋提桓，[石]1509 疑復次，[乙]2261 明者疏，[乙]2263，[乙]2263 顯，[原]2262。

斷：[甲]2266 緣故發，[甲]2266 者無性，[明]263 博聞名。

而：[甲][乙]1821 作異故，[甲]2157 說吉凶，[甲]2296 起數應，[明]945 出富樓，[三][宮]1530 起名爲，[三][宮][另]1428 爲出家，[三][宮]263 奉無，[三][宮]398 周旋處，[三][宮]477 說雅頌，[三][宮]624 問四常，[三][宮]673 造各自，[三][宮]1509 作金無，[三][聖]26 說法，[三]154 在，[三]1547 出出城，[聖]120 變化衆，[聖]224 生用世。

耳：[聖]225 以者。

爾：[宮]310 行不可，[甲]1733 許劫行。

二：[甲]1822。

發：[宮]318 願特尊。

法：[宮][聖]1579 所依由，[宮][聖]1579 品故及，[宮][聖]1579 唯滅，[宮][聖]1579 無間彼，[宮]426 得念佛，[甲]2263 四緣定，[三][宮]1579 安

危共，[三][宮]1579 此不應，[三][宮]1579 幾依一，[三][宮][聖]1579 恒共相，[三][宮][聖]1579 若由是，[三][宮][聖]1579 最勝所，[三][宮]1530 如五根，[三][宮]1579 若近惡，[三]152 待本行，[聖]1579 更互相，[聖]1579 性，[宋][宮][聖]、所法[元][明]1579 唯滅靜，[乙]1736 一切虛，[乙]1796 生與，[乙]2186 說，[原]2266 遍善心。

凡：[甲]1709。

煩：[三]1596 惱故又。

坊：[三][宮]1425 求諸。

非：[宮]1425 譏從今，[宮]2108 常教所，[明]1542 緣故隨，[明]1594 熏既不，[三]220 修非。

分：[甲]1007 望安樂，[甲]2787 彼比丘，[明][甲]1007 望安樂。

敷：[元][明]2103 奏爾乃。

甫：[三][宮]263 當行者。

府：[三]317 周旋在。

附：[甲]1731 說耶爲。

復：[宋]681 修觀行。

功：[宮]481 積功累。

恭：[三]1044 敬衆鬼，[另]1458。

宮：[宮][聖][另]1435 秋穀。

共：[三][宮]1571 知如何。

垢：[三][宮]384 污。

故：[甲]1708 捨命終，[甲]1708 善知生，[甲]1744 云妄想，[甲]1780，[甲]1782 動故住，[甲]1821 習氣分，[甲]2300 以二慧，[宋][元]、一[明][聖]99 修習故，[原]2339 何耶意。

廣：[三]196 化無。

歸：[三]2149 依。

國：[三]264 有是神，[三][宮]586。

果：[乙]2261 知障故。

何：[宮]1509 由得，[宮]2112 宗，[甲][乙]1250 願與汝，[甲][乙]2250 者以，[甲]1709 居穢土，[甲]1733 以言非，[甲]1782 不來彼，[甲]1828，[甲]1839 品若雖，[甲]2269 得定方，[甲]2434 以約未，[明]1450 謂八聖，[明]2103 從而，[三][宮]356 以故佛，[三]2154 以今勘，[聖]1544 顯，[乙]1821 辨八義，[乙]1822 以，[乙]1822 以答中，[乙]1822 以得知，[乙]2394 持印相，[元][明]624 以故，[原]、何[甲][乙]1822 以知然，[原]2270 以，[原]2271 以得知。

後：[甲]2217 食餘人。

許：[宮][聖]223 時行六，[甲]1775 帝釋，[三][宮]657 罪何以，[三][宮]1443 用錢犯，[三][宮]1470 自歸，[三]171 有好，[聖]223 學，[聖]1425 得，[宋]118 如佛言。

護：[知]1581 念二者。

化：[甲]2434 用義門。

惠：[三][宮][聖]1421 不及。

誨：[三][宮]263 勅所賜。

即：[甲]1816 修諸十，[甲]1816 以然者，[甲]2157 得，[甲]2434 證理相，[三]202 治處頂，[三]2153 得自在，[乙]1132 作功德，[原]920 割能修。

既：[甲]1792 招果報。

間：[乙]2425 尊重小。

漸：[甲]2287 入修得，[元][明]190 有天眼。

江：[甲][丙]2089 都督七。

匠：[三][宮]2060 無遠必，[原]2126 物之餘。

皆：[甲][乙]1736 有佛性。

解：[甲]2289 釋其例。

界：[甲]1782 至無不，[乙]2249 長養等。

今：[三][宮][聖]397 獲大利，[乙]2263 釋勘本。

近：[宮]2025 時新學，[明]721 迷，[元]191 火祀皆。

禁：[三]143 制十者。

句：[甲]1736 引疏三。

覺：[宋]1 覺佛盡。

君：[三][聖]1。

可：[宮]1613 依爲業，[甲]1830 樂境增，[甲][乙][丙]2381 說，[甲][乙]1821 厭事此，[甲][乙]1822 攝婆沙，[甲][乙]2328 謂已得，[甲][乙]2404 屬下無，[甲]1733 知頌中，[甲]1736 往何則，[甲]1816 顯且舉，[甲]1816 以者，[甲]1828 得爲唯，[甲]2053 入，[甲]2263 說，[甲]2266 變者，[甲]2266 斷種輕，[甲]2266 知異，[甲]2299 知爲第，[甲]2434 入，[甲]2434 燒割等，[三]220 壞滅亦，[三]1018 斷除清，[三][宮]1537 有色名，[三][宮]2122 希有當，[三][宮]314 取如，[三][宮]374 然，[三][宮]414 譬類者，[三][宮]459 悔虛無，[三]

[宮]627 捨，[三][宮]1451 爲，[三][宮]1605 取義或，[三][宮]1611 説第一，[三][宮]2122 汲用又，[三][宮]2122 禁制不，[三][宮]2122 斂之服，[三][宮]2122 使放意，[三]185 從賣識，[三]186 暢非是，[三]186 言毒龍，[三]209 獲，[三]1435 望是望，[三]1452 爲，[三]1579 緣境事，[聖]200 散諸花，[聖]379 得功，[聖]1421 呵，[另]1721，[宋]212 忌不得，[乙]1822 滅若現，[乙]1822 攝即餘，[乙]1822 説，[乙]2263 辨事業，[乙]2263 攝，[乙]2263 攝立故，[乙]2263 引起本，[元][明][乙]1092 思惟上，[元][明]26 得，[元][明]2122 付者意，[原]、可[甲]1722 有文證，[知]1785 化無道。

空：[宮]328 不能及。

苦：[元][明]1562 生法應。

來：[聖]125 言國事。

力：[乙]2263。

立：[甲]2281 不。

兩：[甲]2362 説，[甲]2270 宗故理。

令：[三]1374 有缺爾。

留：[甲]2412 得也第。

六：[宋][元][宮]、亦[明]、明註曰南藏作六 305 謂菩薩。

論：[乙]2263 引多界。

慮：[三][宮][知]1581 勤加修。

門：[甲]1718 礙空座。

名：[宮]1509 緣滅。

乃：[宋][元]2041 有經。

能：[甲]2218 生故實，[甲]2274

立因故，[甲][乙]1822 覆障者，[甲][乙]2288 入建立，[甲]2196 忍忍解，[甲]2266 取若所，[甲]2285 詮之法，[明]291 翫習皆，[明]1388 獲功德，[三][宮]309 潤菩，[三][宮]1521 聞假令，[三][宮]402 觸云何，[三][宮]2122 斷，[聖]586 染，[石]1509 入佛言，[元][明]223 入佛言。

念：[宋][宮]403 念異所。

品：[甲]2195 明一往，[乙]1821 中一明，[原]2341 執我法。

普：[三]264 潤貴賤，[三]291 入或復。

其：[三][宮][聖]376 教化者，[三][宮]1458 犯而治，[三]100 患苦爲，[元][明][宮]374。

祈：[甲]2087 願當，[甲]2266 心餘無，[三][宮]585，[三]2088 請以乳，[元]2034 問經或。

前：[甲]1828 説八，[甲][乙][丙]938 隨機得，[甲][乙]1816 解不住，[甲][乙]1821 以不言，[甲][乙]1821 執唯一，[甲][乙]1822 引，[甲][乙]2390 迴轉斜，[甲][乙]2397 聞法發，[甲]1512 得勝法，[甲]1512 有取説，[甲]1816 得中謂，[甲]1816 離障及，[甲]2270，[甲]2339 念心開，[三][宮]630 句句，[三][宮]721 碎其大，[三][宮]1499 稱事犯，[三][宮]2058 求爲給，[三][聖]643 長跪叉，[三]202，[三]202 應意若，[三]203 聞法證，[三]375 爾，[三]384 遶佛身，[聖]211 讚女姿，[聖]278 爾時世，[聖]2157 出，[宋][元]1552

起法，[乙]2232 劫數剎，[乙]2408 修，
[元]937 獲功德，[原]904，[原]2339，
[原]2339 說一乘，[原]2381 并餘六。

切：[宮]1579 緣，[甲]2323 計數，
[三][宮]1542 緣緣亦。

軀：[乙]2092 刻石隸。

取：[敦]1957 信又曠，[宮]221 壞
是爲，[甲]1782 施設現，[甲]2266，
[甲]2434 趣入故，[甲][乙]1821 說法
故，[甲][乙]2223 著故云，[甲][乙]
2259 憂苦，[甲][乙]2263 慚，[甲][乙]
2387 置三聚，[甲]1700 執中都，[甲]
1724 取，[甲]1781 得物安，[甲]1782
喻之義，[甲]1816 取無，[甲]1816 依
止，[甲]1816 執此護，[甲]1828 見
道，[甲]1830 斷故以，[甲]2250 及處
以，[甲]2261，[甲]2261 攝受故，[甲]
2266 合爲，[甲]2266 攝故無，[甲]
2266 有戒及，[甲]2286 製疏釋，[甲]
2313 無方便，[甲]2337 可有斷，[三]
[宮]1602 繫疑，[三][宮]1647 依道怖，
[三][宮]2122 微得少，[聖]210 截牽
往，[聖]1428 若市肆，[聖]1509 學不
能，[宋][元][宮]1594 取唯有，[乙]
1715 所悅人，[乙]2232 言相者，[乙]
2296 何等法，[乙]2391，[元]211，[原]
1309 人家小，[原]1863 有違文。

然：[元][明]278 畏智復。

人：[三][宮]1522 惱害邪，[宋]
[元]74 得果報。

如：[甲]2337 所，[明]682 求福，
[三][宮]1565 說，[元][明]400 來集。

若：[明]1435 學初，[三][聖]26 有

比丘，[原]1936 修外。

散：[甲]2266 障捨者。

沙：[三][宮]402 婆三，[三][宮]
402 婆上，[三][宮]402 也二十。

山：[原]1159 訪彼仙。

傷：[甲]1264 害爾時。

上：[甲][乙]2070。

少：[聖]1562 有無所。

捨：[甲]1717 文末結。

沈：[三][宮]2112 疑更希。

生：[甲][乙]2317 之因是，[三]
[宮]637 知十。

勝：[甲]2907 迴向。

聖：[宮]263 可分別，[甲]2087 異
道雜，[三][宮]425 達，[三][宮]1451
欲安樂，[三]201 生處財。

施：[三][宮]1425 與不惜。

師：[甲]2305 智無礙。

時：[和]293，[甲]2297 謂二乘，
[明]220 得，[三][宮]1546 依同一，
[三]1013 佛過三。

使：[甲]1912 故畢若，[甲]1929
斷略說。

始：[甲]1789 造及與。

示：[甲]1742 現一切。

世：[高]1668 苦亦，[高]1668 苦
亦無，[三][宮][金]1666 苦亦無，[三]
[宮]2060 高之爱，[聖]225 入處如，
[宋]211 照然明。

市：[甲]2219 蜃樓及。

似：[原]1863。

是：[甲]1924 謂外諸，[三][宮]
400 向無住，[三][宮]676 善思惟，[三]

[宮]1435 染衣，[三][宮]1546 不，[三]194 思想便，[聖][石]1509 説般若，[乙]2263 説隨其，[原]1837 以更加。

守：[三]192 護。

受：[聖][另]342 授三不。

殊：[甲]1775。

術：[三]1331 不應行。

數：[明]2087 其自稱，[明]2122 可欲有，[三][宮][聖]292 淨其心，[三][宮]263 千載四，[三][宮]709 因，[三][知]418 佛刹滿，[聖]1464 兩金長。

順：[三]100 行來處。

斯：[元]2016 諮學者。

死：[三]187 畏以死。

四：[宋][宮]222 更，[乙]2263 緣三門。

素：[乙]2092 畫莫參。

雖：[明]220 習誦無。

隨：[宮]603 相連清。

損：[元][明]375 害即推。

聽：[三]、－[宮]2122 經之池。

土：[三][宮]280 説法悉，[三][宮]810 棄諸陰。

外：[甲]2434 現曼，[原]2265 故。

王：[甲]2381 化是。

妄：[三]1817 執定非。

爲：[甲]2039 奸也二，[甲]2371 加護，[明]1428 漂，[三][宮]606 增減，[三][宮]1425 識何等，[三]2088 造又東，[元][明]1598 執有非，[原]2339 成有者。

謂：[甲]1735 用清淨，[三][宮]342 爲戒其，[聖]1541 知隨其，[原]1818 隱覆非。

聞：[明][聖]663 説微妙。

我：[明][甲]1177 名曰摩，[明]26 等正覺，[明]1562 説是，[三]125 作福汝。

吾：[明]624 説菩薩。

無：[宮]221 倚持，[甲]2255 知二諦，[明]401 悲，[三]1545 間無覆，[三][宮]813 施無所，[三]190 有沙門，[聖]291 住不，[石]1509 緣，[宋][元][宮]222 謂定想，[元][明][宮]310，[元][明]186 乏日日，[原]1890。

五：[明]323 戒功德，[三]、無[聖]125 趣如實。

希：[三][宮]425 冀是。

悉：[聖]585 有爲著。

下：[原]1764 言異者。

相：[博]262 知於十，[明]2087 尋宜詢，[三][宮][甲]895 願成就，[聖]222 想念故。

想：[聖]210 懸。

向：[甲]1922 問言諸。

邪：[宮]816 見我所，[甲]1731 見還以，[三]1582 説者亦，[三][宮]325 思必有，[聖]397 見十三，[元][明][石]1509 見我得。

心：[甲][乙]1822 所依。

訢：[甲]2067 梁武請。

行：[宮]263 作行則，[宮]397 謂無願，[宮]1530 遊履故，[宮]1545 體即是，[宮]1571 引妙用，[和]293 證位令，[甲]2266，[甲][乙]1816 是第四，[甲][乙]1822 取捨蘊，[甲][乙]

1822 隨空行，[甲]1816 爲，[甲]1828，[甲]2250 待異假，[甲]2266 眞實八，[明]316 證是爲，[明]2131 也故云，[三][宮]288 歸，[三][宮]411 動寂靜，[三][宮]602 起意是，[三][宮]1464 食肉奪，[三][宮]1548 欲處如，[三][宮]2102 無乃失，[三]1 淨，[三]98 橫未斷，[三]672 轉變，[聖]120 背捨聖，[聖]1509 作常一，[乙]2218 修事在，[元][明]99。

形：[三][宮]826 作名便，[三]212 傷損流。

興：[三][宮][聖][另]285 起自投。

須：[原]1840 成立彼。

熏：[甲]1733 斯。

言：[甲][乙]、出[內]2286 言，[三][宮]478 說。

仰：[原]2248 承行事。

耶：[甲]2266 變五取，[甲]2299 解云五，[甲]2339 指別教，[三][宮]225 乘佛聖，[三][宮]606。

一：[甲]2312 託之用，[三][宮]2060 畜衣鉢，[聖]279 行一切，[聖]210 適無患，[乙]2227 誦。

依：[甲][乙]1822 有，[甲]1828 處假，[甲]1828 此釋初，[甲]2196 依止淨，[甲]2814 止義門，[明]1521 得功德。

已：[甲][乙]1909 起一切，[三][宮]1605 說此差。

以：[甲]1780 上單複，[明]626 礙故文，[明][聖]225 法求明，[三][宮]2102 成悟故，[三][宮]2103 用其，[三]

192 憂深信，[乙]2212 謂，[原]1803 如此辟。

亦：[三][宮]1611 不能燒，[乙]2215 復至名，[乙]2263 起故通，[元][明][聖]223 不類諸，[原]、[甲]1744 爾次令。

意：[三]1579 攝又了。

譯：[三]2153 出見僧。

因：[明]161 得乃。

引：[甲]2266 成自義，[甲]2266 蓋不舉。

應：[聖]1428 捨與比，[元][明][聖][石]1509 度眾生。

攸：[甲]2132 歸悉疊，[甲]2366 不及今。

有：[宮][聖]1579 雜染如，[和]293 事善友，[甲][乙]1736 說但隨，[甲]1781，[甲]1828 損惱由，[甲]1863 爲何獨，[甲]2075 司命辦，[甲]2901 說此是，[明]137 遮隔如，[明]263 逮者乃，[明]640 欲事於，[明]1539 餘諸法，[明]1681 著，[明]2016 熟業復，[三]279，[三][宮][聖][另]281，[三][宮]263 罣礙多，[三][宮]268 生於此，[三][宮]272 罣礙得，[三][宮]401 言者乃，[三][宮]588 要云何，[三][宮]657 壞相得，[三][宮]730 識但見，[三][宮]1660 繫著與，[三][聖][宮]425 餘瑕穢，[三][聖]291 餘所，[三]190 怖畏無，[三]193 打擲皆，[聖]224 計之合，[聖]224 生處爲，[聖]397 語言大，[聖]425 好念若，[石]2125，[宋][元][宮]315 住，[宋][元]374 利，[乙]1796

行則無，[元][明]1501 侵犯彼，[元]2122 愛婢，[原]1863 爲法種。

于：[明]316 欲無滅。

於：[宮]721 擾動苦，[宮]657 著故轉，[甲]1736 所化今，[明]1636 解於，[三][宮]1545 説法初，[三][宮]263 説至誠，[三][宮]478 有無，[三][宮]2122 夢者皆，[元][明]2016 以普賢。

俞：[宮]397 樂即能。

與：[明][宮]611 人作妻。

語：[明]377 言未訖。

欲：[三][宮]398 遣，[三][宮]1425 至何處，[三][聖]291 終舉食。

緣：[三]1597 積集故，[聖]1541 緣。

願：[別]397。

云：[甲]2305 念慮心。

在：[甲]1766 在稱號，[三][宮]271 住處是，[三][宮]638 在，[三][宮]638 在富樂，[聖]224 見亦不。

則：[甲][乙]1822 應諸煩。

乍：[乙]2263 被尋出。

障：[三][宮]657 礙離。

者：[宮]1435 受食舉，[三][宮]586 是貪恚。

正：[宮]398 止之處，[三][宮]1558，[三][聖]99。

證：[乙]2263 據地上。

之：[甲][乙]2263 人，[明]2087，[三][宮][聖]639 闕失，[三][宮]461 教因緣，[三][宮]534 趣實，[三][宮]627 造志業，[乙]1909 行四無。

知：[三]125，[元][明]656 見身

不。

治：[聖]、所[聖]1733 説之法。

中：[宋]、火[元][明]2103 不及猶，[元][明]1579 化有情。

種：[明]1554 種類差，[聖]586 謂諸。

衆：[三][宮]657 疑，[三]152 患都歇。

諸：[丙]1823 部村，[宮]278 纏縛，[和]293 行圓滿，[甲]1733 供諸佛，[甲]1080 求願悉，[甲]1361 謂力等，[甲]1781 有，[甲]1782 有所作，[甲]2266 攝事方，[甲]2266 有學者，[甲]2339 計我爲，[乙]2261，[乙]2263 依識同，[原]、請[甲]1851 業煩惱，[原]920 有所求，[原]2339 宗俱會。

住：[元][明][宮][聖]397 於諸苦。

斫：[甲]2266。

自：[明]285 樂目見，[三][宮]683 説宿命，[另]1721。

宗：[乙]2218 感靈夢。

足：[甲]1775 存自此。

作：[宮]263 供養奉，[宮]397 供養世，[宮]2103 佛，[甲]1828 者至不，[甲]1922 作，[明]1571 害豈煩，[明]1656 樂，[三][宮]1428 呵，[三]99 諸，[宋][明][宮]1452，[乙]1796 謂若法。

索

哀：[甲]1929 出家爲。

勾：[三][宮]1425 趣得飲。

擊：[三][宮]1507 耳故經。

齎：[甲][己]1958 符來欲，[三]

[宮]2122 幾錢笒，[三]200 得兩錢，[聖]2157 多所該。

籍：[三]2145 索多所。

牽：[宮]611，[三][宮]2121 車東西，[三][宮]816 菩薩，[三][宮]2121 佛衣汝，[三]732 淨處四。

琴：[三]202 與共相。

求：[甲]2195 車明知，[甲]2255 優鉢羅，[三][宮]1425 償之若，[三]193 火從鐵，[聖]211 兒命還，[聖]1426 食應當，[聖]1509，[另]790 啼哭出。

取：[甲]1141 仙藥喫。

若：[三][宮]1435 羹應當。

繩：[三][宮]1428 手捉順。

受：[另]1428 營事者。

素：[丙]2120 脫落便，[甲][乙]1822 迦引經，[甲][乙]2393 具勿得，[甲]974 漫惹吢，[甲]1065 野迦曰，[甲]1068 右手安，[甲]1700 讀之即，[甲]2036 奏杭州，[甲]2053 麁弊衣，[甲]2181，[甲]2255 有，[明]2087 隱窮幽，[三][宮][甲][乙][丙][丁]848 支大德，[三][宮]397 達摩，[三][宮]602，[三][宮]2058 明，[三]1132 囉多薩，[三]1200 鉢多，[三]2149 飾然並，[聖]1441 美食犯，[聖]1721 車二賜，[宋][元]2122 多所該，[宋]2060 聲蓋朝，[乙]877 唵跋。

速：[明]1443 衣鉢。

線：[原]2408 袋縫裏。

業：[甲]2412 說法義。

縈：[宮]720 壞因緣。

與：[三][宮][聖]1435 若不如。

欲：[三]、飲[宮]2122 食左右。

責：[三][宮][聖]1425 稅錢唯，[三]201 備敷。

債：[宋][明][宮]、責[元]2122 命又曰。

者：[三][宮]415 皆能捨。

瑣

莎：[甲]1356 訶。

鎖：[甲]1710 色，[明]157 離骨，[明]672，[三][宮]618 及羸朽，[三][宮]1545 而，[三][宮]1545 一切皆，[三][宮]1546 菩薩骨，[三][宮]310 骨久無，[三][宮]397 遠離貪，[三][宮]672 別有生，[三][宮]1425 相連，[三][宮]1544 此等名，[三][宮]1546 若骨，[三][宮]1546 之苦復，[三][宮]1549 起若干，[三][宮]1552，[三][宮]1552 不作想，[三][宮]1552 除此則，[三][宮]1558 身至慈，[三][宮]1563 身至慈，[三][宮]2121 骨二十，[三][宮]2121 數數受，[三][宮]下同 1562 中具離，[三][宮]下同 1563，[三]220 血肉都，[三]1509 血肉已，[宋][宮]2122，[乙][丙]2092 玉鳳，[元][明][聖]625 牽挽寶，[元][明]1425 連諸升，[元][明]2103 閉高閣。

鏁：[元][明]1563。

鎩：[三][宮]2103 無由問。

鎖

鉤：[三][宮]2123。

清：[宮]2103 影嚴穴。

鏢：[宋]、瓃[宮]1548 繫閉。

鏜：[三]、鏟[宮]513 貫之羅。

髓：[三][宮]606 頭身異。

瑣：[宮]401 三昧開，[宮]606，[宮]620 遊諸節，[宮]1509 所繫人，[宮]1523，[宮]2034 相白骨，[宮]2078 垂至于，[甲]1805 小也夫，[明]293 現前想，[三][宮]1545 其心散，[三][宮]1598 等事境，[三][宮]1545 是初解，[三][宮]1545 無窮又，[三][宮]1596 等於此，[三][宮]下同 1545 次第連，[三]152 小書信，[三]185，[三]190 置諸一，[聖][石]1509 血肉塗，[聖]310 垂寶瓔，[聖]639，[聖]1426，[聖]1549 骨七處，[聖]1552 縛以愛，[宋]157 捨骨，[宋][宮]606 身因四，[宋][宮]611 節節解，[宋][宮]616 常攝還，[宋][宮]901 身，[宋][宮]1522 所繫，[宋][宮]1558，[宋][宮]2103 似見龍，[宋][宮]2122 械慰勉，[宋][元][宮]2043 不能自，[宋][元][宮][聖]606 相連所，[宋][元][宮]271 是沙門，[宋][元][宮]下同 1545 相而，[宋]374 自恣，[乙]2254 等一相。

鏑：[丙]2092 而走帝。

鏃：[敦]262 檢繫其，[宋]201 雖好能。

消：[甲]1786 霜露我，[明]842 滅佛境。

銷：[宮]318 如來佛，[甲]1736 所指是，[甲]2036 今朝塵，[明]2131，[聖]1595，[另]1451 門而去，[知]1441 如戶鑰。

鑰：[甲]2128 者也捶。

銀：[聖]639。

瓃：[宮]721 所繫流，[宮]1545 鉤索，[宮]1545 菩薩骨，[三][宮][聖]1602 等變異，[三][宮]310 菩薩寶，[三][宮]2122 繫縛初，[聖]1425 絆或著，[聖]下同 381 菩薩所，[東][元][宮]721 所縛行，[宋][元]186 骨毛右，[乙][丙][丁]2092。

鎮：[三][宮]1462 牽頭出，[宋]26 不得盡。

鑽：[明]1123 尚赤，[乙]2087 最後釋，[原]2001 衲僧開。

鑠

瑣：[三][聖]190 臂釧及。

鎖：[明]186 莫不爲。

銷：[宮]244 者當用。

T

他

彼：[宮]421 語彼此，[甲]2261，[三]1579 勝衆餘，[三][宮]397，[三][宮]1428 起若有，[三][宮]1428 衣已亦，[三][宮]1521 三者共，[三][宮]1579 四無自，[三][宮]1581 衆生出，[三]1 亦二俱，[三]26 說如是，[三]125 天女前，[三]818 學名不，[聖]586 生亦不，[另]1428 心智彼。

便：[聖][另]1435 不肯還。

佗：[乙]2244，[元][明]893 底瑟。

姹：[甲]1112 陀羅。

昌：[三]984 離反後。

池：[明]2076 隆山主，[三]300 所有諸，[元]318，[元]824 廣說。

除：[三][宮]1425 人斯有。

處：[明]1450 即得賢。

此：[甲]2271 外道聲，[宋][元]1340，[原]899 住也爾。

從：[三][宮]2122 化天來。

大：[甲]853 種子心，[三]26 家教化，[宋]1339 瞋恚者。

但：[甲]2274 明因比。

當：[甲][乙]2263 地境周。

地：[宮]374 衆，[宮]397 瞿竭瞿，[宮]402 闍盧計，[宮]1463 山有小，[宮]1522 陀羅尼，[宮]1530 起性緣，[宮]1545 時於是，[宮]2121 邊強取，[和]261 一切衆，[甲][乙]2297 文非爲，[甲][乙]2263 道圓滿，[甲][乙]2263 質是可，[甲]2254 離次下，[甲]1731 異也他，[甲]1736 教名爲，[甲]1801 住初禪，[甲]1816 心智等，[甲]1828 第二處，[甲]1828 所有至，[甲]2087 所惠施，[甲]2217 未有理，[甲]2266 神通施，[甲]2281 爲空無，[甲]2299 觀者名，[甲]2305 發大慈，[甲]2339，[久]1452 化自在，[明][乙]1092 軍陣中，[明]649 律行不，[明]997 智須陀，[明]1191 俱胝天，[明]1522 財若物，[明]1537 化自在，[明]1560 下無升，[明]1579 迦多衍，[三]、一[甲]1124 引，[三][宮]1545 身故，[三][宮][甲]901 羅木，[三][宮][甲]901 四莎訶，[三][宮][聖]466 何等爲，[三][宮]671 何過失，[三][宮]1428 舉息物，[三][宮]1509，[三][宮]1545 羅刺傷，

[三][宮]1558 依身頌，[三][宮]1559 釋曰三，[三][宮]1571 成有形，[三][宮]1579 迦經若，[三][宮]1579 依止，[三][宮]1647 滅羅漢，[三][甲][丙]954 翼，[三][甲]1125 受用身，[三]20 凡人不，[三]197 涅摩羅，[三]220 法無能，[三]682 性，[三]984，[三]989 暴引十，[三]995 界隨心，[三]1441，[三]1570 生故成，[聖]1602 過，[聖]1602 依此生，[聖][甲]953，[聖][另]765 利樂事，[聖]639 而演説，[聖]663 方怨賊，[聖]1425 鉢端心，[聖]1425 人成者，[聖]1425 物故得，[聖]1428 信施行，[聖]1441 受，[聖]1509 過罪，[聖]1562，[聖]1595 此，[聖]1595 聞無分，[聖]1763 心自從，[宋][宮]2060 邑後試，[宋][宮]2121 男子八，[宋][元]、－[明][甲][乙]950 以反花，[宋][元][宮]1514 及已聞，[宋]1523 故隨有，[乙]1796 迦花亦，[乙]1816，[乙]1816 聞内，[乙]2194 諸文等，[乙]2249〇，[乙]2263 所變異，[元]、佛[明]1425 聞，[元][明]1007 行蠱毒，[元][明]1552 地一切，[元][明]1579，[元]1509 行道及，[元]1563，[元]1579 毘鉢舍，[原]2196 下心衆。

斷：[甲][乙]2309 此水甚。

多：[甲][乙]2185 爲明前，[甲][乙]2250 生方生，[甲][乙]2263 分支説，[甲]967，[甲]1781 人悟道，[甲]2053 人之益，[甲]2266 不解故，[甲]2266 見諸佛，[甲]2270 羅山即，[明]

220 書寫，[明]723 財施死，[三][宮]397 摩陀那，[三][宮]721 人若依，[乙][丙][丁]865 蘗多句，[乙]867 他引，[乙]1736，[乙]2263 衆會同，[乙]2393 人或令，[原]2301 非遂略。

哆：[明]1336 唏梨彌，[三]1336 冀利。

而：[三]223 食死尸，[元][明]1509 食死屍。

犯：[聖][另]1458 將苾芻，[原]2271 不定也。

佛：[甲]2266 乃窮人，[三][宮]1546 聞故能，[三][宮]294，[聖][另]310 供養無，[聖][石]1509 聞法一，[乙]2263 身不可，[乙]2393 揭多鼻。

伽：[甲]2130 陀譯曰，[三][宮]402 伽那婆。

共：[三]1568 作亦不。

訶：[三][宮]1579 擯無依。

化：[宮]1525 修行故，[宮]221 教譬如，[宮]221 人學阿，[宮]397，[宮]476 論摧滅，[宮]1451 界耶爲，[宮]1499 轉是名，[宮]1548 不怨憎，[宮]1558 方自既，[宮]1581，[宮]1602 故能有，[宮]2123 彼，[甲]、化[聖]1788 二，[甲]1709 受，[甲]1805 阻四中，[甲]1833 有情由，[甲]1965 有功不，[甲]2067 度寺僧，[甲][乙][丙]1098 書寫受，[甲][乙]1816 衆生餘，[甲][乙]1822，[甲][乙]1822 力故有，[甲][乙]2194 方佛仍，[甲][乙]2263 現釋，[甲]1706 不出以，[甲]1709 求利助，[甲]1709 如幻正，[甲]1709 相

常化，[甲]1709 心德次，[甲]1719 釋
益自，[甲]1731 佛即迹，[甲]1782 身
若他，[甲]1782 土不名，[甲]1782 心，
[甲]1782 一切至，[甲]1782 之天尚，
[甲]1816 報化佛，[甲]1816 三乘餘，
[甲]1816 由此未，[甲]1847 用故名，
[甲]1851 身他人，[甲]1851 生信四，
[甲]1912 人言水，[甲]1969 禽演於，
[甲]1973 佛來迎，[甲]2068 種謂於，
[甲]2087 果阿末，[甲]2195 聽，[甲]
2195 衆，[甲]2196 三慶慰，[甲]2261
衆，[甲]2266 果也文，[甲]2266 心
者，[甲]2266 性爲因，[甲]2266 有情
若，[甲]2266 衆，[甲]2270 地部宗，
[甲]2290，[甲]2290 力焉文，[甲]2299
心無天，[甲]2299 轉，[甲]2337 淨不
淨，[甲]2395 十年，[甲]2397 佛故
云，[甲]2412 受身也，[久]1486 人債
終，[明]229 方便説，[明]311 人，[明]
278 劫受諸，[明]1525 如實，[三]292
人，[三]1566 衆生心，[三][宮]386 作
以魔，[三][宮][聖][另]1435 僧所與，
[三][宮]305 一切衆，[三][宮]351 犯
不犯，[三][宮]1505 化己所，[三][宮]
1547 故世尊，[三][宮]1579 施亦名，
[三][宮]1604 所，[三][宮]2060 行未
營，[三][宮]2122，[三][三]1 身中譬，
[聖][另]342 作是則，[聖]190 乃至能，
[聖]1421 門使，[聖]1440 比丘得，
[宋]221 人於善，[宋][宮]677 見法，
[宋][元][宮]414 人受持，[宋]125 人
使不，[乙]1772 心宿命，[乙]2263 身
相應，[乙]2263 支等作，[乙]2296 色

聲是，[乙]2297 極，[乙]2404 也他
有，[元][明]、－[宮]2034，[元][明]
2146 作苦經，[元]1583 問説若，[元]
2016 之身故，[原]、[甲]1744 身爲
五，[原]1776 致，[原]1851 異現説。

己：[乙]1736 從。

記：[甲]1778 得益也。

劫：[明][甲]997 帝釋。

就：[甲]1851。

苦：[乙]2254 部縁及。

利：[三][宮]1646 得免大。

能：[甲]2312 迷其深。

尼：[三]984 勗翅勗。

其：[明]1546 兒耶狼。

請：[知]1581 二。

人：[宮]2008 心邪見，[三]375
説，[三][宮]657，[三][宮]1425 都無
人，[三][宮]1581 若怨家，[三][宮]
1646 命此則，[三]375 以是縁，[聖]
1454 奪報言，[石]1509 行二施，[元]
[明][宮]374 廣説思，[元][明][宮]374
説不退，[知]598 友黨代。

入：[甲]1973 幻境。

蛇：[三]1343 目呿波，[三]1354
阿伽度。

生：[聖]1579 衆生起。

施：[宮]414 亦不讖，[宮]272 財
物中，[甲]1813 物者如，[三]154 人，
[宋][元]1525 利，[元][明]310 捉其
髮。

十：[甲]2397 方而來。

識：[宋]1562 餘法亦。

是：[三][宮][聖]1436 比丘食。

釋：[原]2270 不共中。

説：[明]1550 因是以。

它：[甲]1805 曆反律，[甲]2128 乎經文。

佗：[原]850 句。

剃：[三]865 儞渧。

咃：[福]370 一婆離，[三][宮]664 一，[三][宮]2122 寐梨鞮，[三][乙]1075 三唵四，[元][明]1509 字門入。

脱：[明]220 諸毒結。

佗：[明]下同 261 五。

陀：[甲]957 義，[甲]1195 曰，[甲][乙]2390 曰，[甲][乙]2390 之次説，[甲][乙]2391 一百八，[甲]1069，[甲]1709 優陀，[甲]1709 佛説無，[甲]1816 耶初，[甲]1863 方總不，[甲]1929 皆古之，[甲]2132 上安他，[甲]2266 心智緣，[甲]2266 因謂闡，[甲]2266 云取彼，[甲]2269 者，[甲]2289 說本迹，[甲]2395 羅，[明]、[宮]722 曰，[明]99 阿羅漢，[明]1442 曰，[明]1443 者皆此，[明]1450 仙出入，[明]1451，[明]1451 曰，[明]1536，[明]1536 曰，[明]1545 説，[明]1545 言，[明]1545 云何謂，[明]1562 説，[明][宮]2122 我今亦，[明][甲][乙][丙]930 曰，[明]239，[明]261 讚如來，[明]310 讚其頌，[明]312 曰，[明]577 曰，[明]756 曰，[明]950 欠，[明]1003 説，[明]1005 而問於，[明]1153 曰，[明]1199 唵阿左，[明]1442，[明]1442 并演妙，[明]1442 曰，[明]1443 曰，[明]1450 已常在，[明]1450 曰，

[明]1451，[明]1451 答增養，[明]1451 告難，[明]1451 問其師，[明]1451 曰，[明]1452 曰，[明]1458 中四分，[明]1459，[明]1459 説佛語，[明]1513 曰，[明]1536，[明]1537 便説頌，[明]1544 納息第，[明]1545，[明]2131 此云詔，[三]、地[宮]1521 利，[三]220 受持讀，[三]1341 帝亦名，[三][宮]、他沈氏十六娘捨細註六字[宋]423，[三][宮]1451 曰，[三][宮]1452 曰，[三][宮][聖][另]675 憂陀那，[三][宮][聖]397 閦婆，[三][宮][聖]816 那薩遮，[三][宮][另]1428 羅達多，[三][宮]310 告難陀，[三][宮]310 曰，[三][宮]397 車掣阿，[三][宮]421 和伽羅，[三][宮]645 此福勝，[三][宮]765 自説本，[三][宮]1442 曰，[三][宮]1442 之時願，[三][宮]1443 曰，[三][宮]1451 告其子，[三][宮]1451 請世尊，[三][宮]1451 爲其呪，[三][宮]1451 曰，[三][宮]1457 因緣，[三][宮]1509 非泥婆，[三][宮]1545 所説復，[三][宮]1547 子若命，[三][宮]1558，[三][宮]1559 中簡擇，[三][宮]1579 國爲無，[三][宮]1646 義言難，[三][宮]2040 樓炭云，[三][宮]2043 人生貧，[三][宮]下同 818 阿伽度，[三][甲]1227 葉，[三][聖]211 山中，[三][乙]972 而，[三][乙]1092，[三]1 阿伽度，[三]99 立上座，[三]100 那尼，[三]190 那塔，[三]203 利之所，[三]440 佛，[三]984 個龍王，[三]984 娑陀尼，[三]984 夜叉住，[三]1331 婆婁龍，[三]1343 兜摩坻，[三]1343 肥，

[三]1485 秦言至，[三]1644 尼西，[三]2087 梵音訛，[聖][甲]953，[聖]223 諸天人，[聖]375，[聖]1549 語，[石]1509 秦言不，[宋][元]190 竭，[宋][元][甲]1033 讚揚曰，[宋]374 耶佛言，[宋]409 國第，[乙]2087 泥濕伐，[乙]2261 名造頌，[元][明][宮]279 尼陀那，[元][明][乙]1092 羅木量，[元][明]190 若祁富，[元][明]239 令其通，[元][明]440 佛南無，[元][明]443 如來南，[元][明]1579 或復宣，[元][明]1598 攝如是，[元]363 嘆佛面。

外：[別]397 事如是。

唯：[聖]不同 664。

我：[原]2271 用望他。

無：[三]675 不降伏。

物：[原]、化[聖]1818 必須識。

性：[元]672。

也：[宮]381 方世界，[宮]1592 相性中，[宮]1617，[甲][乙]1069 二，[甲][乙]2309 所化作，[甲]1709 略去他，[甲]2128 刀反下，[甲]2266 不許即，[甲]2271 比量宗，[明][甲][乙]1254，[明]1384 引譏多，[三]1440 不須僧，[聖]222 故，[聖]1421 不得諸，[聖]1549 樂亦是，[宋][宮]397 一徙陀，[宋][宮]1428 作成不，[宋][元][宮]1428 方彼當，[宋][元]985 呼呼呼，[宋][元]1548 已損我，[宋][元]1581 者下劣，[元]1340 憍尸迦，[元]1808 所諫非。

依：[甲]2262 自根發。

意：[三][宮]602 便爲觀。

億：[甲]1718 土音樂。

用：[甲][乙]1866 中亦但。

餘：[三][宮]1435 比丘尼，[三][宮]1435 比丘波。

咤：[宋]、[元][明]1331 飢梨尼。

之：[原]1776 別文中。

中：[三][宮][聖]224 正。

諸：[三][宮]1455 尼。

住：[甲]2266 地心。

拽：[三][宮]1425 衣架上。

自：[甲]1736 二絕能，[三][宮]671 體相，[三][宮]1545 身色等，[原]1757 受用。

作：[宮]633 心一切，[甲][乙]1822 諸天善，[甲]1841 心，[原]1851 名。

它

他：[甲]2035 平地起。

茶：[乙]2408 羅中。

吒：[甲]2412 祇尼明。

陀

陀：[三]1336 因頭那。

蹹

踏：[元]184 勇起奮。

塔

幢：[三]159 想能滅。

搭：[明]1435 已徐徐，[三][宮]1458 肩上有。

嗒：[甲]2035 然。

杏：[三]26 和羅，[三]26 悉羅刹。

答：[宮]2121 佛答曰，[明]2145。

地：[原]2415 形是佛，[知]567 盡其。

堵：[甲]1008。

法：[三][宮]1428 神瞋佛。

坊：[三][宮]657 各二十。

各：[甲][乙]2387 印也。

給：[聖]1440 用若物。

垢：[乙]2092 如初在。

甲：[宮]2122 游歷四。

境：[宮]357，[聖]278 廟當願。

掘：[三][宮]2060 弘光大。

僧：[聖]223 作是願。

墻：[三][宮]1546。

水：[三][宮]2121 高八萬。

寺：[三][宮]2123 皆在王。

嗒：[三][宮]387 兮。

搨：[三][甲][乙]2087 宛若工。

堂：[原]2410 南山雙。

繫：[甲][乙]2408 頸等。

增：[三][宮]2121 滿師子。

堷

塔：[甲][乙]981 兼明本。

鹽：[聖]1763 喻爲語。

獺

狙：[宮]2122 河中得，[三][宮]1428 皮猫，[三][宮]下同 1428 毛，[聖]1428 若魚若。

瀨：[三]202 利吒營。

蛆：[聖]1435。

拓

枯：[宮]2121 鉢提瞿，[甲]1709 那或云。

祐：[甲]1717 等者今。

托：[宮]397 地一日，[元][明][甲][乙]901。

託：[三][宮]2059 跋，[三][宮]2059 跋熹復，[三][宮]2122 跋。

祐：[三][宮]2102 思，[三][宮]2102 也且蟲。

吒：[宋]、託[明][甲][乙]921 作辟除。

招：[宮]2025 提，[三][宮][甲][乙]866 此名。

柘：[甲]2129 頰與搘，[三][宮][聖]397 羅夜，[三][宮][聖]1464 諸長，[三]1341 囉因地。

苔

搭：[原]1212 面上即。

塔：[三][甲][乙]950 勢。

袷

給：[甲][乙]2194 同胡外。

揸

查：[宮]1435 爾時鍼，[三][宮]1435 有比丘，[三][宮]1546 女根微。

楂

橑：[三]5 白銀楂。

搨

搭：[三]2060 之曳于。

塌：[甲]1999。

榻

搭：[乙]1736 天台初。

塔：[三][宮]673 各。

毤：[三]643 至罪人。

褟：[聖][另]1442 臥具色。

楊：[甲]2128 也謂獨。

座：[聖]1435 無人教。

傝

闒：[三][宮]1458 織師織。

撻

辱：[乙]1736 又無所。

闒：[三][宮]1462 婆鳩盤，[三]984 婆南莎，[原]1205 縛阿修。

摡：[三][宮]2102 罵詈乘。

踏

還：[聖]1452 車馬騈。

路：[甲]1816 乃順理。

蹋：[三][聖]643 狗右脚。

蹹：[元]、蹋[明]156。

搨：[元][明]397。

踏：[明]665 蓮池。

蹹：[聖]663 蓮花池。

錔

杳：[宮][另]1428 彼用寶。

蹋

蹹：[甲]1988 某得七，[三]209 令堅其。

娜：[三][甲][乙]1022 二合。

踶：[元][明]2060。

踰：[宮]2060 不舛升，[甲]1715 鬥爭離，[甲]1728 夜遇赤。

闥

闥：[宋][元]310 夕遊珠。

杳：[宮]616 婆，[三][宮]1463 婆摩羅，[三]1 婆王從。

達：[甲]970，[甲]2036 國人住，[明]380 婆阿修，[明]201 婆阿脩，[三]1374 婆人非，[聖][另]303 婆阿修。

闥：[宮]443 素三十，[三][宮][久]397 國鳩，[三][宮][聖]397，[三][宮]1559 婆於，[三]2149 那耶舍。

闥：[宮]2060 數十萬。

撻：[三][宮]1462 婆各各，[元][明]1130 洋銅灌。

闡：[聖]1451 婆王若。

胎

般：[宮]1596。

胞：[宮]221 生化生，[三][宮]317 裏整理，[三][宮]2122 中地爲。

船：[三]607 小是身。

復：[宋]、後[元][明]125 有如實。

腹：[宮]1435 死者波，[宮]1451，[三][宮]1435 中瞋欲，[三][宮]2121 中兒共，[三][宮]2121 中女聽，[聖][甲]1723 而噉食，[聖]2157，[宋][宮]310 於左右。

骸：[三]384 骨遍滿。

惱：[三][聖]125 無限是。

能：[甲]1828 長養等。

閨：[宮]1428 月若數。

生：[三]125 羅漢不，[聖][知]1581 生墮地。

勝：[甲]2266 始。

始：[和]293 藏十力，[三][宮]317 始臥未。

胎：[甲]2412 右五智。

台：[甲][乙][丁]1141 表，[甲]2217 藏發生，[甲]2217 藏曼，[甲]2217 藏身云，[三]1101 畫釋迦。

臺：[丙]2231 後，[甲]2219 加持身，[甲]2397 華臺唯，[原]855 內諸尊，[原]1072 於蓮花。

脇：[三][宮]2123 中不肯。

怡：[甲]1782 悅無惱。

貽：[三][宮]2060 教夙漸。

昭：[三]、照[宮]1579 彰辯慧。

照：[宮]419 相願聽。

脂：[明]310，[三]987 鬼食命。

台

怠：[甲]2128 皆聲也。

合：[宋][元]2106 搜神録。

吉：[明][甲][乙]1110 齒木嚼。

兩：[甲]2408 界也。

洽：[甲]2095。

胎：[甲]2266 藏即生，[甲]893 量次外，[甲]1101 畫釋迦，[甲]2035 入杭果，[甲]2191 藏從金，[乙]2192 二謂八，[乙]2228 遍照。

駘：[元][明]2110 廢疾之。

音：[甲]1828 字有二。

治：[宋]2110 鼎識空。

抬

擡：[三][乙]1092 聲，[三][乙]1092 聲引呼。

苔

苔：[三][宮]1458 劫貝蒲。

臺

池：[乙]2092 冠。

高：[三][宮]379 座百千，[三][宮]749 座，[聖]379 殿屋宇。

毫：[三][宮]2103 降質金。

豪：[甲][己]1958 爲現十，[宋][宮]2121 臺方一。

壺：[甲]2230 東面構，[三][宮]1428 船一木，[三]2087 東。

華：[甲][乙]2390 之，[明][乙]1225 裏樓閣。

黃：[三][宮]1459 及荻苗。

基：[甲][乙]1239 東北角，[甲]2396 無爲法，[宋]2110 共奉爰，[乙]1239。

際：[三]192。

樓：[三]25 閣有諸。

室：[宮]821 中諸菩，[宋][宮]821 所有菩。

素：[甲]2167 山集。

胎：[甲]2219 八葉第，[乙]2192 遊四方。

擡：[三][乙]1092 聲呼步。

臺：[甲][乙]1069。

壇：[甲]2035 三級集。

堂：[三][宮][聖][另]1458 常應
塗，[原]、[甲][乙]1744 萬像皆。

喜：[宮]279 衆寶色，[甲]1007 令
極分。

葉：[乙]1796 之上或。

壹：[甲]2035 城入見。

憂：[甲]1274 大。

座：[甲]1782 一花百，[明]231
身心不，[宋][元][宮]2122。

駘

儓：[元][明][宮]2060 或焚灼。

鮐

傴：[三]53 背執。

擡

擣：[甲]952 緊急。

薹

薹：[三][宮]1443 五羊毛，[三]
[宮]1458 雜絮幷，[宋]1092 子酥蜜。

太

本：[甲]1782 住在須，[甲]2266
云若言，[甲]2778 皇帝月，[明]2154
安三年。

崇：[元]2122 皇寺七。

大：[丙]2003 奇，[丙]2003 虛未
嘗，[宮]1562 過失謂，[宮][甲]1912
虛四依，[宮][甲]1804 嚫法，[宮][甲]
1805 作故制，[宮][聖]225 多佛言，
[宮]273 虛空，[宮]1421 緩太，[宮]
1425 晚恐諸，[宮]1435 多我不，[宮]
1451 下應處，[宮]1507 細若，[宮]
1562，[宮]1562 虛空更，[宮]1804，
[宮]1804 德一心，[宮]1912 過未，
[宮]2041 子即師，[宮]2122 守張絢，
[宮]2122 武皇帝，[甲]1805 及戒場，
[甲]1919 過報風，[甲]1928 廣於，
[甲]2039 守則乃，[甲]2039 宗有老，
[甲]2039 祖降女，[甲]2128 玄經曰，
[甲]2128 子時舒，[甲]2129 白星也，
[甲][丁]2092 始二，[甲][乙]2003 殺
減人，[甲][乙]1796 極盛故，[甲][乙]
1796 勢言此，[甲][乙]2194 大隨喜，
[甲][乙]2194 后代，[甲][乙]2263 抄
等致，[甲]1007 麁者，[甲]1232 小課
限，[甲]1710 空中色，[甲]1721，[甲]
1724 寬狹失，[甲]1733 經，[甲]1733
略而言，[甲]1735 極是生，[甲]1735
舉於五，[甲]1744 過彼常，[甲]1766
康元年，[甲]1805 僧違八，[甲]1805
事即出，[甲]1820 陰，[甲]1886 道如
此，[甲]1921 飽，[甲]1969 半菩薩，
[甲]1969 康果見，[甲]1969 虛中現，
[甲]1986 湖川問，[甲]1998 藏教凡，
[甲]2003 師也善，[甲]2035 和三年，
[甲]2035 后仁宗，[甲]2035 史何承，
[甲]2035 武廢佛，[甲]2035 原爲立，
[甲]2035 子祇樹，[甲]2035 宗遣人，
[甲]2035 宗太平，[甲]2036 初元年，
[甲]2036 恐擧左，[甲]2036 戊在位，
[甲]2039，[甲]2039 伯，[甲]2039 伯
山說，[甲]2039 和池邊，[甲]2039 和
龍所，[甲]2039 和年中，[甲]2039 和
元年，[甲]2039 平歌織，[甲]2039 平

恨音，[甲]2039 平興國，[甲]2039 師
謙腦，[甲]2039 守堤上，[甲]2039 尉
兼侍，[甲]2039 祖即位，[甲]2039 祖
天福，[甲]2053 丘長，[甲]2053 玄詔
問，[甲]2087 半君等，[甲]2087 半壞
土，[甲]2087 史公書，[甲]2089 遠，
[甲]2128 華二山，[甲]2128 聲音簡，
[甲]2128 玄經云，[甲]2129 白金之，
[甲]2157 莊嚴法，[甲]2299 減若開，
[甲]2395，[甲]2401 緩若，[明]220 虛
空故，[明]1450 辛苦時，[明]1562 過
失故，[明]1988，[明][宮]279 神通事，
[明][宮]1562，[明][宮]1562 過失是，
[明][宮]2102 虛中正，[明][宮]2121
小白言，[明][甲]1177 虛空無，[明]
[聖]663 增損年，[明][乙]1225 杓定
羽，[明]209 大作項，[明]261 虛者
性，[明]997，[明]1450 妃父又，[明]
1450 同意名，[明]1450 王比來，[明]
1450 子與諸，[明]1571 虛空寒，[明]
1636 無量劫，[明]1690 虛亦如，[明]
2034 山崩廣，[明]2060 學博士，[明]
2076 毓禪師，[明]2076 原資聖，[明]
2076 樂令何，[明]2085 子遣車，[明]
2102，[明]2102 陽之，[明]2103 伯三
世，[明]2108 半今云，[明]2110 極諸
如，[明]2122，[明]2122 麁壯於，[明]
2122 傅張，[明]2122 中大，[明]2123
山崩五，[明]2131 僧羯磨，[明]2145
康六年，[明]2145 元十六，[明]2149
子明星，[明]2151 元十，[明]2151 子
法，[明]2153 康年矗，[明]2154 半此
乃，[明]2154 清四年，[三][宮]609

多，[三][宮]613 山崩即，[三][宮]
1562 過若，[三][宮][聖][另]285 山因
地，[三][宮][聖]225 重當作，[三][宮]
[聖]341 山可動，[三][宮][聖]419 一
切具，[三][宮][聖]1470 久五者，[三]
[宮][石]1509 急似如，[三][宮]292
山，[三][宮]424 失是人，[三][宮]493
神化生，[三][宮]721 遠，[三][宮]754
樂王勅，[三][宮]820 山，[三][宮]
1421 德若須，[三][宮]1421 山力勝，
[三][宮]1425 小軟弱，[三][宮]1464
乞魚，[三][宮]1509 多何以，[三][宮]
1545 業由如，[三][宮]1562 過失如，
[三][宮]1563 過失諸，[三][宮]1571
過失所，[三][宮]1571 虛空等，[三]
[宮]1571 虛空利，[三][宮]2032 地住
劫，[三][宮]2034，[三][宮]2034 興三
年，[三][宮]2041 夏，[三][宮]2059 將
軍王，[三][宮]2060 建元年，[三][宮]
2103 甚且，[三][宮]2103 甚也又，
[三][宮]2104 哭云，[三][宮]2108 宗
曰大，[三][宮]2121 子，[三][宮]2122
府寺丞，[三][宮]2122 牟將上，[三]
[宮]2122 王放赦，[三][宮]2122 興中
於，[三][宮]2123 山咽如，[三][宮]
2123 息，[三][宮]2123 喜多言，[三]
[聖][知]1441 小小者，[三]152 赦衆，
[三]156 辛苦求，[三]184 患，[三]220
虛空功，[三]474 清劫曰，[三]721 軟，
[三]1529 師若我，[三]1562 過失謂，
[三]1644 妃依語，[三]2034 始元景，
[三]2110 成子赤，[三]2110 階戚里，
[三]2110 神下謝，[三]2149 善權經，

[三]2149 同小異，[三]2149 元元年，[三]2153 熙年竺，[三]2154 安二年，[三]2154 子五夢，[聖][另]285 和，[聖]190 子，[聖]190 子仁今，[聖]199 歲，[聖]211 子自，[聖]272 過何以，[聖]1425 急心生，[聖]1429 原寺沙，[聖]1435 下太高，[聖]1579 沈太，[聖]2157 常卿，[聖]2157 二，[聖]2157 夫上柱，[聖]2157 尉庾元，[另]1451 子將受，[石][高]1668 故若不，[宋]190 多令，[宋]2121 子悵然，[宋][宮]2040 子前化，[宋][宮]2102 上而法，[宋][宮]2103 平道經，[宋][宮]2122 妃，[宋][元]2061 和四，[宋][元]2061 和中遠，[宋][元][宮]847 河成，[宋][元][宮]2060 息屬有，[宋][元][宮]2103 常中，[宋][元][宮]2103 史之任，[宋][元][宮]2122 妃唯此，[宋][元]2061 和，[宋][元]2154 原，[宋]152 官監，[宋]2061 守韋曙，[宋]2103 醫不得，[宋]2103 祖武元，[宋]2122 康四年，[宋]2122 子欲見，[乙][丙]2092 和十八，[乙]1821 強成損，[乙]1822 過失難，[乙]2092 將軍都，[乙]2092 市北奉，[乙]2194 后歡喜，[乙]2381 后，[乙]2381 能減五，[元][宮]2060 清當遵，[元][明]585 山無能，[元][明]1562 過，[元][明]2016 事善，[元][明][宮]1562 過失或，[元][明]186 山不可，[元][明]527 山木，[元][明]1443 小乃至，[元][明]1509 山從上，[元][明]2102 上，[元][明]2106 山北人，[元][明]2110 玄之都，[元][明]

2149 始年竺，[元]187 子乘大，[元]272 卒而說，[元]1435 大實，[元]2122 守加龍，[元]2149 子中本，[原]1311 陰也屬，[原]1744 家主長，[原]1819 虛震烈，[知]1579 沈聚不，[知]1441 利不得，[知]2082。

奉：[宮]2108 常寺博，[宮]2112 常所司。

更：[三][宮]2102 始政。

和：[三][宮]754 平此豈。

皇：[三][宮]2122 后父楊，[三][宮]2123 后妒嫉。

火：[三][宮]1435 乾，[原]1774 等病九。

久：[三][宮]1435 在後不。

木：[宋][元][宮]2103 祖意少。

秦：[三]2145 始六年。

犬：[三][宮][別]397 促願佛。

甚：[甲]2426 杳杳道，[甲]2426 悠哉。

世：[三][宮]2059 祖不。

汰：[三]2145 道人德。

泰：[明]、大[聖]211 山唯垂，[明]2060 山初無，[明]2102 伯無德，[明]2103 伯其人，[明]2122 山，[明]2122 山燒鐵，[明]2123 山餓鬼，[三][宮][聖]2034 元年於，[三][宮]2034 山祠西，[三][宮]2034 山譬同，[三][宮]2103 常八年，[三][宮]2122 元十年，[三]1 平爾時，[聖]790 平爲，[元][明]2153 錄。

歎：[三]161 息。

天：[宮]2060 子曰元，[明]310

衆金剛，[三][宮]2040 子白世，[元]
2110 子身證。

駄：[三][乙][丙]1202 耶吽泮。

王：[明]2121 子部，[三][宮]2121
子部。

咸：[宋][元]2151 康元年。

永：[明]2149 康年竺。

又：[甲]1799 過憂悲。

汰

方：[宮]2103 之報安。

伏：[宮]2060 送出三，[三][宮]
2060 恒抱寫，[三][宮]2060 律師聞，
[三]1656 淨。

護：[原]1898 於瓦官。

沐：[宮]2060 頗謂碻，[三]、一
[宮]2102 塵穢本。

狱：[三][宮]2060 澮相融。

沃：[宮]2085，[明]220 心源將。

休：[宮]2103 括撿之。

泰

此：[明]2042 言善意，[明]2058
言童子。

大：[甲]1828 師，[元][明]292 山
動魔，[元][明]626 山而得。

奉：[宋][元][宮]、太[明]2108 常
寺博。

光：[甲]2250 師若約，[甲]2249
法師餘。

秦：[宮]2053 魏之永，[甲]1736
伯其可，[甲]1998 國太夫，[甲]2255
廓基測，[三][宮]889 迦沒里，[三]

[宮]2059 寺南面，[三][宮]2060 皇寺
宏，[三][宮]2060 皇寺延，[三][宮]
2122 初元年，[三][宮]2122 始末爲，
[三][宮]2122 始末琰，[宋][宮]2034
始元司，[宋][元]2153 譯出內，[宋]
2110 寺仍捨，[元]2149 寺成樓。

泉：[乙]1822 法師云。

闥：[明]2103 於洺州。

太：[甲][乙]1822 法師引，[甲]
1846 清二年，[明]2076 始初忽，[明]
2122 初，[三]2153 元年北，[三][宮]
2103 始元年，[三][宮]2046 平大王，
[三]1 平國內，[三]2059 山，[聖]1723
成就大，[另]1721 然快得，[宋]2153
錄。

泰：[宮]2053 使人先。

悉：[宋]288 以曠。

永：[元][明]2034 熙元四。

朕：[三]、忝[宮]2053 與先王。

態

能：[宮]310 爲財寶，[宮]588，
[三][宮]332 免苦耳，[三][聖]190 爲
本婦，[三]150 不思惡，[聖]211 不，
[石]1509 彼此無。

然：[三]210 欲使。

懈：[三][宮]1481 不樂悉。

熊：[宮]2122 垢穢日，[甲]2120
迴拔風，[聖]2157 經出雜，[宋][元]
2122 也男子，[元]2155 譬人經。

應：[甲][乙][丙]2394 猶如雷。

貪

愛：[三][宮]309 無令生，[三][宮]397，[元][明]99 恚是名。

寶：[聖]1509。

曾：[甲]997 求名利。

瞋：[明][和]293 恚熾盛。

耽：[三][宮]1579 著利養，[三]220 著彼所。

妬：[三][宮]721。

忿：[甲]2266 恚懈。

負：[三][宮]2121 鐵繩上。

含：[宮]415 羨，[甲]1736 忍恒熱，[甲]2792 斷下三，[三][宮]2040，[聖]1509 恚等諸，[知]1579 行。

賀：[明]813 不得精。

黃：[甲][乙]1822 等所取。

會：[德]1563，[宮]481 欲其心，[宮]633 無，[宮]1421 其氏族，[三][宮]330 離別所，[三][宮]374 苦求不，[三][宮]588 相是響，[三]512 共相見，[聖]、禽[宮]234 疾又諸，[聖]190 求利故，[聖]279 行淨施，[聖]1562 既名離，[聖]1579 俱行愛，[宋][宮]2103 積，[宋][宮]2103 五黃六。

見：[乙]2263 我見。

今：[聖]227 身見者，[元]2016 等三及。

恪：[三][宮]1522 惜唯求。

惜：[甲]1315 業，[甲]1829 犯戒散，[原]2897。

令：[甲]1830 恚是，[三][聖]170 積慢法，[原]1981 忍痛願。

命：[聖]125 欲害天。

念：[德]26 伺憂慼，[三][聖]99 恚清淨，[乙]1821 心者至，[元][明]125 專意身。

慳：[丁]2244 無有馳，[宮]397 不知，[宮]2028 積聚財，[甲]1851 苦以財，[甲]1921，[甲][乙]1822 海外國，[甲]1782，[甲]1782 苦良田，[甲]1782 全無曰，[甲]1813 苦人彼，[甲]1816 福德，[甲]1828 乏顧戀，[甲]1920 養道，[甲]2130 陀王應，[甲]2266，[甲]2266 名伴已，[甲]2266 心有知，[甲]2266 著吉祥，[三]2149 女爲國，[三]212 樂意欲，[三]361 窮下賤，[宋][宮]1577 愛愚癡，[元][明]1567 斷處，[元]649 行隨得。

起：[宮]1435 著獨處。

染：[甲]2801 著過患，[聖]613 著情色。

生：[明]278 利養不。

施：[三][宮]402 無慳無。

食：[宮]397 心，[宮]423 著求實，[宮]1425 欲人臥，[宮]1521 懈怠亂，[宮]1546，[宮]1548 不善根，[宮]1799 信施濫，[宮]2122 餅但惒，[甲][乙]2390，[甲]1805 後開有，[甲]1828 當知，[甲]1830 恚等，[甲]2217，[三][宮]2122 飯不知，[三][宮][聖]278，[三][宮]271 娛樂，[三][宮]310 不少欲，[三][宮]1646 愛本能，[三][宮]1690 歡喜，[三][宮]2122 肉，[三][宮]2122 欲拘利，[三][宮]2122 著當墮，[三]99 欲不顧，[三]196 眾味心，[三]2123 況不淨，[聖]125，[聖]190 世務

此，[聖]1548 無厭人，[另]1459 染心
教，[另]1459 作己財，[宋][宮]2045
食聲，[原]1851 味棄貧。

　所：[三][宮]2122 愛無限。

　探：[甲]2748 贖所不。

　媱：[三][宮]586 欲。

　引：[甲]1921 味如蛇。

　餘：[甲][乙]2249 等起體，[甲]
2263，[乙]1821。

　欲：[三][宮]1562 未，[三][宮]
1646 故又。

　願：[三]202 得如來。

　憎：[宋]、增[元][明]26。

　著：[三][宮]657 壽命三，[三]
212 利養者，[三]374 我言大。

潬

　埏：[聖]190 上僉然，[宋]1341
眷屬圍。

　灘：[三][乙]、潬坦[甲]1075 之
上以。

　坦：[宮]721 上如是，[東][宮]、
灘[明]721 境界爲。

攤

　灘：[原]1212 上或蓮。

灘

　漢：[三]2110 俱遊於。

　難：[元][明][乙]1092 奴爛反。

　壇：[明]2076 頭。

鄰

　那：[元][明]2103 逢天兮。

陝：[三]2063 西道俗。

憸

　淡：[三]211 無事，[宋]、憺[明]
125 怕有三，[宋][宮]、恬[元][明]
1509 然。

　憺：[宮]481 怕無，[明]1571 怕
名曰，[明]158 怕極妙，[明]158 怕聲
大，[明]263 不存遠，[明]1537 怕亦
名，[三][宮]285 怕善權，[三][宮]285
怕行，[三]262 怕未曾。

　恢：[元][明]2110 推功弗。

　怕：[聖]211 無憂患。

　恬：[三][宮]285 怕消諸，[三]
[宮]425 怕而不，[三][宮]425 怕而知，
[三][宮]425 怕光明，[三]186 怕如聖。

覃

　軍：[甲]2039 城新羅。

　潭：[甲][乙]2087 思製大，[甲]
[乙]2087 思佛經，[甲]2087，[宋][宮]
2122 嘉禾連，[乙]2087 思。

彈

　強：[聖]380 指頃深。

痰

　淡：[宮]、澹[聖]1435，[宮][聖]
347 脂髓液，[宮][知]579，[宮]310 三
者涕，[宮]468 冷故佛，[宮]468 熱病
其，[宮]681 病緣惑，[宮]1912 白痰，
[三]、[宮]下同 681，[三][宮][聖]1579
發動，[聖]99 起或從，[聖]1562 盛所
逼，[聖]1602 等諸，[宋][宮]310 瘀膿

血，[宋][宮][聖]1562 水火風，[宋][聖]1579 膿血腦，[宋][聖]1579 癓數數，[宋][元][聖]1579 癓數數，[宋][元][聖]1579 肪膏，[宋]220 或三雜，[宋]279 熱鬼魅，[宋]1185，[原]1289 肪，[知]1785 病也父，[知]1785 宜。

澹：[宮]2122，[聖]278 諸患悉，[宋]、[宮]2122 爲大患，[宋][宮]2122 癓復，[宋][聖]125 爲大患。

瘦：[明]293 熱而爲。

炎：[三][宮]1563 水火風。

酸

唉：[宋][宮]、淡[元][明]721 食觀熱。

淡：[三][宮]374 能酸，[三][宮]721 味憎於，[三]2145 於華艷。

談

辨：[甲]1736 而詞。

詞：[三][宮]2103 必涇渭。

淡：[甲]1782 說聽道，[甲]2255 海云言。

讀：[甲]2249 歟，[乙]2254 抄，[乙]2254 抄云身。

斷：[甲]2266 故然樞。

該：[三][宮]2104 匪惑未，[原]2339 不善得，[原]2339 通三際。

許：[甲]1861 理果。

護：[原]1774 戒行謂。

話：[甲]1861 聲聞雖，[三][宮]1425 客比丘。

濟：[甲]1512 故引燃。

誇：[三]212 說豫防。

論：[甲][乙]2263 假，[甲]2263 之者二，[三][宮]2122 激機辯，[三][乙]2087 議或。

詮：[甲][乙]2263 有事理。

設：[三][宮]2102 生死之，[聖]225 空事爲。

涉：[甲]2337 二乘故。

說：[甲]2261 空教也，[甲]2263 別抄雖。

説：[甲]1722 至如法，[甲]1816 亦顯，[甲]2227 下至常，[三][宮]2028 婦，[聖]1451 世俗無，[元][明]2145 於宋元。

譚：[甲]1828，[三]、覆[宮]2060 勝解且。

綫：[甲][乙]1816 然六通。

謂：[三][宮]2102 道俗之。

誤：[甲]1816 也後言。

詳：[原]2271 疏意或。

焰：[宮]2059 莊老并。

語：[三][宮]224 言與共。

湛：[三][宮]2103 清瀾而。

證：[甲][乙]2394 空者。

諸：[甲]1709 法性此，[甲]2289。

族：[甲]2339 三生成。

潭

淡：[宮]288 定而無。

澹：[三][宮]1464 水水少。

漂：[甲]2217 仞七尺。

潭：[甲]911 上清淨。

譚：[甲]2036 馬丘劉。

漳：[宮]2078 州延壽，[明]2076

州羅漢。

壇

場：[宮]901 開四門，[乙]2381 梁，[乙]2394 已合掌，[乙]2397 外遙令。

道：[甲]1102 場如法，[甲]2409 場安置，[三][丙]1211 場地應。

段：[乙]2408 如文説。

爐：[原]、爐[甲]913 食甘美。

輪：[甲]2402 於隅角。

且：[原][甲]、－[原]1289 烏努沙。

色：[乙]2408 也而。

擅：[三]、檀[宮]2108 會所以。

樹：[聖]1425 坐爲諸。

潭：[三][宮]1507 上不飲，[三][宮]2121 上不飲。

檀：[宮][聖]1463 滿六年，[宮][聖]1463 有破穿，[宮]1425 漉水囊，[宮]1425 坐已爲，[甲]2394 文，[甲][乙]1709，[甲][乙]1751 那舍見，[甲][乙]1796 四不生，[甲][乙]2194 頭和上，[甲][乙]2393 點記之，[甲][乙]2393 供養，[甲][乙]2394 塗作圓，[甲][乙]2396 攝八萬，[甲][乙]2397 如説北，[甲]850 圖，[甲]1007 門別各，[甲]1080 結，[甲]1110 中心著，[甲]1921 者，[甲]2261 中第一，[甲]2394 孥印，[甲]2394 那利益，[甲]2394 茶能壞，[甲]2396 修，[甲]2402 杵或圖，[甲]乙 2194，[三]155 竪立大，[三][宮]314，[三][宮]384 會我，[三][宮]1500

越以金，[三][宮]2034 文一卷，[三][宮]2121 請佛及，[三][甲][乙][丙]930 施修持，[三][甲][乙]901 香湯和，[三][甲]1227 木香水，[三][聖]1440 越數來，[三]125 二施，[三]211 以，[三]1092 眞言，[三]2087 特山，[聖]1428，[聖][另]1428 世尊既，[聖][另]1428 下至飲，[聖]99，[聖]99 著肩上，[聖]125 著右肩，[聖]1425 坐爲諸，[聖]1425 坐已具，[聖]1462 淨十者，[聖]1462 中即與，[聖]1464 結跏趺，[聖]2157 再受具，[宋][宮]1425 向得眼，[宋][元][宮]2040 著左肩，[宋][元]866 場也，[宋][元]1173 中畫像，[宋]156，[宋]1428 往離婆，[乙]872 取金剛，[乙]2194 頭阿闍，[乙]2391 中諸尊，[乙]2393 位諸尊，[乙]2394，[乙]2394 八位辨，[乙]2394 所言大，[乙]2394 塗作圓，[乙]2394 文云復，[原]904 項，[原]1203 木鑪中，[原]1310 樣。

坦：[宮]1484 品當説。

填：[甲][乙][丙]973 基高一。

增：[乙]2397 色種子。

種：[乙]2393 屬前二。

曇

晶：[元][明]2149 經於九。

蟲：[三][宮]513 鉢薩。

老：[甲][乙]、義[丙]2089 靜道。

量：[甲]1816，[元]220 分亦不。

蜜：[三]125 釋種諸。

囊：[三]1033。

僧：[三][宮]2122 鸞魏居。

是：[元]1466 已然後。

覃：[三][宮]2060 延復遠。

潭：[甲]1969 敬書。

檀：[聖]397 摩伽。

童：[甲]2397 仙等。

頭：[明]199 摩國。

異：[甲]2266 閉尸鍵。

云：[甲]2194 産而白，[三][宮]2034 頂生王。

雲：[宮]2059，[三][宮]626 漢言，[三]1331 無和羅，[宋]220 分亦不，[元][明]2060 隱傳四。

竺：[三]2145 法護於。

檀

岸：[三][宮]2122 遂使惡。

柏：[三]1096 木天木。

摽：[甲]1816 那行自。

標：[甲]2400 拏印赤。

禪：[三][宮][聖]223 那波。

出：[三]2103。

達：[三][宮]1464 貳迦比。

亶：[三]1336 呪經一，[元][明]1336 羅呪一。

且：[甲]1921 修止觀，[聖]1721 也世人。

但：[甲]2837 度既爾。

道：[甲]1912 場有何。

定：[甲]904 慧二俱。

斷：[甲]2427 德智慧。

佛：[丁]2089 刻鏤鑄。

櫃：[甲]2250 木。

桓：[三]6。

檜：[甲]1089 木一呪。

櫃：[丙]1002 黃，[甲][乙]901 木桑木，[明]1035 木是四，[明][乙]901，[三][甲][乙]901 木任，[三][乙]1092 黃阿摩。

空：[甲][乙]2385 成曼荼。

且：[甲]1785 方便巧，[甲]1918 云云中，[甲]1921 爲治大。

擅：[宮]1799，[甲]893 誦，[明]397 那梯二，[明]2131 繫表又，[三][宮]1470 罰人三，[三]2122 行十事，[宋]1123 慧徐開，[宋]2153。

膳：[元][明]2103 碧雞冬。

壇：[宮]、櫃[甲][乙]901 木是又，[宮]901 香青蓮，[宮]901 香乳汁，[甲]1723 默然故，[甲][乙]1796 門外當，[甲][乙]1796 中持，[甲][乙]2393 常護摩，[甲][乙]2393 點位第，[甲][乙]2397 如布施，[甲]874 門，[甲]1246 香，[甲]1796 門之外，[甲]1796 位等且，[甲]1805 已後輒，[甲]2394 處如法，[甲]2400 慧禪智，[甲]2400 慧度進，[甲]2400 具足成，[甲]2401 拏印以，[明]26 結跏趺，[明][宮]461 文殊師，[明]1227 香水以，[明]1339 林羅，[明]1464 結，[明]2103 沈香，[三]26，[三]26 結，[三]99，[三]1547 著左，[三][宮]、聖]1421 趺者比，[三][宮]1421 應，[三][宮][甲][乙]901 中心，[三][宮][聖]1421 應如量，[三][宮][聖]1429 當應量，[三][宮]749 加趺，[三][宮]1421 與居士，[三][宮]1425 而，[三][宮]1425 而坐即，[三]

[宮]1425 覆瘡衣，[三][宮]1425 及鍼，[三][宮]1425 三由旬，[三][宮]1428 應持貿，[三][宮]1428 針筒草，[三][宮]1428 鍼筒即，[三][宮]1430 當應量，[三][宮]1435 布，[三][宮]1435 廣長過，[三][宮]1435 結，[三][宮]1435 結跏趺，[三][宮]1435 以是事，[三][宮]1435 著左肩，[三][宮]1452 及天廟，[三][宮]1462 覆瘡衣，[三][宮]1462 戒中諸，[三][宮]1463 四針箭，[三][宮]1464 故者捐，[三][宮]1464 者拘薩，[三][宮]1464 諸比丘，[三][宮]1464 著肩上，[三][宮]1521，[三][宮]2122 及有一，[三][宮]2122 跏趺而，[三][宮]下同 1435 結，[三][甲][乙]901 東北角，[三][甲][乙]901 陀羅尼，[三][乙]1092 印三昧，[三]26，[三]26 跏趺坐，[三]26 結，[三]26 結跏，[三]26 結跏趺，[三]26 我今當，[三]26 著，[三]26 著於肩，[三]70 結，[三]77 已依結，[三]99 入安陀，[三]99 入林中，[三]125 著肩上，[三]125 著右肩，[三]134 著肩上，[三]643 在地而，[三]1038 受持法，[三]1425 下若地，[三]1428，[三]1440 上四依，[三]1440 亦如是，[三]1440 因緣，[三]1440 者本佛，[三]1441 鉢囊等，[三]1441 戒佛衣，[三]1441 一處結，[三]1441 鍼鍼，[三]1545，[三]1545 隨路先，[三]1546 著肩上，[三]2103 青石路，[三]2121 著左肩，[三]2122 室，[三]2145 文夏坐，[三]2151，[三]2154 文一卷，[三]下同 643 爾，[三]下同 643 結加趺，[三]下同 1441 離宿不，[三]下同 1441 養命衣，[宋][元]951 木或白，[宋]190 城之處，[宋]2149 王經，[乙]1796 所說一，[乙]957 香，[乙]1211 慧戒方，[乙]2393 度鉤弟，[乙]2394 金剛眷，[乙]2394 金自性，[乙]2394 所須方，[乙]2394 壇中五，[乙]2394 荼或作，[元][明]26 結跏趺，[元][明]26 著於肩，[元][明]1336 入律上，[元][明]1425 唯除漉，[元][明]1425 著肩上，[元][明]2043 一切眾，[原]1212 四面如，[原]1212 中著取。

檀：[甲]2250 金河邊。

袒：[明]2154。

提：[三][宮]357 金種。

陀：[三][宮]2121 膩，[三]133 園與大，[聖]397，[元][明][石]1509 那觸臍。

行：[甲]1736 前檀已。

栴：[三]5 比丘急。

種：[甲]1816 那。

譚

覃：[三][宮]2060 思通微，[元][明]2016 思研精。

談：[甲]1717 佛意故，[甲]1717，[甲]1717 其意而，[甲]1717 實相因，[甲]1717 異昔況，[甲]1718 下上時，[甲]1719 此能詮，[甲]1719 譬唯迹，[甲]1719 三種大，[甲]1719 自言真，[甲]1932 而棄涅，[甲]下同 1717 於像外。

坦

安：[三][宮]2122 平十乃。

怛：[甲][乙]2194 然平，[甲]893 駄囊法，[甲]2217 鎫此陀，[甲]2401，[三]1336 提咃，[聖]1723 音他怛，[乙][丙][丁][戊]2187 然決，[乙]1796 二合多。

但：[明]2103 空非，[聖]1579，[原]1796 梵者。

亘：[宮][聖]310 然咸發，[宮][聖]425 然反流，[宮]263 然無餘，[宮]425 然而無，[宮]425 然是忍，[三][宮][聖]285 然琴瑟，[三][宮][聖]285 然其四，[三][宮][聖]292 然而得，[三][宮][聖]425 然心無，[三][宮]285，[三][宮]425 然，[三][宮]565 然時彼，[三]186 然踊，[元][明][宮]435 然如冥，[元][明][聖]425 然以道。

恒：[甲][乙]2194 然，[三]2110 至心於。

均：[三][宮]425。

理：[三]1564 夷。

埕：[敦]361 迦葉賢。

怕：[元][明][宮]626 然故諸。

且：[宮]694 厚腰。

坦：[甲]2128 而下水。

岨：[甲]1918 道。

檀：[甲][乙]2250 四角釘。

翕：[三]、塔[宮]2060 然痛止。

坦：[明]220 如掌香，[三]474 忘憂，[聖]425 然玄虛，[宋]、㵎[明][宮]2102 其所懷，[宋]、亘[元][明]186 然意達。

祖

出：[三][宮]813。

但：[和]261 右肩右，[甲]1896 出，[元][明]2060，[元][明]2060 三衣瓶。

露：[明][和]261 右肩，[三][宮][聖]639 右肩右，[三][宮][知]384 右臂右，[聖]1428 右肩右，[另]1428 右肩右。

小：[三][宮]2060 衣。

眞：[三]2154 僧祐二。

祖：[甲]1717 持，[甲]1728 三，[明][甲]1177 室哩二，[明]2122 干冐朝，[三]1494 右肩右。

荥

芙：[乙]2092 被岸菱。

毯

綖：[甲]2125 席之流，[三][宮][聖][另]1442，[三][宮][聖][另]1453 遂持刀，[三][宮][聖]1442 通覆縱，[三][宮][聖]1456 不充衣，[聖]1451 縈膝坐。

炭

灰：[宮][聖]1458 地上輒，[宮]2045 罪人叫，[甲]1072 變爲，[三][宮]402 入熾火，[三][宮]606，[三][宮]1451 塔如來，[三][宮]2040 塔第十，[聖]643 人釋子。

滅：[乙]2218 爲所期，[乙]2218 釋即墮。

災：[甲][乙]2244 黑蜂。

炎：[三]212，[元][明]2122 往白
道。

竹：[三][宮]657 燒㸐身。

探

標：[原]1840。

采：[宮]2121 搏。

採：[甲][乙][丙]2286 其深旨，
[甲]1795 結等不，[三][宮]2103 玄策，
[三][宮]2060 玄析奧，[三][宮]2121
萬民不，[三][宮]2122 取像又，[三]
2060 其冠冕，[三]2145，[聖]1425，
[聖]2157 貝葉微，[聖]2157 衆錄，
[乙]2397 意言之。

撮：[三][宮]2103 其指要。

擔：[三]125 抱四年。

解：[三]2110。

掏：[三][宮]2058，[聖]790 古達
今，[元][明]1 飯著口。

捧：[三]212 㸐火尋。

沁：[明]2076。

求：[三][宮]627 暢其音。

揉：[原]1819 巢破。

深：[三][宮]534 道法要，[三]291
覩衆生，[宋]1331。

授：[三][宮]2122 手至甲。

探：[三]、探[宮]2048 探胸懷，
[三]2145 要取効。

讀：[三]192 水欲飲。

擇：[甲]2266 諸論意。

嘆

稱：[三][宮]2104 爲智道。

癡：[甲]1828 及慧爲。

歡：[甲][乙]2309 悅也于，[三]
[宮]2045 慶無量。

喚：[甲]1782 還宮十。

嗟：[三][宮]403 卿。

難：[宮]1463，[甲]2053 矣寧惟。

欺：[三]375 身心不。

唉：[乙]2376 未見實。

映：[甲]2400 徹表裏。

撢

摽：[乙]2173 宗。

歎

報：[宋][元][宮]1543 本。

陳：[三][宮]2104 崇建圖。

次：[三][宮]1648 堪受持。

恩：[乙]1736 悲事不。

佛：[另]1721 四弘。

歌：[宮][甲]2053 法師之，[三]
[宮]2122 曰。

觀：[甲]1816 法修，[甲]2053 爲
法師，[三][宮]318 文殊，[三][宮]2121
阿育曰，[三]194 樂異。

歡：[宮]310 美知足，[甲]1736 舉
摩竭，[甲]2337 喜命，[甲][乙][宮]
1799 喜地名，[甲]1778 百千經，[甲]
2271 而言，[明]211 然言曰，[明]293
未曾有，[明]1521 在家愚，[明]2131
喜建立，[三][宮][聖]279 喜舌降，[三]
[宮]541 悅婦歸，[三][宮]630 猶懷，
[三][宮]2059 之澄曰，[三][宮]2103，
[三][宮]2122 恨相知，[三]2149，[聖]
[甲]1733 喜故名，[另]1442 未曾有，

[元][明]384 譽。

講：[三][宮]1509 教。

嗟：[宮][聖]292 無窮滅，[三]152 各加精，[三][宮]381 歡喜善，[三][宮]425 喜王菩，[三][宮]585，[三][宮]2059 服即爲，[三]192 雙，[原]1744 美聖德。

結：[甲]1735 德中二。

敬：[三]211 喜。

廓：[元][明]211 然。

莫：[甲]1089 無窮。

難：[宮]329，[宮]541，[甲]、歎[甲]1782 獲無住，[甲]1816 得記，[甲][乙]2185 脫三，[甲][乙]1724 愛，[甲][乙]1822，[甲]957 揚如來，[甲]1512 空行第，[甲]1512 身得受，[甲]2036 其淳正，[甲]2167 齋格并，[甲]2249 初義云，[甲]2266 遠離生，[甲]2339 今初言，[甲]2362 不，[明]24，[明]1428 頭陀端，[明]1581 言善哉，[三]、歎[宮]1648 是故無，[三][宮]263 舍利弗，[三][宮]278 無盡色，[三][宮]1509，[三][宮]2122 之崇，[三][宮]2122 之二者，[聖][另]1451 希奇復，[聖]272 修行二，[聖]310 甚深微，[聖]425，[聖]425 問人中，[聖]1421 言善哉，[聖]1425 非不，[聖]1425 死咤男，[聖]1451 曰，[聖]2157 謂侍臣，[另]1451 希有此，[宋][宮]2122，[宋][宮]329 加嚴飾，[宋][宮]598 何謂，[宋]278 佛功德，[乙]1723 法師可，[乙]1723 過優曇，[乙]1723 順佛心，[乙]1724 愛，[元][明][宮]

310 持正法，[元][明][宮]1581 忍功德，[元][明]1301 詠持，[原]1289 聞異，[原]2196，[知]266 説於不。

能：[三]1579 處能爲。

判：[甲]1717 次非但。

勤：[三][宮]278 菩薩行。

勸：[宮][聖]425 十方現，[三]310 王言善，[元][明]99。

數：[甲]2362 麁食所。

説：[宮]2123 法令其。

思：[元][明]1579 愁憒憂。

頌：[三]125。

談：[原]1744。

嘆：[宮]374 趣足而，[甲][乙]901 一遍聲，[甲][乙]901 作禮，[甲]1708 佛快説，[聖][石]1509 行正。

慟：[三][宮]1421 言可惜。

惟：[宋]669 佛能除，[元][明]656 本無故。

喜：[宋]2040 未曾有。

顯：[甲][乙]1821 得，[甲]1736 深廣也。

笑：[宮]425 不能竟，[三][宮]、咲[知]384 戲，[聖]1425 曰咄哉。

嚴：[宮][聖]278 佛音聲。

演：[元][明][宮]374 説。

疑：[乙]2249 故光法。

英：[宮]263 如來至。

詠：[元]1092。

欲：[宮]2103 翻淪得，[宮]2103 抑，[甲]2196 修行勝，[甲]1965 指方可，[宋][元][宮][聖]310，[乙]2777，[乙]2777 菩薩功，[乙]2777 菩薩可，

[乙]2777 未曾有，[原]2196 順舊故。

譽：[三]125 反更誹。

願：[丙]2777 二尊者，[聖]1733 行三具。

在：[甲]1705 道品。

讚：[宮]374 言快哉，[甲]1718 也從文，[三][宮]383，[三][宮]657，[三][宮]1509 義，[三][甲]、讚嘆[乙]930 佛功德，[三][聖]190 說念施，[三]100，[三]945 佛乘，[聖][石]1509 言善哉，[乙]1978 往生稱。

讚：[聖]397 曰。

彰：[原]1818 所禮之。

難：[甲]2792 持戒三。

湯

蕩：[三][宮]1435 棄滿。

而：[原]2359。

沸：[三][宮]2121 上涌化，[三]2121 地獄者。

河：[三]1 涌沸惡。

涸：[甲]2128 朗反古。

渴：[甲]1782。

爐：[原]1239 四門安。

傷：[甲][乙]1822 突己衆。

身：[三][宮]2122 鬼由受。

水：[元][明]658。

錫：[三][宮]1647 履地如。

陽：[原]1776 炎水無。

楊：[宮]1425 實熱可，[聖]1441。

濁：[甲]2434 若離分。

唐

此：[甲]951 云一千，[甲][明]901 云急走，[明]2152 云覺救，[明][甲]901 云紫，[明][甲]1009 言勇猛，[明][甲]1227，[明][甲]901 云不淨，[明][甲]901 云大白，[明][甲]901 云胡瓶，[明][甲]901 云花也，[明][甲]901 云孔雀，[明][甲]901 云茅香，[明][甲]901 云如意，[明][甲]901 云石雄，[明][甲]951 地無是，[明][甲]951 云，[明][甲]951 云似水，[明][甲]1227 言棒以，[明][甲]1227 云皂莢，[明][乙]1092 云梵天，[明][乙]1092 云小柏，[明]402，[明]901 云金剛，[明]901 云禮拜，[明]901 云印王，[明]956 云多根，[明]1002 言小柏，[明]1080 云蒼，[明]1080 云十，[明]1299 云梵，[明]1435 爲自欺，[明]1566 言白領，[明]1566 言明相，[明]1566 言無後，[明]2041 言大愛，[明]2041 譯剎利，[明]2053，[明]2060 言作明，[明]2088 言德慧，[明]2088 言無熱，[明]2104 言覺者，[明]2122 云垢濁，[明]2122 云無熱，[明]2122 云指鬘，[明]2151 言作明，[明]2154 云覺愛，[三][宮][甲]2053 云如來。

當：[三][宮]2122 猜來惑。

國：[三][宮]2066 廣興佛。

京：[甲][乙]1876 大薦福。

空：[三][宮]2122 自勤苦。

浪：[三][宮]2122 受。

靈：[甲]1268 桃及唐。

虐：[三]2110 利曹。

善：[丙]2081 寺一行，[甲][乙]2227，[甲]2223 阿闍梨。

隋：[三][宮]2122 沙門釋，[三][宮]2122 幽州沙。

隨：[宋][元][宮]、－[明]2060 并州大。

塔：[甲]2348 寺僧法。

塘：[甲]1969 勝事寄，[甲]1969 白蓮社，[甲]1969 南昭慶，[甲]1969 勝事寄，[明]2122 之靈苑，[三][宮]2060 有眞觀，[三][宮]2123。

徒：[三][宮]2122 生今故。

虛：[宮]1547 疲勞速，[甲]2266 言此中，[三][宮]2121 臣，[三][宮]609 受諸辛，[三]125，[知]418 捐得行。

虗：[三]2122 自疲苦。

言：[甲][丙]2397 釋名義。

雲：[甲][丙]2397 云如來。

周：[三]2125 爲支那，[三]2125 語意道，[三]2125 云聖大，[石]2125 西域，[宋]、同[元][明]2125 所須自，[宋][元]2061 太原府。

轉：[明]2151 西域記。

堂

常：[三][宮]1549 寂及心。

塵：[甲]2196。

當：[宮]2074 六種之，[甲]2335 會，[明]1428 白二羯，[三][宮]729 淨而爲，[三][宮]1648 來此作，[三][甲]901 門，[宋][明]、功[元]2122 成但餘，[宋]1092 門燒焯。

殿：[三][宮]721 閻摩娑。

而：[三]203。

宮：[甲]2217 殿也故，[三][宮]745 殿歆。

空：[甲][乙]2376 荒無人。

來：[明]2076 合譚何。

室：[三][宮]426 中，[三][宮]1435 涼堂合，[三]1442 可爲止，[三]2110。

臺：[三][宮][聖][德]1563 殿臣僚，[三][宮]2085 供養佛，[三]643 七寶樓，[三]2122 森聳近，[元][明][宮]618 戒爲莊，[元][明]2059 澄忽驚。

棠：[甲][乙]2879 公是初，[甲]2207 子。

塘：[三]2110 小水匹，[元][明]2103 小水匹。

土：[聖]2157 沙門。

屋：[三]1435 中庭廁。

掌：[三][宮]2121 十三師。

座：[宋][元]2061。

棠

甞：[宋][宮]2103 擬於帝，[宋]2112。

棖：[三]、[宮]2123 頭髮其。

擊：[乙]2249 觸內大。

倘

踢：[宮]397 突。

塘

壚：[甲]2434 垣等義。

唐：[宮]2059 靈，[甲]2036 靈芝寺，[甲]2035 武林，[三][宮]2059 人幼而，[三]2063 齊明寺，[宋][元][宮]2059 顯。

瑭：[甲]2035。

壚：[明]2103 尾閭潨，[聖]1763 穿穴有。

溏

湯：[甲][丙]1823 突己眔。

瑭：[甲]2039。

煻

糖：[三][宮]2103 躁擾彌。

樘

棖：[宋][元]、振[明]193。

幢：[甲]2397 中入此。

棠：[宋]、振[元][明]100 觸出音。

橖

樘：[明]374 觸無所。

振：[元][明]153 觸多受。

棖：[三]950 心中想，[三]1435 觸佛言。

棠：[宋][宮]、[元][明]1425 葉當更。

橖：[乙]1008 八千遍。

糖

糠：[三][宮]2122 沸汁乃，[三][乙]1092 鹽蕓，[乙]2250 至能招。

唐：[宋]1341。

塘：[明]1191 酥加持。

餹：[丁]2089 等五，[三]1441 佉陀尼，[乙]913 石蜜隨。

鎕

讜：[宋]、[元][明]、鑛[宮]2104。

帑

努：[甲]2087 藏招集。

曝：[三]1462 當作是。

儻

備：[三]212 爲賊所。

儧：[三]2088 那國廣，[聖]1442 無交易，[宋][元]、黨[明][宮]1462 欲是禪。

當：[三][宮]477 無所畏，[三][宮]532 加，[三]172 不見違，[三]200 得是報。

黨：[宮]263 有所慕，[甲]1813，[甲]1821 破戒苾，[明]1450，[三][宮]309 所生爲，[三][宮]824 壞當云，[三][宮]1421 語言我，[三][宮]1425 相逐手，[三][宮]1434 令僧未，[三][宮]1462 彼部誹，[三][宮]1462 而自念，[三][宮]2123 惡人，[三]624 有無子，[三]1433 令僧未，[宋][宮]606 復侵我，[元][明]1435 有同守，[元]2122 有失脫。

讜：[三]2103 其都是，[聖]26 能答彼，[聖]26 能因彼，[聖]26 能因此，[聖]26 有此處，[宋][宮]744 聽佛來，[宋][聖]26 能因此。

儈：[三][宮]2122 者極嚴。

或：[三][宮]1435 瞋我等。

偶：[原]2130。

偏：[甲]1710 不希名。

僕：[三]2123 使軟言。

倘：[明]1521 能疑佛，[明]2145 覽。

脱：[聖]512，[乙][丙]2092 天。

弢

屍：[宋][明]2122 而死右。

涛

浡：[三][宮]1559 聚思謂。
洮：[三]、兆怖[宮]1548 涌怖洄。

條

條：[和]293 色微妙，[三][宮]1453 絢角垂，[三][宮]2122 竟不銷。

搯

捻：[甲][乙]1211 珠餘三。
揞：[乙]2408 珠如。

慆

幍：[甲]2129 二形云。

瑫

玷：[甲]2035 三寶自。

稻

揹：[知]2082 帝怒誅。

綯

條：[三]2110。
物：[甲]1232 等頻眉。

謟

謟：[三][宮][博]262 誑，[三][宮]721 蟲五名。
謟：[三]201 語。

濤

潑：[甲]2792 澄發彩。
淘：[明][甲]951 擇分爲。
騰：[三]2087 異學專。

燾

壽：[甲]2087 覆，[甲]2087 生靈況，[甲]2087 生靈如。

韜

徹：[宮]2059 其光敬。

饕

餮：[三][宮]2060 惰之士。
貪：[宮][聖]586 饕無有。

迯

逃：[宮]721 走更入。

咷

哭：[元][明]379 哽絕。
兆：[宮]2121 香汁浴。

逃

迤：[高]1668 帝多陀。
而：[三]2060 放之僧。
逆：[三]1442 夫持以。
桃：[甲]1728 脱可。
跳：[三][宮]、越[聖]1458 坑若在，[三][宮]749 走進路，[三]152 母。
兆：[甲]2128 竄也又。

洮

涛：[三]212 越海境。

桃：[宮]895 其飯若。

淘：[明]1509 汰炊煮，[三]、洮汰沈伏[宮]263 汰通流，[三][宮]2123 蕩已從。

桃

枡：[甲]2087 曰至那。

葡：[元][明]153 其子甘。

萄：[明]204 樹，[明]1007 酒塗之，[明]1558 如是耳，[明]1564 漿持戒，[明][丙][丁]866 石榴諸，[明][乙]1092 朵葉四，[明][乙]1092 爲斯光，[明]26 飲，[明]200 及諸果，[明]203，[明]374 酒臭，[明]671 乳酪蘇，[明]721 復以業，[明]721 其國有，[明]721 之酒罌，[明]1299 甘蔗，[明]1340 漿爲此，[明]1421 皮，[明]1425 漿六波，[明]1428 漿爾時，[明]1428 酒梨汁，[明]1435 漿頗樓，[明]1452 木，[明]1463，[明]1463 漿乃至，[明]1463 漿如此，[明]1546 酒東方，[明]1546 珠耳識，[明]1559 子有時，[明]1562 等種則，[明]1563 野棗果，[明]1579 乳酪果，[明]2123 樹，[三][宮]2123 樹上有，[三][宮]721 汁河次，[三][宮]1545 等，[三][宮]1552 等非種，[三][甲]1332，[三][乙]1092 漿一切，[三]212 漿石蜜，[三]264 雨之所，[三]311 桃杏梨，[元][明][乙]1092 枝，[元][明]1523 田中則。

挑：[宮]2025 燈鐃鈸，[甲]2255 與之雖，[三]2122 棒，[元][明]2085 膩佛。

跳：[宋]、掉[元][明]152 戲弟曰，[元]、升[明]1453 許安在。

姚：[元][明]2122 吏部尚。

棹：[元][明]1662 臂。

枕：[宮]2103 吏部尚。

陶

窐：[聖]397 師泥在。

涛：[宋][元]、鑄[明]99 鍊生金，[宋][元]99 去剛石。

掏：[聖]1428 師善調。

萄：[三][宮]2087 出雌黃，[三][宮]2121 酒欲，[三]2087 胡桃梨，[元][明]2145 酒之被。

淘：[甲]1973 淨行或，[聖]2154 射計泥。

旋：[三][宮]221 輪調。

陽：[三]2060。

窰：[三]1644 竈初時，[三][宮]1644 竈一切。

窯：[三][宮]1530 師無有，[聖]606 家作諸，[聖]下同 1428 作皮。

陰：[原]2039 尼。

鑄：[三]99 鍊然後。

萄

菊：[宋]2061 漿猶金。

桃：[敦]262 雨之所，[甲]1718 譬定慧，[明]606 髓腦肪，[三][宮]1608 汁酒酒，[宋]ㄟ[元][宮]374 水或安，[宋][元]721 蔓覆猶，[宋][元][宮]1435 酒甘，[宋][元][宮][聖][另]1459 及芭蕉，[宋][元][宮][聖]1537，

[宋][元][宮]310 酒蜜酒，[宋][元][宮]374 胡桃石，[宋][元][宮]1425 漿六波，[宋][元][宮]1425 酒越，[宋][元][宮]1442 胡椒乾，[宋][元][宮]1452 果投中，[宋][元][宮]1452 石榴甘，[宋][元][宮]2122 酒甕內，[宋][元][宮]2122 乳汁酪，[宋][元][宮]2122 石，[宋][元][宮]2122 樹上有，[宋][元]1546 稻藕花，[宋][元]2122 酒。

陶：[甲]2087 少甘蔗，[甲]2087 菴沒，[甲]2087 亦所貴，[宋]21 子作烟。

淘

涛：[宋][宮]、洮[元]1425 穀緻囊，[宋][宮]1425 置淨器。

濤：[三][宮][甲]901 粳米水，[宋][元][宮]748 米，[宋][元][宮]2066 鍊數家。

洮：[三][宮]1462 看若四，[三][宮]1507 米將欲。

陶：[甲][乙]1736 練，[甲][乙]1736 練已久，[三][宮]374 鍊滓穢，[三]375，[原]1744 練。

討

罰：[明]1450 罪六日。

法：[三][宮]2103 鼓而出。

訪：[三]2154 莫知失。

許：[宋][聖]、諸[元][明]190 殿中東。

計：[甲]1754 有萬里，[甲]2128 刀反下，[甲][乙]2426 有時地，[甲]

1700 諸本龜，[甲]1828 流轉還，[甲]2035 疏尋經，[甲]2183 要三，[三][宮][聖]606 是故知，[三][宮]2060，[三][宮]2122 銘記四，[三][宮]2122 譬如御，[三]2103 其餘繁，[聖]2157 論居然，[聖]2157 證會微，[元]2122 其際難。

詩：[甲]1828 論工巧。

謝：[三][宮]2060 據華嚴。

揚：[三][宮]2104 討廢興。

詣：[三][宮]2112，[三][宮]2112 宗旨虛。

忒

愿：[三]2103 見利爭。

欲：[三][宮]2122。

特

別：[宮]434，[明]221 佛報言。

常：[三]125 勝不與。

持：[丙]1211，[宮][聖][另]1459，[宮]263 不退轉，[宮]263 者王解，[宮]309 今聞，[宮]309 之變巍，[宮]324 無量威，[宮]324 一切皆，[宮]657 映大千，[宮]1428 阿修羅，[宮]1435 即從禪，[宮]1539 伽羅蘊，[宮]1555 伽羅墮，[宮]1799 云妙圓，[宮]2034 比丘經，[宮]2040 瑞，[宮]2060 進，[宮]2121 叉尸利，[甲]、時[甲]2266，[甲]1763 爲犯也，[甲]2068 誦法華，[甲][乙]1822 故第二，[甲][乙]2392 誦而獻，[甲]951 勿觀，[甲]952 室，[甲]952 勿，[甲]1039 是藥乃，[甲]1717，

[甲]1736 釋經得,[甲]1816 相故二,[甲]2006 來呈舊,[甲]2035 賜金鉢,[甲]2068 與相接,[甲]2084,[甲]2087 出,[甲]2087 起既棲,[甲]2120 見高仰,[甲]2128 登反考,[甲]2196 金女他,[甲]2266 出之耳,[明]414 佛大人,[明]1191 鐽二合,[明]2151 陀羅尼,[三]171 有所上,[三]984,[三][宮]1559 羅柯山,[三][宮]222 有三昧,[三][宮]263 莊嚴顯,[三][宮]270 明彼摩,[三][宮]397 又迦,[三][宮]397 荼八阿,[三][宮]425 德尊損,[三][宮]635 行無,[三][宮]1464 婆梨聞,[三][宮]2060 命義須,[三][宮]2060 是開心,[三][宮]2060 於經旨,[三][宮]2060 重傍視,[三][宮]2103 操我見,[三][宮]2103 盡歡怡,[三][宮]2122 隨後而,[三][聖]157 成就故,[三]193 大國王,[三]682 物執非,[三]950 鐽二,[三]999 網二合,[三]1033 縫二合,[三]1096,[三]1107 嚩二,[三]1169 誦行人,[三]1331 羅,[三]1331 羅沙羅,[三]1336 羅麻油,[三]1391 羅麻油,[三]1465 是父王,[三]2145 巧傳譯,[三]2145 陀羅尼,[三]2149 羅麻油,[三]2149 陀羅尼,[三]2151,[三]2153 所出少,[三]2153 陀羅尼,[三]2154 陀羅尼,[聖]310 變現諸,[聖]639 微妙頭,[聖]222 不乎云,[聖]222 異及差,[聖]225 爲師施,[聖]347 佛言阿,[聖]1440 比丘功,[聖]1509 牛婬欲,[聖]2157 進試鴻,[聖]2157 乞殊恩,[聖]2157 善方,[石]1558

伽羅故,[宋]、時[元]813,[宋]99 鮮明,[宋][宮]1563 伽羅及,[宋][明]1129 嚩二合,[宋][聖]125 梵志曰,[宋][元]202 勇猛端,[宋][元]1579 伽羅意,[宋][元][宮]424 破壞汝,[宋][元][宮]2122 奴名闍,[宋][元]1605,[宋][元]2102 秀領握,[宋][元]2104 難酬答,[宋][元]2122 一鉢飯,[宋]184 生肉髻,[宋]220 伽羅意,[宋]2110 進右光,[乙]1816 爲允當,[乙]1876 聖,[元]220 伽羅意,[元]660 伽羅有,[元]1579 伽羅若,[元]2061 異,[元][宮]、明註曰特南藏作持2122 復眞信,[元][明]2103 繕嘉題,[元][明]2060,[元][明]2145 善修,[元][明]2153 陀羅尼,[元]184 卿女裘,[元]443 天如來,[元]657 撰擇,[元]1579 伽羅不,[元]1579 伽羅依,[元]2103 是厭逢,[元]2108 令詳議,[知]266 所造必,[知]266 所住而,[知]598,[知]598 佛言如,[知]598 故諸法,[知]598 異功德,[知]598 用等覺,[知]598 於是。

床:[三][宮][聖]224 座。

恒:[甲]1151 鐽二合。

待:[三][聖]26 與梵,[三]212。

得:[三][宮]2060 信佛經。

殿:[乙][內]、二二合細註[三]873 多髦。

獨:[甲][乙]2219 子部立。

犢:[甲]1986 牛生兒,[甲]2299 子比丘,[甲]2299 子梵志。

攢:[三][宮]1545 子左手。

故:[甲]2006 來探吾。

怙：[三]1 己見不。

機：[甲]2339 具如是。

將：[宮]385 勝法，[宮][聖][另]1442 大擔，[明]2076，[三][宮]2102 掩名教，[三]2103 降一音，[宋]、垺[元][明]2145 美嵩華。

桀：[三]154 行步。

妙：[聖]200 世所希。

抳：[原]、持[甲][乙][丙]1098 五莎嚩。

奇：[三][宮]1428 有大神。

蛇：[宋][元][宮]1543 迦此何。

勝：[三]、特形勝妙[宮]263 形設以。

時：[宮]553 加大日，[宮]1545 伽羅能，[宮]2025 辱附重，[宮]2108 用茲耳，[甲]1848 爲君之，[甲][乙]2396 障者忽，[甲]1805 遮之今，[甲]2087 伽羅，[甲]2212 逮見本，[甲]2250 制，[甲]2270 伽羅諸，[明]2111 照神光，[三]、妄[宮]266 口演至，[三]206，[三]1425 相親友，[三]2154 令還俗，[聖]1602，[聖]2157 奉綸旨，[宋][明][乙]1092，[宋][元]2103 異，[宋]263 亦復默，[乙]2087 閑，[乙]2263 以爲佳，[元]190 又尸羅，[原]、持[聖]1851 異，[原]2248 名物體。

世：[聖]211 尊三。

恃：[甲]1864 諸戒能，[甲]1733 尊簡餘，[甲]1832 苦劣蘊，[甲]1893 彰祕勝，[甲]2266 惡高舉，[三]1301，[聖]318 諦聽諦，[乙]1823 陵蔑於，[原]1134 大威德。

受：[宮]2025 爲人令。

殊：[元][明]、別[宮]221。

天：[明][聖]225 尊當隨。

陀：[三][宮][甲]901 嚕大。

行：[宮]1571 因。

異：[三][宮]342 遙，[三]202 物更相。

植：[三][宮]1462 氣而懷。

峙：[三]、持[宮]2122 起雕鏤。

牸：[宮]1435 牛驢馬，[甲]1717 牛同共，[三]171 牛一百，[宋]、牡[元][明]190 虱見婦。

總：[三]、持[甲]1080 勿世語。

愿

匿：[三]185。

疼

頭：[三]374 痛目赤，[宋]375 痛目赤。

縢

縢：[明]2122 篋檢泰。

藤：[三][宮]、[聖]1428 像若作。

騰：[三][宮]397 伽毘夜，[三][宮]2060 入洛其，[三][宮]2060 入洛已，[三][宮]2103 竺法，[三]2060 蘭，[三]2103 竺法蘭，[元][明]2103 東逝道，[元][明]2150 一部一。

滕

勝：[宋][元]1464 而共相。

謄：[三][宮]1547 書法令。

勝：[甲]2400 略四云。

藤

　　勝：[宋][宮]、[元][明]1545 等時發。

　　縢：[三][宮]2060 緘之也，[三]2103 緘樻櫝，[三]2110 主常飲。

　　騰：[三][宮]2122，[三][宮]2122 鼠終悲，[宋]26。

　　籐：[宋][宮][另]1451 織者應。

　　條：[三][宮][聖]1579 不。

藤

　　縢：[宋][元][宮][另]1428 像。

騰

　　冲：[原]、沖[甲]2006 霄漢出。

　　驚：[三]211。

　　勝：[宮]310 焰高踊，[甲]2119 於空有，[甲]2434 僧都法，[明][甲]2131 毘曇殷，[明]293 光普照，[三][宮]2122 空，[三][乙]865 掌從口，[聖]425 到於十，[聖]1451 即焚樓，[宋][宮]2122 法蘭唯，[宋][元]978 空自在，[宋]2059 及外國，[原]1796 百字法，[原]2130 花第五。

　　膌：[甲]2263 歟或見。

　　縢：[三][宮]2060 宣勅請，[宋][宮]2122 佇，[宋]2088 竺法蘭。

　　縢：[三]2110 之匱王。

　　謄：[三][宮]2121 情女便，[三][宮]2121 王慈詔，[三]202 其法誨，[三]202 說情狀，[三]202 王慈詔，[三]202 我情令。

　　藤：[三][宮]1462 生也穌，[三]

2088 行四十。

　　縢：[宋][宮]2122 拊力，[宋][元][宮]2122 法師踊，[宋][元]2122 竺法蘭。

籐

　　藤：[三]、揉[聖]99 綿叢林。

驣

　　騰：[甲]2276 躍也中。

剔

　　別：[宮]1670 不好今，[宋][宮]2034 頭經。

　　割：[三][宮]1462 肉賣。

　　剃：[甲]1775 髮髮已，[明]2103 髮去家，[明]2103 落，[三][宮]1464 除鬚髮，[三][宮][別]397 鬚作沙，[三][宮][聖]350 鬚著袈，[三][宮]281 鬚髮，[三][宮]1464 除鬚髮，[三][宮]1464 髮爲道，[三][宮]2028，[三][宮]2102 髮毀形，[三][宮]2103 除尚增，[三][宮]2103 髮有異，[三][宮]2103 毛髮絶，[三][宮]2103 鬚落，[宋][明][宮]、[元]、[明][異]397 髮一切，[宋]2102 鬚髮殘，[乙]1796 除，[元][明][聖]397 除鬚髮。

　　刎：[三][宮]385 除令無。

梯

　　拂：[宋][宮]2103 會稽。

　　梯：[聖]190 羅城，[聖]1549 從一一，[另]1442 一事。

踢

腸：[三]2122 如鹿大。

踢：[三][宮]768 不止。

剔：[甲]2006 穿。

摘

打：[三][宮]541 須臾之。

嘔：[三][宮]2122 吐出五。

摘：[宮]2121 華復，[三]190 藏葉若，[三][宮]2034 彼翠，[宋][宮]2122 吐出五。

讁：[宋][宮]2034。

弟

弟：[甲]2129 也字林。

啼

哴：[甲]2195 胤嘆顯。

洟：[三][宮]1496 唾若寺，[三][宮]2058 唾何以，[宋][元]、涕[明][宮]374 唾亦不，[元]、涕[明]222 唾。

涕：[三][宮][聖]下同 1425 唾佛告，[三][宮][另]下同 1428 唾佛，[三][宮]749 唾污地，[三][宮]1428 唾常流，[三][宮]1463 唾法，[宋]、啼[元][明]1331 哭鬼困。

促

得：[三][宮]2060 千卷。

提

阿：[高]1668 鄔阿那。

便：[三]、地[聖]125 人民熾，[三]125 人民熾。

唱：[明]2076 宗教諸。

持：[明]2122，[三][宮]2121 有轉輪，[三][宮]2121 是面來，[聖]663 如意珠。

促：[三][宮]1425 乾魚當。

逮：[元][明]384 爵單曰。

得：[甲]1724，[明]2152 婆居士，[宋][元][宮]1462 突吉因，[元]1451 婆達多。

地：[宮]1435 國跋陀，[宮]2121 婆達兜，[甲]2017 能於如，[明]1384 薩埵引，[三][宮]2045 內菩薩，[三]1 名閻浮，[三]1 所有名，[三]993 卑沙呵，[三]1435 國有聚，[元][明]945 能於如，[元][明]945 心，[元]945 想陰盡，[元]945，[元]945 不得清，[元]945 成就，[元]945 身心泰，[元]945 於。

隄：[宋][宮]310 封萬剎，[宋]187 封爲廣。

堤：[三][宮][聖]397 沙勒國，[三][宮]397 八驅驅，[三][宮]587 離長音，[三][宮]721 彌鯢羅，[三][宮]721 彌魚，[三][宮]1505 持來或，[三]721 彌魚，[聖]26，[聖]397 羯那天，[聖]397 婆樓帝，[聖]397 他次名，[聖]下同 1435 有共行，[宋][宮][別]397 鉢囉帝，[元][明]721 彌魚。

鍉：[三][宮]443 陀婆提。

鞮：[三][宮]1425 漿十劫，[三][宮]1428 舍及其，[三]1043。

底：[三][宮]1442 提舍尼。

弟：[乙][丙]873 虐嚩。

帝：[丙][丁]865 三摩，[三][宮]

1425 比丘尼，[三][聖]125 舍母名，[原]917 提娑。

掋：[元][明]1340 十三。

禘：[三]194 婆達兜。

多：[聖]2042 言我身。

根：[明]1602。

故：[另]1431。

洰：[三][宮]221 以自娛。

堅：[甲]1987 起。

揭：[甲]2244 頭賴吒，[三][宮][甲]901 二合唎。

揩：[明]1425 式叉。

堀：[三][宮]822 舍憍律。

離：[宋]186 謂波利。

利：[三][宮]816 處處皆，[三][宮]2121 内迦毘，[三][知]418 佛般泥，[三]44 人。

婁：[三][宮]2104 之徒康。

謀：[甲]2879。

那：[三][宮]2040 無所怯。

泥：[甲][丙]1075 噎，[甲]1075 大明陀。

拈：[甲]2006 起。

毘：[三][宮]1435 舍尼突。

婆：[三][宮]2121 婆。

菩：[明]278 心。

人：[三][宮]414。

薩：[丙]2381 故云何，[丙]2381 心行故，[丙]2381 願未應，[博]262 道未曾，[宮]310 法，[宮]411 行無不，[宮]421 分，[宮]657，[宮]848 座，[宮]2121 樹五迦，[和]293 道，[和]293 願，[和]293 則已能，[甲]、提

[甲]1851 斷若金，[甲]1700 故亦無，[甲]1710，[甲]2193 善男子，[甲]2196 無虛妄，[甲]2218 地文付，[甲]2223 鉤者經，[甲]2262 名有覆，[甲]2266 分法行，[甲]2290 心修行，[甲][乙][丙]2218，[甲][乙][丙]2381 道有二，[甲][乙]850 座觀十，[甲][乙]1705 作銅輪，[甲][乙]2328 時，[甲][乙]2328 云云意，[甲][乙]2390 布字印，[甲][乙]2391 路由此，[甲][乙]2397 心，[甲]853 行鉢哩，[甲]1039 心至，[甲]1089 究竟門，[甲]1361，[甲]1512，[甲]1700 稱覺，[甲]1721 未，[甲]1736 故當知，[甲]1736 之心而，[甲]1744 二者法，[甲]1813 以法救，[甲]1816，[甲]1816 故，[甲]1816 利生功，[甲]1816 論中以，[甲]1823，[甲]1828 數等者，[甲]1851 心起，[甲]1863 願善根，[甲]1929 道應當，[甲]1961 道，[甲]2157 無行經，[甲]2157 莊嚴陀，[甲]2167 譯，[甲]2167 莊嚴陀，[甲]2219 究竟地，[甲]2223 五智圓，[甲]2223 以下即，[甲]2223 智初頌，[甲]2229 化身天，[甲]2261 品中有，[甲]2261 與佛，[甲]2263 者說今，[甲]2266 雖未永，[甲]2290 二云圓，[甲]2290 涅槃也，[甲]2300 謂如來，[甲]2300 聞法華，[甲]2311 心種成，[甲]2339 機結，[甲]2370，[甲]2370 種性有，[甲]2396 内眷屬，[甲]2396 若，[甲]2396 行，[甲]2400 印由如，[別]397 功德，[別]397 心不可，[明]220 記當，[明]316 記爾時，[明]316 行，

[明][和]293 道場隨，[明][甲]1177 入一切，[明][甲]1177 三摩，[明]158 心，[明]220 道時，[明]220 得不退，[明]220 行於二，[明]244 心明已，[明]278 如善，[明]293 行利衆，[明]449 時若有，[明]451，[明]673 樹下於，[明]950 心，[明]1509 樂，[明]1579 願由，[明]1636 道，[明]2087 樹焉，[三]220 況得菩，[三]950 心以廣，[三]2145 經，[三][宮]1581 之道護，[三][宮][聖]376 因復次，[三][宮]278 菩薩因，[三][宮]318 心，[三][宮]330 心種德，[三][宮]397 能度衆，[三][宮]657 道時其，[三][宮]671 羅漢見，[三][宮]2059 連句梵，[三][宮]2122 幡隨風，[三][宮]2122 心欲疾，[三][聖]311 處，[三]159 者，[三]888 尊，[三]1582 道至心，[三]1582 地品，[三]1582 樂，[三]1582 之道菩，[三]2041 樹滿三，[三]2153 心經論，[聖][另]675 分法彌，[聖]158 如今世，[聖]176 記即脫，[聖]223 菩提相，[聖]231 法修學，[聖]231 心力斷，[聖]397 教化衆，[聖]643 道記佛，[聖]651 不思，[聖]663 道如昔，[聖]953 心對塔，[聖]2157，[石]1509 問云何，[宋][宮]414 道，[宋][宮]414 轉無上，[乙]2215 得除一，[乙][丙]2218 二種，[乙]1736 出離生，[乙]1816 及以諸，[乙]1816 行，[乙]1816 又得忍，[乙]2223 幢上滿，[乙]2350，[乙]2370 是故不，[乙]2391 果中絶，[乙]2391 心在月，[乙]2396，[乙]2397 心

處釋，[乙]2397 心門故，[乙]2425 心清淨，[乙]下同 1816 無上法，[元][明]220 及正等，[元][明]658 威儀言，[元][明][宮]310 戒爲得，[元][明]658 法信於，[元]1075 道若有，[原]、[甲]1744 所得，[原]852 并持地，[原]2196，[原]2220 衆，[原]2339 聖道有，[原]2416 佛位初，[原]904 髻內供，[原]1098 寶聚世，[原]1744，[原]1863 業報所，[原]2362，[原]2393 此第一。

捨：[元]220 心者宣。

嗁：[聖]397 一比茂。

是：[甲]1735 畔者此，[甲]2207 字提桓，[明]278，[明]339 大城乞，[明]2153 婆菩薩，[三][宮]2043，[三]1335 乾闥婆，[元]1131 那謨引，[元][明]1549 離不。

手：[三][宮]329 持珠已。

樹：[三][宮]1461 等所四。

娑：[甲]2299 婆本穛。

他：[聖]、陀[宮]268 金粟銀。

太：[乙]2173 雲般若。

檀：[甲][乙]1796 金則色，[三][宮]741 金又療，[三]99 金爲第，[乙]1978 放百卉，[元][明]639 金皆充。

啼：[三][聖]375。

緹：[三][宮]2102 縈一言。

題：[甲]1733 名表此。

天：[甲][乙]2879 王献佛。

投：[甲]1802 華者左，[甲]2395，[三]1132 寢反彌，[原]、[甲]1744 一諦智，[原]1744 卑顯敬，[原]2297 節

蟹哉。

頭：[石]1509 比丘雖。

陀：[甲][乙]2288 密多羅，[三][宮]294。

蔭：[明]650。

於：[甲]1816 自在故。

之：[甲]2370 人應有。

褆：[三][宮]2103。

植：[宋]1339 伽優婆。

捉：[甲]1805 容得待，[甲]1805 王俗譏，[三][宮]721，[三][宮]1425 澡盥盛，[三][宮]1488 持若自，[三][宮]2046 即有持，[三][宮]2123 燈白王，[三]1 持，[三]100 船人盡，[三]125。

啼

悲：[三]311 泣，[三]156 淚滿目。

啻：[明]2145 哭無常。

怛：[甲]967。

帝：[甲]1246 南無利，[甲]1780 本求般，[聖]1763 哭。

諦：[三]1337 都夜反。

號：[甲]1781 泣耳二，[三][宮]721 之聲若，[三][宮]397 哭有歸，[三][宮]612 哭不過，[三][宮]721 哭作，[三][宮]2121 哭喚呼，[三]192 哭白馬，[三]375 哭悲。

勞：[聖]26 哭椎胸。

淚：[三][宮]2026。

咩：[三][宮]370 五十三。

提：[明]220 菩薩即。

渧：[甲]1772 泣故名，[甲]1912 泣猶如，[聖]125 哭不可，[聖]311 泣，

[宋][元]2123 泣向佛，[知]266 哭墮泣。

涕：[三][宮][聖]754，[三][宮]394 哭心肝，[三][宮]606 泣悲哀，[三][宮]606 呻哭淚，[三][宮]685 泣馳還，[三][宮]2045 哭獄來，[三][宮]2122 哭而行，[三][聖]172 淚囘駕，[三]155 哭夫人，[三]193 叫宛轉，[三]212 哭號喚，[三]1262 哭人已，[聖]271 哭愁惱，[聖]790 泣送之，[宋][元][宮]1548 哭以爲，[宋]374 哭。

嚀：[宋]、哱[元][明]200 涕哭悲。

憂：[三]1336 多梨梯。

遆

遞：[三][宮]1559 爲俱有。

渧

滴：[宮]262 我雨法，[宮]402 雨，[宮]754 後不及，[宮]1647 如洋，[宮]2122 淚者當，[宮]下同 310 大如車，[甲]1721 者上信，[甲][乙]2207 之功德，[甲]1828 燼之焰，[明]、滴闍伽[甲]1101 又取白，[明]1545 無量今，[明][宮]374 微緻間，[明][甲]997 之相善，[明][乙]1174 水，[明]1428 著冷水，[明]1450 不漏佛，[明]1450 精血從，[明]1509 法亦不，[明]1509 渧酒佛，[明]1817 淚處華，[明]2152 等潤於，[三]42 之，[三]194 漸，[三]197 水水即，[三]201，[三]201 水漬我，[三]210 雖微漸，[三]278 無量無，[三]291 數設一，[三]2149 既博搜，[三][宮]、滂[聖]1451，[三][宮]221 海水

尚，[三][宮]278，[三][宮]278 以一
毛，[三][宮]286，[三][宮]379，[三][宮]
382 無有能，[三][宮]423 如閻浮，
[三][宮]1451 水由水，[三][宮]1545
蜜，[三][宮]1545 蜜不由，[三][宮]
2060 便絕乃，[三][宮]2103，[三][宮]
[聖]423 數不一，[三][宮][聖]397 水
於汝，[三][宮]221 悉知其，[三][宮]
270 大海水，[三][宮]275 淚者當，[三]
[宮]276 先，[三][宮]278 等，[三][宮]
278 可數，[三][宮]278 無有是，[三]
[宮]278 於一念，[三][宮]278 終不得，
[三][宮]300 之水如，[三][宮]322 計
財產，[三][宮]350，[三][宮]371 大海
水，[三][宮]374 如，[三][宮]376 不住
空，[三][宮]380 水持至，[三][宮]381
測，[三][宮]397 合成一，[三][宮]397
之水墮，[三][宮]397 眾生毛，[三][宮]
398 十方諸，[三][宮]403，[三][宮]
415，[三][宮]415 取大海，[三][宮]440
之分，[三][宮]461 如車軸，[三][宮]
480 水，[三][宮]579 在蓮荷，[三][宮]
585 設使迦，[三][宮]606 者便級，[三]
[宮]618 注水水，[三][宮]638，[三][宮]
639，[三][宮]639 數多億，[三][宮]653
者則，[三][宮]657 斷其命，[三][宮]
661 摩醯首，[三][宮]662 彼大，[三]
[宮]664 少分，[三][宮]664 數無有，
[三][宮]664 無有能，[三][宮]721 必
墮而，[三][宮]721 林次名，[三][宮]
721 於大海，[三][宮]721 之水此，[三]
[宮]810 耳我身，[三][宮]834 彼諸雨，
[三][宮]1421 入形中，[三][宮]1421 油

落，[三][宮]1425 灌頂拜，[三][宮]
1428 淚墮，[三][宮]1428 雨著身，[三]
[宮]1442 及處云，[三][宮]1442 雖微，
[三][宮]1442 血墮地，[三][宮]1442 血
在地，[三][宮]1442 雨落身，[三][宮]
1443 及處云，[三][宮]1443 酒而著，
[三][宮]1443 置於口，[三][宮]1451，
[三][宮]1451 許置，[三][宮]1451 如
車軸，[三][宮]1451 油令身，[三][宮]
1452 酒而，[三][宮]1452 之作淨，[三]
[宮]1458 酒置於，[三][宮]1458 之作
淨，[三][宮]1459 處於外，[三][宮]
1462 澄清無，[三][宮]1489 佛言迦，
[三][宮]1490，[三][宮]1509，[三][宮]
1509 二，[三][宮]1509 取海水，[三]
[宮]1513 暫時住，[三][宮]1515 成泡
各，[三][宮]1545 蜜，[三][宮]1545 妙
高一，[三][宮]1545 水墮熱，[三][宮]
1545 虛空蚊，[三][宮]1545 於中具，
[三][宮]1546 復有說，[三][宮]1546 蜜
墮中，[三][宮]1546 水墮熱，[三][宮]
1547 蜜墮中，[三][宮]1547 如是未，
[三][宮]1548 彼業是，[三][宮]1548 豈
復存，[三][宮]1552 須，[三][宮]1558
著身四，[三][宮]1562 如車軸，[三]
[宮]1563 著身四，[三][宮]1584 五種
相，[三][宮]1632 可言無，[三][宮]
1647 行盡流，[三][宮]2026 現於地，
[三][宮]2034 聚為海，[三][宮]2034 寧
比，[三][宮]2034 無遺失，[三][宮]
2060 水不通，[三][宮]2103 微功漸，
[三][宮]2121 如車，[三][宮]2121 如
車輪，[三][宮]2121 如車軸，[三][宮]

2121 如華熱，[三][宮]2121 聞其香，[三][宮]2121 者誅不，[三][宮]2121 之水陷，[三][宮]下同 278 無分別，[三][宮]下同 639 水，[三][宮]下同 397 取一渧，[三][宮]下同 1439 油分齊，[三][宮]下同 1521 苦已滅，[三][宮]下同 2121 其，[三][明]1442 酒而著，[三][聖]158 觸衆生，[三][聖]643 渧化，[三][乙]1092 水，[三][乙]1092 數知此，[三][乙]1092 四海水，[三][乙]下同 1092 如大星，[三]1 如車輪，[三]23 大如車，[三]25 麤，[三]26 或上或，[三]26 如車，[三]99，[三]99 彼湖水，[三]99 皆歸大，[三]99 水灑尋，[三]99 油者輒，[三]100 受身數，[三]105 水一泡，[三]125 不從龍，[三]125 水云何，[三]134，[三]135，[三]139 水，[三]150 所走但，[三]152 其瘡中，[三]157，[三]157 等供養，[三]157 聞其香，[三]180 於兒頭，[三]186，[三]186 數一一，[三]186 之供堪，[三]190 離於彼，[三]190 數悉應，[三]193 初墮，[三]193 能穿石，[三]201 水不入，[三]212 爲漏義，[三]220 長時連，[三]245 我今略，[三]291 不從內，[三]291 觀察衆，[三]374，[三]643 地上有，[三]643 如華，[三]643 舌根上，[三]984 麗底利，[三]985 欹，[三]1182 耳，[三]1340 能竭盡，[三]1341 水置彼，[三]1342 知其數，[三]1343 數得如，[三]1485，[三]1569 集力微，[三]2058 數此身，[三]2058 有婆，[三]2125 酒瀝置，[三]2149 聚爲海，[三]2153 聚爲海，[三]2154 等潤於，[聖]1441，[宋][明]、滴[元]190 漏知時，[宋][元][宮]318 無量壽，[乙]1821 妙高一，[乙]1909 如車軸，[元][明][宮]374 此中云，[元][明][宮]374 頗求樹，[元][明][宮]374 雖微，[元][明]658 終不復，[原]1796 耳既將，[原]2339 已上此，[原]1796 之大少。

諦：[甲]2223 焉，[聖]1512 泣。

號：[乙]2397 云云。

滴：[三]206 淚三千，[三][宮]606，[三][宮]618 泡種種，[三][宮]1521 故如説，[三]125 水澆然。

潏：[三][宮]2122 如車。

蝭

舐：[三][宮]下同 2123 二名重。

緹

裳：[乙][丙]2092 衣五味。

提：[三][宮]454 羅國賓，[三][宮]456 羅。

醍

醐：[聖]375 醐縷中。

提：[宋]468 醐道不。

蹄

低：[宋][元][宮]、打[明][聖]1464 比丘頭。

掃：[宮]1464 提。

諦：[三][宮]2122 言爲理。

歸：[甲]2073 誠方廣，[甲]2266 者出于。

跡：[宮]1509 畜乳酒，[宋]2145 言爲理。

提：[宮]1464 女人意，[三]、啼[宮]1464 於井汲。

啼：[三]187 聲。

羃：[明]2122 言爲理，[三][宮]2060 不爲兔，[三]2122 於貝葉。

題：[甲]2053。

證：[甲]1828 是。

足：[原]1834 之下東。

題

額：[三]2110 含暉畫。

匙：[宮]2074，[三][宮][聖]397 耶闍夷。

提：[甲]1733 名二來，[三][宮]2121 耆夜興，[三][甲]951 是呪在，[三]1343，[三]1644 頭，[乙]2157 謂經一，[乙]2782 王舍字。

頭：[明]2154 云大集。

趣：[元][明]2060 之中興。

顯：[甲]1828 遍行別，[甲][乙]1724 持經具，[甲][乙]2194 云法華，[甲][乙]2223 諸三摩，[甲][乙]2288 者因果，[甲]1924 性染惑，[甲]2035 名勝案，[原]1744 其盛威。

疑：[甲][乙]2263 可審定，[乙]2263 有相濫。

影：[乙]2194 下深。

鯤

提：[宋]、堤[元][明]721 彌鯤魚。

鶛

鶹：[三]1644 八者繩。

體

本：[宮]659 法王，[甲]2305 起用，[甲]2261 立名入，[甲]2261 應求作。

髀：[三][宮]2103 不合興。

別：[甲]2434 與義有，[乙]1816，[原]2339 義作。

髆：[三]1340。

財：[甲]2196 增他法。

差：[三][宮]1530 別亦非。

黜：[乙]2087 承統。

觸：[三][宮]272 柔。

此：[甲]1821 爲七識。

大：[原]2396 自現法。

得：[三]152 獲全無。

等：[甲]2214 一則不。

底：[甲][乙]914 體微。

諦：[甲][乙]1821 下，[甲][乙]1822 前之四，[甲][乙]2296 而已矣，[甲][乙]2434 二道理，[甲]2261，[甲]2263，[甲]2371 宛然更，[宋][元]、智[明]1541 一界，[乙]2296 有其多，[乙]2309 假名安，[原]1744 爲歸，[原]2265 破，[原]2339 是無爲。

調：[三]2104 之曰道。

斷：[甲]1821 不成。

對：[甲]1736 常遍故，[甲]2266 故如瓶。

法：[甲]2281 之義是，[甲]2391 總有七。

非：[乙]2261。

分：[甲]2230 圓滿同。

伏：[乙]2391。

衦：[甲]2299 深重智。

根：[甲]1805 本名持，[甲]2266 一名爲，[原]2416 緣無。

躬：[甲]2270 充此一，[三]201 隨婦口。

觀：[甲]1816 不可見。

骸：[三][宮]2122 香，[三][宮]2104 而號聖，[三][宮]2122 狼藉心，[三][宮]2123 不蔽男，[三]2110 之間倥，[三]2149 並。

寒：[知]741 熱。

許：[乙]2263 相對釋。

機：[三]945 本無自。

解：[甲]1783 不與下，[甲]2255 本有，[乙]1821 故於身。

戒：[甲]2354 一切佛。

界：[甲]2263 有自本。

經：[甲][乙]1822 答也。

淨：[元][明]360 洗除心。

聚：[明][乙][丙]下同 870 爲令一。

口：[三]202 年。

離：[明]1656 塵亦同，[乙]2249 哉，[元][明]1442 是。

里：[原]1975 即報身。

理：[甲]1782 故名爲，[甲]2266 名等又。

禮：[甲][乙]2211 歸依義，[甲]2128，[甲]2378 三寶爲，[明]643 投地禮，[三][宮]2060 鄙薄俗，[三]413，[三]1331 怨恨聲，[三]2103 且屈在，[宋][宮]2108 悟孰能，[宋][聖]210 無欲在，[宋]2061，[乙]、體宜[甲]1775 要當自。

林：[乙]2207 作。

髏：[三][宮]2060 骨全成。

亂：[三][宮]598 不卒不。

貌：[明]1450。

門：[甲]2371 至。

妙：[乙]2261。

能：[甲][乙][丙]1866 生故不，[甲]1733 故云求，[甲]1733 契普賢，[甲]2337 同一切，[聖]1788 攝持故，[元]1579 寂靜一，[原]1851 起是道。

祈：[甲]1958 大菩提。

軀：[三][宮][聖]606 張口吐，[三][宮]606 衆，[三][宮]606 轉狎習，[三]1 皆痛佛，[三]185 蚖蛇之。

軀：[三][宮]384 命。

然：[甲][乙]1822 頌於性，[甲]1863 寂靜故，[宋][元]1603 非實有，[原]2264 被廣。

壤：[三]1 爛熟譬。

容：[明]1428 枯燥癬。

融：[甲][乙]1866 攝無礙。

射：[甲][乙]2309 天地山，[乙]2408 虛形。

攝：[乙]2263 了即，[乙]2263 石末尼。

身：[宮]278 淨圓滿，[甲][乙]2070 即智，[三][流]360 者身心，[三][宮][聖]512 支節欲，[三][宮]1428 衣諸比，[三][宮]1530 波，[三][宮]2122

既浮涌，[三]125 作栴，[三]203 重爲
說，[石][高]1668 已訖以，[宋][元]
1562 是無漏，[原]2228。

師：[乙]2263 義論本。

十：[乙]1821 性非是。

時：[甲]1816，[甲]2266 出故先，
[甲]2274 樂爲不，[乙]2249 有成現。

實：[甲]2371 何者耶。

識：[甲]1782 應許爲。

叔：[甲]2053 察言訖。

雖：[宮]1571 非常一，[甲]1816
因所得。

髓：[甲]2196，[乙]2227 諸有所，
[元][明][聖]1579 疑慮，[元][明]193。

泰：[甲]2266 滅後無。

態：[甲]1736 無礙。

位：[甲]2250 數甚少。

謂：[甲]1784 之力用。

我：[甲]2262 有一想，[乙]1736。

物：[甲]1783 欲令易。

顯：[三][宮]1563 無異。

相：[甲]1799 離覺，[甲]2249 恒，
[甲]1736 等，[乙]2263 三寶。

香：[甲]1735 非香非。

形：[元][明][宮]310 多醜陋。

性：[甲]1709 空文復，[甲]1828
盡所有，[甲]2263，[甲]2305 此二義，
[甲]2371 而無我，[明]1636，[三][宮]
1585 非所，[乙]2263，[乙]2296 常非
異，[原]1825 耶若無。

休：[宮]2078 靜禪師，[甲]2073
告，[甲]1512 空故所，[甲]1724 中有
云，[甲]1782 倦贊曰，[甲]1782 命播

英，[甲]2261 然薩婆。

艷：[宋]、豐[宮]2103 尤深改。

豔：[聖]1428 博聞明。

耶：[甲]2195 之文爲。

依：[甲]2274，[甲]2274 共相者，
[甲]2274 者即他，[甲]2299 何義答。

義：[甲]2313 雖有而。

陰：[三][宮]285 之形。

永：[三][宮]822 離三怖。

喻：[乙]2249 哉。

緣：[甲]2266 性者是。

照：[原]、照[甲]2006 用全三。

者：[甲]1830 或別無。

眞：[甲]1851。

證：[甲][乙]2263 分相見，[甲]
1832 亦是，[甲]2186。

之：[甲][乙]2397 性大故，[甲]
1736 寂相。

職：[聖]446 佛南無。

智：[甲]1736 滅釋曰。

腫：[三][宮]607 垢塵或。

種：[宮]1546 有，[甲]2266 一。

自：[甲]1851。

作：[甲]2434 性也然。

戻

厄：[元][明]152 終不釋。

覆：[宮]2123 強辯耐。

類：[元][明]26 清淨眞。

侯：[三][宮]279 故菩提。

唳：[宋][宮]2102 天寧免。

候：[甲]1863 不調加，[三]1563
不調由，[三][宮]1563 難調，[三]221

佛言不，[三]2123 不調習，[宋]754 不
從，[元][明]745 難化直，[元][明]1301
自，[元][明]2087 難馭龍，[元][明]
2103 心，[元]2122 不。

麗：[宮]2060 天控叙。

烈：[三][宮]2122 車。

屎：[三][宮]310 內不淨。

突：[宋][元]1536 欲爲過。

尾：[聖]1788 婁鳥又。

夷：[甲]1782 塗賛曰。

剃

除：[三][宮]2041 髮。

淨：[三][宮]2030 除鬚髮。

髡：[三][宮]2102 頭主不。

剎：[宮]2025 頭受戒。

剔：[宮]649 除，[宮]1425 髮時
兩，[宮]2108，[甲]2036 髮規免，[別]
397，[三]205，[三]2153 頭經，[聖]
125 除鬚髮，[聖]125 頭以，[宋][元]
[宮]1670 頭鬚被，[宋][元]2061 染成
大。

鵝：[甲]2128 胡好蕈。

涕：[宮]1509 除鬚髮。

小：[三][宮]2122 刀心甚。

鬚：[三][宮]1546 髮著金。

削：[宮]1452，[甲]2075 髮盡是。

制：[三][宮]2103 除蕭散，[聖]
1452 髮人詣，[元]125 除鬚髮。

洟

咦：[三][宮][聖]1425 唾糞。

啼：[三][宮]2122 淚皆流，[宋]

[宮]、涕[元][明]2122 唾爲求。

涕：[宮]2122 泣，[宮]2122 鼻蟲
便，[甲]1007 唾整身，[明]321 唾等，
[三]、[宮]2123 口中但，[三][宮]639
唾幷及，[三][宮]2122 零悲，[三][宮]
[聖]1435 唾除病，[三][宮]310 唾常
流，[三][宮]1425 唾流，[三][宮]1545
唾淚汗，[三][宮]2122，[三][宮]2122
而別曰，[三][宮]2122 稽顙，[三][宮]
2122 淚橫流，[三][宮]2122 禮佛，[三]
[宮]2122 膿血脂，[三][宮]2122 泣，
[三][宮]2122 泣哀訴，[三][宮]2122
泣悲歎，[三][宮]2122 泣不，[三][宮]
2122 泣不可，[三][宮]2122 泣而別，
[三][宮]2122 泣而去，[三][宮]2122
泣進路，[三][宮]2122 泣流淚，[三]
[宮]2122 泣龍，[三][宮]2122 泣爲，
[三][宮]2122 泣言昔，[三][宮]2122
泣因此，[三][宮]2122 泣曰人，[三]
[宮]2122 泣之淚，[三][宮]2122 請救
曰，[三][宮]2122 泗後會，[三][宮]
2122 泗慨彼，[三][宮]2122 唾便，[三]
[宮]2122 唾處況，[三][宮]2122 唾若
行，[三][宮]2122 唾污比，[三][宮]
2122 唾污地，[三][宮]2122 吾見無，
[三][宮]2122 噎良久，[三][宮]2122 右
此一，[三][宮]2122 於是京，[三][宮]
2122 坐起須，[三][宮]2123 唾著地，
[三]150 唾肝肺，[三]187 唾放牧，[聖]
1435 唾菜上，[乙]1822 等皆亦。

液：[甲]2129 上紋連。

夷：[宋][宮]397 他地。

梯

梯：[三][宮]310，[三][宮]721 羅天王，[宋][元][宮]2043 毘，[元][明]993 淡一婆，[元][明]2145 五衆之。

提：[三][宮]453 羅國。

逖

狄：[三][宮]2122 道人也，[宋][宮]、－[明]1810 零。

涕

號：[三]171 泣交逆。

滿：[明]1810 泣流淚。

泣：[三][宮]1478 乃爾耶。

若：[三]159 淚交橫。

悌：[三]212 墮淚謀。

啼：[丙]1202 哭悔，[三][宮]、涕泣流淚[石]1509，[三][宮]2121 哭問之，[三][聖]157 哭多有，[三]125 哭地獄，[元][明][聖]397 泣愁憂。

洟：[宮]374 唾令彼，[宮]629，[宮]1429 唾應當，[宮]1462 唾不得，[宮]1546 唾肪髓，[宮]1546 唾口，[三]、悌[聖]125 唾終不，[三][宮]426 唾，[三][宮]496 唾膿血，[三][宮]511 唾膿血，[三][宮]564 唾不淨，[三][宮]617 唾膿血，[三][宮]618 唾膿血，[三][宮]639 唾，[三][宮]657 唾生怖，[三][宮]761 唾大小，[三][宮]816 唾彼無，[三][宮]1429 唾應當，[三][宮]1434 唾常出，[三][宮]1435，[三][宮]1437 唾除病，[三][宮]1442 唾豈當，[三][宮]1462 唾亦如，[三][宮]1464 唾世尊，[三][宮]1470 鼻大，[三][宮]1521 唾盪滌，[三][宮]1546 唾流出，[三][宮]1559 唾血等，[三][宮]1646 唾等皆，[三][宮]2102 唾以灌，[三][宮]下同1436 唾除病，[三][聖]643 唾鬼諸，[三][乙]950 唾臭穢，[三]25 唾九，[三]101 出從口，[三]153 唾等薄，[三]153 唾是婆，[三]157 唾便利，[三]158 唾形無，[三]374 唾，[三]374 唾如是，[三]374 唾以是，[三]643 聚，[三]1191 唾去壇，[三]1341 唾病或，[三]1341 唾於常，[三]1440，[宋][明][宮]414 唾九孔，[宋][明]414 唾臭污，[元][明]639 唾而修，[元][明][宮]552 口中有，[元][明][宮]614 唾，[元][明][宮]614 唾諸不，[元][明]26 唾所縛，[元][明]375 唾令彼，[元][明]375 唾是故，[元][明]397 唾觀一，[元][明]671 合，[元]222。

滯：[原]1851 沒故以。

悌

弟：[聖]211，[宋]152 養孤獨。

梯：[三][宮]721 非法惡。

惕

暢：[明]2145。

湯：[三]193 灼。

替

普：[甲]1804 逮于像，[甲]1805 本無害。

潛：[宮]2103，[甲]2339 同果海，

[明]2102 緘卷巾，[三][宮]2059 青山竺。

厲：[三][宮]2060 藉穢污。
顲：[聖]190 代於我。
昔：[元][明]2122 僧尼戒。
贊：[甲]、替[甲]1782 不住無，[甲]1700 於命者，[甲]2087 供養故，[甲]2087 近者，[甲]2087 摩揭陀，[甲]2087 其佛像，[聖]983 相，[宋][元]2061 國公寶，[乙][戊]1958 阿彌陀。
讚：[三]2145 方等契。
智：[宮]1547 不替是，[甲]2271 處應非，[甲][乙]2390 二合莎，[聖]200。

髩

滋：[三][宮]2122。

歃

敵：[三]212 以俟戰。

鬋

剃：[宮]279 髮，[宮]2123 髮作沙，[三][宮][聖]278 髮法服。
鬚：[三][宮][聖]397。

嚏

嚔：[宋][宮]2122 下。

天

百：[甲]2879 伎。
本：[三][宮]721 前放逸，[宋]220。

別：[元]2016 則有明。
叉：[三][乙]1092 神持華。
臣：[明]293 敬畏。
尺：[原]1856 捶，[原]2408 云云何。
赤：[元][明]643 金剛色。
初：[聖]1562。
幢：[明]、一[聖]225 幡。
此：[宮]1543 一切忍，[三][宮]2123 我今當，[三]2112 地日月，[元][明]1442。
答：[聖]475 曰我。
大：[宮]2078 地所生，[宮]227 曼陀羅，[宮]263 豪尊，[宮]263 香鑪，[宮]279 王衆天，[宮]310 女恒充，[宮]374 地搥胸，[宮]385 龍鬼神，[宮]433 帝王，[宮]446 中悅佛，[宮]666 繒褥隨，[宮]721 衆互共，[宮]816 子是爲，[宮]833 鼓妙聲，[宮]866 身遍生，[宮]1509 化樂天，[宮]1545 眼智通，[宮]1545 厭根本，[宮]1547，[宮]2048 像搖動，[宮]2058 衆求解，[宮]2059 柱山，[宮]2102 命來投，[宮]2105 目山五，[宮]2121 起，[宮]2122 祠有狗，[宮]2122 龍神等，[宮]2122 使也，[宮]2122 也但我，[甲]2035 人作諸，[甲]2036，[甲]2270 人等多，[甲][乙]1709 洲災難，[甲][乙]1822 象王力，[甲][乙]2219 果也若，[甲]904 魔成最，[甲]1709 人得，[甲]1833 非一實，[甲]1969 殊委解，[甲]2035 人奉事，[甲]2035 文集具，[甲]2036 師授，[甲]2037 契丹興，

衆，[宋][元][宮]587 王而説，[宋][元][宮]882 從是得，[宋][元][宮]1464 迦留陀，[宋][元][宮]1546 有二足，[宋][元][宮]2122 神所，[宋][元][甲]1080 持明仙，[宋][元]24 王心復，[宋][元]1227 及諸有，[宋][元]1428 身無異，[宋]208 上，[宋]224 菩薩學，[宋]228 子衆，[宋]337 繒爲華，[宋]754 爲天，[宋]1139，[宋]1435 祠中取，[宋]1546 人心故，[宋]2066 祭既思，[宋]2122 人王，[宋]2122 神復説，[乙][丙]2812 人當成，[乙][丁]2244 地是身，[乙]2263 宮殿等，[乙]2394 鼓無形，[元]818 魔道於，[元][明]656 身龍身，[元][明]818 妙華遍，[元][明]999 妙寶蓋，[元][明][宮][聖]440 力師子，[元][明][宮]292 地群黎，[元][明][宮]1546 德神力，[元][明]1 王世間，[元][明]100 身容貌，[元][明]152 王妓女，[元][明]153 雨百穀，[元][明]186 地神天，[元][明]186 地至乎，[元][明]279 涅槃門，[元][明]682 衆稱讚，[元][明]901 三博叉，[元][明]992 龍，[元][明]1549 便雨，[元][明]1559 道故出，[元][明]2016 攝是故，[元][明]2016 王欲知，[元]1，[元]99 女百中，[元]100 神復，[元]125，[元]152 雲，[元]185 王來下，[元]187 人寶女，[元]190 見於彼，[元]200 神求之，[元]201 冠，[元]224 佛言本，[元]228 寶者，[元]310 衆於我，[元]414 中獨尊，[元]439 相見以，[元]446 像佛南，[元]594，[元]626 子諸

色，[元]638 耳，[元]653 世人無，[元]721 伎樂遊，[元]761 人忍辱，[元]901 印呪法，[元]1092 名稱名，[元]1092 那羅延，[元]1092 諸眞言，[元]1154 名爲隨，[元]1256 陀羅尼，[元]1340 人在阿，[元]1451 三淨母，[元]1509，[元]1579 有六處，[元]1808 雨布，[元]2016 王自在，[元]2041 人獲安，[元]2059 授英偉，[元]2103 監之十，[元]2121 上出雜，[元]2122 之聲捨，[元]2122 衆此是，[原]、－[甲]1287 夜叉等，[原]2409 衆言末，[原]1205 王是奉，[原]2339 異諸典，[原]2408 聖妙吉，[中]440 供養佛。

定：[宮]223 淨居天。

而：[甲]1805 八億諸，[明]1458 授先領。

爾：[原]、又[原]1308 對日衝。

二：[宮][聖]231 人遠離。

法：[元]220。

凡：[三][宮]2122 眼。

反：[三]2108 本愚智，[三][宮]1650 常欲爲。

梵：[宮]263 大梵，[三]397 令不放，[元][明]193 王是名。

方：[三][宮]2102 之學聖，[乙]1239 王各領。

夫：[丙]2777 有心則，[宮][甲]1912 發心下，[宮]2060 愧淨，[宮]2102 海此其，[宮]2122 人伎樂，[宮]2123，[甲]1825 有自在，[甲]2130 人，[甲][乙]2390 可用通，[甲]1709 人圓生，[甲]1735 莫測於，[甲]1781 述之，[甲]

1782 二依善，[甲]2035，[甲]2067 子有云，[明]1636 人大乘，[明]2103 資聰，[明]2122，[三][宮][丁]866 灌頂者，[三][宮]2122 人，[三][宮]2122 人便覺，[三]152 命日夜，[三]152 隻行一，[三]192，[三]193 弓箭啼，[三]1331 樓睟俱，[聖]354 天中，[另]1451 更有，[宋][宮]569 欲，[宋][宮]2121 人指，[宋][明]172，[乙]2087 神，[乙]1736 之所了，[乙]1822 解脫故，[元]433 栴檀香，[原]899 而不驚，[原]1856 形開莫，[原]2339。

佛：[甲]1781 說法亦，[甲]2001 非人非。

父：[宮]2045 母夫人，[明]1810 等從生。

復：[三][宮]374 降雨至。

恭：[丙]2120 矜惶。

宮：[聖]99 殿乘虛。

火：[丙]973 者智，[甲][乙]867 焰魔王，[三][宮]681 經於一。

旡：[甲]2261 也無陰。

既：[甲]2195 大千總。

見：[三]721 女因緣。

界：[明]1563 已。

金：[三]220 華散彼。

晉：[三]2154 三藏竺。

就：[元]848 身。

卷：[乙]2408。

空：[三]193 同時降。

苦：[明]2122 長命自。

六：[知]1785 力退之。

妹：[三]125 勿有猶。

名：[三]190 衣而敷。

命：[三]374 千，[三]375 千年永。

母：[明]1003 女本誓。

匹：[三]186 王曰今。

器：[甲][乙]2263 樂業生。

去：[元]901 散華之。

人：[宮]223，[宮]721 婦女使，[宮]901 名故無，[宮]1509 眼見衆，[甲][乙]2309 戰諍之，[甲]1336 中王，[甲]1909 佛南無，[甲]1973 心，[甲]2036 色五鼓，[明]665 汝能於，[明]721 宮還，[明]721 中如是，[三][宮]721 因緣生，[三][宮]271 紺琉璃，[三][宮]585 逮得法，[三][宮]721 少，[三][宮]721 有已退，[三][宮]741 譬如作，[三][聖]、大[明]625 寶造作，[三]159 樂聞最，[聖]663 所護生，[聖]1509，[石]1509 俱餘四，[宋]152 下拜賀，[元]1582 自不殺，[元]2122 下入。

忍：[宮]397 龍夜叉。

入：[宮]1673 五欲，[宮]512 栴檀令，[甲]2335 證成德，[宋]2121 手出衆，[元]722 散亂互，[元]1552 眼天耳，[元]2110 地生嚳，[元]2122 竺，[原][乙]871 諸三摩。

叡：[三][宮]2102 旨爰。

三：[宮]1549 人造惡，[元]1581 住。

沙：[三][宮]2042 宮語驕。

山：[三][宮]271 居悉照，[三][宮]2121 地鳥獸。

上：[三][宮]723 慧光踰。

神：[三]196 尊寧得，[聖]663 白佛言，[乙]1287 化身也。

生：[宮]2122 快樂，[甲]2035 男亦言，[明]2122 見之喜，[元][明]2122 不。

失：[明]721 命觀持，[明]1636 趣又著，[三]158 解脫果，[宋][明][宮]721 墮天欲。

矢：[甲]1723 可有所，[甲][乙]2391 首睿和。

世：[東]643 尊今當，[東]643 尊樂見，[宮]263 尊至，[明]183 尊爲我，[明]514 尊曰就，[明]613 尊教我，[明]1043 尊慈愍，[明]1161 尊爲我，[三][宮]2121 尊哀矜，[三][聖]99，[三]264 上至有，[元][明]409 尊，[元][明]2122 尊爲我。

是：[宋][明]1191 人一切。

釋：[甲][乙]1822 故成九，[甲]2217 帝五繫，[原]2410 二天小。

死：[甲]2266 之業必。

太：[宮]321 子聞是，[甲]1733 子十偈，[甲]2036 法師，[聖]125 子名，[聖]613 地，[宋][元]2088 外而騫，[乙]2087 子少而，[元][明]2110 一神右，[元][明]2154 平寺中。

堂：[三]100 神説如。

天：[聖]211 天地謂。

鐵：[元][明]152 網覆城。

童：[甲]2400 童子。

吞：[甲]2230 火，[三]、吞他[乙]1200 兵勢行。

王：[宮]433 手執赤，[宮]1547 至他化，[甲][乙]1822，[甲]1708 即下

各，[甲]2195 果報有，[甲]2882 菩薩來，[明]1451 我是健，[明]1558 授，[三]397 即説呪，[三][宮]224，[三][宮]374 有，[三][宮]396 衞，[三][宮]398 在世爲，[三][宮]624 釋梵其，[三][宮]657 何謂爲，[三][宮]664 及諸鬼，[三][宮]1428 且止我，[三][宮]1442 有二長，[三][宮]1546 復，[三][宮]2121 躬自履，[三]26 如是樹，[三]187，[三]187 言我證，[三]192 衆見天，[三]220 踊躍歡，[三]264 各自見，[三]264 是小藥，[三]721，[三]956 宮，[三]956 子座，[三]1341，[聖]586 當知如，[石]1509 夜來白，[宋][元]953 大波旬，[元][明]278 位哀施，[元][明]310 當知今，[元][明]2043 今壞之，[元]202，[原][甲]2199 護不順。

未：[宮]541 審欲作，[明]1631 得未成。

文：[甲]2266 等者，[乙]2157 而辭義，[原]2306 云次聞。

無：[宮]455 上天人，[宮]1648 聚於欲，[宮]2026 梵外道，[宮]2102 公，[宮]2103 熱之倫，[甲]、天天[甲]1782 等，[甲][乙]2317 記八，[甲]1228 人追喚，[甲]1763 漏業爲，[甲]1763 樂也寶，[甲]1816 下，[甲]1828 此不能，[甲]1828 第二定，[甲]2266 別義亦，[甲]2270，[甲]2362 子，[三][宮][聖]225 輩過去，[三][宮]397 護各有，[三][宮]443 垢力三，[三][宮]1604 衣更無，[三][宮]2102 際神闇，[三][宮]

2104 殊形事，[三]125 上福田，[三]292 有在學，[三]985 咽跋雉，[聖][另]1543 人奉行，[聖]125 眼，[聖]158，[聖]278 眾生境，[聖]1425 眼清，[宋]120 舍宅故，[乙]1822 所居地，[乙]2408 鬼等，[元][明]387 數千年，[元][明][宮]2102 道與地，[元][明]425 嫉勝根。

五：[宮]414 眼見千。

下：[明]732 下樂者。

夏：[三][聖]375 降雨至。

先：[明][宮][丁]866 令入自，[宋]817 見者喜。

笑：[三][宮]721 皆不能。

心：[宋]152 心之感。

行：[三][宮]587 善男子。

形：[三]212 壽從三。

緒：[明]721 欲樂喜。

烟：[原]2099 滅當須。

延：[甲]951。

夭：[宮]2060 年，[宮]2060 聽雖然，[宮]459 博達眾，[甲]1828 壽長四，[甲]2035 早生聖，[甲]2128 也又大，[明]1635 時，[明]316 人師佛，[明]793 皆用飯，[明]1562 所作凶，[明]1604 住所得，[明]1609 趣應無，[明]2087 魔來嬈，[明]2110 屬遺榮，[明]2121 壽五百，[三][宮]721 命順法，[三]152 所生，[三]2041 又唱乃，[宋][宮]2053 夙鍾茶，[宋][明]1106 命，[宋][元]1562 壽如其，[宋][元]1229 常當護，[宋][元]2110 者免縛，[宋]1562 豈但有，[元]174 號哭自，

[元]175 言常含。

矣：[宋]2059 時人事。

亦：[石]1509。

有：[宮]1459 廟處等，[甲][乙]1822。

又：[宋][元]2122 欝多羅。

于：[宋]2053 之恩也。

於：[聖]99 人眼見。

餘：[丙]2249 世間故。

玉：[明][甲]1988 網打，[明]165 女等思，[明]2121 女答曰。

元：[宋]2103 年桀放。

在：[乙]、本[丙]897 尊契印。

之：[宮]659 女於虛。

至：[三]956 皆。

志：[宮][聖]376 中現爲，[三][宮]425。

炙：[甲]1828 或言甘。

中：[甲]1705 下乘急，[知]384 無著無。

眾：[三][宮]657 於見聞，[三][宮]2122 有生他。

諸：[三][宮]721 女眾歌。

主：[明][宮]374 奉施其。

足：[元][明]658 王帝釋。

尊：[明]1153 所説密。

添

將：[甲]2006 半月對。

深：[原]2208 意釋文。

續：[甲]2006。

澡：[甲]2073 潔中外。

酤

沽：[三][宮]1425 酒家。

田

報：[三][宮]1425 果。

丑：[甲]2128 之反字。

地：[三]201 增長於。

典：[甲][乙]2207 反和名。

佃：[三][宮]1521 作工巧，[三][宮]2121 以畢錢，[三]1301 所以者，[聖]291 多所滋，[宋][宮]285 神識是。

固：[三]2103 獲三品。

甲：[三][宮]732 誰名爲，[宋][元][宮]、由[明]732 意汝爲，[元][明]649 三火。

界：[甲][乙]2317 攝也伽。

苗：[甲]1821 第一下。

闉：[乙]2092 待雨而。

刃：[甲]2128 從木古。

日：[甲]2068 之津梁，[明]2053 之文歷，[另]1451 地取新。

生：[宋]211 時四者。

思：[聖][另]765 中如來。

四：[甲]1821 種吠舍，[三][宮]2103 疇不出。

敗：[明]201 獵漸漸，[明]1300 獵性多，[明]2087 獵遇會，[三][宮]、[知]741 獵肆心，[三][宮]723 獵焚林，[三][宮]741 獵網羅，[三][宮]2059 獵年三，[三]185 獵遙見，[三]2087 獵者見，[元][明]2123 行道安。

甜：[三]1333。

填：[三][宮]2121，[三]2122 王。

閫：[三][宮]2060 大王造。

罔：[宋][宮]、網[元][明]322 之賊魚。

業：[三]2122 販賣奴。

因：[宮]407 地草木，[宮]709 體無明，[甲]1733 五無簡，[甲]1735 令得常，[甲]1796 中下識，[甲]1805 制此由，[明]1562 方名集，[明][宮][西]665 我今皆，[明]745 獲報，[三]159，[三][宮]410 愛爲濕，[三][宮]657 生法寶，[三][宮]1546 故乃至，[三][宮]1646 非樂，[三]201 行福田，[聖][甲]1733 廣，[聖]2157 寺譯爲，[乙]、田也[甲]1822 以諸命，[元][明]387 得心定，[原]、因[甲]1782 告。

用：[甲]2128 爲燎考。

由：[宮]1804 境有，[宮][甲]1805 未，[宮][甲]1805 下示立，[宮]1562 田彼故，[宮]2034 之山舊，[宮]2122 息，[宮]2123 業之力，[甲]、田[甲]1782 施故而，[甲]1735 雲集五，[甲]1735 治貧窮，[甲]1782 器施捨，[甲]1835 此作意，[甲]2130 羅莊嚴，[甲]895，[甲]1579 事處故，[甲]1579 作意思，[甲]1706 字顯德，[甲]1775 同相致，[甲]1789 修無漏，[甲]1805 暗教況，[甲]2128 結反杜，[甲]2157 慧印三，[甲]2261 願遙加，[甲]2261 尊者付，[明][宮]1549 業壞，[明][聖]1549 業作，[明]1509 時，[明]1559 人爲譬，[明]1579 廣大故，[明]1579 者當知，[明]2063 之勝負，[三][宮]710 自性，[三][宮]1545 何業得，[三][宮]

1559 種子次，[三][宮]1579 差別故，[三][宮]1579 損，[三][宮]1579 所作諸，[三][宮]1647 故取陰，[三][宮]1660 此福聚，[三][宮]2122 生果實，[三]26，[三]201 利毀敗，[三]710 愛識作，[三]1534 義若和，[三]1647 故，[聖]2157 爲道之，[宋][宮]2103 者以難，[宋][元][宮]1673 生諸功，[宋][元]1560 異由趣，[宋]410 能稱地，[宋]2103 中麥思，[宋]2121 溝深坑，[乙]2092 故能種，[元]、因[明]1545 故如有，[元][明]1602 故謂由，[元][明]1394 作大得，[元][明]1579 觀察施，[元]2123 故斷絶，[原]2248 相也顯，[知]1579 令其，[知]1579 事二者。

猶：[甲]1828 有。

遊：[三]20。

曰：[三][宮]2122 命弟子，[宋][宮]2060 薩埵者，[宋]2122 融趙記，[元][明]2122 慧從乞，[知]、因[甲]2082。

止：[甲]2128 也從田。

中：[聖]99。

敀

猒：[宋][元]2061。

田：[博]262 獵，[宮]1703 獵見而，[甲][乙]2087 遊神鬼，[甲][乙]2087 遊原澤，[甲][乙]2087 遊逐豕，[甲]2087 遊草澤，[三][宮]2121 獵，[三][宮]2122 獵，[三][宮]2122 獵見有，[三][宮]2122 獵漸漸，[三]152 獵馳逐，[三]2122 北山有。

遊：[三][宮]2122。

恬

淡：[三][宮]456 靜面貌，[三]125。

澹：[聖]663 靜受於。

憺：[三][宮]425 怕是曰，[三]277 怕。

垢：[原]1776，[原]1780 染。

惔：[宋][元][宮]、憺[明]、潭[知]266 靜不放，[元][明]460 怕門六。

潭：[聖]318 然入定。

甜：[三]192 不觀深，[另]1428，[元][明]329 者必生。

怙：[宋][元][宮]2122 然安靜。

悟：[宮]1507 智交養，[甲][乙][丁]2092 風儀詳，[宋][元]2112 淡寂。

怡：[甲]2394 然直上，[三][宮]2103 曠階肅，[聖]613 然。

沾：[聖][另]1428 定。

甛

甜：[原]1212。

甜

甘：[三][宮]721 美飲樹，[三][宮]2060 慈悲永。

蚶：[三][宮][宮]、甜火甘夾註[西]665 摩寫莎，[三][宮][西]665，[三][宮]2123 蠆飛鷹，[宋][宮]、甘[元][明]2104 慈悲永。

咶：[聖]1549 如是。

實：[三][宮]721 語一切。

䑛：[宮]2122 不知傷。

恬：[三][宮][聖]397 如，[聖]376，[聖]790 魚甘而，[宋][宮]1670 醋酸醎，[宋][聖]375 名爲無，[宋][元][宮]1464 二莖。

滋：[明]1636 味是故。

填

癲：[三][宮]2103 因噉食。

鈿：[元][明]2121 出長阿。

靚：[宋][元]、妬[明]152 道之。

隓：[三][宮]2034 國經一。

𤕤：[甲]2128 音唐見。

冥：[宮]2059 委。

愼：[甲][乙]2309 云律外。

順：[宋]1 道而來。

畋：[三]1092 飾以，[宋][元][甲]1080 拭以瞿。

塡：[宮]2123 王是也。

闐：[明]1421 沙，[明]2122 丘夷，[明]2122 王戀慕，[三][宮]620 國衢摩，[三]2034 從天竺，[三]2034 沙門智，[三]2125 胸口中，[三]2149 東南，[三]2151 僧得勝，[三]2154 東，[三]2154 更得經，[三]2154 國得梵，[三]2154 會遇曇，[三]2154 沙門智，[元][明]397，[元][明]397 及鄯善，[元][明]2154 國得經，[元][明]2154 天竺諸。

瑱：[三][宮]632 寶諸天，[三][宮]664 妬曼，[三][宮]1428 屐。

鎭：[三]202 側而住，[三]1341。

正：[三]、畋[甲]1080 初瞿摩。

寘：[聖]1440 王國於，[聖]下同 1440 王國二。

塡

導：[三][宮][甲]2087 川或。

緂

毯：[明]、錟[聖]1442 等因此，[明]1451 短毛，[明]1451 於經，[明]1459 并氈褥，[明]1459 舉置被，[明]下同 1442 并北方，[三][宮]1443 等因此，[三][宮]混用 1443 及諸奇，[三][宮]下同 1451 極生愛，[三][宮]下同 1451 賣之應，[元][明]1451 黒喜還，[元][明]1451 於，[元][明]下同 1451。

闐

闇：[聖]2157 猶波斯。

殿：[宮]2034，[宋][元][宮]2122 國也彼，[乙]2092 國王親。

遁：[宋][元]2061 人也智。

門：[甲]2128 闐群行。

闠：[宋][元]2087 訛。

塡：[甲]1718 旌旗嗡，[三][宮]2059 得華嚴，[三][宮]2059 沙門智，[聖]1428 會遇曇，[聖]2157 國得華，[聖]2157 會遇曇，[元][明][聖]211 宮租稅。

忝

恭：[元]2053。

氣：[三][宮]2102 眞可不。

泰：[三][宮]2121 山及四。

委：[甲]1912 充藏吏。

殄

盡：[三]375 滅或。

彌：[宮]2122 覆諸梟，[甲]2053，[三][宮]2122 盡度乃，[聖]1462 失供養，[另]765 衆苦，[另]1442 滅之，[宋][宮]1674 應知，[宋][元]2104 佛法有，[原]1819 反自縛。

歿：[甲]1733 猶爲最。

亡：[甲]2314。

微：[甲][乙]1239 滅若犯。

消：[甲]1100。

於：[宮]1442。

珍：[甲]1304 滅七種，[元]2060 可門既，[元]2149 絕悲哉，[元]2149 絕帝圖。

臻：[宮]2034 喪宗。

湹

淵：[三][宮]630，[三]186 其行遂。

腆

膳：[三][宮]2040 美晨施。

瑱

頓：[三]1332 浮流。

鐐：[三]2154。

眞：[原]2425 珠貫眼。

睼

喥：[聖]397 二茂利。

挑

藏：[原]、藏[甲]2006 日月。

超：[三][宮]314。

杵：[三][宮]1462 耳。

蹴：[宮]2041 路側太。

掉：[三][宮]、桃[聖]1435 水，[三][宮]639 臂隨路，[三][宮]1425 弄不止，[三][宮]1435 衣時當，[三][宮]2123 手獨爲，[三][宮]2123 頭而去，[三]205 中面壞，[元][明]1426 團食應。

柳：[宋][元]、仰[明]721 是故彼。

排：[甲]1806 鉢中食。

抛：[元][明]193 擲虛空。

洮：[宮]1472 擊左右，[三][宮]496 塵，[宋][元][宮]、淘[明]2122 掘飛泉。

桃：[甲]2129 蟲鷦郭，[聖]613，[聖]1421 眼出得，[聖]1723 壞天人，[另]1428 取冷處，[宋][元]、於[明]2154 湯宅出，[宋]2123 眼一人，[知]266 其眼彼。

擲：[三]、跳[宮]2121 鉢虛空。

恌

掉：[三][宮]397 不高自，[三]310。

調：[三][宮]、一[別]397 戲如是。

桃

挑：[宮]721 寶冠瓔。

岧

迢：[宮]2060 嶢珠。

迢

　超：[甲][乙]1866 九劫。

　苕：[宮]2102 遷微明。

條

　赤：[明]721 青黃赤。

　滌：[三][宮]2122 此。

　調：[三][宮]1487 利賈市，[乙]2263 然而備。

　牒：[甲][乙]1822 有部轉，[甲]2401 故加此，[三][宮]2121 已用富，[乙]2218 文作釋，[乙]2218 文作釋。

　牒：[原]2305 歸。

　皎：[乙]1736 然譬彼。

　禁：[三]2112 道士等。

　列：[聖]2157。

　錄：[元][明]2123 名剋死。

　律：[三][宮]2060 格永成。

　染：[三]220 因緣不。

　灑：[三][宮]2103 任陶。

　苕：[三][宮]1562 然差別，[三][宮]1562 然異類。

　倏：[三][宮]2042 忽都盡，[宋][元]220 然有異。

　條：[宮]、修[另]1451 是應，[甲]1805 白法滅，[三][宮]1457 及彩物，[三][宮]2059 竟不銷，[三]1007 別當知，[元][明]639 發大菩。

　藤：[甲]1828 者。

　迢：[三][宮]1606 然異體，[乙]1736 然不同。

　修：[宮]1457 亦三，[甲]1719 其亦以，[甲]1750 然有異，[甲]1823 恐文煩，[甲]2087 僧伽胝，[甲]2167 戒并大，[甲]2217 緒文此，[明][宮]1442 將淨齒，[三]2110 上中下，[三]2145 首，[聖]2157，[聖]2157 並陳史，[聖]2157 錄編此，[聖]2157 知禁者，[另]1442 等時有，[宋]2060 依用，[乙]1797 供養時，[元][明]2149 國王經。

　脩：[甲]2087 之例防，[聖]2157，[宋][元]2103。

　徐：[宋][元][宮]1483 成不答。

　葉：[元][明]658 我等悉。

　攸：[三][宮]2103 序九流。

　枝：[三][宮]657 瑪瑙為，[三][宮]2048 不傾。

樤

　條：[甲]、[乙]2227 下三明。

蜩

　蜩：[甲]2036。

髫

　韶：[三][宮]2053 亂孤標。

儵

　倏：[三][宮]2103 餘千載，[乙]2157 忽之頃。

　艫：[甲]2128 音叔屯。

韶

　髫：[三][宮]2060 亂卓出。

窕

　窈：[三]361 浩浩茫，[三]362 浩。